KB153173

샘
J. 사랑쿠

색, 샤라쿠

김재희 장편소설

심장을 찔러라.

처음 본 순간부터

내 심장을 송두리째 앗아간 것처럼……

그렇게 나를 죽여다오.

새로운 소설을 구상하기 위해 자료를 구하던 어느 날, 자주 드나드는 인사동 고서점 골목을 지날 때였다. 그동안 한 번도 보지 못한 헌책방이 눈에 띄었다. 폐지와 각종 쓰레기가 가득한 곳에 서점이 있을 줄이야.

켜켜이 쌓인 책 상자 너머, 지하로 내려가는 층계가 보였다. 나는 무언가에 홀린 듯 계단을 내려갔다. 층계참마다 먼지와 곰팡이에 점령당한 낡은 책들이 잔뜩 쌓여 있었다. 점점 진해지는 눅눅한 종이 냄새를 헤치며 나는 아래로 아래로 내려갔다.

낮에도 빛이 들지 않을 것 같은 지하방에는 노끈으로 묶인 고서들이 빽빽이 들어차 있었다. 그리고 놀라우리만큼 두꺼운 돋보기를 쓴 백발의 노인이 구석에 앉아 손바닥만 한 흑백텔레비전을 들여다보고 있었다.

그곳에서 나는 아주 낡고 오래된 작은 책자 하나를 손에 넣었다.

김홍도, 신윤복 등 18세기 화인들의 이름과 일본의 지명이 간간이 눈에 띄는 책이었다. 내용을 거의 이해할 수 없었음에도 책장을 넘기는 동안 관자놀이가 세차게 뛰기 시작했다. 모르긴 몰라도 물건이라는 확신이 들었다. 주인에게 책의 출간 시기를 물었으나 그는 여전히 잡음뿐인 텔레비전 화면에서 눈을 떼지 않았고, 나는 그가 손가락으로 펴 보인 만큼의 돈을 내밀고 어느덧 깜깜해진 바깥으로 허둥지둥 걸어 나왔다.

한문과 오래된 고어로 가득한 책. 나는 어쩌면 소설의 소재가 될지도 모른다는 생각에 역사학자인 K 박사의 도움을 받으며 차근차근 번역했다. 읽으면 읽을수록 겁이 났다. 역사학계와 미술사학계에서 받아들일 수 없는 새로운 사실과 충격적인 내용으로 가득 차 있었던 것이다. 그러나 도중에 책을 덮을 수는 없었다. 마치 열병에 걸린 사람처럼, 나는 밤낮으로 책 속으로 빠져들었다.

일 년여가 지난 뒤 다시 한 번 그 허름한 서점을 찾았지만 가게는 문을 닫은 뒤였다. 고서점 거리의 어느 누구도 그 가게의 주인을 기억하지도, 행방을 알지도 못한다는 것을 알고 나는 발길을 돌렸다.

나는 표지에 적혀 있던 '색, 샤라쿠'를 그대로 제목으로 삼고 책자에 나온 충격적인 내용에 살을 붙여 이 소설을 완성했다.

제1부

백색

소나무 두 그루, 이끼 덮인 껍질 참담히 갈라졌고

굽은 쇠 뒤엉키듯 높은 가지 얽혀 있네.

흰 곳은 용호의 뼈 썩어 부서진 듯하고

검은 곳은 태음의 뇌우 드리운 듯하네.

소나무 뿌리엔 오랑캐 스님 앉아 가만히 쉬는데

짙은 눈썹 흰머리엔 아무 집착 보이지 않네.

오른 어깨 드러내고 두 발도 맨발인데

솔잎 속 솔방울이 스님 앞에 떨어지네.

—두보의 시 〈희위위언쌍송도가(戱爲韋偃雙松圖歌)*〉 중에서

戱爲韋偃雙松圖歌 : 위언이 그린 쌍송도를 장난삼아 노래하다.

1 설중화

밤하늘에 하나둘 쌀알 같은 점이 나타나는가 싶더니 기어이 탐스러운 눈송이가 쏟아지기 시작했다. 어둠마저 하얗게 지울 듯한 기세다. 눈은 금세 얼어붙은 강 위를 덮고도 소리 없이 계속 쌓여갔다. 벌써 반 시진(1시간) 가까이 에도 외곽의 낡은 다리 아래 몸을 숨기고 서 있던 최북(崔北)은 허공을 향해 가만히 손을 내밀었다. 손바닥에 닿은 눈은 금세 형체도 없이 사라져버렸다.

'늦는군.'

때만 이렇지 않았어도 지금쯤 최북은 거처에 앉아 마당을 향한 문을 열고 붓과 종이를 준비했을 것이다. 눈 내리는 밤의 그윽한 정취는 화공의 마음을 늘 설레게 하는 법이다. 하지만 지금 최북은 그림쟁이로 이곳에 나온 것이 아니었다. 조정의 특별한 명을 받고 바다 건너 낯선 나라에 스며든 지 벌써 몇 해. 퇴역한 하급무사들의 초상화를 그려주며 호감을 사고 매일같이 어울려 술을 마시는 나날이었다. 그러는 한편으로 최북은 언제 어디에서 날아올지 모를 전언을 기다렸다. 그리고 오늘 아침, 드디어 최북이 살고 있는 나가야(여러 개의 셋방이 길게 이어진 일본식 가옥)로 두부 장수가 찾아와 자정 바로 이곳에서 '부엉이의 구슬'을 전달하겠다는 비서를 전해준 것이다. 최북은 '구슬'을 받는 즉시 근처 바닷가에서 배를 대고 기다리는 나루치를 만나 조선으로 돌아갈 작정이었다. 그의 살과 피를 짓고 기른 조선의 위대한 약진을 위해. 앞으로 일어날 놀라운 변화를 생각하자 최북은 자신의 늙고 거친 심장에 새 피가 도는 듯하였다.

"기타(北)!"

어둠 속에서 갑자기 튀어나온 손이 최북의 어깨를 움켜쥐었다. 툭하면 최북과 술 내기를 벌이던 말라깽이 무사, 아니 일왕의 밀정 오즈였다.

"아니, 자네가……?"

"시간이 없소. 곧 그들이 올 거요."

"그들? 그들이라니."

"암살자, 귀신에 가까운 자들이지요."

오즈는 품속에서 기름한 대나무 통을 꺼내 최북의 손에 쥐여주었다. 최북은 대나무 통의 일부가 젖은 것을 눈치챘다. 발아래를 보니 흰 눈 위로 오즈가 흘린 듯한 피가 점점이 떨어져 있었다.

"최대한 따돌려보겠소. 어서 가시오!"

"살아서 봅시다."

최북은 대나무 통에 달린 줄을 목에 매고 품 안에 단단히 여며 넣었다. 순간 지독한 냉기가 느껴졌다. 사위가 쥐 죽은 듯 고요하게 가라앉아 있었다. 마치 줄기차게 쏟아지는 눈이 소리까지 모두 덮어버린 것 같았다. 엄청난 살기다!

"가시오, 뒤도 돌아보지 말고!"

오즈는 불현듯 최북의 곁을 떠나 눈 내리는 다리 위로 솟구치듯 달려 나갔다. 부상을 입었음에도 표범처럼 날렵한 몸짓이었다. 그리고 그 뒤를 쫓아 시커먼 그림자가 바람처럼 튀어 나갔다. 최북은 그가 최대한 목숨을 부지하길 빌며 강변과 맞닿은 숲을 향해 달음박질쳤다.

혹 혹. 뜨거운 호흡은 콧수염에 흰 서리가 되어 내려앉았고 쉼 없이 쏟아지는 눈송이는 얼어붙은 얼굴을 얼음송곳처럼 찔러댔다. 최북은 무거워진 다리를 끌고 방향을 가늠하며 계속해서 숲을 헤치고 나갔다. 올려 묶은 일본식 상투가 어느덧 풀어져서 봉두난발이 되었지만 더 이상은 신경 쓸 새가 없었다. 문득 푸른 달빛이 눈 덮인 겨울 숲을 휘감았다. 어느새 눈이 그쳐 있었다. 그리고 희미하게 파도소리가 들렸다. 자신을 기다리며 뱃전에 서 있는 나루치의 모습이 눈앞에 보이는 듯했다. 이제 조금만, 조금만 더 가면…….

쉬익!

갑자기 무언가가 얼굴을 스치고 지나갔다. 최북은 귓가의 머리카락이 잘려나가 하얀 눈 위로 천천히 떨어지는 것을 멍하니 내려다보았다. 동시에 익숙한 냉기가 등줄기를 타고 흘러내렸다. 살기!

그때였다.

피잉!

"윽!"

격렬한 통증이 최북의 왼 다리를 가차 없이 파고들었다. 수리검이었다. 최북은 다리를 절뚝이며 미친 듯이 뛰기 시작했다. 앙상한 나뭇가지들이 최북의 뺨을 사정없이 후려쳤다. 상대방도 모습을 감추기를 포기한 듯 노골적으로 뒤쫓기 시작했다. 바스락거리는 소리가 가까워졌다 멀어졌다 정신없이 귓가를 헤집었다. 뒤쫓는 자가 대체 몇 명인지, 어느 쪽에서 덮쳐올지 최북은 종잡을 수 없었다.

돌연 최북의 발밑으로 천 길 낭떠러지가 펼쳐졌다. 절벽 아랫단을 사납게 후려치는 파도소리가 천지를 발기듯 우렁찬 굉음을 냈다. 비로소 최북은 닌자들이 자신을 이곳으로 몰았다는 것을 깨달았다.

'사냥개한테 몰린 노루 신세가 아닌가.'

기막혀하며 몸을 돌리는 최북 앞으로 검은 복색을 한 사내가 모습을 드러냈다. 닌자들은 덩치가 난쟁이처럼 작다고 들었는데, 꽤 호리호리한 체구다. 손에는 날카롭게 빛을 발하는 단검을 들고 있었다. 사내가 최북을 향해 막 검을 겨눌 때였다.

"잠깐. 지금 죽였다간 물건까지 잃고 말아."

'계집?'

사내 옆으로 작고 날렵한 그림자가 하나 더 내려섰다. 사내는 고개를 끄덕이더니 검을 아래로 고쳐 잡고 최북을 향해 다가오기 시작했다.

"더 이상 가까이 오지 마라. 원하는 것을 영원히 손에 넣지 못하게 될 것이다!"

최북은 품 안에 있던 대나무 통을 꺼내 들고 외쳤다. 그때였다. 팔짱을 끼고 관망하듯 서 있던 두 번째 닌자가 번개처럼 팔을 뿌렸다.

"으악!"

최북은 수리검이 박힌 눈을 감싸 안으며 무릎을 꿇었다. 손안의 대나무 통이 순식간에 사라졌다.

최북이 남은 한쪽 눈을 부릅떴다. 사내의 발이 최북의 어깨를 향해 올라오고 있었다.

"사요나라."

최북의 몸은 까마득한 어둠 속으로, 아귀처럼 입을 벌린 파도 속으로 떨어져 내렸다.

2 호랑이의 나라

단원 김홍도가 찾아와 뵙기를 청했을 때 표암 강세황은 갓 완성한 자화상에 내내 벼르고 있던 화제를 써넣던 중이었다. 어느덧 일흔이 넘어 머리와 눈썹이 신선처럼 세었고 체구 또한 마르고 왜소했지만 깊은 학식과 넉넉한 관조를 담은 눈매만은 젊은이 못지않은 총기가 흘러넘쳤다. 붓을 내려놓은 표암은 마지막으로 자화상과 거울 속 얼굴을 비교해보았다. 젊어서는 길쭉한 인중과 가느다란 눈매가 잔나비상 같다고 하여 사람들이 얕잡아 보는 일이 많았다. 하지만 눈앞에서 시를 읊고 붓을 놀리기만 하면 누구나 대번에 낯빛이 변하며 시와 그림을 간곡히 청했다. 지금은 놀리는 이가 사라진 대신 스스로 거울을 보며 "정말 원숭이와 똑같지 않은가" 하며 껄껄 웃고는 한다.

"스승님, 문안드리옵니다."

시동의 안내를 받아 들어온 단원이 표암 앞에 깍듯하게 절을 올리고 자세를 고쳐 앉았다. 평생 수많은 화공의 그림을 평하고 좋은 그림이나 글씨가 있다고 하면 청나라 여행까지 주저 않는 표암의 눈에도 단원만큼 뛰어난 천재는 없었다. 표암은 단원 같은 이가 자신의 제자이자 동지라는 사실에 더없는 뿌듯함을 느꼈다.

　"어떤가."

　표암은 내심 기대하는 얼굴로 먹이 채 마르지 않은 자화상을 펼쳐 보였다. 단원이 보니 이번 스승의 자화상 또한 감탄을 금치 못할 만큼 훌륭하였다. 학자의 올곧은 성품과 그칠 줄 모르는 호기심, 예(藝)를 아는 사람의 자유로운 정신이 오롯이 담겨 있었다. 그림과 나란히 보니 흡사 두 명의 표암을 눈앞에 두고 있는 것 같았다.

　"정오모(頂烏帽) 피야복(彼野服)하니 어이견심산림이명조적(於以見心林林而名朝籍)이라."

　한때는 자신의 가장 뛰어난 제자였으나 지금은 조선 최고의 궁중화원이 된 단원의 얼굴에 떠오른 깊은 찬탄을 본 표암은 흡족한 목소리로 화제를 읊었다.

　"머리에는 사모를 쓰고 몸에는 평복을 걸쳤으니, 이로써 마음은 산림에 있으나 이름은 높은 조정의 벼슬아치임을 알겠도다……. 참으로 스승님다운 재치가 빛나는 그림입니다. 한 번 본 이는 감탄하여 무릎을 칠 것이며 다시 본 이는 깨달음에 이마를 치겠습니다."

　"껄껄껄. 자기 머리가 어디에 달렸는지 아는 인물이라면 능히 그러겠지."

두 사람이 소탈한 웃음을 나누는 사이 표암의 시동이 찻상을 들고 들어와 내려놓고 어두워지기 시작한 방에 조심스레 불을 붙였다. 시동이 고개를 조아리고 나가자 곧 두 사람의 얼굴에서 웃음이 걷혔다.

"좌은(坐隱, 최북의 호)의 행방을 찾았습니다. 나루치가 그날 새벽 해안가를 밤새도록 뒤져 겨우 숨만 붙어 있던 그를 구했다고 합니다. 한 눈을 크게 다친 데다 온몸에 독이 퍼져 지금까지 민가에 숨겨 치료를 했는데, 최근 바다를 건널 만큼 몸이 회복됐다 하여 조선으로 돌아오도록 조치하였습니다. …… 문제는 교서의 행방입니다. 실력이 뛰어난 닌자들이 강탈했다고 하나 아직까지 조용한 걸 보면 막부의 수장이 지시한 일이 아닌 것은 분명합니다. 주상 전하도, 이번 일을 의탁한 일왕도 하루빨리 교서를 찾기를 바라고 있습니다. 하나 저에겐 지혜가 부족하여…… 스승님의 조언이 필요합니다."

표암은 한동안 말없이 타오르는 초를 바라보았다. 갓 왕위에 오른 정조가 다 늙은 자신을 조정으로 불러들였을 때부터, 젊고 유능한 왕의 가슴과 머릿속엔 얼마나 환한 이상이 타오르고 있던가. 자신이 이 시대에 활약하기에는 이미 너무 늙었다는 것이 한스러울 정도였다.

"주상 전하께서 자네를 연풍현감에 제수해 비밀 간자를 기르는 중책을 맡긴 지는 이제 두 해지만, 눈썰미가 뛰어난 화공과 지략이 뛰어난 자들을 훈련시켜 일본으로 보내기 시작한 것은 벌써 십 년 가까이 되어가지. 그사이 일왕의 힘은 더욱 쇠약해져 명분만 남았고, 타국에서는 쇼군(막부의 수장)을 국왕이라고까지 부르고 있어. 일왕의 밀정들도 거의 흩어져 지원을 바라기가 힘든 실정이고 말이야. 우리 측 간자들의 위치나 신상이 모조리 파악되었다 해도 전혀 이상할 게 없다는 얘길세. 최북이 노출된 것도 그것을 반증하는 것이지."

표암은 잠시 말을 멈추고 찻잔을 들어 올렸다. 단원도 작은 백자에 담긴 연녹색 찻물을 음미하였다. 담백하면서도 씁쓰레한, 꼭 지금의 상황과도 같은 맛이 입 속을 감돌았다.

"아마 교서를 가진 자는 왕실과 쇼군 모두에게 불만을 품은 막부의 실력가일걸세. 헌 뿌리 위에 새 뿌리를 접해 예상치 못한 꽃을 피운다⋯⋯. 단숨에 에도를 뒤흔들 만큼 실력이 출중한, 적들에게 전혀 노출되지 않은 새 간자가 필요해."

표암은 책장을 열더니 둘둘 말린 그림을 꺼내 펼쳤다. 단원이 한창 화공으로 이름을 날리기 시작할 때 그린 맹호도였다. 처음 이 그림을 보았을 때 표암은 무서울 정도로 뛰어난 재능 앞에서 아득한 경외감과 황홀한 기쁨을 느꼈다. 단연코 세상의 그 어떤 호랑이 그림도 단원의 맹호도를 뛰어넘지는 못할 것이었다. 하지만 단원은 처음에도 그 후에도 이것이 미완의 그림이라고 했다. 아직 빈 곳이 있는데 무엇을 채워야 할지 결정하지 못했다는 것이다. 그러한 것을 최근 표암이 특별히 부탁하여 빌려두고 있었다. 어떤 화공이 아직 완성되지 않은 그림을 남에게 줄 것이겠느냐마는, 표암은 당대 최고의 평론가이자 그 자신이 뛰어난 화가였기에, 무엇보다 단원이 그림자조차 경외해 마지않는 스승이었기에 어쩌면 유일하게 단원의 그림을 제 것처럼 가지고 있을 수 있는 사람이었다.

표암이 내민 단원의 맹호도는 전과 달라져 있었다. 아니, 완성되어 있었다. 금방이라도 살아 움직일 듯한 호랑이의 꼬리 위로 노송의 굵고 힘찬 가지가 드리운 것이다. 텅 빈 공간 위에 호랑이와 소나무 가지만 있을 뿐인데, 마치 속세의 기운이 미치지 않는 험준한 산속에서 느긋하게 어슬렁거리던 호랑이와 정면으로 마주한 것만 같았다. 생기와 위엄이 넘치는 그림에 압도당한 단원은 자기도 모르게 탄식을 내뱉었다. 표암은 노송의 굵은 줄기에 한일자로 길게 그어진 생채기를 가리켰다.

"여기 이 자국은 바로 호랑이의 땅이라는 표시지. 호랑이는 배가 부르면 자기 영역에 있는 적송에다 발톱으로 표시해두거든. 단원, 조선은 호랑이의 나라네. 자네는 호랑이를 세상 그 누구보다 잘 이해하는 화사고."

표암은 그림을 다시 말아 원래 주인에게 내밀었다. 단원은 머리를 조아리고 그림을 받아 들었다.

"호랑이를 찾게. 자네가 할 일은 그것이야."

3 임금의 사랑을 얻고자

정조의 서고가 있는 규장각 이층 주합루. 벚꽃 떨어진 가지에 연두색 잎사귀 무성하게 피어오르고, 수수꽃다리가 절정에 이른 향기를 뿜내며 바람에 흩날리는 아침, 주합루 바닥에 가로세로 석 자가 넘는 누런 기름종이가 펼쳐졌다. 먼저 화원 몇 명이 고개를 조아리고 종이 앞으로 나와 유탄(버드나무를 태워 만든 숯)으로 초벌그림을 그렸다. 가느다란 유탄의 흔적이 기름 먹은 종이에 서서히 배어들자 초벌 그린 화원들이 뒤로 물러나고, 주관화사들이 앞으로 나와 임금의 옥체를 자세히 묘사했다.

선배 화원을 보좌하는 수종화사 가권도 그림 머리맡에 자리 잡고 앉아 가늘다가는 붓으로 밑그림을 따라 익선관을 그리기 시작했다. 가권이 참여하고 있는 것은 도화서의 중요한 업무 중 하나인 어진 제작. 지금 이 자리에는 가권 외에도 십수 명의 궁중화원이 엄숙하게 자신이 맡은 부분을 그리고 있었다.

정조는 근엄하면서도 자비로운 얼굴로 용상에 앉아 작업에 몰두한 화원들을 바라보았다. 화원들은 간간이 고개를 살짝 들어 임금을 올려다보고는 다시 종이에 달라붙어 붓 끝에 온 신경을 기울였다. 하나같이 실력이 출중한 화원들이었다.

하지만 가권은 자신 있었다. 어릴 때부터 재주가 뛰어나다는 칭찬을 귀에 못이 박이도록 들어온 그였다. 자신이 붓을 들었다 하면 어른들은 박수를 치며 대견해하고 여인들은 가권의 볼을 쓰다듬으며 숨겨두었던 과자와 떡을 내놓았더랬다. 나이가 들어서는 그림 한 장 그려주고 공짜 술 공짜 밥, 심지어 공짜 잠자리를 얻는 일도 많았다. 기생들은 앞다투어 가권의 코앞에 치마폭을 펼쳤고, 좋은 그림과 글씨를 수집하는 데 혈안이 된 노인네들이 너도나도 그를 초대해 귀한 차를 대접했다. 산수화, 인물화, 초충도, 영모화 등등 가권이 그리지 못하는 그림은 없었다.

가권의 집안은 대대로 궁중화원을 배출해왔으며 그의 아버지 또한 일찍이 도화서에 들어가 규장각 소속으로 활동해왔다. 덕분에 가권은 참으로 많은 스승을 집 안팎에서 만날 수 있었고, 그림 그리는 도구는 아무리 값비싼 것이라도 얻을 수 있었다. 하지만 당연한 수순처럼 도화서에 들어온 뒤로는 어찌 된 일인지 번번이 낙제점을 받기 일쑤였다. 워낙 재주가 뛰어난 화원이 많을뿐더러, 어릴 때부터 엄격한 스승 밑에서 철저하게 훈련받은 화원들의 실력이 윗길로 인정받았기 때문이었다. 그러나 가권은 뛰어난 예인군주로 칭송받는 주상 전하만큼은 자신의 천재성을 단박에 알아볼 거라고 믿었다. 그리하여 어진을 그리는 자리에서 어떻게든 임금의 눈에 띌 생각이었다.

면상필(사람의 얼굴을 그리는 데 쓰는 가느다란 붓)로 익선관에 달린 매미 날개 모양의 작은 뿔 두 개를 막 완성한 가권은 흘깃 임금의 얼굴을 살피고 다른 부분에 붓을 가져다 댔다. 사시(오전 9~11시)부터 시작된 작업은 벌써 정오 가까이 이어지고 있었다. 창백해 보일 만큼 하얀 가권의 얼굴이 초여름 햇빛에 발그레하게 달아올랐다. 이마에도 서서히 땀방울이 맺히기 시작했다. 그리고 그러한 가권의 옆모습을 임금의 곁을 지키고 선 종이품 상선 정 내시가 은밀히 지켜보고 있었다.

처음 가권의 얼굴을 보았을 때 정 내시는 속으로 크게 놀랐다. 순간 계집이 남장을 한 것이 아닐까 하는 생각이 들었을 정도로 용모가 아름다웠기 때문이었다. 놀라움이 물러나자 이번에는 말하기 부끄러운 질투심이 정 내시의 비쩍 마른 가슴을 휘감았다. 젊은 시절에는 정 내시 역시 가권 못지않게 곱상한 얼굴이었다. 하지만 오랜 세월 격무에 시달려 지금은 아무도 거들떠보지 않는 늙은 추남이 되어버렸다. 더구나 항상 임금을 가까이서 모시며 허리를 굽히고 살았더니 언젠가부터 허리도 완전히 펴지지 않는 신세였다. 지위가 천한 무수리 앞에서조차 허리를 굽혀야 하는 자신이 처량하기 그지없었다. 아아, 다시 한번 젊음이 돌아와 준다면. 내가 바로 저 젊고 잘생긴 화원이었으면……

그때였다. 가권이 내리깔았던 긴 속눈썹을 치켜뜨면서 크고 시원한 눈을 들어 임금을 강렬하게 응시했다. 마치 임금의 눈과 마주치기 위해 일부러 의도한 듯한 도발적인 행동이었다. '이런 무엄한 놈.' 정 내시는 속으로 부르짖으며 저도 모르게 한 발짝 몸을 내밀 뻔했다. 하지만 가권은 잽싸게 고개를 떨어뜨리고는 태연하게 먹물에 붓을 찍었다.

가권은 어진을 그리는 궁중화원들 중 자신의 위치가 임금과 가장 가깝다는 사실을 처음부터 십분 활용할 생각이었다. 익선관을 관찰하기 위해 고개를 들 때마다 임금의 얼굴을 구석구석 뜯어보았다. 그리고 드디어 임금의 시선이 가권의 시선과 맞부딪쳤다. 깜짝 놀란 가권은 얼른 고개를 떨어뜨렸지만 속으로 회심의 미소를 지었음은 물론이다. 가권 역시 자신의 외모가 남녀노소 누구라도 혹하게 할 만큼 빼어나다는 사실을 잘 알고 있었다. 기방의 기녀든 기라성 같은 고관대작이든 가권의 미모에 관심을 표하지 않은 자는 없었다. 이제 주상 전하도 내 얼굴에서, 그리고 내 그림에서 눈을 떼지 못하게 되리라.

하지만 임금의 시선은 다시 어진의 얼굴 부위를 그리고 있는 중년의 동참화사에게로 돌아가 있었다. 가권의 입가가 묘하게 뒤틀렸다. 임금의 사랑을 독차지하는 화원, 이제는 도화서 소속이 아님에도 어진도사에 참여해 가장 중요한 용안을 책임진 화원…… 그만큼 잘 그릴 수 있고 더욱이 비교도 안 될 만큼 잘생겼는데, 자신은 임금의 머리에 얹은 관이나 그리고 있다. 갑자기 부아가 났다.

자신도 임금의 관심을 받고 싶었다. 임금의 총애를 받고 싶었다. 세인의 입에 오르내리며 부러움을 사고 싶었다. 가권은 충동적으로 석채(돌가루를 갈아 만든 물감 재료)를 풀기 시작했다. 익선관에 당장이라도 색을 입히고 싶었다. 검은 먹물에 청색을 조금 개어 넣어 칠하면 검은 듯 푸른 익선관의 색이 근사하게 표현될 것이다. 그때 정내시가 다가오더니 가권의 손을 조용히 때렸다.

"오늘은 초본을 그리는 날이니 석채를 개지 말게. 전하의 심기를 흩뜨릴 참인가."

가권의 귀에만 들릴 듯 말 듯한 목소리였다. 말이 좋아 태감이지 사내구실을 할 수 없는 사람이 자신의 손을 쳤다는 사실이 가뜩이나 일그러진 가권의 심기를 엉망으로 만들었다. 가권은 고집스레 물감을 개면서 말했다.

"익선관의 색을 맞춰보기 위해서라도 석채를 개야겠소."

정 내시가 당황하여 가권을 쳐다보니 감조관 신한평이 즉시 다가와 정 내시에게 눈짓을 하고는 임금에게 고개를 깊이 숙였다.

"제가 알아서 할 터이니 상선 영감께서는 심려 마십시오."

하지만 신한평이 팔을 잡아 일으키려 하자 가권이 몸을 흔들어 뿌리치며 목소리를 높였다.

"아직 그림을 마치지 못했는데 왜 이러십니까!"

"네 이놈, 예서 말썽이라도 피우려는 게냐?"

"그저 마지막까지 기예를 다해 전하의 어진을 그리고 싶을 뿐입니다."

"이놈! 목소리 낮추어라. 감히 여기가 어느 안전이라고…… 이 자리에서 당장 죽고 싶은 모양이구나. 실력도 인격도 부족한 자에게는 과분한 자리다! 썩 일어나지 못할까!"

"하지만 아버지……!"

"그만."

용상에서 울린 목소리에 노기로 불그죽죽하게 달아올랐던 신한평의 얼굴이 사색이 되었다. 임금이 용상에서 몸을 일으켜 가까이 다가오는 모습을 보고 가권도 당황하여 납작 부복했다. 왕은 가권의 머리맡에 서서 그가 그린 부분을 잠깐 내려다보았다. 처음 어진에 참여하는 화원은 긴장하여 단순한 선에서도 힘이 부족하거나 과한 실수를 보이는데, 과감하면서도 세심한 붓질로 그려진 익선관은 한눈에 보아도 형태가 좋았다.

"참으로 당돌한 놈이로구나."

"전하, 신에게 기회를 주시오소서."

워낙 순식간의 일이라 아무도 가권의 입을 막지 못했다. 주상 앞에서 차마 볼썽사나운 꼴을 보일 수 없어 정 내시는 숨만 몰아쉬었고 신한평은 더욱 쩔쩔매며 깊숙이 허리를 숙였다.

"기회라, 무슨 기회 말이냐?"

"씻을 수 없는 불충을 저질렀음은 신 또한 너무나도 잘 아옵니다. 이대로 도화서에서 내쫓겨도 할 말이 없을 것이옵니다. 하나 신에게는 전하를 기쁘게 할 재주가 있사오니 부디 독대를 허락하시어 실수를 만회할 기회를 주시오소서."

"허허허, 대체 무슨 기예를 펼쳐 보이려는 게냐? 삼정승도 나를 독대하기는 힘든 일이거늘."

"신에게는 동참화사 못지않은 재주가 있사옵니다. 신의 그림 실력으로 전하를 기쁘게 해드리겠나이다."

"무어라? 하하하하."

정조는 화원들과 함께 물러나 앉아 있던 동참화사, 단원을 향해 눈짓을 던지며 시원한 웃음을 터트렸다. 단원 또한 미소를 지었으나 눈빛만은 날카롭게 가권을 살피고 있었다.

"좋다. 단, 단원과 같이 보겠다. 정말로 단원보다 재주가 뛰어난지 직접 비교해보고 싶구나, 하하하."

가권의 눈에서 불꽃이 일었다. 가권은 낯빛을 붉히며 바닥만 노려보았다. 그러나 단원의 얼굴은 표정 하나 흐트러짐이 없이 청수와도 같았다.

정조는 물결 하나 없이 잔잔한 부용지를 지나 선향재로 향했다. 선향재는 자그마한 책상과 소박한 문구류, 서적들이 들어찬, 실로 선비의 방을 그대로 옮겨놓은 듯한 작은 서재였다.

정조는 늘 가까이에서 수행하는 정 내시와 사관, 승지까지 모두 물리고 책상 앞에 앉았다. 단원과 가권 옆에는 그림을 그릴 비단과 석채 등이 놓였다. 어린 수습화원도 둘 불려 와 하나는 석채를 갈고 개는 일을 했고, 다른 하나는 벼루에 물을 붓고 천천히 먹을 갈았다.

'나도 저렇게 죽어라 하고 먹만 갈던 시절이 있었지. 하루 종일 먹을 갈아도 그림 선생은 붓에 먹물 찍는 것을 허락하지 않았어. 그저 먹을 갈며 마음을 갈라고 했지. 개뿔, 그게 무에 대수라고.'

문득 옛 생각이 난 가권은 잠시 상념에 빠졌다.

'끊임없는 사생을 통해 실력을 익히는 것만이 중요하다. 검을 들고 정신 수양만 한다고 해서 적들이 그 앞에서 저절로 자빠져 죽지는 않아. 꿩이든 닭이든 개든 무엇이든 가르고 파헤쳐봐야 적의 심장을 벨 실력이 쌓이는 것이다.'

먹을 갈던 수습화원이 작은 소리로 말했다.

"준비됐습니다."

정조가 천천히 고개를 끄덕이자 수습화원들이 물러났다. 그들이 나가고 난 자리에는 적색, 청색, 녹색 등 색색의 물감과 네 귀퉁이가 고정된 비단, 그리고 세모필부터 납작한 평필에 이르기까지 갖가지 붓과 색을 덜어 쓰는 백자 사발 등이 가지런히 놓여 있었다.

"무엇을 그려보게 한다……."

정조는 장난기 어린 목소리로 말했다. 가권은 빙그레 웃고 있는 임금의 얼굴을 쳐다보았다. 어진을 그리기 위해 궁에 입궐하기 전, 정 내시가 누누이 강조한 말이 전하의 얼굴을 똑바로 쳐다보지 말라는 것이었다. 하지만 이렇게 임금과 마주 앉고 보니 가권은 금방이라도 그의 마음을 사로잡아 평생 총애를 받으며 살 수 있을 것 같은 생각이 들었다. 단원보다 더 큰 사랑을 받고, 단원보다 더 큰 칭찬을 들으며 단원보다 더 많은 그림을 그릴 수 있을 것만 같았다.

임금이 나직한 목소리로 말했다.

"이곳 선향재는 과인이 소박한 백성의 삶을 체험하고자 선비들이 머무는 공간을 본떠 만든 곳이다. 이곳에 어울리는 화제를 내리면 좋을 듯하구나. 참, 네 이름이 무엇이냐?"

"호는 아직 없사옵고, 궁중화원 신한평의 자, 가권이라 하옵니다."

"신가권이라……. 좋다. 보는 순간 껄껄껄 호탕하게 웃을 수 있는 그림을 그려보아라."

"망극하옵니다."

가권은 옳다구나 쾌재를 불렀다. 보는 순간 웃음보를 터뜨릴 만한 거라면 속화가 아니고 무엇이겠는가. 심심파적으로 늘 그려본 그림이다. 평소 관심 있는 주제인 데다, 그리면 그릴수록 재미가 있었다. 가권은 밑그림을 그리는 초필을 자신 있게 잡아 연한 담묵을 살짝 묻혔다. 반면 단원은 붓도 들지 않고 무언가를 골똘히 생각할 뿐이었다. 가권은 그런 단원을 보며 속으로 슬쩍 웃었다.

'단원 선생, 이번엔 나한테 졌습니다. 기방과 도박장을 들락거리며 수없이 많은 즐거움을 접해본 나와 골방에 처박혀 그림이나 그리던 당신이 어찌 실력을 겨루겠소.'

가권의 붓은 막 목욕을 마친 원앙이 하늘로 사뿐히 날아오르는 듯 날렵하게 비단 위를 오갔다. 한편 단원은 여전히 눈을 감은 채 미동도 하지 않았다.

'뭘 하는 거지? 나는 벌써 밑그림을 다 그렸는데…….'

그때였다. 마치 조는 것처럼 보이기까지 했던 단원이 눈을 번쩍

뜨더니 비단에 바싹 엎드려 손가락으로 선을 지그시 그었다. 그러 더니 옆에 놓인 중봉필을 들어 거침없이 먹을 찍는 것이 아닌가. 가 권은 흠칫 놀랐다.

'설마! 밑그림도 없이 바로 그리려고?'

이대로 단원의 기백에 눌릴 수는 없었다. 가권도 부지런히 붓을 놀렸다. 기개는 한풀 꺾였지만 속화 하나만큼은 누구보다 자신 있 는 만큼 부지런히 담묵으로 형태를 완성하고 채색에 들어갔다. 주 로 수묵으로 그림을 그리는 단원보다는 화려하고 생생한 색감을 자 유자재로 구사하는 자신이 더 유리할 거라고 믿었다.

어느덧 반나절이 지나고, 거의 동시에 완성된 두 장의 그림을 앞 에 둔 임금은 껄껄 웃었다. 가권은 흡족했다. 분명 자신의 그림을 보고 웃는 것이리라.

"재미있구나, 재미있어. 역시 단원이로구나!"

'뭐라고?' 가권은 실망감을 감추지 못하고 무너질 듯한 심정으로 임금을 올려다봤다.

"선비가 어찌 시골 촌부에게 마음이 있을까마는 그래도 뭔가 있 을까 싶어 부채 위로 눈을 치켜뜨고 장옷 쓴 아낙네를 뚫어져라 쳐 다보는구나."

단원은 임금의 말에 살짝 고개를 숙여 수긍했다. 그의 표정은 여 전히 큰 변화가 없이 명경지수 같은 평온함을 유지했다.

가권이 보니 임금은 자신의 그림으로는 시선을 두지도 않았다. 가권은 슬슬 화가 치밀었다. 보려고도 않는 임금이 야속했다.

"어째서 제 그림을 보지도 않으십니까!"

당돌한 가권의 읍소에 정조가 눈썹을 치켜올렸다.

"봤다. 다만 웃음이 터져 나오는 단원의 그림에 점수를 더 주었다. 됐느냐?"

그러나 가권은 애써 화를 억누르며 말했다.

"이해할 수 없습니다. 어찌하여 제 그림이 못하다는 것입니까? 전모 쓴 기녀를 눈앞에 있는 것처럼 그려낸 것이 못하다는 건 천한 기녀에게는 눈길도 주지 않으시겠다는 것 아닙니까?"

분을 참지 못한 가권은 정조의 무릎으로 달려들듯 다가가 그림을 빼앗았다. 정조의 얼굴엔 당황한 기색이 역력했다. 그 누구도 이런 무례를 범한 적이 없었다. 가권은 제가 그린 그림을 바닥에 놓고 커다란 붓에 먹을 듬뿍 찍어 기녀의 얼굴을 온통 먹칠해버렸다. 보다 못한 단원이 가권을 제지했다.

"그만하시게."

하지만 단원이 말리자 더욱 부아가 치민 가권은 아예 그림을 들고 보란 듯이 북북 찢어버리고 문을 향해 달음박질쳤다. 이제는 죽은 목숨이다. 조선 곳곳을 두루 비추는 밝은 달로 비유되는 임금 앞에서 천하의 못된 짓을 저질렀으니 최대한 멀리 달아나는 수밖에 없었다.

가권이 문을 열어젖히자마자 정 내시와 금부도사가 기다렸다는 듯 앞을 가로막았다. 혹시라도 일어날 일에 대비해 정 내시가 금부도사를 불러 지키고 있었던 것이다.

"어딜 그리 급히 가려는 게냐?"

정 내시가 가권에게 달려들었다. 하지만 가권은 미꾸라지처럼 내시의 품을 빠져나가며 뒤꼍으로 튀었다. 이번에는 금부도사가 가권을 잡으려 했으나 큰 칼을 차고 거치적거리는 갑옷까지 입은지라 날래고 민첩한 가권을 잡기에는 역부족이었다. 한바탕 사람들이 소란스럽게 달려간 뒤 찢어진 그림을 보며 정조는 웃음을 터뜨렸다.

"그림보다 저자의 행태가 영 웃기지 않은가?"

단원이 걱정스러운 얼굴로 상감에게 고하였다.

"전하, 저자의 죄가 무겁사오나 간단히 목숨을 끊어버리기엔 아까운 일입니다. 바라옵건대 저자를 제게 주십시오."

"행동이 경망하고 성질이 불같은데 쓸모가 있겠느냐."

"저자의 눈빛에서 범상치 않은 기운을 보았나이다. 잘만 깎고 다듬으면 분명 귀중한 쓰임이 있을 것이옵니다."

단원이 확신에 찬 목소리로 대답했다. 정조는 다시 한번 찢어진 그림을 쳐다보았다. 그리고 천천히 고개를 끄덕였다.

"좋다. 가지거라. 이제 그 아이의 목숨은 단원의 것이다."

"성은이 망극하옵니다."

4 투전판

한양에서 제일가는 미녀와 예인이 모두 있다는 기방 아취옥은 권세가도 함부로 건드리지 못하는 곳으로 유명했다. 삼정승과 거상들이 단골로 드나드는 이곳이 한 달에 벌어들이는 돈이 한양의 북촌 기와집을 열서너 채 사고도 남을 만한 규모라 하니, 능히 그 명성이 하늘을 찌를 듯하였다.

멋들어지게 무쇠 장식을 해 넣은 대문 앞에 서면 벌써부터 가야금 소리 장구 소리가 귀를 간질이고, 산해진미 용미봉탕 진한 향이 배 속을 요동치게 한다. 어여쁜 계집종의 안내로 널찍한 마당에 들어서면 반질반질 윤기 나게 닦인 대청마루와 은성한 창호들이 보이고, 하룻밤에 백 명분의 음식을 할 수 있는 부엌에서는 끊임없이 주안상이 들락거린다.

본채와 부엌 사이의 좁은 통로를 통과하면 뒤편의 별채로 이어지는데, 별채의 툇마루 끝을 돌아 들어가면 겹겹으로 무명천을 걸어 방인지 창고인지 모를 공간이 있었다. 전에는 손님을 기다리는 기녀들이 동물 뼈에 구멍을 내 붉은색 눈을 칠한 골패를 던지며 노는 곳이었으나, 점차 손님들이 어울려 돈을 걸면서부터 상설 도박장이 된 방이었다. 세간이 전혀 없는 널찍한 방바닥에는 여기저기 엷은 미색천이 깔렸고, 엽전과 어음, 계집종들이 끊임없이 나르는 떡과 술, 심지어 볼일 볼 시간이 아까운 이를 위한 요강까지 잡다하게 널려 있었다.

나이 든 기녀 하나가 도저히 못 참겠다는 듯 저고리를 풀어헤치고 머리에 쓴 가체를 던지듯이 내려놓았다. 함께 투전을 벌이던 우락부락한 왈패 하나가 그 모습을 보고 농을 쳤다.

"이제 보니 자네 정수리가 횅하니 비었구먼. 난 가체 없은 모습만 봐서 까맣게 몰랐네."

"나리, 나리 패나 신경 쓰시죠. 이년 정수리는 이년이 알아서 할 테니까요."

"노름에 빠져서 본업도 못 하는 판인데 정수리에 털이 돋겠는가. 소문을 듣자 하니 한 기백은 줄씹을 해줘야 한다면서?"

"글쎄 염려 붙들어 매시라니까요. 나리가 따면 제일 먼저 한코 드릴 테니까요."

"누가 자네 몸이 탐나서 벌인 일인가. 시든 애호박 같은 몸 뭐 볼 게 있다고. 하도 도박 자금이 없다기에 재미 삼아 받은 각서일 뿐이네. 가만있자, 아예 신체 포기 각서로 하는 게 어떻겠는가?"

"그러든지 말든지 나리 꽤나 신경 쓰셔. 얼쑤, 장땡이다."

기녀는 왈패의 집문서를 그러쥐었고, 왈패는 두 손으로 머리를 감싸 안고 비명을 질렀다. 한바탕 소란스러운 웃음소리가 도박장을 휩쓸었다. 왈패가 신도 신지 않고 밖으로 뛰쳐나간 사이 밑천을 두둑이 벌어들인 기녀는 다시 큰 판돈이 오가는 패거리에 궁둥이를 들이밀었다. 바로 가권이 끼어 놀고 있는 자리였다.

궐은 어찌어찌 빠져나왔으나 언제든 잡힐 수 있고 잡히면 끝이라고 생각한 가권은 기왕 얼마 남지 않은 목숨, 한바탕 질펀하게 놀아볼 생각이었다. 우선 노름판에서 크게 한몫 챙겨 밤새도록 술상을 받아가며 아취옥 기녀들과 돌아가며 정을 나눌 작정이다. 그리고 아취옥의 먹과 종이가 모두 동날 때까지 그림을 그리겠다. 종이가 동나면 기생들의 치마폭에 그림을 그리고, 그마저도 동나면 그녀들의 백옥 같은 몸과 함께 뒹굴던 비단 이불 위에도 그리리라.

가권이 앉은 노름판에서는 끗수가 높은 사람이 이기는 짓고땡이 한창이었다. 가권은 한쪽 눈을 감고 자신의 투전패를 슬며시 확인했다. 뒤이어 눈을 가늘게 뜨고 앞에 앉은 도박꾼들의 인상을 살폈다. 방금 끼어 앉은 기녀와는 술김에 낯거리도 해본 사이였으나 다른 두 명은 이곳에서 살다시피 하는 가권도 처음 보는 녀석들이었다. 하나는 초로의 노인으로 어디서 약방을 한다는 의원 영감인데, 약 짓는 일은 팽개친 지 오래고 빚에 또 빚을 내어가며 이곳에서 며칠째 밤을 새우고 있다는 인물이었다. 소문에 따르면 도박에 빠진 사람을 위해 멀쩡하게 밤을 새울 수 있는 묘약도 만들어 판다고 한다. 바로 그걸 도박꾼들에게 팔아서 빚을 탕감받고, 다시 도박 자금을 만들고 하는 모양이었다. 옆에 앉은 또 다른 이는 궁에 드나들며 왕의 문방구를 관리하는 별감이 분명했다. 붉은색 도포에 옥색 비단 바지를 입고, 옥이 달린 비단 끈으로 도포를 두르는 등 복색이 화려하기 그지없다. 게다가 반듯하게 눌러쓴 초립은 웬만하면 벗을 만도 한데 몇 시간째 그대로 쓰고 있었다. 도포 자락 아래로 비죽이 나온 색색의 비단 주머니는 무엇이 들었는지 울룩불룩했다.

"오늘 대궐에서 화사 한 놈이 행패를 부리고 도망쳤다던데……. 그것도 나라님 앞에서."

가권은 궁금증이 동해 짐짓 아무렇지도 않은 얼굴로 슬쩍 운을 떼보았다. 역시나 가권이 뱉은 말을 냉큼 주워 별감이 답했다.

"소문 참 빠르기도 하지. 나처럼 뻔질나게 대궐 드나드는 사람도 모르는 소문을 여기 꾼들은 알고 있으니 말이네."

"설마하니 그 화사를 가만 내버려두지는 않겠죠?"

가권이 다시 떠보았다. 자신을 잡아 족치라는 어명이 내려졌는지 자못 염려됐다.

"물론이지, 그걸 말이라고 하나. 죽을 때까지 곤장을 때려도 할 말이 없을 것을…… 얼쑤, 아홉 끗 가보로구나."

별감이 투전패를 뒤집어 던지더니 돈을 긁어모았다.

"에그머니나. 오늘은 웬일로 운이 좋나 했더니만."

늙은 기녀가 확 이맛살을 구기며 자신의 패를 뒤집었다. 의원도 별수 없다는 듯 자기 패를 뒤집어 보였는데, 딱 한 끗 따라지였다.

운이 없어도 저렇게 없을까.

"이런, 양귀비꽃이랑 대마랑 죄다 떨어졌는데 큰일이구먼. 이보게, 별감. 잠 쫓는 약을 만들어 팔면 꼭 갚을 테니 얼마만이라도 좀 꾸어주게나."

"글쎄올시다, 이자까지 톡톡히 주신다면야 모를까."

그때였다. 가권이 싱긋 웃으며 돈을 그러쥐는 별감의 손등을 투전패로 찍듯이 내리꽂으며 소리쳤다.

"열 끗! 장땡이오, 장땡!"

"뭐라고? 그럴 리 없어. 그럴 리가 없다고!"

당황한 별감이 차고 있던 비단 주머니를 감싸 쥐었다. 그 모양을 본 가권이 순무처럼 빨개진 별감에게 대뜸 달려들었다.

"네 이놈! 네놈이 그 비단 주머니에서 슬쩍 패를 꺼내 바꿔치기하는 걸 내 못 본 줄 아느냐? 그래서 나도 속임수를 썼으니 누가 잘했고 못했는지 보자!"

가권이 별감의 주머니를 낚아채 풀자 와르르 수많은 패가 쏟아져 나왔다. 투전판의 골패뿐 아니라 최근 일본에서 들어왔다는 메쿠리카루타 화투패까지 섞여 있었다.

사람들의 시선이 순식간에 집중되자 가권은 득의만면해 별감의 멱살을 잡아 일으켜 세웠다.

"이놈, 도박하다 사기 친 놈은 어떻게 되는지 알지? 손목을 잘리는 거다. 이건 오래전부터 내려온 도박판의 불문율 아니냐? 누가 가서 작두 좀 가져오시오. 어이, 영감! 작두 가져와요. 어서 가져오라니까!"

가권의 서슬에 기가 눌린 약방 영감이 얼른 밖으로 뛰쳐나가더니 곧 약재를 썰 때 쓰는 작두를 들고 들어왔다. 늙은 기녀가 냉큼 작두를 받아 내려놓더니 콧노래를 부르며 싹둑싹둑 써는 시늉을 했다.

"아이고, 이보게, 제발 진정하게. 내가 죽을죄를 지었네. 자자, 여기 가진 돈을 몽땅 줄 테니 딱 한 번만 눈감아주게나."

하지만 가권은 들은 척도 않고 별감의 손목을 끌어다 작두날에 갖다 댔다. 기겁을 한 별감이 소리를 지르며 그대로 오줌을 지리고 말았다. 기녀들이 쿡쿡 웃음을 참는 소리가 들렸다.

"죽을죄를 지었으면 죽어야지. 목숨 대신 손목 달라는 건데 훨씬 남는 장사 아니오."

"아이고오, 젊은이……."

별감이 땀을 뻘뻘 흘리며 무슨 말을 하려고 할 때였다.

"그쯤 하시지요."

원숙한 여인의 기품 있고 단정한 목소리가 낭랑하게 울렸다. 일순 소란이 잦아들었다. 가권 또한 흠칫 고개를 들어보니 젊지도 늙지도 않은 단아한 자태의 여성이 문가에 서 있었다. 가체를 얹지 않고 머리를 쪽 지고 있어 얼핏 보면 어느 대가 댁 작은 마님처럼 보였는데, 치맛자락 여밈이 여염집 여자와 반대인 것을 보니 틀림없는 기생이었다.

"그 정도면 충분합니다. 소란이 커져 다섯 자(도박장을 단속하는 포도청 군관의 속칭)가 들이닥치기라도 하면 낭패니 그만 놔주십시오."

가권은 코웃음을 치며 별감의 손목을 더욱 우악스럽게 비틀어 잡았다. 별감이 아고고, 죽는시늉을 했다.

"뉘신지는 몰라도 사내들 일에 함부로 간섭하지 마시오. 이자는 지금 사기를 쳤단 말이오."

그러자 여인이 휘장을 걷고 들어와 가권 앞에 가만히 서서는 한 쪽 무릎을 꿇고 앉아 인사를 올렸다.

"저는 아취라 합니다. 비록 미천한 몸이지만 이 기방의 주인이지 요. 선비께서는 제 뜻을 따라주시면 고맙겠습니다."

곳곳에서 탄식이 흘러나왔다. 젊은 시절 위세 높은 고관대작들 이 너나없이 하룻밤 품어보려 안달했다는 그 아취란 말인가. 논 한 마지기 값을 가져와야 그녀의 춤을 보고 소 한 마리 값을 가져와야 그녀를 안아볼 수 있었다는 것은 요즘도 저잣거리에서 짜한 얘기였 다. 젊은 나이에 모은 큰 재물로 이곳 아취옥을 세우고 최고의 일패 기생만 길러낸다는 전설 같은 여인. 아취의 용모는 지금도 한창때 의 미모를 충분히 짐작할 수 있을 만큼 미색이 흘렀다.

'아아, 젠장. 조금만 더 다그치면 판돈은 물론 재산까지도 내놓을 분위기였는데.'

가권은 입맛이 썼지만 내내 붙잡고 있던 별감의 손목을 확 놓아 버렸다. 이곳에서까지 쫓겨날 수는 없는 일이었다.

"고, 고맙소. 정말 고맙소."

별감은 가권과 아취를 향해 몇 번이나 고개를 조아리더니 판돈과 주머니까지 모두 놓아두고 줄행랑을 쳤다. 곧 도박장은 평소의 분위기로 돌아왔다. 아취의 자태를 훔쳐보느라 정신이 없는 몇몇 영감들만 빼면 말이다. 가권이 늙은 기생과 영감에게 얼마씩 돌려주고 남은 돈을 챙기고 있는데 아취가 생각도 못 한 도전을 걸어왔다.

"소인 때문에 손해가 크신 듯하니 저와 한판 벌이시는 게 어떻겠습니까?"

"뭐요?"

"이곳은 눈이 많아 오래 머물 수 없으니 제 거처로 모시겠습니다."

잠시 후, 가권은 여전히 어리둥절한 기분으로 아취의 처소에서 그녀와 마주 앉았다. 정말로 자신과 노름을 하려는 것인지, 아니면 소문난 미남자인 자신을 유혹할 심산인지 알 수가 없었다.

'천하의 아취도 나이를 먹으니 젊은 사내의 몸이 그리운 모양이군.'

하지만 놀랍게도 아취는 가권과 자신 사이에 작은 비단보를 펴고 쌍륙을 하기 위한 판을 펼쳐놓았다. 정말로 내기를 하려는 것이다.

"잘 아시겠지만 난 돈이 별로 없소."

아취가 은이 가득한 보석함을 꺼내는 것을 보고 기겁한 가권이 말했다. 아취는 은은히 웃을 뿐이었다.

"돈이 아니라 다른 것도 좋습니다."

"이를테면?"

"화사님의 시간을 거시는 건 어떻겠습니까?"

"내가 화사인 건 어찌 알았소?"

"기방을 운영하는 자가 신 화사님을 모른다면 말이 안 되는 일이지요."

가권의 얼굴이 화끈 달아올랐다.

"좋소. 시간을 걸지요. 하면 그쪽도 돈 말고 다른 걸 거시오."

그러자 아취가 긴 속눈썹을 감았다 치뜨며 살짝 웃었다. 마치 꽃 위에 얌전히 앉아 있던 나비가 문득 화려한 날개를 펼치는 듯했다. 참으로 절색이로다. 가권은 당장이라도 아취의 몸을 덮쳐누르고 싶은 것을 지그시 눌러 참았다.

"보름 동안 가장 좋은 방에서 가장 좋은 음식으로 지내실 수 있게 하겠습니다. 또한 원하는 기생도 얼마든지 붙여드리고요."

"거기엔 자네도 포함되는 것이렷다?"

"물론입니다."

가권은 속으로 쾌재를 불렀다. 죽을 땐 죽더라도 아취의 몸을 실컷 탐하고 희롱한 유일한 사내로 오래도록 회자되리라.

쌍륙은 주사위 두 개와 말판에 있는 열다섯 개의 말을 가지고 하는 놀이다. 즉 주사위 두 개를 던져 합한 숫자만큼 말을 움직여서 상대방의 말을 잡거나 더 빨리 진행해 집으로 돌아오게 하면 된다. 어차피 운에 맡기는 도박이었으나 가권은 자신이 지리라고는 꿈에도 생각하지 않았다. 하지만 시간이 지날수록 가권의 입 안은 바짝바짝 타들어 갔다. 분명 주사위를 교묘하게 깎아 의도하는 방향대로 구르게 하는 따위의 술수도 없고, 똑같은 주사위를 가지고 똑같이 굴리는데도 가권의 말만 속속 잡히더니 어이없을 정도로 쉽게

판이 끝나버린 것이다.

"이제 화사님의 시간은 화사님의 것이 아닙니다."

마지막 칸으로 말을 옮긴 아취가 의기양양하게 말했다.

"말도 안 돼. 이번 판은 무효다. 도박에 건 시간이 하룬지 한 달인지 일 년인지 정하지도 않고 시작하지 않았느냐?"

하지만 아취는 고개를 느긋하게 가로저었다.

"어찌 됐든 약속은 지키셔야지요. 화사님께서 얼마의 시간을 거셨는지는 저절로 아시게 될 겁니다."

"그런 법이 어디 있어!"

가권이 자리에서 벌떡 일어나 다짜고짜 아취를 덮치려는 순간 곁방에서 괴한이 뛰쳐나와 불시에 가권의 등허리를 내리쳤다. 갑자기 눈앞이 캄캄해진 가권은 방바닥에 널브러져 그대로 정신을 잃었다. 그가 마지막으로 기억하는 것은 아취의 달콤한 향내뿐이었다.

제2부

황색

가장 귀한 진리를 귀 기울여 듣고

깨인 마음으로 주의 깊게 생각한 다음,

선과 악 두 갈래 중 한 길을 택하라.

−옛 말씀 중에서

1 연풍 관아

텁텁한 물이 입 안으로 들어왔다. 혀를 가르는 듯 찌르르한 맛, 무언가 씹히는 듯 찝찔한 액체에 가권은 번쩍 눈을 떴다. 기분이 몹시 더러웠다. 정신은 들었지만 온몸이 쑤셔서 움직일 수가 없었다.

"정신이 좀 들어요? 장독에는 똥물이 최고라 입에 넣어봤는데."

난생처음 보는 사내아이가 사발을 들고 있는 모습이 눈에 들어왔다. 겨우 열서너 살밖에 안 돼 보이는 조막만 한 녀석이 애체(안경)까지 쓰고 있다.

'그나저나…… 방금 뭐라고 했지? 또, 똥물?'

"우웩, 우에엑!"

헛구역질을 할 때마다 온몸이 욱신거렸지만 욕지기는 한참 동안이나 그치지 않았다. 평소 가권은 뒷간에 가도 코를 쥐고 고개를 쳐든 채 얼른 일을 보고 나오던 사람이다. 새끼줄을 쓰는 것도 불결하여 따로 준비한 종이로 뒤처리를 하고 바로 뒷물을 해 늘 깔끔함을 유지하던 그였다. 그런데 똥물을 먹이다니.

마침내 구역질이 가라앉자 완전히 기진맥진한 가권은 다시 끙끙거리며 자리에 드러누웠다.

"사흘 동안이나 기절해 있던 거 알아요? 행랑아범이 힘이 좀 세긴 하지만. 그러게 왜 그런 짓을 했어요?"

"여긴 대체 어디냐?"

그러자 동그란 얼굴에 동그란 애체를 걸친 아이가 눈을 동그랗게 뜨고 되물었다.

"왜 초면에 반말이에요?"

"뭐야? 쪼그만 녀석이…… 이름이 뭐야?"

"영재요. 그러는 아저씨는요?"

"내 나이가 몇 살인데 아저씨야? 형이라고 불러."

영재는 어이없다는 듯 웃으며 코끝으로 내려온 애체를 밀어 올렸다.

"이거야 원, 똥물로 간신히 살려줬더니만."

"우욱! 제발 그 사발 좀 치워. 구역질 나잖아. 가만히 있어도 지금 죽을 것 같다고."

"이봐요, 난 아저씨 은인이라고요. 사흘 내내 옆에서 수발하느라 얼마나 힘들었는지 알아요? 짐승도 목숨을 구해준 사람한테는 은혜를 갚는다고 합디다."

영재는 사발을 들고 벌떡 일어섰다.

"어, 어디 가려고?"

가권은 갑자기 풀이 죽어 아이를 불러 세웠다. 지금 자신은 이빨 빠진 호랑이보다 더 무능한 지경이다. 무엇보다 몹시 시장하고 목이 말랐다.

"치우라면서요. 조금만 기다려요. 음식을 좀 내올 테니."

정체불명의 아이가 나간 뒤 가권은 비로소 방 안을 찬찬히 둘러볼 생각이 들었다. 자그마한 책상과 서랍장, 소박한 옷장이 구석에 놓여 있고 벽에는 소나무 아래에서 피리를 부는 동자의 그림이 걸려 있었다.

'대체 여긴 어디지? 아취와 내기했다 지고…… 곧장 이곳으로 끌려온 모양인데. 혹시 아취의 또 다른 거처인가?'

하지만 이 방은 아무리 좋게 보아도 가난한 선비의 방 그 자체였다. 아취에게 어울리는 취향이 전혀 아니었다. 그때였다. 영재가 상을 들고 들어왔다. 죽과 간장이 전부인 소박한 상이었지만 가권은 그릇에 코를 박을 기세로 정신없이 먹어치웠다.

"우선은 몸을 회복하라 하십니다. 필요한 게 있으면 나한테 말해요. 최대한 애써볼 테니. 그리고 오늘은 내가 직접 가져왔지만 앞으로 밥은 하인들이 가져다줄 거예요."

어린것이 어른을 앞에 두고 온갖 거드름을 피우며 말하는 것을 보고 있자니 가권은 기가 막혔다.

"넌 하인이 아니냐?"

영재는 보란 듯이 콧방귀를 뀌었다.

"이봐요. 이래 봬도 난 뼈대 있는 가문의 자손이라고요. 그리고, 세상에 애체 쓴 하인이 어딨어요?"

영재는 기분이 상했는지 팩하고 일어서서 나가버렸다. 배가 부르니 가권의 눈에 다시 졸음이 밀려왔다. '우선은 몸을 회복하라 하십니다.' 역시 이 집안에는 누군가 어른이 있어 명령을 내리는 것이었다. 그 사람이 아취가 분명하다고 생각하니 가권은 마음이 놓이며 까무룩 잠이 들었다.

영재는 단원의 처소로 들어가기 전에 늘 하는 것처럼 명경재(明鏡齋)라고 쓰인 현판을 올려다보았다. 항상 잔잔한 물이 흐르듯, 환한 거울에 마음을 비춰보듯 올곧게 평상심을 유지하는 단원의 모습이 떠오르는 편액이었다. 영재는 매무새를 다시 한번 살펴본 뒤 애체를 슬그머니 벗어 호주머니에 넣었다.

"스승님, 영재입니다."

"들어오너라."

영재는 뿌옇게 흐려진 눈으로 더듬더듬 문턱을 지나 단원 앞에 무릎을 꿇고 앉았다. 새로운 그림을 그리고 있던 단원이 웃으며 붓을 내려놓았다.

"애체를 써도 되는데 그러는구나."

본래 어른 앞에서 애체를 쓰는 건 예의가 아니다. 하지만 단원은 사소한 격식을 옷자락에 붙은 볍씨만큼이나 가볍게 여겼다.

"그래도 어찌 스승님 앞에서……."

말은 그렇게 하면서도 영재는 주섬주섬 애체를 꺼내 조심스레 걸쳤다. 눈을 드니 단원이 인자한 얼굴로 미소 짓고 있었다.

"그래, 그자의 몸 상태는 어떻더냐?"

"수일이면 완전히 건강을 회복할 것입니다. 기절해 있는 동안 아무것도 못 먹어서 기운이 없을 뿐이니까요. 그나저나 스승님, 그자가 정말 궁중화원이었던 게 맞습니까? 제가 먼발치에서라도 만나 뵌 화사님들과는 격이 달라도 한참 다른 듯합니다."

"영재야, 네 애체는 사물을 또렷하게 보여주는 물건이 아니더냐? 왜 그러한 애체를 마음에는 쓰려고 하지 않느냐?"

영재는 부끄러워서 고개를 숙였다. 성급하게 사람을 판단하지 말라는 가르침을 그만 또 잊어버렸다.

"앞으로 너와 실과 바늘처럼 지내게 될 인물이다. 잘 사귀어두어라."

단원은 뒷걸음질로 나가는 영재를 지켜보다 물이 담긴 사발에 붓을 헹궜다. 물에 옅은 먹물이 퍼지며 백자 사발에 푸른 기운이 감돌았다.

"먹이 풀리듯 이렇게 일이 잘 풀린다면 무슨 걱정이 있을꼬."

단원은 혼잣말을 낮게 읊조렸다.

충청도 내륙, 첩첩이 산에 둘러싸인 연풍현의 동헌 풍락헌은 한양의 고래 등 같은 기와집에 비하면 조촐하기 그지없는 건물이다. 중문이 여덟 칸, 두 개의 누각은 열두 칸 정도, 여러 가지 목적으로 쓰이는 방이 열다섯 칸이다. 이외 사무를 보는 향청 건물, 노비들이 묵는 방이 별채로 자리 잡았다. 가권이 머무는 곳은 관아의 맨 끝자락 안쪽에 있는 행랑채쯤 되었다. 건물 출입구를 겸하는 누각 안쪽에는 사령들이 기거하는 사령방이 있고, 관아와 울타리를 사이에 두고 손님이 와서 묵는 객사 앞이 군기고, 그 옆이 이런저런 소모품을 만드는 작업방 등이었다.

자리를 보전하며 먹고 쉬기를 이틀, 슬슬 좀이 쑤시게 된 가권은 영재가 갖다둔 평범한 바지저고리를 걸치고 밖으로 나왔다. 원래 입고 있던 중치막은 어디로 갔는지 찾을 수가 없었다.

'좀 씻었으면 좋겠는데……'

가권은 뜨끈한 물에 몸을 담가 쩝쩝한 기분을 깨끗이 닦아내고 싶었다. 영재라는 녀석은 아침에 얼굴만 쏙 디밀어 보더니 코빼기도 보이지 않았다. 마침 어디론가 종종걸음을 옮기는 노복이 눈에 띄어 바삐 불러 세웠다.

"이보시오, 노인장."

그러나 노인은 가권의 말을 들었는지 못 들었는지 서둘러 중문을 빠져나가려 했다.

"어이 노인장! 좀 씻고자 하니 목욕물을 준비해주시게!"

그러나 여전히 노인은 모르쇠였다. 가권이 욱하여 소리쳤다.

"에이 빌어먹을 영감아! 귓구멍에 솥뚜껑을 달아놓았나!"

갑자기 등 뒤에서 깔깔깔, 어린애의 낭창한 웃음소리가 울렸다. 돌아보니 언제 왔는지 영재가 서서 웃고 있었다.

"이놈, 지금 날 보고 웃은 것이냐?"

그러자 영재가 애체를 들어 올려 눈물을 닦으며 말했다.

"행랑아범은 귀가 먹었거든요. 면전에서 입 모양을 보이지 않으면 말이 통하지 않는다고요."

"뭐, 행랑아범? 날 몽둥이로 개 패듯이 패서 데려왔다는 그 행랑아범이란 말이냐? 이씨, 내 저놈을 그냥!"

씩씩거리며 노인을 쫓아 나가려는 가권을 영재가 붙잡으며 말했다.

"글쎄 얌전하게 아취 님 말을 들었으면 안 다쳤을 거라니까요."

"그래, 아취. 아취는 대체 어디 있는 거야? 날 어떻게 하려는 수작이냐고? 당장 오라고 그래!"

"아취 님은 여기 없어요. 여긴 한양에서도 멀리 떨어진 연풍현이고요. 아취 님이 아저씨의 시간을 우리 스승님께 팔았거든요."

"뭐?"

"그리고 이제 반말 좀 그만하시죠. 아저씨, 중인 출신이죠? 지난번에도 말했지만 난 뼈대 있는 가문의 장손이에요. 계속 그렇게 절 모독하시면 가만히 있지 않겠어요!"

"흥, 내가 그런 데 겁먹을 위인이면 주상 전하 앞에서 그 난동을 피웠겠느냐? 보아하니 너도 몰락한 가문의 자제 같은데, 그러면 너나 나나 다를 게 뭐냐. 정 억울하면 같이 말을 놓든지."

"쳇. 그럼 좋다. 가권아, 가자. 스승님이 널 불러오라고 했다. 자, 어서 따라오너라."

"뭐? 가권아?"

하지만 영재는 말이 끝나기 무섭게 휙 등을 돌려 앞장서서 걷기 시작했다. '저 녀석이!' 가권은 속이 부글부글 끓었지만 할 수 없이 그 뒤를 따라갔다. 그리고 단단히 결심했다. 그 스승이라는 작자가 누구든 최대한 빨리 결판을 내야겠다고.

영재의 뒤통수를 향해 손을 올렸다 내렸다 하며 작은 댕기머리 뒤를 졸졸 따라가는데 어디선가 흐압, 흐아합 하는 기합 소리가 들렸다. 한 사람의 입에서 나는 듯 합일이 정확한 소리이나 분명 수십 명이 내는 기합이었다. 영재는 바로 그 소리가 나는 쪽으로 가고 있었다. 가권은 슬쩍 두려운 생각이 들었다.

'설마 날 관아에 팔아넘긴 것인가? 지금 내 발로 사형장을 향해 가고 있는 건 아니겠지?'

하지만 가권은 곧 고개를 흔들어 잡스러운 생각을 떨쳐버렸다. 곧 죽을 놈을 뭐 한다고 간호해주고 먹여주고 입혀주겠는가 말이다.

영재의 뒤를 따라 문밖으로 나가자 탁 트인 너른 벌판이 나타났다. 뒤로는 대나무 숲이 무성하고, 관아와 면한 넓은 공터에서는 장정 수십 명이 웃통을 벗고 일사불란하게 권법을 익히고 있었다.

"칠성권세!"

누군가 광풍과도 같은 호령을 내뿜자 장정 수십 명이 양팔을 하늘 높이 올렸다가 동시에 바닥을 향해 두 주먹을 떨어뜨렸다.

"고사평세!"

이번에는 오른손을 왼 다리 앞으로 힘차게 찌르며 큰 기합 소리를 냈다.

"하이하합!"

가권이 그 기세에 눌려 구석에서 가만히 보자니 장정들 앞에 군복을 입고 호령하는 자가 눈에 띄었다. 그는 휘몰아치는 폭풍과 같이, 기암절벽에서 쏟아져 내리는 폭포수같이 장정들을 지휘하고 있었다. 가권은 그 당당한 사령의 얼굴이 어쩐지 낯이 익어 어리둥절했다. 문득 호령하던 사령이 한 손을 들어 중지를 요청하더니 부사령인 듯한 사내에게 시범을 맡기고 가권을 향해 걸어왔다.

"왔느냐?"

영재가 얼른 고개를 숙여 인사하더니 가권의 옆구리를 쿡 찔렀다.

"뭐 해? 인사 안 올리고."

"아, 저…… 그……."

가권이 엉거주춤 고개를 숙이려는데 사령이 가권의 어깨를 툭툭 쳤다.

"되었다. 이자와는 서로 안면이 있는 사이다."

"누구……?"

가권의 눈이 크게 벌어졌다. 아뿔싸, 권법을 가르치던 이는 바로 단원이었다.

2 송하맹호도

'주상 전하의 명을 받아 산간벽지 어디에서 현감 자리를 하고 있다는 얘기는 들었지만, 설마 이런 곳일 줄이야.'

가권은 눈앞이 캄캄했다. 여우굴인 줄 알고 들어갔다가 호랑이굴에 빠진 기분이었다. 단원은 잠자코 가권을 이끌고 대나무 숲을 거닐었다. 영재는 풀밭에 남아 훈련받는 군졸의 모습을 지켜보았다.

"대체 그 아취라는 기생과는 무슨 관계십니까?"

침묵을 견디다 못한 가권이 다짜고짜 묻자 단원이 천천히 그를 돌아보았다.

"무슨 관계는 아닐세. 다만 서로가 만족한 거래를 하였을 뿐."

"예에?"

"난 주상 전하로부터 자네의 목숨을 넘겨받았네. 그리고 아취로부터는 자네의 시간을 사들였지."

"뭐요? 전 함부로 사고팔 수 있는 물건이 아닙니다!"

"물론일세. 하지만 자네가 거부한다면 혈안이 돼 자넬 찾고 있는 의금부에 넘겨줄 수밖에. 설마 궐에서 부린 난동을 벌써 잊은 건 아니겠지? 또 자네가 망신을 준 별감도 사람을 사들여 자네를 찾고 있다는 소문이야."

"……."

"썩 기분 좋은 일은 아니겠지만 자네는 이곳에서 보호받고 있는 것이네. 그렇지 않은가."

할 말이 없었다. 한양으로 돌아갔다가는 며칠 새에 쥐도 새도 모르게 죽임을 당할 게 분명했다. 우선은 단원의 말에 순종하는 것이 가권이 선택할 수 있는 최선이었다.

"그, 그렇다면 무엇 하러 저를 거둬주신 겁니까? 또 저기 저 군사들은 무엇이고요. 작은 시골 관아에서 저런 훈련을 받는 건 누가 봐도 이상한 일일 것입니다."

"왜 자네의 그림이 주상 전하의 낙점을 받지 못했는지 아는가?"

단원은 갑자기 엉뚱한 질문을 던졌다.

"그야 저보다 단원 선생을 아끼시니 그러신 거 아닙니까."

"아닐세, 주상 전하께서는 재능 있는 자보다 뜻이 깊은 자를 사랑하시네. 자네의 그림은 제대로 된 마음을 담아내지 못했어. 그저 예쁘기만 한 그림은 정신이 빠진 껍데기에 불과하지."

"뭐요? 그게 아니라……."

하지만 가권은 말문이 막히고 말았다. 단원의 말이 자신의 가장 아픈 곳을 찔렀던 것이다. 아무렇게나 붓이 나가는 대로 그려도 감탄하는 사람이 있으니, 내심 세인들의 낮은 안목을 비웃으면서도 오랫동안 자기만족에 젖어 있지 않았던가. 또 한편으로는 수없이 의문을 품고는 했다. '나는 세상을 제대로 보고 있나. 나는 혼이 담긴 그림을 그리고 있나. 어쩌면 나는 나 자신조차 제대로 이해하지 못하고 있는 것이 아닐까.'

"그림은 단순히 보이는 그대로를 그리는 게 아니네. 사의, 즉 그 대상이 나타내는 뜻을 살펴 그리는 것일세."

단원은 가권의 어깨에 손을 얹었다. 가권은 움찔 놀랐으나 굳이 뿌리치지는 않았다. 단원의 손은 억세면서도 따뜻했다.

"사물을 보는 눈을 익히게. 사람의 내면을 보게. 그러면 자네의 그림은 따로 연습하지 않아도 뜻을 이루게 될 것이야."

그날 저녁이었다. 저녁상을 물린 가권이 멍하니 벽을 쳐다보고 앉아 단원의 말을 곱씹고 있는데 영재가 한 보따리의 책을 들고 들어왔다.

"이게 다 뭐냐?"

기겁을 한 가권이 묻자 영재가 책상 위에 한 권을 척 펼치며 말했다.

"왜말 교본이다. 오늘부터 당장 공부에 들어가라고 하셨어."

"뭐? 이런 걸 내가 왜 해?"

"그럼 버러지처럼 매일매일 밥만 축내고 있을 참이냐?"

"네 녀석 주둥아리는 불쏘시개냐? 아주 사람 열 받게 하는 덴 도가 텄구나."

"지금이라도 당장 관아 밖으로 나가 봐. 아니, 한양에서 살았다니 평소에도 뒷골목을 질리도록 보았겠지. 지금 이 나라 조선은 태평성대라지만 아직도 먹을 것이 없어서 굶주리는 사람이 널리고 널린 게 현실이다. 한쪽에선 풍악을 울리고 한쪽에선 피죽이 없어 자기 자식을 내다 파는 실정이지. 여기엔 막돼먹고 제 할 일도 안 하는 놈에게 먹일 쌀은 없다고."

"알았어, 알았다고. 그럼, 왜 이걸 해야 하는 건지만 말해줘."

잠시 망설이던 영재가 말했다.

"가끔 이곳 특산품인 풍기인삼을 부산포에 드나드는 왜관 관리들에게 내리는 일이 있지. 그럴 때 스승님을 수행할 사람이 필요한데, 난 왜말을 썩 잘하지만 아직은 너무 어려서 그런 공적인 자리에 나서지 못해. 하지만 너라면 인물도 훤칠하고, 나이도 충분하니까 스승님을 돕기에 좋을 거다. 그리고 여기 있는 다른 사내들은 힘만 쓸 줄 알지 머리가 나쁘거든."

"사람 보는 눈은 있는 것 같아서 다행이구나. 에헴, 정 그렇담 이 몸께서 왜말을 익혀주시지, 뭐."

가권은 기분이 좋아져서 책상다리를 하고 교본을 들여다보았다. 영재가 애체를 고쳐 쓰며 작게 안도의 한숨을 쉬는 것은 보지 못한 채.

다음 날부터 가권은 하루 종일 영재의 잔소리에 시달리기 시작했다. 아침 일찍 사람을 깨워 전날 배운 단어를 외우게 하는가 하면, 싱겁고 밍밍한 된장국을 억지로 먹이기도 했다. 뿐만 아니라 오후면 행랑아범이 가권을 관아 밖 대나무 숲으로 끌고 가 달리게 한 뒤 꽁무니에다 황소만 한 개를 풀었다. 물론 덩치만 크지 순한 녀석이라 물릴 걱정은 없었지만, 미끄럽고 축축한 개의 혀가 얼굴을 침으로 칠갑하는 것도 싫었기에 늘 죽어라 뛸 수밖에 없었다. 가권을 더욱 미치게 하는 것은 이젠 전처럼 하기 싫다고 드러눕거나 기방으로 내뺄 수도 없다는 점이었다. 영재의 뒤에는 늘 행랑아범이 있는 데다가, 자신을 사흘이나 기절시킨 게 무슨 몽둥이가 아니라 행랑아범의 손날이라는 것을 안 뒤에는 더욱 그랬다.

그러던 어느 날이었다. 단원이 명경재에 들기를 청했다. 가권이 새 의복으로 갈아입고 거처에 들어서니 단원이 종이와 붓, 먹물 등을 준비해놓고 기다리고 있었다.

"호랑이를 그려보시게."

단원의 주문에 가권이 눈을 치켜떴다.

"이번엔 또 무슨 시험을 하시려는 겁니까?"

"먼저 이걸 보게."

단원이 흰 명주천에 표구한 그림을 가권에게 보여줬다.

"이 〈송하맹호도〉는 표암 강세황 어른과 내가 같이 그린 그림일세. 소나무는 그 어른이 그리시고, 호랑이는 내가 그렸지. 이 그림과 똑같이 그릴 수 있다면 자네의 시간을 풀어주겠네. 한양으로 가든 유랑생활을 하든 자네 뜻대로 하게나."

말을 마친 단원은 가권을 방 안에 홀로 남겨두었다. 가권은 단원이 두고 간 〈송하맹호도〉를 뚫어져라 바라봤다. 솔잎 향이 물씬 풍기는 듯한 굵직한 소나무 가지 아래 우뚝 선 호랑이에게서는 금방이라도 종이에서 뛰쳐나올 듯한 늠름한 기백이 엿보였다. 흡사 그림을 보는 이가 사냥감이 된 듯한 그림이었다. 훌륭한 화가의 그림을 따라 그리는 것은 화가가 되기 위한 필수적인 교육법이다. 하지만 가권은 선배의 그림을 임모(글씨나 그림 따위를 그대로 옮기는 것)해본 적이 별로 없었다. 그럴 필요가 없었기 때문이다.

'왜 이런 짓을 시키는 걸까.'

가권은 잠시 고민에 빠졌다. 평소 하고 싶은 대로 하고 살던 가권에게 형식적인 일에 얽매이라는 건 죽으라는 얘기나 마찬가지였다. 하지만 알 수 없는 호기심이 그를 잡아당겼다. 아니, 그보다 단원이 자신에게 정말로 바라는 것이 무엇인지 궁금해 죽을 지경이었다. '왜 내 목숨과 시간을 산 것일까. 왜 내게 왜말을 가르치고 달리기를 시키는 걸까.' 어쨌든 그 이유가 자신에게 새삼 그림을 가르치려는 것은 아닐 터였다.

가권은 붓을 들었다. 이제부터 무슨 일이 벌어지는지, 온몸으로 밀고 나가볼 생각이었다.

그날부터 가권은 그림 위에 화선지를 놓고 세밀한 붓으로 호랑이의 형태를 그대로 모사했다. 시간이 얼마 지나지 않아 가권은 자신이 크게 착각했음을 인정하지 않을 수 없었다. 그저 그대로 따라 그리면 되겠거니 단순하게 생각했지만 전혀 그렇지가 않았다. 터럭 하나하나가 실처럼 가늘면서도 힘이 넘쳐 시간이 얼마 지나지 않았는데도 눈이 빠질 듯하고 목과 어깨가 뻐근해졌다. 터럭의 각도가 조금만 틀어져도 형태가 일그러졌기 때문에 신경도 날카로워졌다. 처음 며칠간은 임모고 뭐고 다 때려치우고 싶은 생각이 불쑥불쑥 들었다. 쓸데없는 일이라는 생각이 자꾸 들었던 것이다. 하지만 주섬주섬 붓을 챙기다가도 슬며시 오기가 일어났다. 단원이 그린 맹호를 보고 있노라면 저절로 신음소리가 나왔다. 걸작임을 인정하지 않을 수 없는 그림이었다. 결국 가권은 끼니도 잊은 채 모사에 집중하기 시작했다. 그렇게 여러 날이 지나, 드디어 호랑이의 터럭 하나까지 놓치지 않고 다 그려놓고 보니 가권의 눈에 그림의 잘못된 점이 들어왔다.

"가만있자, 호랑이 터럭을 앞부분은 굵게, 뒷부분은 가늘게 그리면 거리감이 느껴지고 더 사실적으로 보이지 않을까?"

가권은 모사한 그림에 살짝 덧칠을 해보았다. 가권이 호랑이의 한 터럭 한 터럭을 조심스럽게 고쳐가고 있는데 언제 왔는지 영재가 어깨 너머로 들여다보고 있었다.

"그 애체 좀 벗어라. 시건방져 보인다."

"이거야 원, 보는 사람마다 그러니 못 살겠네. 애체가 없으면 보이질 않는데 어떡해? 게다가 이게 콧잔등을 눌러서 얼마나 불편한데. 쓰고 있는 것도 고역이라고. 아, 차라리 눈알에 애체를 직접 끼울 수 있으면 좋으련만."

"무슨 수로 눈에 유리알을 끼운다는 거냐? 말이 되는 소리를 해라."

"혹시 모르지. 일이백 년 뒤면 가능해질지."

"한심한 소리. 일이백 년 전이나 지금이나 다를 게 뭐가 있어? 사람 사는 건 다 똑같은 거란다, 꼬마야."

"이봐, 당신은 우물 안 개구리니까 아무것도 모르는 거야. 난 청나라 연경에도 갔다 왔고, 성당 천장에 그려진 천사 벽화도 보고 왔다고. 그 그림이 얼마나 진짜 같았는지 알아? 천사가 금방이라도 아래로 내려올 듯했다니까. 천주님은 또 얼마나 지엄하고 숭고하게 그려졌는데. 또 성당 벽에는 자명종이라는 것이 걸려 있는데, 한 시간마다 정확히 뻐꾸기를 내보내. 그래서 항상 지금이 몇 시인지, 언제 밥을 먹고 언제 잠자리에 들어야 하는지 알 수 있어. 이런 건 일이백 년 전에는 상상할 수도 없었다고."

"네 녀석이 청나라에 다녀왔다고? 설마. 졸다가 꿈을 꾼 거겠지."

가권은 영재의 말을 단번에 무시해버리고 그림 손질에 열중했다. 씩씩거리며 그림을 내려다보던 영재가 버럭 소리를 질렀다.

"스승님의 그림을 똑같이 모사할 일이지, 어디 함부로 다르게 그리는 거야?"

영재가 가권을 밀치자 가권 또한 영재를 밀치며 소리 질렀다.

"이게 보자 보자 하니까, 스승의 그림이라도 틀리게 그린 부분이 있으면 후배 화원이 고칠 수 있는 것이다! 알겠어?"

그날 밤, 가권은 〈송하맹호도〉를 모사한 그림을 단원 앞에 내놓았다. 물론 자신의 해석이 들어간 그림이었다. 화폭을 잠시 내려다보던 단원이 고개를 저었다.

"다시 그리게. 표암 어른과 내가 그린 〈송하맹호도〉와 똑같이 그려야 하네."

가권은 볼멘소리로 대꾸했다.

"대가의 그림이라도 잘못된 점이 있다면 고쳐야 마땅하죠."

단원은 잔잔한 미소를 지으며 말을 건넸다.

"나도 젊은 시절에는 그리 생각했지. 하지만 대가의 그림을 그대로 모사하는 것도 그림을 배우는 한 방법일세. 자네의 그림이 잘못된 점을 말해볼까? 자네, 호랑이를 본 적이 있는가?"

가권은 뜨끔했다. 호랑이 사냥꾼이 아닌 이상 어떻게 그 영물을 실제로 마주 대한단 말인가? 설마하니 단원은 호랑이를 직접 보고 그리기라도 했단 말인가?

단원은 가권의 마음을 꿰뚫기라도 한 듯 웃었다.

"나 역시 호랑이와 직접 마주친 적은 없네. 하지만 고양이는 지겹도록 보았지. 자네 부친은 궁중화원이었으니 유명한 화사들의 그림이나 청나라에서 들어온 대가들의 화집을 수도 없이 보았을 게야. 하나 그게 단점이 될 수도 있네. 직접 사물을 관찰해서 그려본 적은 있나?"

"물론입니다."

"자연을 관찰하고 그대로 묘사하는 것은 일반 화사들도 얼마든지 하는 일이네. 하지만 그림에 남기기 위해 자연을 엿보지 말고, 자연 자체를 즐기며 실컷 감상한 뒤 그것들을 보지 않고 그려보게.

호랑이가 없으면 고양이를 보고, 소나 말의 생동감을 한껏 느껴보라는 게야. 중요한 것은 혼을 그리는 것이네. 동물이나 자연의 모습 그 이면의 본질을 파악해 종이 위에 새롭게 창조해내는 것이네."

가권은 지금까지 이런 종류의 수업을 들어본 적이 없었다. 오로지 사물을 있는 그대로 표현하고 보기 좋게 그리라고 배웠다.

'자연 그 자체를 즐기고, 그것들의 혼을 그려내라? 대체 이게 무슨 말인가?'

가권은 다음 날 아침부터 관아를 배회하는 고양이들을 쫓아다녔다. 머리끝부터 발끝까지 새카만 녀석, 얼룩덜룩 무늬가 있는 녀석, 뚱뚱한 녀석, 게으른 녀석, 사나운 녀석 등 고양이들의 모습이나 버릇은 사람만큼이나 가지각색이었다. 가권은 하루 종일 고양이가 나무에 오르는 모습, 담장에 누워 낮잠 자는 모습, 털을 바짝 세우고 눈알을 부라리며 위협하는 모습 등을 지켜보았다. 날이 저물면 방 안에 틀어박혀 머릿속에 떠오르는 대로 고양이의 행태를 그려보았다. 고양이의 뛰노는 모습, 커다란 눈알, 둥글게 말려 올라간 꼬리 등이 가권의 붓끝에서 살아났다. 그렇게 몇 장의 고양이 그림이 완성되자, 가권은 단원에게 올렸던 호랑이 그림과 비교해보았다. 확실히 나중에 그린 고양이 그림이 훨씬 더 생동감 있고 사실적이었다.

'나는 그동안 죽은 그림을 그려왔단 말인가?'

가권은 눈을 크게 뜨고 한참 동안 그림들을 쳐다보았다.

며칠 뒤, 가권은 새로 그린 맹호도를 다시 단원 앞에 내밀었다. 생동감이 넘칠뿐더러 단원이 그린 〈송하맹호도〉와 비교해도 거의 흡사한 그림이었다.

단원은 살짝 미소를 짓는가 하더니 이내 고개를 저었다.

"여백의 짜임새나 구성이 안정되고, 모사한 부분 또한 놀랍도록 흡사하군. 또 지난번보다 생동감이 있네만 이것도 안 되겠네."

단원은 조용히 가권이 그린 그림을 반으로 접어 옆에 두었다. 가권은 화가 치밀었으나 꾹 눌렀다.

"대체 무엇이 부족한 겁니까?"

단원은 대답 대신 먹물을 붓에 찍어 가권에게 내주었다.

"이것으로 종이에 붓선을 내려보게나."

가권은 시키는 대로 화선지에 붓선을 쭉 내리그었다.

"오늘은 오전에 비가 와서 습기가 많고 축축하지. 그래서 붓선 또한 다른 날보다 연하고 흐리게 나오네. 여기 이 호랑이 터럭을 보게나. 지난번에 그린 그림보다 두껍고 흐릿하지 않나? 비 오는 날에는 되도록 그림을 그리지 않는 게 좋네."

가권은 깜짝 놀랐다. 물론 비 오는 날 그림이 잘 그려지지 않는다는 것은 어느 정도 경험으로 알았으나, 그 미세한 차이를 식별해내는 단원의 매서운 눈이 신기했다.

"도공들은 유약을 바른 도자기가 불의 오묘한 조화로 구워지는 것을 보고 불의 기운으로 도자기를 만든다고 입버릇처럼 말한다네. 그렇다면 화공들은 물의 기운으로 그림을 그리는 셈이지. 그렇지 않은가?"

"알겠습니다."

가권은 처음으로 단원의 말에 순순히 고개를 끄덕였다. 그동안 단원에게 지기 싫어서 함부로 말대꾸를 하고 망종처럼 굴었으나, 그의 실력과 식견 앞에서는 도무지 저항할 수가 없었다.

가권은 오기가 났다. 다음 날부터 아침의 왜말 수업과 오후의 달리기 수련 시간 외에는 하루 종일 방 안에 틀어박혀 죽어라 하고 호랑이 그림을 그려댔다. 그러다가 가끔은 관아 뒤에 있는 산속에 들어가 몇 시간이고 누워 흘러가는 구름과 바람에 와스스 흔들리는 나뭇가지를 구경하였다. 간간이 한양으로 도망칠까 하는 삿된 생각이 든 것도 사실이지만, 다른 한편으로 단원의 호된 수업을 견뎌야 한다는 결심도 섰다.

가권은 평생 처음으로 자신이 쓸모 있는 일을 한다는 생각이 들었다. 기를 쓰고 그림을 그리고 기를 쓰고 술을 마시고 기를 쓰고 아버지에게 반항해도 치유되지 않았던, 평생 그의 가슴을 허무하게 했던 무언가가 서서히 아무는 기분이었다. 지금 그가 원하는 것은 하나다. 단원조차 탄복할 만한 그림을 그리는 것. 자신의 마음속에 숨어 있는 맹호를 깨워 터럭 한 올까지 살아 있는 그림을 그려내는 것이었다.

3 아침의 땅

가권은 고개를 들어 단원의 표정을 슬며시 살펴보았다. 그의 얼굴은 평소와 다름없이 온화하고 청수와 같이 깨끗했다. 그러고 보면 단원의 모습은 언제 어디서나 한결같았다. 화사보다는 차라리 학자나 무인이 어울리는 인물이다. 도대체 단원에게는 휘몰아치는 예술혼이나 영감이 떠오를 때의 격정이 없단 말인가? 예술가로서의 성정을 이렇게까지 단정하게 유지하는 이유가 뭐란 말인가? 가권은 궁금했다. 그가 보기에 단원은 주체할 수 없는 열정에 휩쓸리는 유형이 아니었다. 하지만 붓을 들 때마다 물이 흐르듯 자연스럽게 예술성이 흘러나오니 그저 탄복할 따름이었다.

마침내 단원이 들고 있던 그림을 책상 위에 내려놓았다. 가권이 새로 완성해 올린 〈송하맹호도〉의 모사본이다. 가권은 단원의 얼굴만 보고서는 합격인지 불합격인지 종잡을 수가 없었다.

"선배의 그림을 임모하는 것은 단순히 그림 기술을 익히라는 뜻만은 아니네. 화원이 가져야 할 자질을 기르기 위함이지. 선배의 그림 중에 마음에 들지 않거나 어긋나는 붓질이 있더라도 그 부분을 그대로 그려낼 만한 마음의 여유와 인품, 관용을 배우라는 것이네. 재능이나 기교만으로 그림이 되는 것은 아니야. 수많은 여행과 독서, 경험을 통해 마음이 풍부해지고 너그러워지면 붓은 저절로 따라붙는 걸세."

가권은 단원의 다음 말을 기다렸다.

"이번 그림을 보니 확실히 관용이 생긴 듯하군. 어느 게 진본이고 어느 게 모사본인지 헷갈릴 정도야."

비로소 가권은 팽팽했던 마음이 조금이나마 풀리는 것을 느꼈다. 단원의 그림을 그대로 모사하는 동안 달이 세 번 이지러지고 두 번 채워졌다. 그동안 간간이 왜말 선생인 영재와 싸우기도 하고, 행랑아범에게서 식사 시간을 지키지 못한다고 손짓 발짓으로 혼도 났지만 마음만은 평안했다. 그림에 열중해 있는 동안 늘 마음을 역청처럼 들끓게 했던 원망들, 그리움, 허전함이 잔잔한 호수 밑바닥에 가라앉은 모래알처럼 차분해진 것을 느낄 수 있었다.

어린 시절 처음 아버지의 화구로 그림을 그렸을 때, 함부로 아비의 물건에 손을 댔다고 따귀를 맞았던 순간부터 가권의 마음은 아귀가 어긋난 경첩처럼 삐거덕거리기 시작했다. 가권의 어미만은 가권을 안고 다독이며 그가 그린 그림을 칭찬해주었지만, 그런 어머니도 이듬해 아버지가 소실을 들이자 속병을 얻어 일찍 죽고 말았다. 그 후 가권은 더욱 그림에 집착했고, 주위 어른들로부터 곧잘 신동이라 불리며 그림 재주를 칭찬받았지만 아버지 신한평만큼은 늘 냉랭한 눈빛이었다. 그 자신이 뛰어난 궁중화원인 만큼 가권의 그림 수업에는 지원을 아끼지 않았으나 그의 그림을 인정해준 적은 단 한 번도 없었다. "못난 놈. 이런 것도 그림이라고 그렸느냐." "너의 선에는 기개가 없다. 소인배의 선이야." "난을 치라고 했지 붓장난을 하라고 했느냐!" 귓가에 아버지의 호통이 메아리칠 때마다 저 잣거리로, 기방으로, 주막집으로 달려가던 가권이었다. 사람들은 가권의 마음을 어지럽히는 분노는 알지도 못하고 오로지 그의 미색과 재주만 칭찬하며 호감을 사려고 애썼다. 덕분에 가권은 한양의 내로라하는 기녀란 기녀는 모두 품어보았고, 여염집 규수들도 마음만 먹으면 치마폭을 벗길 수 있었다. 그를 사모하던 어느 마님이 목을 맸다는 얘기를 들었을 때는 헛헛한 웃음을 흘리며 또 술을 마시러, 노름을 하러, 계집을 안고 뒹굴러 나갔다.

누구나 자신을 사랑하게 만들 수 있었으나 그 자신은 한 번도 사랑에 빠져보지 못한 사내. 가권은 사랑이 무엇인지 배운 적이 없었다. 그의 마음은 빈 벼루처럼 늘 허전했다. 그런 가권의 마음에 단원이 물을 붓고 먹을 갈아 채워준 것이다. 가권은 목이 메는 것을 꾹 참고 단원에게 말했다.

"이제 제 질문에 답해주실 겁니까?"

"말해보게."

"저의 시간과 목숨을 사셨다고 했습니다. 연유가 무엇입니까? 제가 해야 할 일이 무엇입니까?"

"따라오게."

뒷마당으로 가자 행랑아범이 말 두 필에 안장을 채워 기다리고 있었다. 단원은 가권이 그림을 들고 오기도 전에 오늘은 통과하리라는 것을 알았던 것이다. 은밀히 동헌을 빠져나온 두 사람은 밤새 말을 타고 달렸다. 군장을 갖추고 저만치 앞장서 달려가는 단원은 화원이 아니라 무장처럼 보였다. 마침내 단원이 말을 멈춰 세웠다. 깊은 산으로 통하는 어귀에서였다.

"말에서 내리게. 여기부터는 걸어 들어가야 하네."

가권은 덜컥 겁이 났지만 잠자코 단원의 뒤를 따라 걸었다. 작은 횃불을 켜 든 단원이 앞장서서 수풀을 헤치며 나가더니 산자락 끝에 있는 토굴로 들어갔다. 그때부터는 가권도 횃불을 나누어 들고 단원을 뒤따랐으나, 한 치 앞도 보이지 않는 동굴 안에서 단원의 옷자락은 얼핏 보였다가도 금방 시야에서 사라지곤 했다.

갑자기 단원의 모습이 사라졌다. 한참이나 이리저리 횃불을 돌리며 찾았으나 흔적조차 보이지 않았다. 가권은 횃불을 높이 들어 앞을 밝혔다. 순간 눈앞에서 커다란 동물이 가권을 향해 달려들었다.

"으악!"

가권이 비명을 지르며 뒷걸음질 치는데 언제 왔는지 단원이 나타나 진정시켰다.

"놀라지 말게. 저건 벽화일세."

"벽, 벽화라고요?"

자세히 보니 동굴 벽에 커다란 백호가 그려져 있었다. 그뿐 아니라 동쪽 벽에는 청룡이, 남쪽 벽에는 신비로운 주작이, 북쪽 벽에는 뱀과 거북이 합쳐진 전설 속의 동물 현무가 그려 있었다.

"대체 여기가 어딥니까?"

가권이 놀라서 물었다.

"백제의 왕릉일세. 지금껏 비밀리에 지켜지고 있었지. 난 요동에 있는 고구려의 왕릉에도 가봤어. 그곳에도 이와 똑같은 사신도가 동서남북 벽에 그려져 있다네. 지금부터 천삼백여 년 전에 고구려는 요동 일대를, 백제는 왜국 일대를 점령한 대국이었어."

"조선, 아니 고려 이전에 이 땅에 존재했다는 전설 속의 나라들 말입니까?"

"전설이 아닐세. 눈앞에 이렇게 증거가 있지 않은가. 주상 전하께서는 고구려와 백제의 기백을 이어받고자 갑자년(1804) 계획을 구상하셨네. 갑자년에 우리 선조들이 못다 이룬 꿈을 완성할 원대한 구상이야. 기회는 그때뿐일세. 갑자년을 놓치면 앞으로 천 년 동안은 다시는 기회가 오지 않아."

단원과 가권이 바깥으로 나왔을 때, 창백한 대기를 주홍빛으로 물들이며 해가 떠오르고 있었다. 동녘을 향해 우뚝 서서 잠시 일출을 바라보던 단원이 말을 이었다.

"올해 전하는 수원을 화성이라 이름 바꾸고 그곳으로 수도를 옮길 준비를 마치셨네. 한양은 꽉 찬 데다 당파의 이익만을 좇아 국정을 농단하는 노론 벽파 사대부에게 장악돼 바른 뜻을 펼칠 수가 없기 때문이지. 그래서 화성으로 천도해 새로 시작하시려는 걸세. 또 장용위를 장용영으로 개편하고, 왕성에 버금가는 성을 지을 계획이야. 용인, 안산, 진위, 시흥, 과천의 군대 일만삼천을 외영에 포함시켜 협수 체제를 이루고, 성이 완공된 후 대규모 군사 훈련을 통해 공격과 방어가 가능한 곳으로 만들 걸세.”

“대체 어디를 공격하고 어디로부터 방어한단 말입니까?”

“일차적으로는 왜일세. 왜를 정복한 뒤에는 청의 내정간섭에서 벗어날 것이고. 국토 수복은 그다음 문제지. 그리고 순차적으로 항구를 열어 발달된 양이(洋夷)의 문물을 적극적으로 받아들일 거야. 이 모든 갑자년 구상의 첫 순서가 바로 왜의 정세를 살피고 지도를 그리는 것인데, 그 일을 우리가 맡은 걸세.”

“우리라면……?”

“자네는 내가 왜 여기 있다고 생각하는가.”

가권의 눈이 번득였다.

“자네가 알고 있는 난 그저 궁중화원 출신의 연풍현감일 뿐이지. 그 한편으로 나는 전하의 명을 받들어 간자들을 교육해 적지에 보내는 임무를 맡고 있다네.”

가권이 놀라 단원의 옆얼굴을 쳐다보았다. 단원은 거대한 불덩이처럼 솟구치는 해를 온몸으로 맞으며 서 있었다. 맑은 호수처럼 고요하던 두 눈은 일출의 기운을 받아 타오르듯 빛났다.

“처음 전하의 용안을 그릴 때부터 난 그분이 품으신 뜻을 알았다네. 전하 또한 그림을 통해 나를 신뢰할 만한 인물로 생각하셨지.

전하께서는 오래전부터 왜에 간자들을 보내 그곳 사정을 은밀히 정탐하셨어. 왜를 무시한 대가로 큰 전란을 겪은 일을 잊지 않으신 게지. 놀라운 것은 일왕 또한 간절히 주상 전하와 연을 맺기를 원했다는 것이네. 앞으로 차차 알게 되겠지만 지금 일본의 왕은 풍전등화야. 막부라는 큰 바람이 일왕의 숨통을 조이고 있지."

단원은 몸을 돌려 가권과 마주 봤다.

"일왕은 옛 백제왕국의 혈통일세. 조선과 일본 왕실은 한 뿌리야. 일왕도 또 우리의 주상 전하도, 그 뿌리가 다시 합쳐지길 원하고 있네."

"……!"

"이제 자네는 실권을 쥔 막부가 통치하고 있는 에도로 가게 될 걸세. 자네에겐 충분히 그럴 만한 기예가 있지. 남을 홀리는 기술도 있더군. 목숨을 부지하기에 그만한 기술은 없을 것이네."

"지금 그 말씀은, 저보고 목숨 걸고 왜국으로 건너가 간자 노릇을 하란 겁니까?"

"이미 그곳에 뿌리를 내린 우리 측 사람들이 있네. 언제든 도움을 받을 수 있을 게야."

"전 못합니다. 아니, 지금 하신 말씀 전부 이해 못 하겠습니다. 갑자년 계획은 무엇이고 뜬금없이 일본과 한 뿌리라니 그건 또 무슨 소립니까? 난 평생 그런 문제는 꿈에도 생각해본 적 없단 말입니다."

"그럼 지금부터 생각해보게."

"싫습니다. 전 못해요."

가권은 비틀거렸다. 다리에 힘이 풀려 서 있기가 힘들었다. 해는 이제 완전히 떠서 사방에서 새들의 부산스러운 울음소리가 들려왔다. 여물기 시작한 산과 들판이 황록색으로 눈부시게 출렁이고 있었다.

"자네의 맹호도 말일세, 아무리 임모라지만 그 그림을 똑같이 따라 그리는 사람이 있으리라고는 생각하지 않았네."

"예?"

"솔직히 말해 처음 것도 놀랄 만한 경지였고, 기어이 똑같이 그려낸 것을 들고 왔을 때는 무척 탄복했네. 진심이야."

가권은 단원과 마주 보았다. 천지 사방이 환하게 타오르는 듯했다.

"자네에겐 자네가 알고 있는 것보다 더 큰 힘이 있어. 조선과 주상 전하께는 자네가 필요하네. 이 단원에게는 자네가 꼭 필요하네."

지금까지 쓸모없는 인간이라고 생각했던 자신에게 단원 같은 큰 사람이 이같이 말해주자 가권은 금방이라도 눈물이 흐를 듯했다. 새로운 세상이 열리는 것 같은 벅찬 감동, 한편으론 감당할 수 없는 충격 앞에 심장이 세차게 뛰면서 부풀어 오르는 느낌이었다. 단원은 이제 슬슬 돌아가자며 걸음을 옮기기 시작했다. 그의 붉은 뺨은 가권의 떨리는 심정을 아는지 모르는지 담담하기만 했다.

그로부터 일주일이 넘도록 단원은 가권을 다시 부르지 않았다.

영재에게 물어보니 조정의 부름으로 한양에 올라갔다는 것이었다. 가권은 하루 종일 좌불안석했고 가슴이 꽉 막힌 게 밥을 먹어도 먹은 것 같지가 않았다. 가권의 타들어 가는 심정을 아는지 모르는지 영재는 여전히 아침이면 그에게 왜말을 가르쳤고 행랑아범은 가권의 대퇴부와 정강이를 살펴보며 개를 두 마리 풀지 세 마리 풀지를 가늠했다.

"잇쇼니 오차오 노미마셴카(같이 차를 마시지 않겠습니까)?"

가권은 시큰둥하니 허공만 쳐다보았다. 아직은 자신을 속인 영재가 괘씸하기만 했다. 두 사람은 작은 툇마루에 앉아 가을볕을 쬐며 공부 중이었다.

"왜 대답 안 해? 척 하면 착 하고 대답하셔야지."

"차는 마시기 싫다."

"아이, 일본어로 대답하라니까."

"너는 무슨 연유로 여기에 있는 거냐? 너처럼 어린놈이 간자로 나서다니 말이다. 더욱이 양반집 자제라면서?"

영재는 입술을 꽉 깨물더니 한마디 툭 던졌다.

"내 얘기는 안 해."

"그럼 나도 왜말로 대꾸할 생각 없다."

가권이 돌아앉자 영재가 나직이 말했다.

"노론 벽파에 밀려서 돌아가셨어. 희생된 거지. 거기까지만."

영재의 머릿속으로 애써 잊었던 기억들이 아프게 떠올랐다. 임자년(1792)에 조정 대신들이 남공철, 심상규, 박지원 등 젊은 학자들이 청나라에서 유입된 패관문학과 서학에 빠져 유학과 주자학을 무시한다며, 이들을 처벌하고 속학을 담은 책들을 불태워야 한다는 상소문을 올렸다. 이에 조정은 속학을 담은 서적의 수입을 금하고, 책들을 압수하여 폐기 처분했다. 이 때문에 새로운 문체를 시도하던 젊은 학자들이 여럿 귀양을 갔고, 가내 서적이 압수되는 망신을 당하기도 했다. 영재의 아버지 이연후도 천주학 관련 서적을 지닌 죄로 제주로 귀양을 갔으나 그곳의 척박한 환경에 적응하지 못하고 풍토병을 얻어 죽었다. 이후 어머니도 병을 얻어 절명하는 바람에 집안은 완전히 풍비박산했다. 행랑아범이 간신히 영재를 추슬러 이연후와 친분이 있던 단원의 밑으로 들어온 것이었다.

영재는 기억한다. 아침이면 천주의 이름을 부르며 좋은 말씀, 아름다운 말로 기도를 올리던 아버지와 자그마한 성물을 잡은 채 눈을 감고 아버지의 기도를 경청하던 어머니의 모습을. 영재는 아버지가 들려주시던 천주학을 애써 머릿속에서 지웠다. 하지만 임금의 밀명을 받고 비밀리에 연경에 잠행한 단원을 수행했을 때 본 대성당 벽화 속 천주님과 천사장의 아름답고 숭고한 모습은 평생 뇌리에서 잊혀지지 않을 것이다. 잠시 생각에 빠진 영재에게 가권이 눈을 똑바로 뜨고 충고했다.

"영재야, 세상에 원한을 품지는 말아라. 혹시라도 물려받은 농토가 있으면 거기서 나오는 소출로 계집질이나 하며 살아. 과거는 볼 생각도 하지 말고 평생 흥겹게 살란 말이야."

"사람으로 태어나서 마음에 품은 큰 뜻이 없다면 살아갈 이유가 없다고 생각해. 난 대의를 따르며 살고 싶어. 스승님은 내가 그 뜻을 펼칠 수 있게 해주시는 분이고."

"단원 선생이 죽으라면 죽을 테냐?"

"스승님은 그런 터무니없는 주문을 하실 리가 없어."

"그러니까 만약에 그러신다면 말이야."

잠시 고민하던 영재가 고개를 끄덕였다.

"만약 그렇게 말씀하신다면 뭔가 이유가 있는 거겠지. 스승님은 나보다 더 큰 뜻을 품으신 분이니, 그분을 위해 죽는다면 그것도 대의를 위한 희생이야."

가권은 영재의 결의에 찬 눈동자를 보자 어쩐지 부끄러웠다. 가권이 벌렁 드러누우며 얼른 화제를 돌렸다.

"그나저나 넌 왜말을 어찌 그리 잘하는 것이냐?"

"아, 그건. 어릴 적 부산 외가에 머물 때 자주 어울려 놀던 애들 중에 일본 아이가 있었거든. 그 부모님이 일본인 거리에서 큰 포목점을 했어. 그래서 어느 정도 말을 알아듣고 할 줄 알게 되었지. 그다음 여기에 와서는 스승님께서 나한테 일본에서 데려온 계집종을 하나 붙여주셨어. 그 여자는 조선인이면서도 우리말을 거의 못 해서 나보고 조선말을 가르쳐주라고 하신 건데, 덕분에 나도 왜말을 유창하게 할 수 있게 되었지."

"일본에서 온…… 조선 여자?"

"응. 그 여자의 부모님의 부모님의…… 아무튼 선조 되시는 분이 임진왜란 때 납치돼서 일본에서 나고 자랐댔어. 스승님이 잠깐 대마도에 다녀오셨을 때 우연히 연이 닿아 이곳까지 함께 온 거였지."

"예뻐?"

"예뻤지."

"왜 과거형이냐?"

영재는 잠시 뜸을 들였다.

"죽었거든. 알고 보니 왜국 첩자였어. 정체가 탄로 나자 극약을 마셨다나 봐."

"나도 그렇게 될 수 있겠군."

"……."

영재는 갑자기 입을 다물었다. 가권도 멀거니 하늘을 쳐다봤다. 마당에 선 나뭇잎들이 와스스, 바람에 흔들렸다.

4 첩자술

그날 밤, 가권이 달빛 아래를 어슬렁거리며 관아를 돌아다닐 때였다. 가을이 깊은 때라 밤공기가 차디찼다. 귀뚜라미 우는 소리, 별빛 반짝이는 소리 같은 대금 소리가 고요한 밤을 흔들며 가권의 귀를 간질였다. 가권은 홀리듯 청아한 피리 소리를 따라갔다. 소리는 명경재 안에서 들려오고 있었다.

'돌아오셨구나.'

가권은 반가운 마음이 들었지만 이내 자신을 추슬렀다. 이건 흡사 오랜만에 귀가한 아버지를 반기는 어린아이 같지 않은가.

쳇. 돌아왔으면 우선 나부터 불러 결정을 어찌했는지 물어볼 것이지, 하고 생각할 때였다. 물 흐르듯 부드럽게 흘러나오던 대금 소리가 뚝 그쳤다.

"들어오게."

깜짝 놀란 가권이 얼른 옷매무새를 가다듬고 안으로 들어가 절을 올렸다. 여행에서 막 돌아왔는지 단원은 관복도 갈아입지 않은 채였다.

"한양엔 잘 다녀오셨습니까."

"그래, 그간 자네도 잘 있었는가?"

"예……."

"자네에게 줄 것이 있네."

단원이 문서 한 통을 내밀었다.

"자네 아버지가 보낸 서간일세."

가권은 당황하여 서간을 받아 얼른 품에 넣었다.

"그래, 왜말은 많이 늘었는가?"

"말하기는 그럭저럭 됩니다만 아직 듣기는 어렵습니다. 하지만 영재는 훌륭한 선생입니다. 절 속인 것은 괘씸하지만요."

단원은 미소를 지으며 고개를 끄덕였다.

"나루치도 자네의 달리기 실력이 꽤 늘었다고 하더군."

"행랑아범 이름이 나루치입니까?"

"나루치도 이름은 아닐세. 행랑아범의 진짜 이름은 나도 모르네."

단원이 껄껄 웃었다.

"앞으로 오 개월 후에 배를 타게 될 걸세. 내일부터 본격적인 훈련에 들어가게 될 거야. 자네의 목숨을 부지시켜 주기 위한 훈련이지."

"전 아직 가겠다는 얘기를 하지 않았습니다!"

가권이 얼떨결에 소리쳤다. 단원이 가권의 얼굴을 넌지시 바라보았다. 동요하지 않는 단원을 보자 입이 얼어붙은 듯 도리어 아무 말도 할 수가 없었다. 가권은 간신히 띄엄띄엄 말을 이어 나갔다.

"간자가 된다니, 꿈에서도 생각해본 적 없는 일입니다. 남의 땅에서 개죽음을 당할 수도 있는 그런 일, 저는 하고 싶지 않습니다. 죽어야 한다면 차라리 여기서 죽겠습니다."

가권은 이제 단원의 말을 기다리며 무릎에 올린 주먹에 힘을 주었다. 손바닥이 홍건하게 젖어 있었다.

"개죽음…… 개죽음이라. 자네는 주상 전하와 나라를 위해 죽는 것이 정녕 개죽음이라고 생각하는가? 그럼 이 나라를 수호하기 위해 목숨을 바친 수많은 선조들의 희생이 모두 개죽음이라는 것인가? 개죽음으로 지켜진 이 나라와 이 땅, 자네의 가문과 자네의 그 알량한 육신은 그럼 무엇의 소산이란 말인가?"

단원의 목소리에 깃든 노기가 무딘 칼날처럼 가권의 가슴을 깊숙이 찔렀다. 가권은 고개를 푹 수그린 채 아무 말도 하지 못했다.

답답하고 무거운 마음으로 명경재에서 물러나 방으로 돌아온 가권은, 곧 품 안의 서간을 떠올리고 떨리는 마음으로 열어보았다. 하지만 그 내용은 가권이 기대했던 것과 완전히 다른 것이었다. 신한평은 격렬한 어조로 자신은 이미 가권을 죽은 아들로 생각하고 있으니 다시는 집 안에 발을 들일 생각을 말라고 쓰고 있었다. 어떤 연유로 하여 단원의 보살핌을 받고 있는지는 모르겠으나 그마저도 민망하고 수치스러운 일이라고 했다. 집에 남아 있던 가권의 화구와 그림들도 모두 불살라버렸다고 했다.

서간을 들고 있는 가권의 손이 부들부들 떨렸다. 뜨거운 눈물이 그칠 새 없이 볼을 타고 흘러내렸다. 어찌 이러실 수 있단 말인가, 어찌. 귀뚜라미 울음소리 처연히 깊어가고, 가권의 마음은 한없이 밑으로, 바닥을 알 수 없는 어두운 우물 속으로 끝도 없이 가라앉았다.

다음 날, 왜말 교본을 가득 안아 들고 호기롭게 문을 열어젖힌 영재는 깜짝 놀라고 말았다. 가권이 두건도 벗지 않은 채 찬 바닥에 누워 끙끙 앓고 있었던 것이다. 와락 겁이 난 영재가 가권에게 달려들었다.

"왜 그래, 꾀병이지? 오늘 공부하기 싫어 이러는 거지?"

하지만 가권의 이마를 짚어보니 열이 펄펄 끓고 있었다. 영재는 금방이라도 울음을 터뜨릴 듯한 얼굴로 바깥으로 뛰쳐나갔다.

며칠 동안 꼬박 가권은 앓았다. 가끔 정신이 돌아오면 울고 있는 영재의 얼굴이 보였고, 무뚝뚝한 행랑아범의 얼굴도 보였으며, 홍조 띤 얼굴로 수건을 짜 올리는 계집종의 가무잡잡한 얼굴도 보였다. 그렇게 생사를 오락가락하다 겨우 열이 내렸을 때였다. 눈을 뜨자 자신을 내려다보고 있는 단원의 모습이 보였다. 단원은 조용히, 인자한 눈길로 가권을 바라보고 있었다.

"스승님……."

"정신이 들었는가."

"심려를 끼쳐서 죄송합니다."

"나보다 영재가 걱정을 많이 했네. 저 아이가 자네를 그토록 따르는 줄 몰랐어."

그러고 보니 영재가 가권의 발치에 둥글게 몸을 말고 잠들어 있었다.

애체가 벗어져 얼굴에 반만 걸쳐 있다. 그 모습을 보니 피식 웃음이 나왔다.

"영재가 진심으로 따르는 분은 스승님인걸요."

단원이 슬며시 웃음을 지었다. 왠지 쓸쓸해 보이는 웃음이었다.

"자네가 앓는 동안 이 방에서 자네가 그린 그림들을 살펴보았네. 그동안 꽤 많은 그림을 그렸더군. 고양이, 참새, 우물가의 아낙네, 여기 영재의 모습과 행랑아범까지. 훌륭한 그림들이네. 어쩌면 자네는 조선에서 화사로 살아갈 운명인지 몰라. 그림으로 나라를 윤택하게 하는 것이야말로 자네의 사명일 수 있겠다는 생각이 들었어. …… 자네를 그만 놔주겠네. 어디든 뜻대로 가게나."

"아닙니다, 스승님."

자리에서 일어나려던 단원이 가권의 얼굴을 쳐다보았다. 며칠 동안 고열에 시달려 핼쑥했지만 가권의 표정은 비장해 보였다. 그에게 이런 얼굴이 숨어 있었나 하는 생각이 들 정도였다.

"가겠습니다. 가서 나라에 필요한 정보를 얻어 오겠습니다. 절 보내주십시오."

"어찌 된 것인가? 왜 갑자기 결심을 굳힌 것인가?"

"전…… 전 쓸모없는 인간이었습니다. 겉으로는 자만하고 당당하게 굴었으나, 제 안은 항상 두려움으로 가득했습니다. 저의 재주가 얄팍하다는 것은 누구보다 저 자신이 잘 알고 있었기 때문입니다. 하지만 스승님을 만나 저도 꿈을 품게 되었습니다. 살아 있는 그림을 그릴 수 있다는, 혼이 있는 생을 살 수 있다는 꿈 말입니다. 전 이미 대역 죄인으로 죽을 목숨이었고, 집안에서도 버림받았습니다. 죽은 것이나 다름없습니다. 주상 전하를 위해, 조선을 위해, 스승님을 위해 제 재주를 쓸 수 있게 해주십시오. 그것만이 제가 은혜를 갚을 길입니다. 그것만이 제가 살 수 있는 길입니다."

잠시 침묵하던 단원이 입을 열었다.

"알겠네. …… 몸이 회복되는 대로 명경재로 들게."

이제 가권은 왜말 익히기에 부쩍 열을 내기 시작했다. 단원에게서 지도 그리는 법을 배웠다. 동서남북은 어떻게 측정할 것인가, 길이와 넓이는 어떻게 가늠할 것인가도 배웠다. 또한 단원은 방 안의 물건을 잠깐만 보여줬다가 기억에 의지해서 그리게도 했는데, 눈썰미가 뛰어난 가권은 늘 단원이 내주는 숙제를 훌륭하게 해치우곤 했다.

한편 오후 시간의 대부분은 젊은 사령 김하신으로부터 위기에 처했을 때 임시방편으로 대처할 수 있는 실전 싸움법과 첩자술을 배우며 지냈다. 매일같이 대나무 숲을 이리저리 뛰어다니며 체력을 기른 덕분에 가권은 김하신이 선보이는 권법을 별 힘들이지 않고 곧잘 따라 할 수 있었다.

"일본에도 우리 같은 간자들이 있습니다. '참는 자'라는 뜻을 가진 닌자(忍者)가 바로 그들인데, 가문 대대로 첩자 역할을 수행하며 삽니다."

어느 날 잠시 쉬는 동안 김하신이 들려준 말이다.

"그들은 주로 새소리를 흉내 내어 의사소통을 하지요. 고저장단으로 명령 체계를 만들었는데 매우 정교하답니다."

"그렇다면 나도 새소리를 익히면 되겠군."

가권이 자신에 차서 말했다. 하지만 김하신은 고개를 저었다.

"그들의 명령 체계는 오랜 세월 극비로 전해진지라 어느 누구도 알지 못합니다. 닌자는 천삼백여 년 전부터 활동하던 고구려, 백제, 신라 삼국의 간자들이 건너가 만든 것입니다. 신라가 삼국을 통일하자 설 자리가 없어 왜국으로 건너간 것이죠. 그들이 이백여 개국으로 갈린 왜에서 활동하며 일가를 이뤘습니다."

"그럼 그들과 어떻게 싸워야 하나? 도저히 이길 수 있을 것 같지 않은데."

"가장 좋은 방법은 싸우지 않는 것입니다."

"싸우지 않는다?"

"상대가 무력을 사용하는 단계에 접어들면 이미 늦은 겁니다. 무력을 사용하기 전에 모든 걸 해결해야죠. 하지만 최악의 사태에 직면할 수도 있으니……."

하신과 가권은 마당으로 나갔다. 하신은 무기고에서 낡은 나무 상자를 하나 꺼내와 열었다.

"호랑이 발톱처럼 날카롭게 생긴 이 갈고리는 그들 말로 뎃코카기라 합니다. 손에 끼워 성벽 같은 가파른 곳을 올라갈 때 주로 쓰지요. 이 별 모양의 표창은 수리검입니다. 던져서 상처를 입히는 게 주요 목적입니다."

가권은 수리검의 날카로운 단면을 만져보았다.

"실전에서는 스치기만 해도 수리검에 묻은 독에 절명할 수 있으니 조심하십시오. 이 사슬 달린 낫같이 생긴 칼은 쇄런도라고 하는데, 먼 곳에 있는 적에게 던져서 목을 휘감을 수 있는 무기이니 주의해야 합니다."

"이렇게 무서운 무기를 가진 자들을 내가 어찌 상대할 수 있겠나?"

그러자 김하신은 따뜻한 눈으로 가권을 바라보며 빙그레 웃었다.

"화사님. 닌자들의 무기가 이처럼 발달한 것은 그들의 신체가 허약하기 때문입니다."

"신체가 허약하다니?"

"영주의 성에 지붕을 타고 잠입하거나 천장에 숨어 몰래 이야기를 엿들으려면 체중이 보통 남자보다 덜 나가야 되고, 덩치도 작을수록 유리하지요. 따라서 닌자들을 제압할 수 있는 가장 좋은 방법은 근거리에서 육박전을 벌이는 겁니다."

하신은 다짜고짜 가권의 허리춤을 손목으로 치고 들어왔다.

"상대방이 칼을 겨누고 달려들면 이렇게 몸을 숙여 밀어붙이십시오. 누운 소가 등을 비비며 넘어지듯, 밀어붙이세요!"

가권은 하신이 이끄는 대로 따라했다. 가권의 등허리가 미는 힘에 하신이 바닥에 드러누웠다.

"거참 신기하군. 별반 힘을 준 것도 아닌데."

"적이 드러누웠을 때가 가장 좋은 순간입니다. 정난사평 자세를 취해 한 손으로 옆구리를 베고, 무릎으로 머리를 치면 제아무리 강한 자라도 나가떨어집니다."

이처럼 가권은 단원과 하신, 영재의 지도를 몸으로 체득해나갔다. 행랑아범의 특별훈련도 계속되었다. 그사이 겨울이 찾아와 연풍현 전체가 흰 눈에 뒤덮였다. 혹독한 겨울이었다. 가권은 눈 위에 최소한의 발자국만 남기며 뛸 수 있게 되었으며, 가끔은 단원과 설산으로 사냥을 나가기도 했다. 특히 영재는 두 사람이 명경재에 나란히 마주 앉아 그림을 그릴 때 옆에서 이런저런 시중드는 것을 즐거이 여겼다. 겨울바람이 매서운 밤이면 가권은 쉽게 잠들지 못했다. 문짝을 들썩이며 부는 바람소리가, 꼭 알 수 없는 미래가 자신을 위협하고 을러대는 소리처럼 들렸다. 그리고 지금쯤 편안히 주무시고 계실, 혹은 밤새 뒤척이고 계실 아버지를 떠올렸다.

날이 풀리자 김하신은 다시 가권에게 첩자술을 교육했다. 유사시에 여자로 변장하는 법, 정체가 탄로 났을 때 피신하는 법, 정탐하고 물건을 찾아내는 법 등을 가르쳤는데, 첩자가 갖춰야 할 가장 중요한 덕목으로 침묵을 꼽았다.

"무시무시한 고문을 당하더라도, 설사 처자의 죽음을 눈앞에서 목도하더라도 임무를 밝혀서는 안 됩니다. 그게 첩자의 가장 우선시되는 규율입니다. 침묵으로 끝까지 비밀을 지키십시오. 부득이한 상황에서는 이 환약을 입에 넣으시면 됩니다."

김하신이 내민 자그마한 무명 주머니에는 환약이 서너 개 들어 있었다. 가권은 조심스럽게 받아 들었다.

"이게 뭔가?"

"모든 걸 침묵으로 끝내게 하며, 고문의 고통을 잊게 해줄 약입니다."

가권의 눈앞이 잠시 캄캄해졌다. 그동안 새로운 것을 익히는 즐거움에 붙잡힐 경우 처하게 될 최악의 상황을 잊고 있었다. 가권은 환약을 저고리 속주머니에 넣었다. 환약의 무게는 지푸라기만큼 가벼웠음에도, 가슴 안쪽이 묵직했다.

"오늘부터 늘 지니고 다니십시오."

가권은 고개를 끄덕였다.

한편 영재는 하루 종일 서가에 틀어박혀 지내면서도 아침이면 어김없이 나타나 가권에게 왜말을 가르쳤다. 이제는 가권도 웬만한 일본어는 제법 유창하게 지껄였다. 하지만 입에 착 붙지 않는 이 낯선 말이 가권은 여전히 못마땅했다.

"휴, 왜말은 꼭 계집애들이 하는 말 같다니까."

"화사님이 계집애처럼 하니까 그렇지, 뱃심에 힘을 딱 주고 박력 있게 말해야죠."

"네가 먼저 시범을 보여봐라. 만날 바람 빠진 쉰 목소리로 읽어

주니 낸들 어찌 아냐?"

변성기가 오느라 맑고 또랑또랑했던 목소리가 탁해진 것을 비꼬는 소리였다. 영재가 발끈하여 말했다.

"이제 곧 변성기가 지나면 세상에서 제일 늠름한 왜말을 해보일 테니 그때 가서 부러워하지나 마쇼."

가권이 벌게진 영재의 얼굴을 보고 으하하 웃음을 터트렸다. 세상에서 제일 똑똑한 척을 해도 어린애는 어린애였다. 머리가 영특해 웬만한 지식으로는 상대도 안 되는 녀석이지만 의외로 놀려먹는 재미가 있다. 한참 웃던 가권이 갑자기 정색을 하고 물었다.

"그나저나 왜 갑자기 화사님이라고 존칭을 하냐? 가권아, 가권아 할 때는 언제고."

"그, 그거야 일본으로 목숨 걸고 갈 분이니까……."

말끝을 흐렸지만 영재는 가권이 단원의 그림을 똑같이 모사하는 거라며, 거기에 새롭게 응용하여 그려내는 풍속화를 보고 기가 질려 전처럼 그를 하대할 수가 없었다. 더구나 날건달로만 보았던 사람이 그처럼 단원의 총애를 받으니, 자신의 눈에도 가권이 전보다는 의젓하게 보이는 것이었다. 가권이 왜말 교본을 탁 하고 덮었다.

"어쨌든 오늘 공부 끝. 난 이만 자연과 더불어 풍류나 즐기러 가야겠다."

"곧 김 사령이 찾을 텐데 어딜 가려고요?"

"그러니까 좀 쉬겠다는 거야. 이제 눈도 다 녹았고 밤에는 개구리도 울지 않느냐. 겨우내 곯아 있던 이 몸에 생동하는 자연의 기운을 좀 불어넣어 줘야지."

가권은 방한용 장의를 걸치고 연풍현을 감싸고 있는 이화령 산
등성이를 휘적휘적 올라갔다. 한 해 전만 해도 한 식경(약 30분)은 걸
렸을 일이 채 일 다경(약 15분)도 걸리지 않아 중턱까지 너끈하게 오
를 수 있었다. 햇살은 충분히 따사로웠지만 바람은 아직 찼다. 가권
의 시야에 납작하고 평화롭게 엎드린 연풍현과 동헌이 소담하게 눈
에 들어왔다.

"야아!"

힘껏 함성을 지르고 나니 가슴속이 뻥 뚫리는 것 같았다. 저 자
그마한 마을에서 이렇게 어마어마한 일이 벌어지고 있다는 걸 대체
몇 명이나 알까. 일본과 청국에 보내는 간자를 양성하다니. 하지만
연풍현 자체가 조령새재, 문경새재, 이화령 등으로 사방이 막힌 첩
첩산중이니 비밀스러운 일을 진행하기에는 이만한 곳이 없다고 해
도 과언이 아니었다.

가권은 여린 싹이 파릇파릇하게 올라온 산모롱이에 누워 하늘을
올려다보았다. 흘러가는 구름에 아버지의 얼굴도, 이제는 잘 기억
나지 않는 어머니의 얼굴도 흘러갔다. 유별나게 그를 즐겁게 해주
었던 기생들의 얼굴도 떠올랐다 사라졌다. 하지만 사무치게 그리
운 얼굴은 하나도 없었다. 가권은 문득 쓸쓸하였다.

그때, 누군가 가권의 얼굴에 검은색 천을 뒤집어씌웠다. 이어 네
댓 명은 됨직한 사내들이 가권의 사지를 결박했다.

"누구냐! 뭐 하는 짓이야!"

가권이 발버둥 치자 몽둥이세례가 퍼부어졌다. 가권은 그대로 장정들에 의해 어디론가 납치되었다.

시간이 얼마나 흘렀을까. 누군가 얼음처럼 차가운 물을 가권의 얼굴에 끼얹었다. 겨우 정신을 차리고 눈을 떠보니 잡살뱅이를 쌓아둔 광 안에 미복(微服)을 갖춰 입은 장정 네 명이 눈을 부라리고 자신을 둘러싸고 있었다.

"너희는 누구냐. 여긴 대체 어디야?"

장정들은 말없이 가권의 양발과 양 무릎을 묶고 그 사이에 몽둥이 두 개를 끼워 주리 틀 준비를 했다.

"대체 왜 이러는 거야?"

가권이 어떻게든 결박을 풀려고 몸부림치는데 문이 삐걱 열리며 의금부 도사로 보이는 사내가 피투성이가 된 김하신을 끌고 들어와 내동댕이쳤다.

"아니, 김 사령. 김 사령! 정신 차리시오!"

가권이 다급하게 불렀지만 널브러진 김하신은 미동도 하지 않았다.

"나는 주상 전하의 어명을 받들고 연풍현에 내려온 감찰관이다. 김홍도가 수하 사령들을 이끌고 일본과 연계해 역모를 꾀한다는 첩보를 확인하러 왔으니 이실직고하라!"

가권은 정신이 번뜩 들었다.

일본과 연계하여 역모를 꾸민다니? 단원은 주상 전하의 명으로 일을 벌인 게 아니었던가. 아니면 반대파 세력이 꾸며낸 소리인 것인가. 대체 김하신은 죽었는가, 살았는가.

"말로 해서는 안 될 터, 주리를 틀어라."

장정 두 명이 기다렸다는 듯이 몽둥이를 하나씩 붙들고 바깥쪽으로 힘차게 잡아당겼다. 뼈가 으스러지는 듯한 고통이 전신을 휘감았다.

"으아악!"

"어서 김홍도가 시킨 일들을 불어라. 대체 무슨 짓들을 꾸미고 있으며, 너는 무슨 일을 맡은 게냐?"

가권의 입에서 묽은 침이 흘러나왔다. 저절로 턱이 늘어졌지만 머릿속은 어느 때보다도 다급하게 돌아가고 있었다. 정말 단원이 주상 몰래 이 일을 꾸민 것일까. 단원과 함께 본 백제 왕릉의 벽화가 머릿속에 떠올랐다. 주상 전하가 품고 있다는 원대한 이상이 떠올랐다. 고통에 혼미해진 정신으로 가권은 이미 저세상 사람이 된 듯한 김하신을 내려다보았다. 문득 그가 건네준 환약이 생각났다. 죽음을 택하고 영원히 비밀을 지킬 것인가, 모두를 배신하고 살아남을 것인가. 가권은 망설였다.

"안 되겠다. 더욱 호되게 다스려라!"

금부도사의 호령에 장정들은 가권의 손과 발을 풀고, 양팔을 붙잡아 일으켜 광 한쪽에 있는 목욕통으로 끌고 갔다. 통 안에는 냉기가 올라오는 구정물이 가득했다.

"당장 입을 열지 않으면 황천길로 가는 것이다."

금부도사의 지시에 사내들이 가권의 상반신을 탕 속에 되알지게 처박았다. 얼음 같은 물이 찌르듯이 휘감았다. 어찌나 차가운지 혼이 달아날 정도였다. 단원과 더불어 그림을 그리고 배우며 인생을 반추하던 시간, 김하신을 교관으로 두고 생도로서, 때로는 친구로서 첩자술을 배우던 시간, 어느새 동생처럼 느껴지는 영재와 무뚝뚝하면서도 따뜻하게 챙겨주는 행랑아범의 주름투성이 얼굴이 차례차례 흘러갔다. 어쩌면 지금까지 가권의 인생에서 가장 행복한 시간이었다. 살아오면서 그림 그리는 재주나 집안을 보고 흑심 있는 호의를 베푸는 이들은 많았으나, 이처럼 마음에서 우러난 친절을 베푸는 이들은 드물었다. 한편으로는 정말 몰래 일을 꾸미고 있던 것이라면 그들을 밀고하는 게 옳은 일이 아닐까 하는 생각도 들었다. 역적은 되고 싶지 않았다. 더 이상 숨을 참지 못한 가권은 입을 벌렸다. 코와 입으로 사정없이 물이 들이찼다. 가슴이 찢어지는 듯 괴로웠다.

'정말로 죽을지도 모른다! 이렇게 허무하게 죽다니……!'

가권의 고개가 물통 밖으로 들렸다. 격렬하게 몸부림치던 가권은 한참 동안 기침을 하며 물을 토해내고 거친 숨을 내쉬었다.

"헉, 헉……."

"어서 고하라. 대체 무슨 짓들을 꾸미고 있었던 게냐?"

"저는, 단지……."

체념하고 모든 걸 고백하려던 가권의 머릿속에 갑자기 〈송하맹호도〉의 사나운 눈이 떠올랐다. 그 어떤 것에도 눌리지 않는 기개, 세상을 뒤엎을 듯한 힘찬 기운, 대지를 누르고 선 굳센 다리…….

가권은 마음을 고쳐먹었다. 이제 자신은 기방에 드나들며 기녀들을 희롱하고 노름질을 하던, 알량한 재주만 믿고 치기 어린 마음으로 잘난 척하던 그 가권이 아니다. 자신은 한 사내의 위대한 꿈을 보았다. 그리고 그 꿈을 동지들과 함께 꾸었다.

'나는 간자다. 침묵을 지킴으로써 내 사명을 완수하리라.'

"잠시 이 손을 놓아주시오. 원하는 걸 보여주겠소."

금부도사가 고개를 끄덕이자 장정이 두 손을 풀어주었다. 가권은 여전히 숨을 헐떡이며, 느릿하게 저고리 안쪽에 손을 넣어 환약이 든 무명 주머니를 천천히 꺼내 들었다. 방 안의 눈들이 모두 가권의 손끝에 집중해 있었다.

"자, 잘 보시오……. 이 안에는……."

가권은 환약을 꺼냈다. 그리고 모두들 어리둥절해 있는 사이 잽싸게 입 안으로 털어 넣었다. 쌉싸래한 맛이 혀에 감돌면서 목구멍이 타는 듯 아팠다.

'해냈다.'

가권은 정신을 잃었다.

단원은 적막한 기운을 즐기며 조용히 난을 치고 있었다. 붓이 화선지 위를 지나갈 때마다 한 줄기씩 가느다란 난초가 돋아났다. 난초 잎이 늘어남에 따라 단원의 마음에도 새로운 의지가 돋아나는 듯하였다.

단원이 난초 잎 위에 희고 소담한 꽃망울을 그려 넣는 순간 방문이 열렸다. 영재였다.

"스승님! 사령방에 녹색 기가 걸렸습니다."

단원은 희미한 미소를 지었다. 녹색 기는 가권이 끝내 진실을 말하지 않고 침묵을 지켰다는 표시다. 그것은 이제 그에게 조선의 간자들끼리 통하는 암호를 가르쳐줄 때가 되었다는 뜻이기도 했다.

5 바닷길

단원은 손수 하얀 명주 수건을 물에 적셨다가 꼭 짜서 열이 나는 가권의 이마에 올려주었다. 상처 난 다리 지혈도 손수 해주었으며, 어혈을 예방하기 위해 생지황, 황금, 괴각, 지유, 대계, 소계, 측백엽 등을 달여 먹였다. 단원은 벌겋게 피멍 든 가권의 다리를 보자 가슴이 아팠다. 비록 첩자로서 관문을 통과하기 위한 의례라고 하나 임의로 고통을 주었다는 게 적이 미안하고 안쓰러웠다.

"스승님…… 대체 어찌 된 일입니까?"

"지금은 아무 생각 말고 푹 쉬게나. 차차 설명해줄 터이니."

단원은 다시 까무룩 정신을 잃은 가권의 손을 꼭 붙들었다. 거사를 도모하기 위해서는 개인의 불이익뿐 아니라 목숨마저 저당 잡혀야 한다. 자신의 목숨이 다하는 것은 상관없으나, 먼 곳에서 제자의 안위를 지켜봐야 하는 것은 견디기 힘든 일이다. 하지만 정조가 품은 대의를 위해서라면 당장의 고통은 아무것도 아닐 것이다. 조선이 일본에 군대를 주둔시킬 그날을 위해서는 잃어버린 교서가 반드시 필요했고, 그러려면 가장 효과적으로 일본의 관리들에게 접근할 수 있는 재주와 강단을 지닌 자가 필요했다. 최근 단원은 교서의 행방이 에도에 있다는 보고를 받았다. 참근교대(다이묘를 1년씩 번갈아 에도와 영지에서 살게 한 에도 막부의 정책) 때문에 에도에 머물고 있는 다이묘(쌀 만 석 이상이 소출되는 봉토를 하사받은 무사)이거나 관직에 있는 사람 중 하나가 틀림없다는 것이다. 교서의 내용을 알면서도 그냥 가지고 있다는 것은, 무슨 이유에선가 쇼군에게 반감을 가지고 있는 자라는 것을 의미한다. 그렇다고 일왕의 측근도 아니다. 말하자면 제3의 적인 셈이었다.

다음 날, 정신을 차린 가권은 미안한 웃음을 짓고 있는 하신을 맞았다. 하신은 가권의 손을 꽉 쥐고 놓을 줄 몰랐다.

"미안합니다. 하지만 그것은 모든 간자들이 마지막으로 받는 훈련입니다. 제가 드린 환약은 찹쌀 경단에 감초와 강황, 생강, 도라지 등을 넣어 쓰고 시원한 맛만 낼 뿐입니다."

하신이 전에 준 것과 똑같이 생긴 주머니를 내밀었다.

"이건 진짜입니다. 입에 넣는 순간 바로 절명하는 약입니다."

가권은 주머니를 받아 들었다. 그는 믿었던 자들이 자신을 시험했다는 게 서운하면서도, 자신이 그 시험을 무사히 통과했다는 것이 자랑스러웠다. 가권이 곧 몸을 회복하자 암호 교육이 시작되었다.

"기본적인 암호문은 오줌이나 타락(우유의 옛말) 같은 액체를 써서 종이에 글을 남기는 것입니다. 자, 보십시오."

하신은 붓을 타락에 찍어 화선지에 자신의 이름을 썼다. 타락이 마르자 아무것도 보이지 않았으나, 촛불에 가까이 대고 보니 종이 뒤편으로 이름 석 자가 나타났다.

"하지만 이는 너무 쉽고 들통나기도 십상이니 우리만의 암호가 적힌 이 책자를 외워야 합니다."

하신이 내민 책자에는 알 수 없는 기호들이 적혀 있고, 맨 뒤의 별지에 그 뜻이 뒤죽박죽 적혀 있었다. 가권은 암호와 별도로 된 풀이말을 연계해주는 또 다른 종이를 받아 들고 암호와 뜻풀이를 짝지어 익혔다. '혼례를 올렸다'는 '새 간자가 접선하러 온다'는 뜻이고, '회갑연에 참석하라'는 '밤에 몰래 침투하라'로 풀이되었다. 가권은 암호를 낮이고 밤이고 외웠고, 단원은 다시 조정의 부름을 받아 한양으로 올라갔다. 그리고 단원이 돌아왔을 때, 가권은 이제 어엿한 조선의 간자가 되어있었다.

보름 후 부산포.

캄캄한 밤바다에는 안개비도 아니고 이슬비도 아닌 것이 축축하게 내리고 있었다. 철썩거리며 솟구친 파도가 바닷바람에 잡혀 는개처럼 내리는 비였다. 한밤중의 바닷물은 검다기보다 군청색에 가까웠다. 가권은 번쩍거리는 횃불을 반사하며 일렁이는 파도를 조용히 지켜보았다. 언젠가는 저 신묘한 빛을 화폭 위에 표현하리라 다짐하면서.

가권과 영재가 탈 판옥선에서는 행랑아범과 선원들이 승선 준비에 한창이었다. 노 젓는 사내는 총 여섯 명. 부산포에서 대마도까지는 백오십 리밖에 안 되었지만, 해풍과 격랑을 감안하면 열두 개의 팔뚝은 밤새도록 쉬지 않고 노를 저어야 할 것이다. 선원들이 배의 돛과 밧줄 등을 정비할 동안 행랑아범은 식량과 그림 도구, 의복 등을 챙겨 배에 실었다. 지금까지 수차례 짐과 사람을 실어 나른지라 일의 순서에 망설임이 없었다.

한편 나루터에는 단원과 영재, 가권, 그리고 김하신이 서서 석별의 정을 나누고 있었다. 단원이 가권에게 내려준 이름은 도슈샤이 샤라쿠. 영재에게 내려준 이름은 호이치. 두 사람은 함께 일본인 화사와 사동의 신분으로 위장하여 대마도 사스나 항에 도착한 뒤, 일본 본토 아카마세키(현재의 시모노세키) 항에 침투할 계획이었다. 본토에 밀입국해서는 교토를 거쳐 에도로 올라갈 생각이었다.

단원은 가권에게 명주로 감싼 것을 내밀었다.

"이 붓은 전하가 거사를 성사시키라는 의미로 자네에게 내리는 어필일세. 나중에 유용하게 쓰일 일이 있을 게야."

펼쳐보니 한 자가 조금 못 되는 길이에 굵기가 엄지손가락만 한 평범한 붓이 들어 있었다. 가권은 붓을 소중히 갈무리해 품 안에 넣었다.

"자네가 가야 할 곳은 에도, 그중에서도 가장 번화가인 아사쿠사일세. 그 일대를 염탐하고, 그곳의 지도를 그리되 절대로 신분을 노출해서는 안 되네. 간자를 색출하고자 하는 눈들이 사방에 있으니 주의하게."

"예, 잘 알겠습니다."

"영재의 영특함이 큰 도움이 될 게야. 이 아이를 잘 부탁하네."

뒤이어 단원은 가권 옆에서 잔뜩 긴장한 얼굴로 서 있는 영재의 머리를 쓰다듬었다.

"신 화사를 잘 보필하고 몸조심해야 한다."

"네, 스승님."

가권과 영재는 단원에게 큰절을 올렸다. 영재는 콧물을 훌쩍거렸고, 가권은 김하신과 군센 포옹을 하고 서로의 등을 두드렸다. 영재가 먼저, 그리고 가권이 뒤이어 배에 올랐다. 바닷길에는 난생처음 올라보는 가권이었다. 등불을 들고 김하신과 함께 부둣가에 서 있는 단원의 모습을 보자 어쩐지 가슴이 뭉클했다. 살아서 다시 만나 뵐 수 있을까 하는 방정맞은 생각도 들었다. 선원들이 닻을 끌어올리고 돛을 펼치기 시작했다. 키는 행랑아범, 아니 나루치가 잡았다. 마침내 거친 파도를 헤치며 배는 앞으로 나아갔다. 부두의 횃불은 촛불처럼 작아졌고, 이윽고 아스라이 사라져갔다. 가권은 한 몸처럼 살던 조선땅에서 떨어져 나왔다는 생각에 소름이 돋은 팔뚝을 쓰다듬었다.

선원들이 밤새도록 파도와 싸우는 동안 가권은 뱃멀미와 싸워야했다. 기특하게도 영재가 가권의 등을 두드려주어 그럭저럭 버틸 수 있었다. 어느새 동이 터오는 새벽하늘을 쳐다보던 나루치가 수평선을 향해 손을 치켜들었다. 울퉁불퉁한 섬의 머리가 보였다.

"대마도예요." 영재가 속삭였다. "저곳엔 조선 사람들도 많이 살아요. 세종대왕 시절에 경상도 계림 일부로 예속된 적도 있거든요. 이종무 장군이 정벌하고 나서의 일이죠."

"아니, 그럼 여기도 조선땅이란 말이냐?"

"뭐, 그런 셈이지요. 대마도주는 지금도 조선에 조공을 바치고 있으니까요."

가권은 새삼 눈앞으로 다가오는 섬을 면밀히 살펴보았다. 한양에서만 살던 가권에게는 낯선 얘기였다. 퍽 이상한 언어를 쓴다는 탐라에 대해서는 몇 번 들어보았지만 대마도는 해적들의 소굴로만 알고 있었다. 그런데 저곳이 조선의 땅이나 마찬가지라니……. 항구에는 작은 키에 옥니를 한 어부가 마중 나와 있었다. 복색이나 생김새가 영락없이 일본인이었는데, 입에서 뜻밖의 조선말이 나와 깜짝 놀랐다. 가권과 나루치, 영재가 하선하기 무섭게 배는 그대로 부산포로 돌아갔다. 아직 해가 뜨기 전이었다. 세 사람은 어부의 거처로 스며들 듯 숨어들었다.

며칠 후, 가즈모토 항에서 스무 명 가까운 선원과 팔십여 명에 이르는 일본인 승객을 태운 대형 판옥선이 일본 본토 아카마세키 항을 향해 출항했다. 대부분이 고향에 다녀오거나 아예 본토로 들어가 살려는 일본인들이었다. 그중에는 눈이 번쩍 뜨일 만큼 잘생긴 젊은이와 희한한 유리알을 쓴 사내아이도 있었다. 그들은 늘 붙어 있으면서도 별반 대화를 나누지 않는 것 같았다. 가끔 사내아이가 귓가에 대고 뭐라고 속닥거리면, 미남자는 우울한 얼굴로 고개를 끄덕일 뿐이었다. 여인들은 남편 몰래 미남자의 얼굴을 훔쳐보며 얼굴을 붉혔고, 사내들은 검 하나 제대로 다루지 못하게 생긴 그 남자를 질투하면서도 간단히 무시해버렸다. 사카야키(성인 남자가 이마에서 정수리 부근까지 머리를 민 것)가 파란 것으로 보아 머리를 민 지 얼마 되지도 않은 햇병아리이니, 언제든 신경을 거슬리게 하면 죽이면 그만이었다.

가권은 되도록 눈에 띄지 않으려고 조심했지만, 이미 여자들의 뜨거운 시선과 사내들의 험악한 눈초리가 온통 자신에게 쏠려 있음을 알고 이만저만 곤혹스러운 것이 아니었다. 어디서건 시선을 사로잡는 용모가 이처럼 걸림돌이 되리라고는 생각도 못 한 것이다. 영재의 애체도 어지간히 튀는 게 아니었다. 생각 같아서는 당장 벗겨내 바닷속으로 던져버리고 싶었지만 그랬다간 수발하며 다니는 신세가 될지도 몰랐다. 가권은 무엇보다 머리 모양이 불만이었다. 대마도에서 헤어지기 전에, 나루치가 직접 가권의 머리를 삭도로 밀어주었다. 아직 어려 간소하게 올려 묶기만 한 영재는 갑자기 변한 가권의 용모를 놀리며 배꼽이 빠져라 웃어댔다. 가권은 벌써 며칠째 거울을 상종도 하지 않고 있었다.

사스나 항에서 가즈모토 섬으로, 거기에서 다시 본토의 아카마세키 항으로 배를 타고 가자니 가권의 배 속은 말이 아니었다. 머리 민 치욕과 정체가 알려질지 모른다는 불안감, 지독한 멀미를 견디기 위해 가권은 흔들리는 갑판에 앉아 끊임없이 그림을 그렸다. 습기를 머금은 바닷바람에 화선지는 금방 눅눅해지고 찢어졌지만 그림에 집중한 동안에는 마음의 파도를 가라앉히고 평정을 찾을 수 있었다. 그리고 그가 여인들에게는 눈길도 안 돌리고 하루 종일 붓만 잡고 있자 사내들의 경계심도 많이 풀린 듯했다. 가권은 낮에는 옥빛이나 녹색, 저녁에는 군청색, 밤에는 암흑색으로 변하는 바닷물을 그리고, 날쌔게 해면을 치고 올라가는 갈매기의 모습과 주변을 지나가는 소박한 어선을 그리기도 했다. 얼마 안 가 배 안에 대단한 화가가 타고 있다는 소문이 퍼졌다.

"저 사람 이름이 뭐래요?"

"안 그래도 우리 아이가 어제 물어보고 왔는데, 샤라쿠라고 합디다."

"사쿠라요?"

"아니, 샤라쿠요. 즐거움을 그린다는 뜻이래요."

"어휴, 저렇게 잘생긴 데다 그림까지 잘 그리니, 정말 딱 어울리는 이름이네요. 호호호."

이처럼 배를 탄 아낙네들과 그림 좋아하는 이들은 온통 샤라쿠와 그가 그린 그림에 대한 얘기로 난리였다. 파도는 잔잔했다. 배는 여느 때와 달리 설렘과 기묘한 흥분을 가득 싣고 항해를 계속했다.

"아카마세키 항이다!"

한낮이 막 지난 어느 오후, 누군가의 목소리가 선실에 울려 퍼졌다. 드디어 육지였다. 억새로 엮어 만든 뾰족한 지붕들이 평화롭게 엎드려 있었다. 배를 맞이하러 나오는 나룻배와 항구로 몰려나온 사람들도 보였다. 오랜 항해에 지쳐 있던 사람들이 환호를 지르며 하선할 준비를 했다. 이윽고 배가 부두에 정박해 다리를 내리고, 사람들이 우르르 무리 지어 땅에 내려섰을 때, 몇몇 아낙네는 설레는 눈길로 샤라쿠의 모습을 찾았으나 이미 그들은 어디론가 자취를 감춘 뒤였다.

그 시각, 가권과 영재는 이미 항구를 벗어나 해변과 이어진 길을 걷고 있었다.

"땅에 발을 붙이니 살 것 같구나."

"그러게요."

"휴, 난 이제 다시는 배를 타지 않을 거다."

"으헤헤. 그럼 조선에는 어찌 돌아가려고요?"

"참, 그렇지. 어이쿠."

두 사람은 하하, 깔깔 웃음을 터트렸다. 상쾌한 공기를 맡으며 한바탕 웃으니 새로운 기운이 솟는 듯했다. 마을을 벗어나 오사카를 향해 뻗은 호젓한 길에 오른 영재와 가권은 앞서거니 뒤서거니 갈 길을 재촉했다. 필요한 것은 모두 챙기면서도 최대한 가볍게 꾸린 짐이 두 사람의 등 뒤에서 달랑거렸다. 영재는 배에서도 놓지 않았던 몇 권의 서책과 옷가지를, 가권은 필묵을 비롯한 간단한 그림 도구, 일본의 각 지방을 통과할 수 있는 통행증 등을 챙겼다. 어필도 쓸데없는 의심을 사지 않게끔 다른 붓과 함께 소매 안에 갈무리했다.

멀리서, 개들이 힘차게 짖는 소리가 들렸다.

제3부

청색

진실은 거짓의 겉, 거짓은 진실의 뼈

헤매면 거짓도 진실이 되고

진실도 거짓이 된다.

거짓과 진실의 거리를

헤매어도 요시와라, 깨달아도 요시와라.

미인의 진실도 거짓도

바닷가 해변의 모래만큼 많은 손님

— 오타 난포의 《교카 이야기》 중에서

1 교토와 에도 사이

한 사내가 에도의 저잣거리를 황급히 지나고 있다. 서른을 조금 넘겼을까, 짙은 눈썹에 각진 턱이 다부진 얼굴이다. 양옆에 칼을 차지 않은 것으로 보아 무사는 아니나 체구가 건장하면서도 꽤 날렵해 보였다. 다만 생김새와 맞지 않게 나무 도시락을 감싸 쥐고 아녀자처럼 종종걸음 치는 꼴이 우스웠다.

"거참, 이놈의 메밀국수 때문에!"

사내는 도시락이 넘칠까 봐 뛰지도 못하고, 그렇다고 한가하게 걸을 수도 없어 마음이 다급했다. 사내의 이름은 쓰타야 주자부로. 그는 에도 최대의 상점가 나카미세에서 가문의 이름을 걸고 풍속 관화를 출간하는 출판업자다. 그가 입은 감색 한텐(주로 작업용으로 기모노 위에 걸치는 짧은 상의)에는 가문의 문장이자 가게의 상호이기도 한 담쟁이넝쿨에 올라앉은 후지산 봉우리가 그려져 있다.

"아야!"

"어이쿠!"

열 살 남짓 되어 보이는 잘 차려입은 소년과 부딪치는 바람에 들고 있던 도시락에서 가쓰오부시 국물이 쏟아졌다.

"아이참, 앞을 잘 보고 다니셔야죠!"

"미안하구나, 꼬마야."

"어? 쓰타야 아저씨 아니세요?"

"어, 그렇다만…… 나를 아느냐?"

"아저씨네 판화 가게 단골인데, 모르시겠어요?"

"오, 그러냐? 이거 몰라봐서 미안하구나."

"근데요 아저씨, 요즘 판화들은 예전보다 못한 것 같아요. 야쿠샤에(인기 가부키 배우의 얼굴을 그린 판화)는 아예 살 게 없더라고요. 다 작년 것뿐이고. 그리고 달력은 왜 안 만드세요?"

"달력? 만들어야지……. 하여간 앞으로는 더 잘할 테니 우리 가게에 자주 들러주렴. 고맙다."

에도에서는 국수 한 그릇 살 돈이면 목판화로 인쇄해 만드는 배우의 초상화, 야쿠샤에를 살 수 있다. 따라서 아이들도 자기 방에 판화를 걸어두고 감상하기를 즐겼으며, 그들 나름대로 날카로운 비평을 했다. 쓰타야는 속이 부글부글 끓어올랐다. 혹평을 하는 꼬마 때문이 아니라 이 메밀국수를 처먹을 다른 녀석 때문이었다.

'그 인간만 아니면 이런 고생도 안 할 텐데. 괘씸한 도요쿠니 녀석.'

우타가와 도요쿠니. 이제 스물다섯 먹은 녀석이 에도 유곽에서 최고의 풍속화가로 떠오를 줄 누가 알았을까.

하급 관리의 서자 출신으로 방탕하게 생활하다 어느 날 갑자기 화실에 들어가 그림을 익히더니 유곽에서 잘나가는 여자들의 초상화를 몇 점 그렸고, 그것이 시장에서 불티나게 팔리는 바람에 대형 인기 화가로 떠올랐다. 그 후로는 배운 바 없는 인물이 늘 그러하듯 못된 유세가 하늘을 찔렀다.

한번은 벚꽃이 다 졌는데도 꽃구경을 해야 영감이 떠오른다고 강짜를 부리는 통에 어느 출판업자가 꽃이란 꽃은 죄 사다가 도요쿠니를 위해 작업실을 장식한 일이 있었다. 그러나 도요쿠니는 겨우 그림 석 장을 그려주고 유유히 떠나버려 그 출판업자는 꽃가게에서 수시로 빚 독촉을 받는 신세가 됐다.

어디 그뿐인가. 정원이 밋밋해 그림 그릴 흥취가 나지 않으니 당장 연못을 파달라거나, 시중드는 사동의 얼굴이 못생겼으니 바꿔달라는 등 도요쿠니는 끊임없이 무리한 요구를 해서 출판업자의 진땀을 빼기 일쑤였다.

최근에는 쓰타야가 도요쿠니를 간곡히 설득해 한 달 전속으로 붙잡아 가부키 배우들의 초상화를 그리기로 해둔 터였다. 쓰타야의 눈에는 달착지근한 미인도만 그려대는 도요쿠니를 전속화가로 쓰기가 영 께름칙했지만, 본래 쓰타야와 함께 일하던 화가들이 대거 귀족 집안의 가내 화사로 들어가거나 멀리 여행을 떠나버려 이만한 실력자를 찾기가 어려웠던 것이다. 쓰타야는 큰맘 먹고 도요쿠니를 끌어들인 만큼 집에서 가장 널찍하고 좋은 방을 작업실로 내주었으나, 역시나 도요쿠니의 변덕과 무리한 요구를 당해내려니 진액이 다 빠지는 기분이었다. 오늘도 뜬금없이 메밀국수가 먹고 싶다고 재촉해 쓰타야가 직접 다녀오는 길이다. 심부름을 하던 견습생이 도요쿠니의 등쌀을 견디다 못해 집으로 돌아가 버렸기 때문이다.

"도요쿠니 군, 국수 사 왔네. 그림은 어찌 잘 되어가나?"

쓰타야는 작업실 문을 슬며시 열고 도시락을 내려놓았다. 드러누워 있던 도요쿠니가 천천히 몸을 일으키며 심드렁하게 도시락을 내려다보았다.

"갑자기 초밥이 먹고 싶어졌는데."

'뭐야?'

쓰타야는 겉으로 내색하지는 않았지만 속이 부글부글 끓어오르는 것을 가까스로 참으며 생글생글 웃었다.

"초밥이야 내가 직접 만들어주면 되지."

"그게 아니라 유명한 요릿집 초밥이 먹고 싶단 말이야, 형."

도요쿠니는 언제부턴가 그를 사장님이 아니라 형이라고 은근슬쩍 낮춰 불렀다. 도요쿠니는 자신의 두툼한 볼이 귀염살이다, 애교살이다 했지만 오늘따라 쓰타야의 눈에는 그 쭉 찢어진 눈과 두터운 볼이 영락없는 요괴 갓파의 얼굴로 보였다.

'갓파 역으로 가부키에 출연시키면 분장이 필요 없겠다.'

속에서는 비꼬는 말이 메아리치듯 이리저리 오갔으나 차마 입

밖에 낼 수는 없었다.

"도요쿠니 군, 그나저나 그림은 언제 그릴 생각이야?"

그러자 도요쿠니는 책상에서 종이를 몇 장 꺼내더니 짜증스럽게 흔들며 말했다.

"종이 질이 별로야. 난 최상품 아니면 붓도 안 대는 거 알잖아. 참, 청나라에서 건너온 최신 벼루가 나왔다던데 그것 좀 사다 줄 수 없어? 최고의 작가에게 최고의 도구를 제공해야 최고의 출판업자라는 형도 면이 서지."

쓰타야는 돌 것 같았다. 바로 며칠 전에 제일 좋은 문방구를 구비해줬는데 또 저 모양이다.

"그게 저, 일단은 그냥 해주면 안 될까? 떨어지면 그때 사다 줄게. 시간도 부족하고."

도요쿠니가 버럭 화를 냈다.

"형! 예술성이라는 게, 예술혼이라는 게 그냥 나오는 건 줄 알아? 난 수백 년, 아니 수천 년 뒤에도 남을 걸작을 만드는 사람이야. 싸구려 목판화라 해도 다 같은 게 아니라고. 재료비가 부담스러우면 앞으로 내 판홧값은 다른 화가들 것보다 열 배는 올려 받아. 그게 바로 내 그림의 진정한 가치니까!"

쓰타야는 도요쿠니 면전에서 큰 소리로 웃고 싶은 것을 가까스로 참았다. 에도의 관리들이나 전국의 다이묘, 교토의 귀족들 밑에서 어용 화가로 일하는 전문 화원들이 들으면 콧방귀도 뀌지 않을 소리다. 아무리 인기가 있다 해도 유곽에서나 알아주는 싸구려 풍속화가 예술이니 걸작이니 하다니. 그런 녀석의 말 한마디에 이리저리 끌려다니는 자신이 돌연 불쌍하게 느껴졌다.

"형, 요새 내 얼굴이 좀 상한 것 같지 않아? 갑자기 눈 밑도 거뭇거뭇해진 것 같고……. 영 입맛도 없고 말이야. 해안가에서 봄놀이하며 먹었던 조개구이 맛만 그렇게 생각나. 형도 알지? 내가 한번떴다 하면 에도 최고의 오이란들이 침을 질질 흘린다는 거. 세이카의 기쿠도 나만 보면 난리라고."

땅딸막한 몸을 내려다보던 도요쿠니가 갑자기 일어나 두 팔을벌리더니 춤추듯 몸을 돌리며 외쳤다.

"아, 괴로워라. 에도 최고의 미남 화가에게 세상은 너무도 잔인하구나……. 수많은 여자들이 달라붙지만 진정한 내 사랑은 어디에 있는고."

쓰타야는 손바닥으로 얼굴을 감싸고 거칠게 아래위로 문질렀다. 잠시 후 온화한 표정으로 돌아온 쓰타야가 말했다.

"최고 미남 화가 도요쿠니 군, 어디 밥이 먹고 싶은데? 말만 해. 당장 사 올게."

"나무아미타불 관세음보살, 나무묘호렌게쿄, 옴마니 반메훔."

탁발승은 온갖 불교 종파의 찬불과 진언을 외며 시주를 받았다. 가만히 보니 용맹한 무사들과 그들을 사랑하는 여인들의 사랑 이야기 같은 것을 아낙네들 앞에서 달달 외며 쌀도 받고 돈도 받는 모양이었다. 가지고 있던 은자가 거의 떨어져 먹고 마시고 자는 일을 마음대로 할 수 없는 가권으로선 며칠째 마주치는 탁발승의 재간이 놀라울 따름이었다. 곳곳에서 도움을 줄 거라던 조선 측 간자들이 어찌 된 일인지 한 번도 접촉해오지 않은 것이다.

여기는 교토. 가권과 영재는 오사카를 벗어나 이제 막 이곳에 도착한 참이다. 황색 하오리(기모노 위에 걸치는 겉옷)를 걸친 한 무리의 무사들이 가권과 영재 옆을 와자하게 떠들며 지나갔다. 대낮부터 한 잔씩 걸쳤는지 희미하게 술 냄새가 났다.

"그나저나 이놈들은 왜 칼을 두 개나 차고 다니는 거야? 무섭게."

"일본 무사들은 원래 단도와 장도를 하나씩 양옆에 차고 다녀요. 칼끝끼리 부딪치기만 해도 모욕하는 것으로 간주해 목숨을 걸고 결투한다니 조심하세요."

"뭐? 그렇다면 사람을 함부로 죽여도 된단 말이냐?"

"무사는 막부에 돈을 내고 자신보다 낮은 계급의 사람들은 마음대로 죽여도 좋다는 권리를 산다던데요? 어떤 무사는 천한 신분의 사람이 함부로 자신의 몸을 만졌다는 이유로 그 자리에서 칼로 베어 죽였답니다. 그 사람은 무사의 몸에 붙은 벌레를 쫓으려고 했을 뿐이었는데 말이에요."

등골이 오싹했다. 만약 저들이 자신들의 정체를 안다면…… 가권은 갑자기 다리에 힘이 쭉 빠지는 듯했다. 영재가 눈치챌까 봐 얼른 근처에 있는 아무 의자에 걸터앉아 가죽신을 고쳐 신으며 투덜거렸다.

"어휴, 이놈의 신발은 왜 자꾸 풀어져? 아직 사월밖에 안 됐는데 날씨는 또 왜 이렇게 후덥지근하고."

이때 욕탕이라고 쓰인 간판이 눈에 들어왔다. 가권은 목욕 생각이 간절했다. 하지만 간판 밑에는 어김없이 목욕비가 적혀 있었다.

"일본은 온통 돈 세상이구나. 뭐 하는 데 얼마, 뭐 먹는 데 얼마, 하룻밤 자는 데 얼마."

가권은 새삼 조선의 인심이 그리웠다. 일본의 왕궁이 있는 교토는 한양보다 화려했고, 큰 도시로서의 위용을 자랑했다. 무엇보다 상공업이 발달해 거리마다 가게들이 활발한 영업을 하고 있다. 하지만 상업주의가 발달한 도시답게 돈 없이는 아무것도 할 수가 없다. 대도시 이면에는 굶주린 거지들이 넘쳐났다. 곳곳에 젖먹이 어린애를 안고 구걸하는 여자와 먹을 걸 훔쳐 달아나다 잡혀서 얻어맞는 꼬마들이 즐비했다. 상공업이 이만큼 발달하지 않은 조선도 사정은 마찬가지였지만 이토록 인심이 야박하지는 않았다.

"쯧쯧쯧, 어디 가나 사람 사는 세상은 똑같군. 상업이 발달했다고 해도 부자의 발치에는 굶어 죽는 사람 천지니."

"일본은 최근에 천재지변으로 대기근이 발생했고, 도시에는 화재가 빈번하게 일어나서 농민 반란이 심심치 않답니다. 어쩌면 지금이 적기인지도 모르죠. 임진란의 원수를 갚아주려면."

"쉬잇! 목소리 낮춰. 임진란의 원수 어쩌고 하는 걸 누가 들었다간 골치 아파질 수 있다. 사방에 막부의 밀정이 있다는 걸 잊어서는 안 돼."

가권이 앉은 곳은 하필 요릿집 문 앞에 놓인 의자였다. 먹음직스러운 음식 냄새가 콧속으로 달콤하게 흘러들어왔다. 가권과 영재 모두 입을 헤 벌리고 가게 안을 쳐다보고 있는데 급사로 일하는 점원 하나가 화를 내며 다가왔다.

"주문할 게 아니면 거기 앉으면 안 돼요. 가시오, 가!"

고급 요릿집에는 들어갈 형편이 아닌지라 할 수 없이 의자에서 일어나려던 가권의 눈에 출입문 안쪽에 걸린 달마대사의 초상이 들어왔다.

"아니 저건! 김명국 화원이 그린 달마도가 아닌가?"

깜짝 놀란 가권은 요릿집 안으로 구르듯이 달려 들어가 달마도를 가까이에서 들여다보았다. 하지만 금세 실망하고 말았다. 진본이 아니라 모사품이었던 것이다. 점원이 불같이 화를 내며 다시 가권을 쫓아내려는데 나긋나긋한 일본어가 들렸다.

"달마도 그린 분을 아십니까?"

몸을 돌려 보니 수수하면서도 기품 있는 기모노를 입은 젊고 아리따운 여인이 서 있었다. 오랜만에 보는 미녀의 모습에 가권은 갑자기 입이 얼어붙고 말았다. 얼른 옆으로 다가온 영재가 대신해서 유창한 일본어로 뭐라 뭐라 설명을 하자 여주인이 불쌍하다는 표정으로 가권을 바라보더니 두 사람을 자리로 안내하고 어디론가 사라졌다.

"왜 그러는 거야? 눈물은 다 뭐고?"

"아, 어릴 때 큰 충격을 받아서 여자만 보면 겁을 먹어 실어증 걸린다고 했죠."

"뭐라고? 이 자식이!"

"그럼 어떡해요? 그렇게 우물쭈물했다간 의심받게 생겼는데."

가권은 후회가 막심했다. 저렇게 어여쁜 여자와 대면할 줄 알았으면 더욱 죽어라 공부할 것을. 한양의 여인들을 휘어잡던 이 몸이 왜국 여성 앞에서는 꿀 먹은 벙어리라니, 이게 뭐란 말인가?

잠시 후 요릿집 주인이 화선지와 먹과 벼루를 들고 왔다. 영재가 가권에게 나지막한 목소리로 중얼거렸다.

"달마도를 받고 싶답니다. 화가라고 말했거든요."

한눈에 봐도 질 좋은 종이와 먹이었다. 가권 또한 오랜만에 붓을 잡아보고 싶었던지라 호기롭게 종이를 펼치고 잠시 마음을 모은 다음 조선통신사로 와서 명품 달마도를 남긴 김명국 화원을 기리며 붓을 놀렸다. 잠시 후 일필휘지로 달마도가 완성됐고, 여주인은 그림을 품에 안으며 몇 번이나 머리를 조아렸다.

"저는 요시노라고 합니다. 교토에서는 황궁에 요리를 댈 정도로 솜씨를 자부하는 이 요릿집의 주인이지요. 벽에 걸린 달마도는 돌아가신 저희 아버님께서 조선통신사 수행화사에게 받은 것으로, 생전에 무척이나 아끼셨던 그림입니다. 그런데 그 귀한 달마도를 얼마 전 도둑맞아 이렇듯 모사품을 구해 걸어놓았던 것입니다. 하지만 상심한 마음을 추스르지 못하고 있었는데…… 화사님 덕분에 이처럼 훌륭한 달마도를 새로 얻으니 여한이 없습니다."

띄엄띄엄이나마 여주인의 말을 알아들은 가권은 빙긋 웃으며 똑같은 달마도를 순식간에 한 장 더 그려줬다.

요시노는 무척 기뻐하면서 거듭 고개 숙여 인사를 올렸다.

가권과 영재는 온갖 진기한 요리는 물론 가이세키라고 하는 일본식 연회상까지 대접받았다. 비록 회에는 손도 대지 못했지만, 실로 오랜만에 먹는 제대로 된 음식이었다. 상을 물리고 나서는 목욕탕으로 안내되었다.

일본의 공중목욕탕에는 많은 사람이 한꺼번에 몸을 씻을 수 있도록 커다란 욕탕이 여럿 있었다. 조선에서도 부엌이나 마당, 개울가에서 목욕을 하지만 찬물 혹은 미지근하게 데운 물로 했는데, 일본의 목욕탕에는 피부가 델 정도로 뜨거운 물이 가득했다.

물속에 들어앉은 가권의 얼굴에 땀이 송송 맺혔다. 온몸의 피로가 녹신녹신 풀리는 듯했다. 가권이 문득 보니 마주 앉은 영재도 기분이 좋은 듯 콧노래를 부르고 있었다.

"내 실력 덕에 너도 호사하는구나."

"쳇, 재시기는."

이때 김을 헤치고 두 사람이 들어오는 게 보였다. 가권은 내심 공중탕이라 여러 사람을 받는가 했는데 코앞까지 다가와 탕으로 들어오는 것을 보고는 깜짝 놀랐다. 실오라기 하나 걸치지 않은 젊은 여자들이었던 것이다.

영재가 애써 아무 일도 아니라는 듯 말했다.

"일본은 남녀 혼탕이 흔해요. 모른 척하십시오."

가권의 놀란 얼굴에 점차 미소가 번졌다.

'이거 정말 재밌는 나라로군.'

이때 물속을 헤치고 다가온 여인 하나가 가권의 몸에 안기며 사근사근한 일본어로 속삭였다.

"우리는 목욕탕에서 시중을 드는 탕녀랍니다. 이곳 교토 시마바라 유곽 소속이지요. 요시노 언니가 보냈습니다."

영재가 깜짝 놀라 소리 질렀다. 낯선 여인의 손이 허벅지를 어루만지자 질겁한 것이다. 가권은 이미 눈을 지그시 감고 탕녀의 안마를 즐기고 있었다. 가권을 시중드는 탕녀는 어깨의 굳은살을 풀어주고 등을 문질러주다 슬그머니 손을 배 아래로 미끄러트려 어느새 단단하게 발기해 있는 물건을 살짝 그러쥐었다. 예상보다 대담한 행동에 천하의 가권도 민망함을 느낄 정도였다. 다행히 건너편의 영재는 자기한테 달라붙으려는 탕녀를 피하느라 정신이 없었다. 가권은 다시 눈을 지그시 감고 탕녀의 애무를 즐기기 시작했다. 향기로운 물에 몸을 누이고 부드러운 여인네의 시중까지 받으니 그야말로 천국이 따로 없었다.

'아아, 일본에 오기 잘했어, 아무렴.'

애무하는 탕녀의 손놀림이 점차 빨라졌다. 가권은 몸이 너무 달아올라서 더 이상 물이 뜨거운 것인지 몸이 뜨거운 것인지 느끼지 못할 지경이었다.

그때였다.

"난 내 아내에게 동정을 바칠 것이다!"

갑자기 영재가 큰 소리로 외치며 물 밖으로 튀어나갔다. 탕녀들이 저희끼리 눈짓을 나누며 교태 섞인 목소리로 깔깔 웃었다.

영재는 양팔을 파닥이며 다른 탕으로 텀벙 뛰어들더니 요란하게 몸을 씻었다. 그러곤 유카타를 걸쳐 입고 두 탕녀에게 둘러싸여 있는 가권에게 사납게 소리쳤다.

"안 나가실 겁니까?"

가권이 느긋하게 대꾸했다.

"무릇 사내란 아리따운 여인을 거절하지 않는 법이다. 더구나 여주인의 호의가 아니더냐. 나는 좀 더 머물다 들어가마."

"마음대로 하시오!"

영재는 가권을 한 번 째려본 뒤 저 혼자 나가버렸다.

실컷 놀고 난 가권이 방으로 돌아왔을 때도 영재는 벽을 향해 돌아누운 채 쳐다보지도 않았다. 오랜 여행으로 지친 데다 정력까지 소모한 가권은 그러거나 말거나 쉬고 싶은 생각뿐이었다. 보송보송한 요에 눕자마자 묵직한 솜이불에 깔린 듯 온몸이 나른했다. 혼절하다시피 잠에 빠져들면서 앞으로 일본 여인들과 무수한 즐거움을 맛보리라 결심했다.

시마바라에서 이틀을 더 쉰 뒤 가권과 영재는 에도로 가는 길목 나고야로 향했다. 요시노는 두 사람을 위해 튼튼한 말까지 준비해 주며 모든 편의를 봐줄 테니 나중에 꼭 다시 들러달라고 당부했다. 때는 4월 중순이었다.

2 기묘한 시체

"참 취향도 독특하지. 기쿠 언니는 꼭 이 밤에 꿀 바른 경단 꼬치
를 먹어야겠대?"

"늦었어. 서두르자."

어느새 날이 어두워 있었다. 유곽에서 제법 떨어진 경단 가게에
가기 위해 사유리와 하나코는 저녁 춤 수업을 마치자마자 나섰지
만, 돌아오는 길은 벌써 어둠이 사위를 감싼 뒤였다. 기방에 빨리
돌아가기 위해 작은 산자락에 난 지름길을 택했는데 도리어 여기저
기에 있는 돌부리에 걸려 발걸음이 더디기만 했다.

사유리와 하나코는 수습 오이란이다. 오이란은 에도 최대 규모
의 유곽 요시와라 유녀들을 가리키는 말로, 예능인 집단인 게이샤
와 철저하게 구분되었다. 게이샤가 춤과 노래로 손님을 즐겁게 하
는 예인이라면, 오이란은 아름다움과 관능으로 손님을 즐겁게 하는

예인이었다.

엎친 데 덮친 격으로 짙은 안개까지 몰려왔다. 겁먹은 얼굴로 사방을 살피는 하나코와 달리 새카맣고 커다란 눈이 인상적인 사유리는 강렬한 눈빛으로 주변을 재듯이 보았다. 들개나 늑대와 마주쳐도 용감하게 싸울 기세였다. 반면 하나코는 어디선가 금방이라도 귀신이 튀어나올 것만 같아 무서웠다. 산 중턱 너머에 시신을 갖다 버리는 장소가 있다는 얘기도 문득 떠올랐다. 겁에 질린 하나코는 끊임없이 사유리에게 말을 걸었다.

"기쿠 언니 백분 지운 얼굴 봤어?"

사유리는 대답하지 않았지만 하나코는 제멋대로 지껄였다.

"기쿠 언니, 요시와라 최고의 오이란이라지만 화장을 지우면 얼굴이 푸르뎅뎅한 게 얼마나 요상한지 몰라. 유령 같다니까. 그게 다 분에 섞인 납에 중독돼서 그렇대."

"목소리 낮춰. 짐승들이 올지 몰라."

사유리가 주의를 주었다. 그녀는 침착하게 입을 다물고 걸음을 재촉했다.

"무서운 걸 어떡해. 말이라도 하지 않으면 못 참겠단 말이야. 그럼 그 얘긴 들었어? 이 근처 개울가에서 사락사락 콩 씻는 소리가 계속 들린다는 거."

"조용하라니까."

사유리가 말려도 하나코의 입은 다물어지지 않았다.

"그게 바로 요괴가 개울가에서 콩을 씻을까 사람을 잡아먹을까 고민하는 소리라던데?"

"쉬잇!"

사유리가 하나코의 입을 틀어막은 순간, 정말로 사락사락하는 소리가 들려왔다.

"진짜 콩 씻는 요괴인가 봐."

하나코가 사유리의 귀에 속삭였지만 한동안 소리 나는 쪽을 노려보던 사유리는 그쪽으로 천천히 다가가기 시작했다.

"뭐 하는 거야? 그냥 가자. 얼른 뛰어가면 될 거야, 이리 와!"

"만약 짐승이 내는 소리라면 겁을 주어 쫓는 게 나을지 몰라. 뒤에서 덮치기라도 하면 속수무책이라고."

사유리는 대담하게 소리가 나는 쪽으로 걸어갔다. 하나코는 다리가 굳어 사유리가 하는 양을 지켜볼 수밖에 없었다. 사유리는 계속 걸으면서 주머니에서 부싯돌을 꺼내 딱딱 마주쳐 불꽃을 일으켰다. 늑대라면 이 소리와 불빛을 보고 도망갈 것이다.

곧 소리의 진원지에 이르렀다. 산 중턱에 위치한 이곳은 아름드리나무가 있어서, 낮이면 많은 사람들이 놀러와 도시락을 먹으며 쉬는 곳이었다. 사유리는 부싯돌을 계속 부딪쳤다. 가만히 보니 나무에 무언가가 매달려 꼼짝도 않고 있었다. 불꽃이 튈 때마다 보였다 안 보였다 해 그것의 정체를 좀체 알 수가 없었다. 사유리는 나무에서 시선을 떼지 않은 채 천천히 허리를 굽히고 앉아 땅바닥에서 마른 풀 더미를 집어 불을 붙였다.

"까아악!"

궁금증을 참지 못하고 사유리 뒤까지 따라온 하나코가 나무에 묶인 것을 보고 소스라쳐 비명을 질렀다. 그것은 죽은 사람이었다. 정확히 말해 몸의 절반만 남은 반쪽짜리 시체였다. 무엇으로 갈랐는지 가랑이부터 머리까지 잘렸다. 반만 남은 얼굴은 반만 남은 입을 크게 벌린 채 튀어나올 것 같은 외눈을 뜨고 있었다. 밧줄 다발처럼 잘려 나온 내장은 시뻘건 뱀들이 뒤엉킨 것처럼 보였다. 하나코는 계속 비명을 지르며 시체의 발치를 가리켰다. 시선을 아래로 내린 사유리는 자신의 입을 손으로 틀어막았다. 오른쪽만 남은 시신의 발아래 작은 짐승들이 모여 있었던 것이다. 사유리를 이곳까지 이끈 정체불명의 소리는 너구리와 오소리들이 시신의 발가락뼈를 뜯어 먹는 소리였다.

에도의 마치부교(행정·사법·소방·경찰을 담당한 직책) 하시모토 가문의 저택 마당에는 새벽부터 오십 명에 달하는 가내 무사들이 일렬로 늘어섰다. 사십 대 중반에 들어선 하시모토 사나이는 방금 일어난 사람으로 보이지 않을 만큼 절도 있는 모습으로 대열을 둘러보았다. 비단 평상복 위에, 등과 소매에 하시모토가의 문장이 그려진 검은색 하오리를 입고 양 허리에는 도검도 찼다. 하시모토는 긴 얼굴에 눈이 기름하고 입술이 얇아 전체적인 인상이 냉정하고 고집스러워 보였다.

마당 한가운데는 가마니가 놓였는데 하시모토가 고개를 끄덕이자 무사 둘이 가마니를 들쳐 반쪽짜리 시신을 보였다. 무사들이 웅성거렸다. 마당 한쪽에는 훌쩍거리며 우는 계집과 도발적으로 눈을 치켜뜬 계집이 나란히 서 있었다. 하나코와 사유리였다. 유곽에 소속된 수습 오이란들이 발견한 시신은 정확히 반으로 잘려 있었으며, 아직 신원은 확인되지 않았다.

가내 의원인 스미가와가 시신을 살펴보았다.

"가마니에 싸기 전에 끓인 식초와 술지게미를 발라뒀습니다. 자세히 검시해보겠습니다."

하시모토는 고개를 끄덕였다. 식초와 술지게미를 섞어 만든 액체를 시신에 발라두고 기다리면 칼에 찔리거나 베인 상흔이 벌겋게 드러난다. 거친 톱질에 상한 시신 곳곳이 붉게 변했다. 시체를 옮겨와 옆을 지키고 있던 하급무사 와타베가 구역질이 나오려는 입을 얼른 틀어막았다. 시신을 보고 구토라도 했다가는 무사로서의 체면이 말이 아닐 것이다.

한쪽에선 교토 황궁의 궁중화원이었다가 하시모토 가문으로 들어온 어용화사 고린이 문하생을 시켜 시신의 모습을 자세히 그리도록 하고 있었다. 최근 서양 의술이 들어오기 시작한 일본에서는 의원들의 청으로 화가들이 시신을 그리는 일이 잦았다. 때로는 비밀리에 해부하여 내부 장기를 그리는 일도 있었다. 서양에서 들어온 해부학 관련 서적과 갖가지 해부도를 본 의원들이 욕심을 내 직접 해부해보는 것이다. 이때 그림으로 그려둬야 재차 해부할 필요 없이 내부 장기를 살필 수 있으므로 화가를 고용하곤 했다.

고린은 대나무처럼 큰 키에 차분하고 이지적인 얼굴이었지만 늘 표정이 한결같아 좀체 속내를 알 수 없는 인물이었다. 다만 한때 천황의 초상화를 그렸던 만큼 화가로서 최고의 위치에 있었다는 자부심이 얼굴 전체에 드러났다. 고린은 문하생에게 세세하게 지시를 내렸다.

"피부로 덮여 보이지 않는 내부의 장기야말로 인간의 정신을 나타내는 것일 수 있다. 그것이 오히려 진실이라는 거지. 제아무리 미색이 뛰어난 여인이라도 우리에게 보이는 것은 내부 장기를 둘러싼 피부 한 꺼풀뿐이라는 교훈을 되새기며 묘사에 신경 써라."

"예, 스승님."

시체를 찬찬히 살펴보던 스미가와가 일단 물러나자 하시모토가 고개를 끄덕이며 물었다.

"절단한 것이 죽이기 전이냐, 후냐?"

"죽은 사람은 베거나 잘라도 피부가 오그라들거나 피가 흐르지 않습니다. 단단하게 굳어 있지요. 이 시신은 잘린 면의 피부가 너덜너덜하고 피부가 오그라들어 여러 군데 끊기거나 길게 늘어진 것으로 보아 살아 있을 때 날카로운 칼이나 톱으로 천천히 가른 듯합니다."

무사들이 술렁거렸다. 살았을 때 반으로 갈랐다면 그 고통은 할복에 비할 바가 아니리라. 살인자는 굉장히 잔인한 자다. 하시모토는 심경이 복잡했다. 에도에 살고 있는 사람은 백만 명에 이른다. 당연히 사건 사고가 끊이지 않았고 살인사건도 빈번하였다. 대부분은 요리키(부교에 소속돼 도신을 지휘하는 현장 지휘관)나 도신(지금의 경찰과 비슷한 관리) 같은 하급관리에게 맡겨 알아서 처리하게 했으나 이처럼 흉악한 사건은 하시모토도 직접 보고를 받으며 확인하고 있었다. 어쨌든 에도에서 일어난 사고는 모두 마치부교의 책무다. 사람들이 동요하기 전에 속히 사건의 전후를 밝혀 범인을 붙잡는 게 급선무였다.

"두개골은 톱으로 썬 것이 분명하옵고, 몸뚱이에는 톱과 칼, 가위를 동시에 쓴 듯합니다. 주로 톱을 사용해 피부가 유독 너덜너덜합니다만 정확히 반을 갈랐습니다. 힘이 장사인 자이옵니다."

"죽은 자의 신원은 밝혀졌느냐?"

이번엔 마치도시요리(마치부교 밑에서 공무를 처리하는 관리)인 마에다에게 물었다.

"날이 밝는 대로 요리키를 소집하고 각 구역의 도신들에게 공문을 보내 실종된 자가 있는지 알아볼 계획입니다."

"신원이 밝혀지는 대로 가족을 불러 확인시키고 시신을 좀 더 살펴 검험 서류를 올리도록 하라. 시신을 발견한 두 아이의 진술도 소상히 적어 올리라. 또한 기이하고 흉한 사건인 만큼 세인들 입에 오르내리지 않도록 각별히 주의하라."

"아!"

별안간 애처로운 비명과 함께 와장창, 요란한 소리가 울렸다. 하시모토의 아침 차를 시중드는 시동 다로가 마침 찻상을 들고 오다가 절단된 시신을 보고 만 것이다. 값비싼 다기들이 산산조각으로 깨지고 연푸른 찻물이 바닥에 흩어졌다. 하시모토의 시선이 다로를 향한 순간 하시모토 옆에서 시중들고 있던 시동 고타쓰가 재빨리 다가가 다로를 안정시키고 부서진 사기 조각을 치우기 시작했다. 둘 다 올해 나이 열여섯, 모두 하시모토의 의복 시중을 들거나 곁에서 문서를 수발하는 등 갖가지 잔심부름을 도맡고 있다. 아담한 체구에 얼굴이 고운 다로가 주로 내실에서 일한다면 고타쓰는 수행에서 더 많은 일을 맡고 있었다. 마에다가 못마땅한 얼굴로 다로를 노려보며 말했다.

"마치부교님을 모시는 놈이 그렇게 심약해서야 원."

"죄송합니다, 마치부교님."

다로가 두 볼을 발갛게 물들이며 하시모토를 향해 연신 허리를 굽혀 절했다. 다로의 길고 짙은 속눈썹에 맑은 눈물방울이 맺혔다. 하시모토는 심장이 쿵 내려앉는 듯했다. 당황한 하시모토가 마에다에게 그만하면 됐다는 듯 손사래를 쳤다.

"괜찮다. 너는 가서 다시 차를 내오너라. 다들 이만 물러가도 좋다."

곧 마당의 시체는 치워지고, 최초 발견자인 두 소녀도 관리를 따라 진술을 하러 들어갔다. 하시모토는 부하들의 절을 받은 뒤 천천히 마당을 가로질러 내실 안쪽에 있는 개인 정원으로 향했다.

흰 모래가 깔린 정원에는 각종 분재가 놓였고, 정갈하게 가지를 친 노송이 군데군데 자리 잡았다. 꽃이 막 지고 열매가 맺히기 시작한 매화나무와 푸른 잎이 무성한 벚나무도 뒤쪽으로 나란히 보였다.

하시모토의 눈은 정원수를 향해 있었지만 그 마음은 전혀 다른 것을 보고 있었다. 아침의 청명한 햇살을 받아 투명하게 빛나는 희고 긴 목, 발그레한 볼과 자두 같은 싱싱한 입술, 가늘게 떨리던 짙은 속눈썹, 그리고 그 끝에 이슬처럼 맺혀 있던 눈물……. 다로를 떠올리자 하시모토는 입 안이 바짝 타는 듯하였다.

직급의 높낮음을 떠나 무사들 사이에서 시중드는 소년을 사랑하는 일은 흔한 일이었다. 예로부터 전쟁터에 여인을 데려가지 못했기에 아리따운 소년을 곁에 두고 외로움을 달랬던 것이다.

무사들끼리의 동성애 혹은 남색도 공공연히 자행되었으나, 하시모토는 내심 그러한 일을 경멸하며 살아온 터였다. 그렇다고 여색을 탐하는 취미도 없었다. 하시모토는 오로지 학문에 정진하고 검술 수련에 온 정열을 기울였다. 어린 시절 결혼한 아내와도 충분하다고 생각될 만큼 자녀를 얻은 이후로는 잠자리를 하지 않았다. 현재 아내는 다섯 명의 자녀와 함께 교토에서 생활하고 있다. 향락이 발달한 에도는 귀족수업을 받기 적당하지 않다 하여 몇 년 전 하시모토가 보낸 것이다.

하지만 정도를 걸으며 빈틈없이 생활하고 있는 그의 눈에 어느 날부턴가 자꾸 다로가 눈에 들어오기 시작했다. 그 아이에게서는 항상 달콤한 냄새가 났다. 요시와라 최고의 오이란에게서도 한 번도 맡은 적이 없는 향기였다. 그 부드러운 목덜미를 볼 때마다, 아담한 어깨를 볼 때마다, 소녀처럼 수줍은 몸짓을 볼 때마다, 하시모토는 갈증과 현기증을 동시에 느꼈다. 평생 어떤 여자에게도 마음을 주거나 그녀들의 사랑을 얻으려고 애써본 적이 없는 그로서는 당황스럽기 짝이 없는 일이었다. 여자들이란 원하기만 하면 언제나 쉽게 취할 수 있는 존재였고, 그의 마음을 절대 어지럽힐 수 없는 무색무취한 존재였다. 하지만 다로는 그의 몸 안에 생소한 진동을 일으켰다. 게다가 죽이든 살리든 마음대로 할 수 있는 존재임에도, 하시모토는 오히려 다로에게 손끝 하나 댈 수 없었다.

안절부절못하고 정원의 애꿎은 나뭇가지를 부러뜨리고 있는데 다로가 조심조심 다가왔다.

"마치부교님."

다로가 공손하게 고개를 숙이며 다실에 차를 준비해놓았다고 일렀다. 다로의 시중을 받으며 하시모토는 정원수가 바라보이도록 미닫이문을 활짝 열어놓은 채 천천히 차를 음미했다. 하시모토는 아침의 차 마시는 시간을 가장 좋아했다. 이때는 다로와 늘 붙어 다니다시피 하는 고타쓰도 식사 준비를 돕는 등 여러 가지로 바빠 다로와 단둘이 있을 수 있기 때문이었다. 하시모토의 아침 차 시간이 갈수록 길어지고 있다는 것을, 마치부교를 모시는 사람들은 모두 알고 있었다.

"아까는 많이 놀랐느냐."

"아닙니다, 마치부교님."

다로가 얼굴을 붉히며 고개를 좌우로 저었다.

"괜찮다. 너처럼 심약한 아이가 보기엔 힘든 광경이었을 거야. 내가 거기에 있다는 얘기를 듣고 온 것이더냐?"

"예. 공무중이시라는 건 알았지만 분명 차를 드시고 싶어 하실

거라는 생각에…… 그렇게 큰일인 줄 모르고…… 제가 경솔했습니다. 용서하세요, 마치부교님."

무릎을 꿇고 있던 다로가 하시모토를 향해 고개를 숙였다. 희미한 미향이 다로에게서 물씬 풍겨왔다. 하시모토의 심장이 다시 거칠게 뛰기 시작했다.

"괜찮다. 너도 충심에서 그리한 것일 테니."

다로가 더욱 고개를 깊숙이 숙였다. 벌어진 목깃 사이로 솜털이 보송한 목덜미와 등이 드러났다.

"마치부교님. 마치부교님을 모실 수 있어서 행복합니다."

"다로야……."

하시모토가 저도 모르게 다로의 부드러운 손을 쥐었을 때였다. 마치도시요리 마에다가 고타쓰와 함께 황급히 들어오는 모습이 보였다. 하시모토는 얼른 다로의 손을 놓고 찻잔을 집어 들었다.

"마치부교님, 시신의 다른 쪽을 찾아냈다는 보고가 들어왔습니다. 처음의 반쪽이 발견된 곳과 그리 멀지 않은 곳에 있었다고 합니다."

하시모토가 이맛살을 찌푸리며 들고 있던 찻잔을 신경질적으로 내려놓자 마에다는 영문을 몰라 당황했다. 고타쓰는 슬쩍 다로를 쳐다봤다. 다로의 입가에 희미한 미소가 걸려 있고 얼굴이 붉게 상기돼 있었다. 순간 고타쓰의 눈에 불꽃이 튀었다. 자신이 세상에서 가장 사랑하는 연인에게, 자기가 모르는 어떤 일이 벌어졌다는 것이 격렬한 질투를 불러일으킨 것이다. 다로는 지금 일부러 고타쓰의 시선을 피하고 있는 게 분명했다. 그는 바지런한 손놀림으로 찻잔을 정리하고 있었다.

두 사람은 함께 하루 종일 하시모토를 수행하면서도 눈빛 한 번 마주치지 않았고 말 한 마디 나누지 않았다. 그리고 그날 밤, 다로는 육 개월 전 하시모토가에 들어온 이후 처음으로, 고타쓰의 손길을 거부했다.

3 즐거움을 그리다

　관리들의 필사적인 노력에도 불구하고 에도 거리는 어느새 기묘한 시체에 대한 소문으로 들끓게 되었다. 산에 사는 괴물이 반으로 쭉 찢어 반은 먹고 반은 버렸다더라, 아니다, 나무 밑에서 낮잠 자는 사이 오소리가 야금야금 먹어치웠다더라……. 사람들 입에서 이야기는 부풀려지고 더 무시무시해졌으며 어느새 라쿠쇼(세간의 일을 풍자해 길에 뿌리거나 대문에 붙인 익명의 문서)로도 만들어져 아이들까지 모르는 이가 없게 되었다. 소문이 아무리 기괴하고 어처구니없을 정도로 황당해도, 분명한 것은 사람이 죽었다는 사실이었다. 죽은 사람은 그림 판매상 마모루. 쓰타야에게 중요한 것은 그것이었다.

　'이거 판매망 하나가 더 줄었구먼.'

　알고 지내던 이가 허망하게 죽었다는 슬픔보다, 살인마의 존재에 대한 두려움보다 사업이 입을 타격이 더 걱정이었다. 며칠이 지나도록 도요쿠니가 그려낸 것이라곤 달랑 한 장뿐, 그것도 수작이 아니라 그렇고 그런 평작이다. 쓰타야는 자기 집 안에 목판화를 그리고 제작하는 출판사 겸 인쇄소를 두고 있었다. 도요쿠니에게 내준 방에 비하면 작고 초라한 작업실이었지만, 나름대로 그림을 본떠 세밀하게 깎고, 색상별로 나무판을 나눠 순차적으로 그림을 인쇄할 수 있는 제반 시설이 잘 갖춰진 곳이었다. 눈망울이 또렷하고 영민하게 생긴 청년 가쓰시카 호쿠사이가 새로 들어와 조각수가 목판화를 깎으면 다른 직공들과 함께 색상을 넣어 일일이 판화를 찍는 일을 맡았다. 화가가 되고 싶다는 호쿠사이는 성격이 밝고 쾌활한 청년이었다.

"물감이 조금이라도 번지거나 농도가 달라지면 판화 전체를 망치는 거야. 알겠나, 호쿠사이 군?"

"걱정 마십시오, 쓰타야 사장님. 그나저나 야쿠샤에는 언제 완성된다고 하나요? 오카상이 가부키를 올릴 날짜에 맞춰 인쇄하려면 벌써 조각 작업에 들어갔어야 하는데요."

"그렇지."

"찍어낼 분량이 천 장이나 되는데, 이렇게 더뎌서는 기일 내에 턱도 없겠는데요?"

"그러게 말이다. 내가 아예 이렇게 해서 저렇게 그리시오, 하고 주문을 해줘도 저 앵무새 같은 녀석이 꿈쩍도 않는구나."

"후후, 그러고 보니 정말 새같이 생겼네요."

"어어, 호쿠사이 군! 조심하라니까. 잘못하면 색이 번져."

쓰타야는 색상을 찍어내는 호쿠사이의 손놀림이 너무 빨라 걱정했으나, 다행히 호쿠사이는 손이 날랜 만큼 정확하고 농도를 맞추는 것도 수준급이라 찍어내는 것마다 훌륭했다.

안도의 한숨을 내쉬며 쓰타야는 도요쿠니가 묵는 방을 흘겨보았다. 앞으로 가부키 배우 아홉 명의 초상화를 완성하지 못하면 요시와라에서 가장 큰 요릿집인 세이카의 주인이자 유곽의 대모 오카상과의 계약은 파기될 것이고, 쓰타야는 빈털터리가 될지도 몰랐다. 오카상은 자신의 요릿집에서 새롭게 선보일 가부키 배우 열 명의 초상화를 백 장씩 모두 천 장 인쇄하여 가부키가 상연되는 날 요시와라와 시장 안팎에서 팔 예정이었다. 이 일을 무리 없이 치러낸다면 세이카의 가부키 공연은 다른 극장들을 제치고 인기를 끌 것이며 쓰타야는 에도 최고의 출판업자로 등극할 수 있을 것이다. 하지만 꿀돼지 도요쿠니의 상판으로 봐서는 도저히 불가능한 일인 듯했다.

그 시각, 가권과 영재는 거의 거지꼴이 다 되어 나카미세 거리를 두리번거리며 걷고 있었다. 에도에서도 번화가인 나카미세 거리는 두 사람의 넋을 빼놓기에 충분했다. 왕궁이 있는 교토도 엄청났지만 그곳도 쇼군의 성이 있는 에도에 비하면 초라하게 여겨질 정도였다. 바둑판처럼 반듯하게 정비된 길들과 그 좌우로 늘어선 이층짜리 목조 가옥 사이로 수많은 사람이 오가고 있고 그 너머로는 멀리 후지산이 보인다. 가게마다 온갖 진귀한 물건들을 진열해놓았고 생선이나 과일, 야채 등이 담긴 광주리를 어깨에 메고 사람들 사이를 비집고 다니며 물건을 파는 사람도 여럿이었다. 물건을 팔려는 사람과 사려는 사람으로 발 디딜 틈이 없다. 이편에서는 화려한 기모노를 차려입은 부인들이 새로 나온 비단을 살펴보고 있고, 저편에선 부채 장수, 모기장 장수가 서로 자기 물건이 더 유용하다고 난리를 피우며, 그 옆에서는 뱀술부터 정제약까지 온갖 약재를 내놓고 팔고 있다. 그야말로 별천지였다.

가권은 그림을 파는 가게 앞에 멈춰 섰다. 색상이 화려한 그림들이 눈길을 사로잡았다. 통통하고 우아한 몸을 외로 꼬며 눈을 가느다랗게 뜬 여인들의 초상화가 대다수였다. 화려하게 분장을 한 가부키 배우들의 그림도 가지각색으로 많았다.

"아니 이럴 수가, 똑같은 그림이 여러 장이잖아. 일본에서는 그림을 일일이 손으로 그리지 않고 판화로 찍어 대량으로 팔고 있단 말인가?"

가권이 그림에 정신이 팔려 꿈쩍도 않자 영재가 가권의 소매를 잡아끌었다.

"이럴 시간 없어요. 빨리 쉴 곳을 알아봐야죠. 금방이라도 쓰러질 것 같단 말입니다."

교토를 떠나 십수 일을 달려 거의 에도에 이르렀을 때, 주군을 잃고 강도가 된 낭인들을 만나 말과 은자, 옷가지를 몽땅 털렸다. 영재는 청나라에서 구해 애지중지하던 서책까지 빼앗겨 몹시 우울했다. 다행히 가권은 어필과 먹통만큼은 잃어버리지 않았다. 만약 거기에까지 손을 댔다가는 가권도 목숨을 걸고 덤벼들었을 것이다.

"아이, 빨리 가자니까."

영재가 다시 가권의 소매를 잡아끌었다. 이대로 두었다간 가게 문을 닫을 때까지 꿈쩍도 않을 것 같았다. 몹시 지친 데다 배도 고파 영재는 가권의 느긋한 태도가 짜증스러웠다. 그런데 의외로 가권이 가볍게 발길을 돌렸다. 영재가 가권의 얼굴을 빤히 올려다보며 물었다.

"웬일입니까? 그림이라면 자다가도 벌떡 일어나는 사람이."

"오래 두고 볼만한 그림이 아니다. 에이, 눈 버렸네. 하나같이 쓸개 빠진 그림들이야. 색상만 화려했지, 조선의 그림에 비하면 뒷간 휴지로도 못 쓰겠다."

가권은 과장된 몸짓으로 소맷자락을 휘휘 저으며 걸음을 옮겼다. 영재가 히죽 웃으면서 얼른 뒤따르며 말했다.

"그래도 인기가 대단한 것 같아요. 보세요. 가게 안이 애들로 바글거리잖아요? 남녀노소 누구건 그림을 즐기고 소장할 수 있다니, 난 부럽기만 합니다."

"하지만 진품이 아니잖아. 내가 아무리 스승님의 그림을 똑같이 따라 그린다 해도 진품은 하나, 나머지는 다 가짜일 뿐이야. 세상에 하나뿐인 그림을 소장하는 가치는 무엇에도 비교할 수 없어."

그때 가권의 눈에 또 다른 목판화 가게가 눈에 들어왔다. 이번에도 똑같은 그림을 여러 장씩 진열해놓고 팔고 있었으나, 전체적인 그림의 기법이라든지 경향이 흥미로운 데가 있었다. 다른 가게는 천편일률적인 미인 초상화만 잔뜩 걸어놓은 데 반해, 이곳에 내걸린 미인들에게서는 어딘가 모르게 시적인 분위기가 풍겼다. 가부키 배우의 초상화들에도 기품이 살아 있었다. 하지만 다른 가게와 달리 이곳의 그림들에는 먼지가 뽀얗게 앉아 있고, 그림을 고르는 사람들로 북적이지도 않았다. 가권이 또 우뚝 서서 움직일 줄 모르자 영재가 한숨을 쉬었다.

가권이 그림들을 하나하나 살펴보노라니 하나같이 그림 한구석에 담쟁이넝쿨을 타고 앉은 산봉우리 모양의 표식이 찍혀 있었다. 가권이 무심코 중얼거렸다.

"이 가게 주인은 그림 보는 눈이 조금은 있군."

"어서 오시오. 무슨 그림을 찾으십니까?"

점원인 듯한 여자가 나와서 사근사근 친절하게 말을 붙였다. 방금 전까지 일을 하다 나왔는지 소매를 팔뚝까지 걷어 올리고 있었다. 가권이 싱긋 웃으면서 일취월장한 일본어로 대답했다.

"실례합니다만, 남는 종이가 있으면 좀 얻을 수 있을까요?"

도요쿠니는 붓에 먹을 살짝 묻혀 통통한 손가락 사이에 끼웠다. 왼손을 턱에 대고, 오른손에는 총을 든 가부키 배우 오타니를 그리는 중이다. 온몸에 긴장을 담아 기운을 발산하는 오타니를 한 눈으로 보며, 도요쿠니는 붓 가는 대로 자연스럽게 초본을 그렸다. 양미간과 입술에 잔뜩 힘을 준 오타니의 표정은 악역 전문 배우답게 더할 나위 없이 포악해 보였다.

초본이 끝났다는 말에 오타니가 도요쿠니에게 다가와 전신 초상화를 살피더니 이맛살을 찌푸렸다.

"도요쿠니 군, 이 그림은 얼마 전 다른 가게에서 제작한 것과 비슷해 보이는데? 좀 더 새롭게 그려주면 안 되겠나?"

붓을 쥔 도요쿠니의 뺨이 실룩거렸다.

'화사님이라고 불러주면 어디가 덧나니?'

"난 최고의 가부키 배우라고. 최고 인기 배우란 말이야, 도요쿠니 군."

오타니의 말에 도요쿠니는 속으로 빈정댔다.

'그래봤자 악역 전문 배우인 주제에.'

"이래서야 어디 나를 흠모하는 사람들을 만족시킬 수 있겠나? 다시 그려주게."

"글쎄요, 안타깝지만 다시 그릴 수는 없어요. 나도 최고 인기 화가거든요. 정 그렇게 이상하면 다른 화가한테 가시든가. 나보다 잘 그리는 사람을 찾을 수 있을지는 모르겠지만."

"뭐야? 말투가 왜 그따위야? 겨우 환쟁이 주제에……."

"뭐? 환쟁이? 야! 가부키 배우는 원래 유곽의 논다니들이 하던 거야! 그러다 공연을 보러 온 손님들하고 자꾸 놀아나고 지저분해지니까 뒤늦게 남자들이 맡은 거지. 솔직히 말해봐. 무사들 마누라하고 얼마나 놀아났어? 아니면 무사 나리들에게 궁둥이를 대주고 노셨나?"

"뭐라고? 이 자식이! 감히 날 모욕했겠다. 가만두지 않겠어!"

오타니는 정색을 하고 도요쿠니에게 덤벼들듯 다가섰다. 하지만 도요쿠니도 지지 않고 맞섰다.

"무사도 아닌 주제에 뭘 어쩌려고? 죽여봐, 죽여보라고!"

악역 전문인 만큼 오타니는 극에서 쓰는 단도를 허리춤에 차고 다녔다. 오타니는 얼른 단도를 빼서 도요쿠니에게 겨눴다.

"내 연기가 거저 나오는 건 줄 아느냐? 다 경험에서 나오는 강도, 도둑, 자객, 살인자 연기란 말이다. 오늘이 네 제삿날인 줄 알아라!"

오타니가 도요쿠니에게 와락 덤벼들 때였다. 장지문을 벌컥 열어젖히고 들어온 쓰타야가 오타니의 허리춤에 매달려 사정했다.

"선생님, 한 번만 용서하십시오. 저희가 죽을죄를 지었습니다. 선생님!"

도요쿠니는 악을 쓰며 발악했다.

"저놈이 먼저 내 그림에 트집을 잡았다고! 그리고 나한테는 왜 선생님이라고 안 해? 나도 저치처럼 선생님이라고 불러줘. 나도 선생님 소리 들을 자격 있잖아!"

쓰타야는 오타니의 허리춤을 붙잡은 채로 눈을 질끈 감아버렸다. 저 말썽꾸러기 녀석 때문에 작업에 차질을 빚은 것은 물론 인기배우 오타니의 초상화 판권도 물 건너가게 생겼다. 오카상과 계약한 것마저 깨지면 쓰타야 출판사는 문을 닫고 식구들을 먹여 살리기 위해 경단 꼬치 장사라도 해야 할지 몰랐다. 오타니가 여전히 화가 가라앉지 않은 듯 씩씩거리며 말했다.

"쓰타야 사장은 어쩌다 저런 놈과 계약을 맺으셨소? 판화 제작의 일인자라는 분이 말입니다. 당장 저 화가의 모가지를 치든지, 그게 아니면 내 그림은 못 파는 줄 아시오!"

오타니는 배우 특유의 과장된 행동을 하며 못 참겠다는 듯 방 안을 뛰쳐나갔다. 정말로 누굴 찌를 만큼 담이 센 사람이 아니었겠지만, 쓰타야는 내심 오타니가 그냥 나가버린 것이 아쉬웠다.

'차라리 저 인간 가슴에 단도나 콱 꽂아주고 가지.'

그러나 아직 상황이 어찌 돌아가는지 모르는 도요쿠니는 속 편한 소리만 늘어놓을 뿐이었다.

"쓰타야 형, 저 개념 없는 사람 때문에 간만에 살아났던 예술혼이 사라져버렸어. 영감을 다시 불러일으키려면 오카상네 가게에 가서 게이샤들의 노래와 춤을 감상하며 술을 한잔 걸쳐야 할 것 같은데⋯⋯. 그러면 다시 그림에 대한 내 열정과 예술혼이 깨어나 엄청난 걸작을 만들 수 있을 것 같단 말이지."

"더 이상은 안 돼. 그리고 오늘 밤부터 하루에 두 장씩 초상화를 완성하기로 한 거 잊었어? 그러겠다고 약속해서 어제도 목욕탕에서 하루 종일 지내게 해줬잖아."

그러자 도요쿠니가 늘어진 뺨을 실룩거리며 씩씩댔다.

"형, 앞으로 선생님이라고 불러달라니까!"

마침내 쓰타야는 폭발하고 말았다.

"당장 나가! 계약이고 뭐고 필요 없으니까 내 집에서 나가. 네가 먹은 밥값, 술값, 네가 사들인 문방굿값은 수업료 냈다 치고 잊어버릴 테니까 나가기만 해! 내 눈앞에서 꺼져버리라고!"

도요쿠니는 씩 웃으며 일어섰다.

"형, 후회 안 할 자신 있어? 후후후. 내 열 손가락을 걸고 장담하는데, 이틀만 지나면 내가 아쉬워질걸? 아니라면 열 손가락에 장을 지지겠다."

도요쿠니는 통통한 손가락을 쫙 펼쳐 쓰타야의 눈앞에서 흔들어 보이며 유유자적 작업실을 나가 가게 뒷문으로 들어갔다. 바깥으로 나가려면 일단 그림을 진열해두고 있는 가게를 지나야 하는 것이다. 허리에 손을 얹고 서서 그 모습을 지켜보던 쓰타야의 머릿속이 차츰 냉정을 되찾아갔다. 별안간 오카상의 노기 띤 얼굴과 함께 그림 판매상들과 한 약조가 한꺼번에 떠올랐다. 도요쿠니를 그냥 보내서는 안 된다! 황급히 도요쿠니를 붙들기 위해 가게 안으로 뛰어들었을 때였다. 기묘한 풍경이 쓰타야의 눈에 들어왔다. 가게 일을 보고 있던 아내와 도요쿠니가 멍하니 서서 입구 쪽을 쳐다보고 있었다. 그리고 한 무리의 사내아이들이 그 앞에서 무언가를 둘러 싸고 와자지껄 떠들고 있었다.

"저도 그려주세요, 아저씨!"

"나부터야! 전 이 사람이요. 여기다가요, 여기."

아내가 쓰타야를 발견하고 당황한 모습으로 말했다.

"이런 건 처음 봐요, 여보. 정말 대단하네요."

멍청하게 서 있는 도요쿠니를 밀치고 사내아이들이 둘러싼 곳을 들여다보니 초라한 행색을 한 젊은 남자가 붓을 들고 앉아 아이들이 내미는 초상화 속 얼굴을 걷어 올린 팔뚝에 그려주고 있었다. 그저 그림을 한 번 보고는 슥슥 삭삭, 순식간에 그려내는 것이었다. 장난처럼 그리는 것이었지만 원본 못지않은 생동감 넘치는 인물들이었다. 아니, 원본보다 더 훌륭했다. 엄청난 실력이다! 자기가 좋아하는 배우의 얼굴이 팔뚝에 그려지자 아이들은 좋아서 어쩔 줄 몰라 했다. 갑자기 남자가 붓을 챙겨 넣고는 손바닥을 탁탁 털며 일어섰다.

"자, 이제 그만. 갈 길이 바빠서 말이다."

'홋카이도 사람인가?'

남자의 발음이 약간 어색하게 들렸다. 어쨌거나 그건 중요한 게 아니다. 쓰타야가 얼른 그를 불러 세웠다.

"이보시오, 선생. 난 이 가게 주인인 쓰타야 주자부로라고 합니다. 잠깐 안에서 말씀 좀 나눌 수 있을까요?"

남자가 쓰타야의 눈을 똑바로 쳐다봤다. 먼지투성이지만 한눈에 봐도 대단한 미남자다. 침착한 표정이었지만 두 눈은 왠지 웃고 있는 것처럼 보였다.

"허엉……."

뒤에서 멍청한 목소리로 도요쿠니가 불렀지만 쓰타야의 귀에는 들리지도 않았다. 그때 남자의 옆에 서 있던 소년이 앞으로 나섰다. 똑같이 더러운 꼴을 하고 있는데 얼굴에는 먼지가 잔뜩 낀 애체를 걸치고 있었다.

"무슨 일인데 그러십니까?"

소년이 대신해서 물었다. 변성기가 왔는지 쉰 목소리였지만 발음은 또랑또랑했다.

"잠시 그림에 대해 드릴 말씀이 있어서 그럽니다. 보아하니 에도에는 초행길이신 듯한데, 저와의 얘기가 도움이 될 겁니다."

미남자와 소년은 서로 얼굴을 마주 보더니 쓰타야가 청하는 대로 집 안으로 들어왔다. 쓰타야는 두 사람을 안쪽으로 안내하며 그때까지 우두커니 서 있던 도요쿠니를 향해 냉정하게 말했다.

"아직도 안 가고 거기서 뭐 하시나?"

도요쿠니는 두 손을 축 늘어뜨리고 다실로 들어가는 세 사람의 뒷모습을 쳐다볼 뿐이었다.

4 요시와라의 여인들

쓰타야가 권하는 대로 상석에 앉은 가권은 그가 하는 말을 묵묵히 들었다. 요는 빠른 시일 내에 열 명의 배우를 그린 야쿠샤에가 필요하다는 것이었고, 자신이 그 작업의 적임자란 소리였다. 가권으로서는 충분히 도전해볼 만한 일이었으나 만에 하나라도 일이 꼬이게 되면 큰일이었다. 설마하니 이런 엄청난 제안이 걸려들 줄이야. 가권이 고민하고 있는데 영재가 옆에서 쿡쿡 찔렀다. 눈짓을 보니 수락하라는 말 같았다.

"부탁드립니다, 선생님. 부디 저희 가게의 화가가 되어주십시오."

쓰타야라는 사내는 이마가 방바닥에 닿도록 절을 올렸다. 아무리 봐도 자기보다 나이가 많은 것 같은데, 암만 절박한 상황이라지만 저렇게 넙죽 절을 올리다니, 가권은 불편하기만 했다.

"알겠습니다. 그려드릴게요. 그러니 그만 일어나세요."

"감사합니다. 감사합니다, 선생님."

쓰타야는 다시 몇 번이나 고개를 조아려가며 절을 올렸다. 옆에서 영재가 쿡쿡 웃었다. 가권이 쓰타야의 팔을 잡아 일으켰다.

"그렇게까지 절하지 않으셔도 됩니다."

"아닙니다. 선생님은 저 쓰타야, 아니 쓰타야 가문의 은인이십니다. 불편하지 않으시다면 저희 집에 묵으시면서 당장 일에 착수해주십시오. 일단 화구를 살펴보시고, 부족한 게 있으면 바로 말씀하십시오."

"한눈에 봐도 여기 갖추어진 문방구가 무척 훌륭합니다. 더 필요한 것은 없을 듯합니다."

쓰타야의 얼굴이 대낮처럼 환해졌다.

"그럼 우선 요기를 하시고 옷도 갈아입으시지요. 지금 당장 사람을 보내 가부키 배우를 데려오겠습니다. 저녁 연습을 시작할 때까지는 아직 시간이 있습니다."

쓰타야가 나가고 잠시 앉아서 기다리니 여종이 와서 우선 목욕을 하시라는 전갈을 전했다. 오랜만에 묵은 때를 벗겨내고 쓰타야가 마련해준 옷으로 갈아입고 나서 방으로 돌아오자 벌써 상이 차려 있었다. 영재는 애체가 떨어지는 줄도 모르고 밥그릇을 비웠고, 가권도 염치 불구하고 두 그릇을 청해 모두 비웠다. 상을 물리고 얼른 쓰러져 자고 싶은 생각만 드는데 손님이 왔다는 기별이 왔다. 쓰타야가 초조하면서도 기대감이 넘치는 얼굴로 젊고 거만한 표정을 한 배우를 데리고 들어와 가권에게 소개했다.

"오늘 오타니 님 다음으로 작업을 하기로 했던 분입니다. 오타니 님은 아직 화가 가라앉지 않았으니 이분부터 그려주시면 되겠습니다."

"사부로라고 합니다. 잘 부탁하오."

"여기 이분은 도슈샤이 샤라쿠라는 화가이십니다. 교토에서 이름을 날리던 분인데 이곳 사정을 듣고 먼 길을 마다 않고 와주셨지요. 옆의 동자님 이름은 호이치로 도슈샤이 님의 문하생이시고요."

눈 하나 깜짝 않고 그럴싸하게 포장을 하는 쓰타야의 언변에 가권이 흠흠, 목을 가다듬었다. 그림 보는 눈, 사람 보는 눈이 있는 만큼 장사꾼 기질도 농후한 자였다.

약속은 약속이니 일단 붓은 들었지만, 막상 배우를 앞에 두고 그림을 그리려니 어쩐지 선이 잘 나가지를 않았다. 사부로는 자신이 맡은 역을 표현한 듯한 자세를 취하고 있었으나 어떤 장면을 연출하고 있는 건지 영 감이 오질 않았다. 가부키를 한 번도 본 적이 없으니 무리도 아니었다. 이렇게 저렇게 몇 장 그려보던 가권이 종이를 모두 구겨버렸다.

"죄송하지만, 가부키 연습을 먼저 구경하면 안 될까요?"

쓰타야의 얼굴에 당황한 빛이 스쳐갔다. 사부로도 자세를 풀고 가권의 얼굴을 의혹이 섞인 눈으로 쳐다보았다.

"교토에서 오셨다고 하는데 교토 사투리가 아닌 것 같네요. 제가 교토 출신이거든요."

사부로가 팔짱을 끼며 말했다. 옆에서 먹을 갈며 꾸벅꾸벅 졸던 영재가 퍼뜩 고개를 쳐들었다.

"그게, 태어나고 자란 곳은 저어기 오사카 이남의 어촌 마을이거든요."

영재의 둘러대는 말에 쓰타야가 고개를 주억거리며 덧붙였다.

"맞습니다. 그래서 더 유명하지요. 시골 출신이 교토에서 성공하기는 어려운 법이니까요."

그러자 사부로가 팔짱을 풀고 환하게 웃었다.

"역시, 뭔가 다르시다 했습니다. 보통 화가들은 공연 자체도 잘 보러 다니지 않거든요. 초대를 해도 작업이 밀려 바쁘다는 핑계로 늘 골방에만 처박혀 있지요. 아무튼 저희의 연습을 보러 오신다면 언제든 환영입니다."

쓰타야가 크게 안도하며 말했다.

"그럼 오늘은 이만하고, 도슈샤이 님은 내일 세이카 옥으로 모시겠습니다. 아마 오카상도 허락할 겁니다."

에도 최고의 유곽 요시와라는 들어서는 입구부터가 남달랐다. 겨우 두 사람이 어깨를 나란히 하고 드나들 수 있는 크기에, 좌우에 험상궂은 장정 두 명이 문지기로 버티고 서 있었다. 무기가 있는 자는 칼이든 곤봉이든 입구에 늘어서 있는 보관소에 모두 맡겨야 들어갈 수 있었다. 오입하려는 땡중들을 위해 옷을 대여해주는 곳까지 있었다. 가권과 쓰타야, 영재는 무기 검사를 받은 뒤 집집마다 홍등이 걸려 있는 화려한 골목으로 들어섰다. 길 한가운데는 나무들이 일렬로 서 있어 아름다웠고, 좌우에는 입구를 격자창으로 꾸민 가게가 늘어섰는데, 알록달록한 비단을 묶어 펄럭이게 한 장식 끈이 인상적이었다.

격자창이 높이 올라갈수록 고급 오이란과 게이샤를 거느린 요릿집이란 뜻이고, 격자창이 내려가 발등에 닿을 정도의 집은 격식 없는 일반 요릿집이다. 격자창 안에서는 화려한 기모노를 차려입은 여인들이 일렬로 앉아 곱게 인사를 올리거나, 격자창 너머로 피우던 담배를 건네주며 지나가는 남자를 유혹하고 있었다.

세이카 옥은 요시와라의 중심부에 위치하고 있었다. 한눈에 봐도 다른 요릿집에 비해 규모가 크고 격자창도 지붕까지 올라가 있다. 작지만 오밀조밀 사랑스럽게 꾸민 정원을 지나자 늙은 하녀장이 일행을 맞이했다. 거기서 쓰타야는 나중에 뵙자며 사라졌고, 가권과 영재는 하녀장을 따라 어둑한 내실로 들어섰다. 일본 전통 현악기 샤미센 소리가 구슬프게 흘러나오는 가운데, 널빤지로 만들어 걸음을 옮길 때마다 삐걱대는 복도를 지나 마침내 끝 방에 다다랐다. 벽 가득 꽃나무가 그려 있고 두툼한 비단 방석이 여러 개 놓인 방이었다. 안내를 마친 하녀는 잠시 기다리라고 하더니 자리를 떴다. 두 사람은 엉거주춤 앉아 장지문 바로 옆방에서 나는 샤미센 소리에 귀를 기울였다. 궁금증을 참지 못한 가권이 문틈에 얼굴을 댔다.

"엿보지 마요."

하지만 말리던 영재도 이내 가권과 나란히 앉아 방 안을 훔쳐보았다. 햇빛이 은은하게 비쳐드는 작은 방, 그 안에서는 샤미센의 애절한 가락에 맞춰 한 소녀가 춤을 추고 있었다. 가권은 첫눈에 숨이 턱 막히는 기분이었다. 은색 국화가 수놓인 하얀 기모노를 입고 삼단 같은 머리를 풀어헤친 소녀의 얼굴은 날이 선 듯하면서도 부드러웠고 순수한 듯하면서 농염하였다. 흑옥처럼 검은 두 눈이 신비롭게 반짝거렸고 꼭 다문 입술에서는 달콤한 향기가 풍길 것만 같았다. 소녀는 부채를 들고 마치 한 마리의 고양이처럼 사랑스럽게 춤추고 있었다. 보이지 않는 은색 비단 공을 쫓아 소녀는 몸을 낮추었고, 이윽고 등을 굽혀 공을 향해 부채를 내밀었다. 유연한 몸이 돋보이기도 하거니와 귀여운 몸짓과 갈구하는 듯한 동작이 마음을 끌었다. 가권은 그녀에게서는 차가운 북풍과 뜨거운 남풍이 모두 불고 있다고 생각했다. 그리고 그녀의 따뜻한 몸에 자신을 깊숙이 담그는 것을 상상했다.

그 옆에서 샤미센을 켜는 여인도 춤추는 소녀 못지않게 미인이었다. 여인이라기보다 역시 소녀에 가까운 그녀는 가늘고 긴 목에 갸름한 얼굴, 길쭉하게 치켜 올라간 눈이 사내라면 누구라도 마음을 동하게 할 만큼 색정적으로 보였다. 머리에는 여러 개의 비녀를 부챗살처럼 꽂았고, 붉은색 바탕에 구름 속을 노니는 학이 화려하게 수놓인 기모노를 입고 있었다. 뒤로 매게 되어 있는 오비를 앞에서 매듭지은 것이 특이했다. 갑자기 샤미센을 켜던 여인이 연주를 멈추고 소녀의 잘못을 지적했다.

"동작이 틀렸잖아! 다시 처음부터."

여인의 목소리가 매섭다. 소녀는 대답 대신 깊이 고개를 숙여 사죄하고 처음부터 다시 춤을 추기 시작했다. 밤의 파도 같은 긴 머리가 흐느적거리며 나풀거렸고, 작은 얼굴에는 땀방울이 돋았다. 아무런 분칠도 없는 소녀의 깨끗한 얼굴과 야무진 표정은 춤의 아름다움을 더해주는 듯했다. 반면 흐느끼듯 샤미센을 연주하는 여인의 얼굴은 하얀 분으로 가려 웃는 것인지 우는 것인지 분간할 수 없었다.

"휴, 정말 예쁘네요."

영재가 홀린 듯 고개를 벽에 살포시 기대며 말했다.

"그렇지? 나도 저렇게 예쁜 아이는 처음이야. 춤에도 혼이 실려 있어. 분명 대단한 기녀가 될 거다."

"춤추는 쪽 말고 샤미센 켜는 여자 말이에요."

가권이 어이없다는 듯 영재의 등을 탁 치며 웃었다.

"인마, 저 여자는 너 같은 건 쳐다보지도 않을걸? 딱 봐도 사내 여럿 잡아먹을 요부상이다. 넌 금세 쭉정이만 남기고 다 빨릴 거라고."

"함부로 말하지 마세요. 몇 번이나 봤다고 잘난 척입니까? 화사님이 사랑에 대해 뭘 안다고."

"허 참!"

영재와 가권은 다시 문틈을 훔쳐보았다. 그때 방문 앞에서 인기척이 들렸다.

"실례합니다."

그리고 대답도 기다리지 않고 장지문이 드르륵 열린다. 복도에 몸집이 작고 늙은 여자가 앉아 있었다. 가권과 영재가 후다닥 자리로 돌아가자 여자가 절을 하고 무릎을 꿇은 채 조심조심 방 안으로 들어왔다. 곧 쓰타야도 뒤따라 들어와 가권 옆에 앉는다. 표정을 보니 얘기가 잘된 모양이었다.

"오래 기다리시게 해서 죄송합니다. 저는 이곳 세이카 옥의 여주인 유키라고 합니다. 사람들은 모두 오카상이라고 부르지요."

나이는 대략 오십 대 초반. 하지만 몸놀림에서 절도와 기품이 묻어났다. 가권은 문득 아취가 떠올랐다. 아취도 늙으면 이런 느낌의 여자가 될까.

"쓰타야 사장님에게서 선생님에 대한 얘기를 들었습니다. 도요쿠니 님에게는 미안한 얘기지만 저도 그분의 변덕이 내심 염려스러웠던 터라 선생님처럼 훌륭한 분이 나서주셨다니 한시름 놨어요. 우리 요릿집에는 오이란뿐만 아니라 게이샤도 몇 있고 극장도 있어서 정기적으로 가부키를 올립니다. 이번 가부키는 새로운 작품을 올리는 거라 특히 신경을 쓰고 있지요. 도슈사이 화사님, 앞으로 잘 부탁드립니다. 조금 있으면 연습이 시작되니 편안하게 구경하세요."

가권 일행에게 다시 정중하게 인사를 올리고 방을 나가려던 오카상이 문득 생각났다는 듯 말을 덧붙였다.

"아까 보시던 아이들은 저희 세이카 옥을 대표하는 타유(미모는 물론 기예까지 갖춘 최고의 오이란에게 붙는 호칭) 기쿠와 수습 오이란 사유리랍니다. 둘 다 저희 가게의 큰 자랑이지요."

영재는 얼굴을 붉히며 어깨가 딱 굳었다. 역시 훔쳐보고 있는 걸 알았던 것이다. 가권은 점잖게 웃으며 고개를 숙여 답례를 보내는 한편, 사유리라는 이름을 가슴 깊이 새겼다.

가권과 영재는 요릿집 중앙에 위치한 넓은 무대로 안내되었다. 방 서너 개를 터서 만든 널찍한 곳에 붉은색 천을 기둥마다 길게 드리웠고, 정사각형의 방 가장자리는 객석으로 무대보다 한 단 이상 낮아 손님들이 배우를 올려다보는 구조였다. 이층에도 객석이 따로 마련되어 있고, 무대 뒤로는 무대 배경을 고정하거나 움직이는 사다리가 서 있었다. 무대 끝으로 내려가 뒤로 몇 걸음 가면 배우 대기실 겸 분장실, 입구는 천막으로 가려 있었다.

"이 아래서 술도 마시고 여자랑 지분거리며 극을 보겠군."

가권이 알겠다는 듯 고개를 주억거렸다. 무대에서는 연습이 한창이었다. 오타니는 선량한 농민을 단도로 위협하며 돈을 빼앗고, 여자들을 겁탈하는 연기에 집중하고 있었다.

"저분이 오타니라는 분으로 악역 전문 인기 배우인데, 새 그림에 대한 기대가 큽니다. 이번에 오타니 님의 초상화 판화는 원래 계획을 넘어서 이백 장 이상 인쇄할 예정이니 각별히 신경을 써주시면⋯⋯."

어느새 가권 곁에 쓰타야가 와서 구구절절 설명을 늘어놓았다. 가권은 뜨끔했다.

'이백 장. 그렇게 찍어낸 그림이 무슨 가치가 있을까. 게다가 내가 그린 그림이 수백 장씩 거리에 뿌려진다니…… 이거 장난이 아닌데.'

한편으로 가권은 영재가 했던 말을 떠올렸다.

'신분 고하를 막론하고 애, 어른 할 것 없이 마음에 드는 그림을 자유롭게 살 수 있다. 우리 조선과 그림을 사랑하는 방식이 다를 뿐이 또한 나쁘다고 할 수는 없지 않을까. 그래, 일본 그림에 혼이 빠져 있다면 내가 한번 해보자. 진짜 그림이 무엇인지 한번 보여주는 거다. 스승님도 이 나라와 우리는 한 뿌리라고 하지 않았던가.'

가권은 몸 구석구석 퍼지는 새로운 활력에 짜릿한 전율을 느꼈다. 간자로서의 임무 외에 할 일이 생긴 것이다. 그리고 잘만 하면 이 일은 자금을 충당해줄 뿐 아니라 그의 신분을 더욱 철저하게 가려줄 것이었다.

가권은 혼신을 다해 연기를 하는 배우들의 모습을 골똘히 지켜보기 시작했다. 어찌나 무섭게 눈을 부릅뜨고 지켜보는지 옆에 있던 쓰타야와 영재도 말 한 마디 못 붙일 정도였다. 가권이 보기에 가부키는 과장과 꾸밈의 미학이었다. 짙은 분장이 배우들의 민얼굴을 가리고 있었지만, 언뜻언뜻 드러나는 그들의 표정에는 생활의 고달픔이 나타나 있었다. 연습이 끝나고 배우들이 모두 쉬러 간 뒤에야 가권은 몸을 일으켰다. 이제 그의 마음속 상은 뚜렷해져 있었다.

영재와 함께 방으로 돌아와 잠시 눈을 감고 정좌해 있던 가권이 마침내 붓을 집어 들었다. 그 옆에서 먹을 갈다 꾸벅꾸벅 졸던 영재가 다시 깨어 열심히 먹을 갈았다. 가권은 악역 전담 배우라는 오타니의 얼굴을 먼저 그렸다. 얼마 안 가 두 눈을 부릅뜨고 금방이라도 상대의 주머니를 낚아챌 듯한 오타니의 모습이 완성되었다. 바로 뒤이어 오타니의 상대역을 그렸다. 잔뜩 겁먹은 얼굴을 하고 금방이라도 눈물을 떨어트릴 듯하다. 가권은 다시 눈을 감고 마음을 가다듬었고, 새 종이를 꺼내 그다음 배우를 그렸다.

다음 날, 가권의 방에 들어온 쓰타야는 책상 옆에 수북이 쌓인 종이를 보고 깜짝 놀랐다.

"벌써 이렇게 많이 그렸습니까?"

쓰타야는 놀란 표정을 감추지 못하며 찬찬히 살폈다.

"왜, 마음에 안 드십니까?"

"그게 아니라 이렇게 강렬한 그림들은 처음 봐서 그럽니다."

가권이 밤을 새우느라 뻑뻑해진 두 눈을 문지르며 말했다.

"오늘 오후에도 세이카 옥에 갔으면 합니다. 앞으로 작업을 모두 끝낼 때까지 매일 연습을 구경하고, 돌아와서 그림을 그릴 생각입니다. 그래야 배우가 맡은 역할의 분위기를 살릴 수 있을 것 같아서요. 그리고 그중에서 가장 잘된 것으로 정해 인쇄에 들어가면 좋을 듯합니다."

"좋은 생각입니다. 얼마든지 그렇게 하십시오."

이른 아침, 쓰타야의 목판화 인쇄 작업실은 오랜만에 활기를 띠었다. 가권이 최종적으로 완성한 스물여섯 장의 그림에 대한 인쇄 작업에 들어간 것이다. 조각수를 비롯한 인쇄 장인들이 각자의 자리에서 분주하게 손을 놀리는 가운데 쓰타야도 직접 소매를 걷어붙이고 작업에 뛰어들었다.

5월 중순의 에도는 벌써 찌는 듯 무겁다. 아직은 서늘한 새벽부터 일을 시작해야 그나마 고생이 덜했다. 이번 그림들은 바탕이 모두 광택이 나는 흑색이었다. 지면 배후에 운모를 섞는 흑운모 인쇄 기법을 써 화면 중앙의 인물을 부각시키면서도 고급스러운 화려함을 추가한 것이다. 조용하면서도 일사불란하게 일이 진척되던 중, 물감이 모두 찍힌 목판화를 최종 점검하고 건조대에 널고 있던 호쿠사이가 완성된 작품 하나를 쓰타야에게 들고 왔다.

"사장님, 정말 괜찮을까요?"

"뭐가 말이야?"

"뭐랄까…… 너무 파격적인 것 같아서요. 이렇게 대담한 그림은 처음 봅니다. 여기 창녀 오나요(가부키에 등장하는 유명한 미인 역할)의 얼굴을 보세요. 말상의 얼굴과 굵은 목, 살짝 휜 코까지 너무 솔직하게 그려져서, 남자가 연기하고 있다는 게 여실하게 드러납니다. 극중 인물의 예쁜 얼굴을 원하는 사람들은 별로 좋아할 것 같지 않아요."

"주문자인 오카상이 마음에 들어 했으니 상관없어. 지금까지의 배우 초상화가 설탕으로 범벅을 한 과자 같았다면, 도슈사이 샤라쿠의 그림은 과도한 양념을 빼고 본래의 질감과 맛을 살렸다고 할 수 있지. 극중 역할과 배우 자신의 본모습이 모두 드러난 걸작이야.

출판업자로서 장담하는데, 분명 야쿠샤에 시장에 일대 파란을 몰고 올 거야."

그때 가권이 큰 소리로 인사를 전하며 작업실로 들어왔다. 아침 세수를 하고 식사도 마쳤을 시간이다. 수일간의 강행군을 마치고 하루 푹 쉬고 난 그의 얼굴은 다시 멀끔해져 있었다.

"왔는가."

"응. 어떻게 잘 되어가고 있나 해서."

"유능한 화사님께서 기일을 잘 맞춰준 덕에 정해진 시간에 내놓을 수 있을 것 같네. 보다시피 지금 다들 정신이 없어."

어느새 가권과 쓰타야는 서로 말을 놓고 편히 대하고 있었다. 오래 본 사이는 아니지만 예술에 대한 공감대가 그들 사이에 우정을 꽃피운 것이다. 호쿠사이는 고개를 까닥해 인사를 하곤 완성된 인쇄물들을 물감이 마르도록 널빤지에 폈다. 똑같은 그림들이 수백 장씩 있는 걸 보니 가권은 뿌듯하면서도 슬슬 겁이 났다.

'이 많은 그림들이 만약 팔리지 않으면 어떻게 되는 거지?'

"참. 오카상도 그림을 마음에 들어 하더군. 오카상이 유곽에서 뼈가 굵은 사람이긴 하지만 심미안이 있어. 보자마자 대단한 작품이라는 걸 알아보더군."

쓰타야가 가권의 얼굴에 스친 걱정을 읽었는지 서글서글 웃으며 가권의 어깨를 두드렸다. 그리고 다시 작업대를 향해 단단한 몸을 돌리면서 말을 덧붙였다.

"시간 나면 세이카 옥에 가보게. 오카상이 자네에게 부탁할 게 있다고 했거든."

가권은 고개를 끄덕였다. 안 그래도 한번 들러보려던 참이었다. 세이카 옥에는 대단한 미녀들이 많다고 들었다. 며칠간 그림에만 집중하느라 심신이 상당히 지친 데다, 그 바람에 본래의 임무인 정탐에도 소홀했다. 그나저나 영재 이 녀석은 저 혼자 쏘다니느라 정신이 없는 것 같다. 그림 그리는 시중을 몇 번 들었을 뿐, 나머지 시간에는 어디에 처박혀 있는지 통 볼 수가 없었다. 쓰타야로부터 받은 은자가 약간 비는 걸 보면 돈도 들고 나간 것 같은데…… 혼자서 위험한 짓을 하는 건 아니겠지, 하며 가권은 유카타 자락을 휘휘 날리며 나카미세 상점가를 걷기 시작했다. 우선 상점가를 중심으로 필요한 정보를 머릿속에 충분히 저장해놓았다가 밤에 몰래 그려볼 생각이었다.

문득 가권의 눈에 저만치 쭈그리고 앉아 있는 소녀가 들어왔다. 가권의 눈이 확 벌어졌다. 세이카 옥에서 몰래 훔쳐보았던 그 소녀다. 사유리. 밝은 곳에서 보니 깨끗한 피부와 새카만 머리카락이 더욱 청초해 보인다. 열대여섯 살이나 됐을까. 여기서 뭘 하는 걸까.

가권이 다가갔다. 사유리는 가권이 지척에 온 것도 모르고 작은 유리 상자가 진열된 가게 앞에서 흘러나오는 노랫소리를 듣고 있었다.

가권은 사유리가 무엇에 정신이 팔린 것인지 살펴보았다. 손바닥만 한 유리 상자 안에서는 자그마한 침이 여럿 달린 동그란 금빛 쇠붙이가 돌아가는데, 거기에서 크고 작은 풍경을 순차적으로 울리는 것 같은 노랫가락이 청명하게 흘러나오고 있었다. 너무나 아름다운, 이 세상 소리 같지 않은 음악이다. 이렇게 자그마한 것이 저혼자 돌아가며 소리를 내다니, 가권도 신기한 생각이 들었다.

"정말 신기하구나. 이게 갖고 싶니?"

사유리가 깜짝 놀라 벌떡 일어났다. 동그랗게 벌어졌던 눈은 이내 불쾌하다는 듯 눈초리가 확 올라간다. 사유리는 대꾸도 않고 몸을 홱 돌리더니 재빨리 사라져버렸다. 가권은 어쩐지 화가 났다. 아무리 낯선 남자가 말을 걸었기로서니, 저 아이는 곧 유곽의 노는계집이 될 팔자가 아닌가.

"물건 사시게요?"

가권은 뒤로 자빠질 뻔했다. 안에서 튀어나온 가게 주인은 노란머리를 일본식 상투로 튼, 벽안의 서양 사람이었던 것이다. 가권은지금껏 서양인을 한 번도 본 적이 없었다. 순간적으로 괴물을 본 기분에 가권은 뒷걸음질 쳤다. 그도 그럴 것이 가권보다 머리 두 개는더 컸고, 팔등에는 곱슬곱슬한 갈색 털이 무성하게 돋아 있었다. 덩치 큰 주인이 살짝 물러나며 호탕하게 웃었다.

"하하, 놀라지 마십시오. 저는 나가사키 항을 통해 일본에 들어온 화란인(네덜란드인) 아버지와 일본인 어머니 사이에서 태어난 사람입니다. 혼혈이라고 하시면 아실는지요. 귀화했으니 일본인입니다. 어떤 물건으로 드릴까요?"

가권은 애써 놀라움을 감추며 방금 전 사유리가 뚫어져라 지켜보던 유리 상자를 들었다.

"이게 대체 뭡니까?"

"아, 오르골이라고 서양에서 들어온 노래 상자인데, 지금 흘러나오는 음악은 엘가라는 사람이 작곡한 〈사랑의 인사〉라고 합니다."

"엘가? 뭐가 모자라서 이름을 그렇게 지었단 말인가?"

"예?"

"아, 아니오, 아무튼 이걸로 하나 주시오."

저도 모르게 오르골을 사 들고 방으로 돌아온 가권은 조심스레 오르골을 열어 그 음악을 들었다. '사랑의 인사'······ 참으로 노골적인 제목이지만 음악에 꼭 어울리는 이름이라는 생각이 들었다. 문득 오르골에 귀를 기울이고 있던 사유리의 깊고 큰 눈망울이 떠올랐다. 엄격할 정도로 차갑고 단정한 얼굴이었지만, 그때는 영락없는 소녀의 눈이었다.

가권은 가슴이 아렸다. 지금은 수습이지만 이제 곧 손님을 받게 될 터였다. 그 작고 여린 몸으로 거친 사내들을 상대할 것을 생각하니 저절로 한숨이 나왔다. 조선에서도 어린 관기들이 고된 생활을 견디지 못해 일찍 죽는 경우를 가권은 여럿 보았다. 이곳도 크게 다르지 않을 것이다.

사유리.

가권은 금방이라도 부서질 것 같은 그 이름을 가만히 불러보았다.

5 죽음의 냄새

도요쿠니는 며칠 동안 밤잠을 이루지 못했다. 세이카 옥에서 가부키를 공연할 날짜가 되었는데도 쓰타야는 코빼기도 보이지 않았던 것이다.

'거참, 오늘이 공연하는 날인데……. 설마 어디서 굴러먹다 왔는지도 모르는 개뼈다귀한테 정말로 그림을 맡긴 건 아니겠지.'

진시(오전 7~9시)를 알리는 종루의 종이 울리자마자 도요쿠니는 벌떡 일어났다. 아무래도 불안한 게 직접 눈으로 확인해야 할 것 같았다. 도요쿠니는 양치질도 하지 않고 겉옷을 걸치는 둥 마는 둥 하며 서둘러 게다를 끌고 나카미세를 향해 구르듯이 걷기 시작했다.

"아니 이럴 수가!"

쓰타야 그림 가게 앞에 도착한 도요쿠니의 눈이 휘둥그레졌다. 이번에 새로 제작한 오타니의 초상화뿐만 아니라 여러 명의 가부키 배우들을 담은 야쿠샤에가 전면에 내걸려 있었던 것이다.

배우의 모습을 바로 눈앞에서 보는 듯 상반신만 확대한 그림들은, 척 봐도 누구의 얼굴을 그린 것인지 확연하게 구분될 만큼 저마다 강렬한 개성을 뿜어냈다. 특히 오타니의 초상화는 무슨 대가를 치르고서라도 돈을 빼앗으려는 지독한 오기가 엿보이는 작품이었다. 크게 치켜뜬 눈, 고집스럽게 굽은 코, 무엇이건 움켜잡을 듯 활짝 벌린 두 손의 역동성 등 생생함이 살아 넘쳤다. 도요쿠니의 얼굴이 온통 일그러졌다. 두툼한 볼살이 더욱 크게 부풀더니 독을 품은 두꺼비처럼 온 얼굴이 울근불근하기를 반복했다.

이럴 수는 없다. 아무렴 전속화가는 자신인데, 아무런 양해도 구하지 않고 다른 화가를 쓸 수는 없다.

"야아, 이거 그림 죽이는데!"

그때 열 살 정도 되어 보이는 사내아이 서넛이 가게에 몰려들더니 전시된 그림들을 보며 환호했다.

"오타니 아저씨 끝내주게 나왔다."

"스기하라 씨도 딱이야. 정말 닮았어."

"지금까지 보던 야쿠샤에와는 완전 달라! 힘이 느껴져."

도요쿠니가 심술궂은 얼굴로 꽥 소리를 질렀다.

"힘은 무슨 얼어 죽을! 죄다 괴상망측하게 그려놨잖아. 너희는 그림 볼 줄도 모르느냐?"

그러자 대장 격으로 보이는 아이가 앞으로 척 나서며 대거리를 했다.

"무슨 말씀. 이래 봬도 우린 매달 용돈을 모아 목판화를 모으고 있단 말이에요. 아저씨야말로 그림 보는 눈이 꽝인 것 같은데요."

그러더니 가게 안을 향해 목청껏 소리를 지른다.

"저기요, 여기 이 그림으로 두 장 주세요. 하나는 여자 친구 주고, 하나는 제 방에 걸게요."

"나도요, 아저씨."

한창 그림을 진열하고 있던 점원이 이상하다는 듯 오타니의 초상화를 유심히 들여다보고는 얼른 내줬다.

"나중에 환불하러 오면 안 된다, 알았지?"

공무를 마친 하시모토는 특별한 날 입는 서양인들의 옷을 갖췄다. 주홍색 최상급 크레이프 비단으로 만든 상의를 걸치고, 유럽의 어느 왕가에서 입었다는 레이스 달린 회색 바지를 입었다. 그리고 초록색 다이아몬드 무늬가 살짝 들어간 비단 양말에 코가 들리고 굽이 높은 비단신, 은색 가발까지 착용했다. 하시모토는 서양 문물을 좋아한다. 평소에는 일본인의 복식을 입었지만 새로운 가부키가 공연되는 날에는 가면무도회라도 가듯 정성스레 서양인의 복식을 갖춰 입었다.

도요토미 히데요시도 서양 복식을 몰래 즐겨 입었다는 풍문이 있을 만큼 에도나 교토의 무사들 중에는 서양 문물 수집에 열을 올리는 이가 많았다.

의복 시중은 다로가 들었다. 고타쓰는 다로가 의복 시중을 마치기 전에는 방에 들어올 수 없었다.

장지문 건너에서 무릎을 꿇고 정좌한 고타쓰 앞에 마에다가 올라와 사건 처리 보고를 올렸다.

"시신 검시를 마치고 잘 꿰매 가족에게 돌려주었습니다. 또한 최근 영내에서 일어난, 범인이 밝혀지지 않은 몇 건의 살인사건을 조사해보니 수법은 다르나 죽이기 직전까지 극심한 고통을 준 방식이 흡사했습니다. 그리고……."

"됐다, 거기까지만. 나머지는 마치도시요리가 알아서 처리하라. 범인을 잡으면 그때 보고하라."

하시모토는 살인에 대한 얘기를 듣자마자 다로의 얼굴이 창백해지는 것을 놓치지 않았다. 하시모토는 서둘러 마에다를 물리고 가늘게 떨리는 다로의 손을 잡았다.

"살인 얘기가 그렇게 무서우냐."

"저는 마치부교님과 같은 훌륭한 무사가 아닙니다. 무예를 익힐 줄도 모르고 검을 쓸 줄도 모릅니다. 저는 마치부교님 곁에서 시중드는 일 아니면 살아갈 가치조차 없는 하찮은 인간입니다."

"겸손함이 지나치구나. 너무 지나쳐도 안 되는 법이다."

"심기를 거슬리게 해드렸다면 죄송합니다."

다로는 하시모토의 발밑에 납작 엎드리며 발등에 이마를 얹었다. 하시모토의 심장에 찌르르 전율이 흘렀다.

"다로야, 오늘은 나와 같이 가부키를 보러 가자꾸나."

"예?"

"나도 네 시중이 가장 즐겁다. 이제부터 내 곁에서 한시도 떨어지지 말거라."

"마치부교님……."

하시모토는 자신을 올려다보는 다로의 두 볼을 감싸 쥐었다. 다로의 맑은 눈동자가 시야 가득 들어오면서 일순 무언가에 끌리듯 다로를 안으려 했다. 다로는 기다리고 있었다는 듯 두 눈을 감았다. 다로의 입술에 입을 대려는 순간, 작은 한숨 소리가 들렸다. 고타쓰가 아직 밖에서 기다리고 있는 것이다.

"늦겠다. 서두르자."

다로는 아쉬운 얼굴로 앞장서 나가는 하시모토의 뒷모습을 눈으로 좇았다. 그런 다로를 하시모토의 발에 신을 신겨주던 고타쓰가 은밀히 쏘아보았다. 고타쓰는 주군과 다로가 나란히 앉아 가부키를 볼 생각을 하니 심장이 녹아드는 것 같았다. 자신을 본체만체한 채 하시모토를 따라 나가는 다로를 지켜보며 고타쓰는 가슴을 덮은 옷자락을 움켜잡았다.

가부키가 상연되는 세이카 옥내 극장은 구경하러 온 사람들로 인산인해를 이뤘다. 막부의 수도인 에도는 가뭄을 피해 농토를 떠난 농부들과 지방에서 돈을 벌러 온 사람들까지 몰려들어 백만에 가까운 인구를 자랑하고 있었다. 덕분에 상공업자들은 풍부한 소비 시장을 바탕으로 막대한 부를 축적해 조닌(상인과 장인) 계층을 이루었고, 지배 계급인 무사들을 앞서는 사치 성향과 문화 예술을 즐기는 여유를 보였다. 객석을 채운 사람들은 대부분 조닌이었다. 가부키 자체가 조닌들의 문화니 당연한 일이다. 화려한 복식으로 차려입은 손님 중에는 가족과 같이 온 사람, 한량들과 어울려 하급 오이란의 시중을 받는 사람이 있는가 하면, 엄숙한 모습으로 정좌하고 앉은 무사들도 눈에 띄었다. 요시와라에서는 아무도 칼을 가지고 다닐 수 없기에 허리춤에 찬 것은 모두 빈 칼집뿐이었다.

에도에서 잘나가는 게이샤와 오이란도 총출동해 앞 좌석을 차지했다. 게이샤는 오이란과 달리 오비를 뒤로 매었고 하나같이 섬세하게 수놓인 검은색 예복을 입고 있었다. 오로지 예술에만 정진하는 그들이기에 고고하면서 기품 있는 모습에 경외감이 느껴졌다. 반면 게이샤 못지않게 기예를 갈고 닦으면서 뭇 남성들을 유혹하는 일을 업으로 삼고 있는 오이란들은 그 자체로 화려한 꽃이었다.

진작에 도착해 자리를 잡은 가권은 손님들에게 술을 내주는 등 심부름을 하는 사유리를 지켜보며 앉아 있었다.

"여기, 한 병 더."

가권은 아직 남은 술을 바닥에 뿌려 버리고 사유리를 불러 세웠다. 사유리는 고개를 끄덕이고 주방으로 향했지만 가권의 얼굴을 쳐다보지 않았다. 어떻게든 사유리와 눈을 마주치고 싶은데, 몇 번을 불러보아도 자신의 얼굴을 기억하지 못하는 듯했다. 한편 영재는 오이란들이 자리 잡은 곳을 뚫어져라 쳐다보고 있었다. 보나 마나 기쿠라는 여자에게 정신이 팔려 있으리라. 사유리가 술병을 들고 와 내려놓는 순간 가권이 재빨리 손목을 붙잡아 오르골을 쥐여주었다.

"가지거라. 신기해서 샀다만 당장 쓸모가 없구나."

깜짝 놀란 사유리가 뿌리치려는데 저만치서 손님이 불렀다. 사유리는 그냥 오르골을 쥔 채 종종걸음으로 멀어졌다. 가권이 그 모습을 보고 슬쩍 웃는데 영재가 쿡 찔렀다.

"사유리를 좋아하는 거죠?"

"그러는 넌 기쿠랑 하룻밤 보낼 날은 잡았냐? 은자를 슬금슬금 빼돌려서 돈을 모으고 있다는 거 다 안다. 기쿠랑 하려면 꽤 비싸다면서?"

"저와 누님을 색깔 있는 애체 낀 눈으로 보지 마시오. 우리는 플라토닉한 관계입니다."

"뭐, 풀 먹고 토해? 별 이상한 말도 다 있다."

이때 저만치서 백분으로 가부키 분장을 하고 괴한 가발을 뒤집어서 산발을 한 오타니가 그림을 구겨 들고 나오는 모습이 보였다. 그 뒤로 난처한 얼굴의 쓰타야가 따라 나왔다. 그는 무서운 기세로 누군가를 찾는 듯 두리번거렸다. 분명 자신의 초상화를 보고 화가 머리끝까지 난 듯했다. 가권은 덜컥 겁이 났다.

"난 잠시 자리를 피하마. 나중에 보자."

가권은 숨을 곳을 찾으러 이리저리 돌아다니다 무대 뒤의 분주한 대기실로 휩쓸려 들어갔다. 옷을 갈아입고 분장을 하는 배우들 사이에서 헤매던 그가 빠져나갈 출구를 발견하고 막 움직였을 때였다. 그쪽에서 오타니의 커다란 목소리가 들려 가권은 얼른 옆에 있는 가면을 뒤집어썼다. '야만바'라는 일본의 노파 귀신인데, 산발한 백발에 부리부리하고 옆으로 쫙 찢어진 붉은색 눈이 얼굴을 반이나 덮었고, 사나운 이가 드러난 입가에서는 피가 줄줄 흐르는 가면이었다. 어쨌든 가면 덕분에 가권의 얼굴은 완전히 가렸다.

동시에 오타니와 쓰타야가 안으로 들어왔다.

"쓰타야 사장, 이게 뭡니까? 내가 이렇게 흉측하고 못생겼습니까? 나 참, 분장을 이렇게 했어도 사실 나는 잘생긴 배우란 말입니다. 이거 그 샤라쿤지 사쿠란지 하는 사람이 그린 거지요? 그 사람 대체 어딨어요? 내 아주 요절을 내줄 테니까!"

쓰타야는 연신 수건으로 땀을 훔쳤다.

"그게 저, 저는 오타니 씨의 매력이 잘 표현됐다고 생각하는데요. 연기의 열정이 오롯이 느껴지지 않습니까?"

"그럼, 내가 정말 이렇게 생겼다는 거요?"

오타니가 부릅뜬 눈으로 돈이라도 뺏을 것처럼 다가오자 쓰타야는 겁이 났다. 정말 똑같았다.

"빌어먹을 환쟁이 놈, 대체 어디로 토낀 거야. 내 손에 잡히기만 해봐라!"

"다들 준비하세요. 극이 곧 시작됩니다."

연출자가 분장실 안을 들여다보며 소리쳤다. 쓰타야는 나중에 다시 얘기하자며 자리를 피했다. 오타니는 씩씩거리면서 분장을 가다듬고 옷을 차려입었다. 그리고 거울을 들여다보며 중얼거렸다.

"이렇게 순하고 잘생긴 내가 이 거지발싸개 같은 그림에 나오는 추남과 어디가 닮았단 말이야?"

한편 객석에는 에도에서 열 손가락 안에 드는 권력자 마치부교 하시모토가 등장한 참이었다. 서양 복식을 차려입은 하시모토가 들어서자 소란스럽던 좌중이 일시에 조용해졌다. 하시모토는 오카상을 따라 가장 좋은 자리로 걸어 들어갔다. 도중에 하시모토의 서양 의복이 자꾸 객석에 걸려 거동을 불편하게 했다. 그 바람에 은색 가발이 금방이라도 흘러내릴 듯했다. 다로가 시중을 들면서 가발 위치를 고쳐주려 했으나, 오히려 가발이 더욱 비뚤어져 우스꽝스러운 모습이 되었다. 한쪽에서 킥킥거리는 소리가 들렸다. 하시모토는 다로 앞에서 망신을 당한 듯하여 기분이 상했다.

"누구냐? 마치부교님을 욕보인 녀석이!"

호위무사 중 한 명이 조닌 중에 가장 화려한 복색을 갖춰 입은 오십 대 남자를 끌고 왔다.

"이자가 웃었습니다."

남자는 사색이 되어 싹싹 빌었다.

"마치부교님, 결단코 마치부교님을 보고 그런 것이 아닙니다. 제가 잠깐 실성했습니다. 살려주십시오. 저에게는 늙은 부모와 어린 자식들이 있습니다. 살려주십시오."

"이자를 데리고 나가 처단하겠습니다."

호위무사가 진지하게 말했다. 다로는 끔찍한 광경은 보고 싶지 않다는 듯 고개를 숙였다. 하시모토가 고개를 저었다.

"아니다. 오늘은 즐기러 나왔으니 그냥 극을 보자꾸나."

간신히 목숨을 건진 남자는 조용히 객석에 돌아가 앉았다. 부인인 듯한 여자가 가슴을 쓸어내리며 다른 손으로 남자의 무릎을 찰싹 때렸다. 하시모토는 가발을 벗어 다로의 무릎에 두고, 화란인들이 전해줬다는 맥주를 천천히 음미하듯 마셨다. 청주보다는 못하지만 나름대로 시원스레 갈증을 풀어주는 맛있는 술이다. 다로는 하시모토의 입에 조심스레 안주를 넣어주었다. 하시모토가 잔잔한 웃음을 보이자 다로는 부끄러워하며 배시시 웃었다. 마침내 막이 오르고, 사람들의 시선이 모두 무대로 쏠렸다.

가권은 이러지도 저러지도 못했다. 야만바 역을 맡은 배우가 아직 돌아오지 않은 것이다. 가권은 다른 배우들이 의심할까 봐 결국 의상까지 모두 입고 말았다.

"자, 이제 오타니가 돈을 빼앗고 집으로 돌아가다가 야만바를 만나는 장면입니다. 야만바, 무대로 나가요. 어서요!"

연출자의 말을 들은 가권은 눈앞이 캄캄했다. 연습 장면을 수없이 봐서 야만바가 어떤 연기를 해야 할지는 잘 알았다. 요괴 연기야 요란하게 난리를 치면서 오타니에게 몇 번 얻어맞고 도망치면 되지만 문제는 오타니다. 가면을 썼다고는 하나 정체가 들통 나는 날에는 사람들 앞에서 작신작신 얻어맞을지도 모른다.

가권은 연출자가 떠미는 대로 무대에 나섰다. 엉거주춤 엉덩이를 빼고 나가지 않으려고 하다가 떠밀리듯 등장하자 객석에서는 웃음이 터져 나왔다. 수많은 관중이 야만바가 능청스럽게 연기하는 줄 착각한 것이다. 가권은 무대에 오르자 두렵기는커녕 이상하게 힘이 났다.

'아, 이 맛에 배우들이 연기를 하는구나.'

수많은 관중의 시선이 자신의 동작 하나하나에 집중된다는 걸 깨닫자, 다리에 힘이 들어가고 자신감이 생겼다.

'그래, 한번 신나게 놀아보자.'

가권은 곧 오타니를 희롱하기 시작했다. 객석에서 환호성이 일었다. 악역 전문 배우 오타니가 극에서 밀린 적은 거의 없었지만, 요괴 야만바는 능청스러운 연기로 오타니를 가지고 놀았다. 반면 오타니는 당황하고 있었다. 야만바가 나가떨어져 도망칠 때가 지났는데, 이상하게 기를 쓰고 버티는 것이었다.

'저놈이 미쳤나?'

문득 한 가지가 눈에 걸렸다. 야만바 역을 맡은 배우가 무대 전용 신발을 신지 않은 것이다. 가부키 배우들은 나무로 된 무대 바닥이 훼손될까 봐 게다 아래 짚이나 부드러운 천을 덧댄다. 그 바람에 종종 미끄러지는 수도 있었으나, 그럴 때 객석에서 의도치 않은 웃음을 이끌어내기도 했다.

"누구냐, 너?"

오타니는 이상한 느낌에 가까이 온 야만바와 싸우는 척하며 물어보았다. 장난스러운 기분에다 객석에서 호응해주는 데 용기를 얻은 가권이 흥에 겨워 사실을 털어놓았다.

"나? 너를 떡같이 그려놓은 샤라쿠다!"

오타니의 가슴에서 불같은 분노가 일었다.

"너 오늘이 제삿날인 줄 알아라!"

오타니는 다른 쪽 옆구리에 찬 진짜 단도를 빼 들었다. 요시와라에서는 금지된 일이었지만 그는 공연할 때 진짜 칼을 만져가며 해야 연기가 잘되었던 것이다. 그 칼을 가권을 향해 냅다 내밀었다.

가권은 잘 벼린 칼이 쑥 헤집고 들어오자 얼른 뒤로 몸을 뺐다. 야만바의 너덜거리는 옷자락이 잘려나갔다. 장난이 아니다. 오타니는 무대 아래에서는 소심한 면이 없지 않았으나, 이상하게 무대에만 오르면 일본의 검성이라 칭송받는 떠돌이 검객 무사시처럼 용맹해졌다.

가권은 은근슬쩍 패한 척하며 무대 뒤로 나가려 했다. 이때 무대 뒤에서 자그마한 음성이 들렸다. 연출자다.

"분위기 좋아. 야만바, 계속 극을 끌어가라고. 아직 내려오지 마!"

진퇴양난이다. 무대 위에서는 실제 단도가 날아들었고, 관중석에서는 실감 난다며 환호가 나왔다. 가면과 두꺼운 의상 때문에 가권의 몸은 땀으로 범벅이 되었다. 오타니는 연기에 반쯤 정신이 나간 데다 분노로 이성을 잃어 가권을 향해 죽어라 하고 칼을 날렸다. 이렇게 어이없이 오타니의 손에 죽는구나 하는 순간, 갑자기 커다란 굉음이 들리며 무대 뒤쪽에 설치된 배경 절반이 우당탕 무너져 내렸다.

굉장한 소음과 함께 무너져 내리는 무대를 피해 가권과 오타니는 몸을 엎드렸다. 숲으로 연출한 긴 장막이 무대 바닥을 뒤덮고, 그 위로 널빤지들이 우르르 떨어지면서 무언가 큼직한 것이 퍽 소리를 냈다.

사람이다. 사라졌던 진짜 야만바 배우였다. 몸 곳곳에 작두 같은 칼날이 여러 개 꽂힌 남자는 두 눈을 부릅뜨고 있었다. 객석 여기저기서 비명이 터졌다. 누군가 "살인이다!" 하고 외치자 객석이 술렁이더니 사람들이 일시에 출구로 몰리기 시작했다. 다로가 겁에 질려 하시모토의 팔에 매달렸다. 죽은 사람의 눈이 객석을 향하고 있었다. 그 눈이 꼭 자신을 쳐다보고 있는 것만 같았다. 다로는 혼절하고 말았다.

"다로야, 다로야!"

하시모토는 다로의 뺨을 치며 정신을 차리게 했으나, 다로는 여전히 고개를 들지 못했다. 하시모토는 사건의 진상을 조사하라고 지시한 후 즉시 기절한 다로를 수습해 추가로 일어날지 모를 위험한 상황을 피해 일어섰다.

하시모토 일행이 극장에서 빠져나오려는 순간, 누군가 그의 앞을 가로막았다. 무사들이 몸으로 하시모토를 둘러쌌다.

삿갓 쓴 탁발승이 커다란 목소리로 노래하듯이 가락을 실어 외쳤다.

"이제 저승 세계의 문이 열렸다. 미륵 교주를 따르지 않는 자, 지옥에서처럼 죽음을 맞이하리라! 칼날이 박힌 철산지옥에서 죄인이 죽듯 오늘도 죄지은 자가 죽어가는구나! 서양의 문물이 좋다 하여 사치하는 자, 벌을 받으리라. 나무에 묶여 톱날로 반이 잘리는 거해지옥이 그대들 앞에 있구나. 지옥문이 열려 에도를 벌할 것이로다. 죽어가는 빈민을 구제하지 않고 화려한 가부키에 돈을 쏟아붓고 더러운 여성들의 몸을 탐닉하는 그대들, 곧 지옥의 불구덩이에 빠져 허우적댈 것이다! 어서 미륵교 밑으로 오라, 미륵교를 믿으라, 미륵불이 그대 앞에 손을 내밀고 있도다!"

한 젊고 용감한 무사가 탁발승에게 덤벼들었다. 하지만 승은 날렵하게 피해 비명을 지르며 뛰쳐나가는 관객 무리에 섞였다.

야만바 가면을 벗은 가권은 두 눈을 부릅뜨고 누운 이에게 달려가 목에 손을 대보았다. 맥이 뛰지 않았다. 죽은 지 얼마 되지 않았는지 시신은 아직 따뜻했다. 내상이 심했던 듯 입에서 상당한 피를 쏟은 흔적도 있었다. 와타베를 위시한 무사들이 시신을 살펴보던 가권을 떼놓았다.

"곧 검시관이 올 것이오. 시신을 만지지 마시오."

오타니가 가권의 멱살을 잡아채더니 고함을 질렀다.

"이 건방진 화가 자식, 네가 샤레를 죽인 거 아니야?"

"난 내내 이놈의 가면을 뒤집어쓰고 분장실에 있었어. 한 몸으로 어떻게 두 가지 일을 한단 말이냐!"

무사들이 날카로운 눈으로 가권을 쳐다봤다. 의심하는 눈초리다. 영재가 얼른 끼어들었다.

"그 말이 맞습니다. 그전까지는 죽 저와 함께 있었습니다. 그나저나 저건 진짜 칼이 아닌가요? 요시와라는 무기 반입이 금지되어 있는데, 수상합니다."

그러자 이번엔 무사들의 눈초리가 오타니를 향했다. 오타니가 기겁하며 변명을 했다.

"이건 연기를 위한 소품일 뿐입니다. 맹세코 이 칼날에 피 한 방울 묻혀본 적 없다고요."

그때 오카상이 중절모에 양복을 입은 사람과 함께 다급한 걸음으로 다가와 차분한 어조로 말했다.

"저희 가게 안에서 벌어진 일이니 저희 측 의원이 살펴보게 해주십시오."

오카상 옆에는 갈색 곱슬머리에 동그란 애체를 쓴 사십 대 초반의 키 큰 서양인이 검은 가죽 가방을 들고 서 있었다. 코가 우뚝하고 눈이 움푹 들어가 음습해 보이는 사람이었다. 마침 오카상의 초대로 가부키를 보러 와 있었다고 했다.

"왓슨이라고 합니다. 제가 한번 보지요."

유창한 일본어였다. 그는 대답을 기다리지도 않고 몸을 숙여 세심한 동작으로 시신을 살폈다. 그 모습을 모두가 숨죽이고 쳐다보고 있는데 와타베가 무언가 생각난 듯 가권의 등을 툭툭 쳤다.

"화가라고 했나? 지금 이 시신의 모습을 자세히 그려라. 조금이라도 실수가 있으면 베일 줄 알아."

"알겠소."

오카상이 여종을 시켜 종이와 먹을 가져오게 했다. 가권은 손님들의 발길에 차이지 않은 탁자에 앉아 널브러진 시신의 모습을 상세하게 그려가기 시작했다. 조심스레 시신을 살펴보던 왓슨이 고개를 갸웃거리며 말했다.

"혈흔을 보니 살아 있을 때 칼날을 차례대로 꽂았군요. 마지막 칼만 빼고 모두 급소를 피해 찔렀어요. 고통이 상당해 극장이 떠나가라고 비명을 질렀을 텐데 이상하군요."

"공연하는 동안 사람들의 환호에 시끄러웠잖습니까? 특히 야만바가 등장했을 때요. 마치 비명소리를 가리려는 듯 때를 맞추어……."

오타니가 분하다는 듯 가권을 쳐다보며 말했다. 무사들의 눈이 다시 날카로워졌다. 역시 이번에도 영재가 얼른 나섰다.

"그렇다고 해도 이상하죠. 무대 배경 바로 뒤에서 벌어진 일인데, 분장실에 있던 사람도 비명소리를 듣지 못했다는 건 이상합니다."

칼날을 맞고 절명한 시신이 무대 뒤에 설치된 사다리 꼭대기에 놓여 있었고, 무게를 감당하지 못한 사다리가 무너져 내리며 배경을 지지하던 줄과 천을 건드려 무대 전체를 쓰러뜨린 것으로 보였다. 왓슨이 문득 생각났다는 듯 시신의 입을 열었다. 혀가 없었다.

"이게 원인이군요."

왓슨이 자신의 가죽 가방을 열었다. 작고 날카로운 칼, 집게, 가위 등 수술 도구들이 가지런히 놓인 내부가 드러났다. 왓슨은 은색 막대기 같은 것을 꺼냈다. 끝에 작고 둥근 거울이 붙어 있는 기구를 시신의 목구멍 깊숙이 넣더니 면밀하게 들여다봤다. 영재가 그 모습을 눈을 빛내며 지켜봤다.

잠시 후 왓슨이 혀뿐 아니라 안쪽의 성대까지 매우 날카로운 칼로 도려냈다고 밝혔다. 저만치서 발을 동동 구르며 지켜보던 연출자가 차마 다가서지는 못하고 물었다.

"이제 어떻게 되는 겁니까? 다시는 극을 무대에 올리지 못하는 겁니까? 얼마나 정성 들여 준비한 극인데……."

연출자가 울먹이자 오카상이 다가가 다독였다.

"그래도 자네는 살아 있지 않은가."

"평소에도 비싼 장신구 좀 그만 사들이라고 했는데. 흐흑!"

연출자가 울음을 터뜨렸다. 무사 와타베가 심문하듯이 물었다.

"비싼 장신구라니? 남자가 보석 같은 걸 지니고 다녔단 말인가?"

"살아 있을 때 샤레는 유독 보석에 욕심을 부려 돈을 모으는 족족 값비싼 장신구를 사들여 옷 속에 꾸미고 다녔죠. 강도들 표적이 될지 모르니 조심하라고 그렇게 일렀는데 결국 이 꼴을 당했습니다요."

"사치가 심했다 그 말이군."

"아, 아닙니다. 그저 재물에 투자한다는 개념이었습니다."

연출자는 최근 막부에서 내린 사치 금지령을 떠올리곤 얼른 말을 바꿨다.

갑자기 입구가 소란해지며 검시의 스미가와가 호위무사들과 함께 서둘러 다가왔다. 스미가와 의원의 얼굴에는 불쾌한 기색이 역력했다.

"왓슨 선생, 이게 무슨 짓입니까? 내가 오기도 전에 시체를 만지다니요. 당신이 아무리 쇼군께서 특별히 허락하여 서양인으로는 이례적으로 에도에 기거한다고 해도 이럴 수는 없습니다!"

"미안합니다, 스미가와 선생. 마침 가부키를 보러 왔다가 시신이 나오는 바람에……."

오카상이 정중히 무릎을 꿇었다.

"제 탓입니다, 의원님. 용서하십시오."

"더구나 마치부교님이 특별히 지시하신 검시는 내가 먼저 해야 합니다. 앞으로 주의해주세요."

"알겠습니다."

왓슨이 고개를 숙였다. 고개를 홱 돌리던 스미가와가 그림을 펼쳐놓고 있는 가권을 보고 다가왔다.

"훌륭한 그림이군. 우리 부교의 견습화원이 그린 것보다 정확해."

"과찬이십니다."

예상치 못한 칭찬에 우쭐해진 가권이 대답하자 스미가와가 부드럽게 웃으며 손을 내밀었다.

"다 그린 듯하니 이만 가져가지. 저잣거리 화가에게 맡겨둘 순 없으니까."

'뭐야, 이 자식.'

스미가와는 호위무사에게 고개를 끄덕여 그림을 챙기게 하더니

다시 하오리 자락을 펄럭이며 시신 곁으로 돌아갔다. 영재가 고개를 흔들며 애체를 고쳐 썼다.

"왠지 기분 나쁜 사람이야."

쓰타야와 함께 가게로 돌아오는 동안 가권의 마음 밑바닥에 컴컴한 의문점이 피어났다. 왜 유독 요시와라 주변에서 이토록 잔인한 살인사건이 벌어지는 것인가? 혹시 이자들은 조선인 첩자나 황실의 밀정으로 이곳에서 활동하다가 정체가 드러나 살해된 것은 아닐까?

가권의 등골이 오싹해졌다. 영재도 이심전심인지 걱정스러운 얼굴로 가권을 바라봤다.

불야성 요시와라에도 영업 종료를 알리는 딱따기가 울리고, 일을 마친 오이란이 가게에 출입 수결을 하러 내실에 드는 축시(오전 1~3시). 에도 전체에 어둠이 깊이 내려앉았는데, 딱 한 곳만은 수만 개의 등불을 켠 듯 대낮같이 환했다. 싸릿대를 묶어 만든 횃불로 밝혀진 산 중턱 깊은 동굴 속, 그 안에 수백 명이 운집했다. 모두 얼굴에 복면을 쓰고 경건한 자세로 앞을 바라보았다.

동굴 안 깊은 곳에는 황금빛 찬란한 천의를 걸친 석가여래, 지장보살, 관음보살 등이 광배를 등지고 선 대형 그림이 걸렸으며, 그 앞으로 화려하게 치장된 단상이 있었다. 단상에는 홀로 얼굴을 드러낸 남자가 황금으로 만든 관을 쓰고, 보석으로 온몸을 휘감은 채 인도의 전통 복식을 입고 섰다. 남자의 얼굴은 희고 반듯했으며 높은 코와 단정한 두 눈, 절도 있는 몸짓이 고귀한 신분으로 보였다. 목소리로 보아서는 제법 나이를 먹은 것 같은데 얼굴은 주름 한 점 없이 팽팽했다. 남자는 스스로를 미륵불이라 칭하고 있었다.

"저 미륵불은 부처 세존의 뜻을 받들어 괴롭고 허무하고 덧없이 사는 예도의 빈민들을 구제하러 내려왔습니다. 멀고 먼 도솔천에서 하늘나라 선녀들에 둘러싸여 행복하게 살 수 있었으나, 불행한 사람들을 구제하기 위해 내려왔습니다."

어디에서 나타났는지 화려하게 꾸민 여자들이 나와 미륵불을 에워쌌다. 스무 명 남짓 될까, 인도 여인처럼 색색의 사리로 치장한 이들이 미륵불 주변에서 아름다운 노래를 불렀다.

끝도 없이 먼 세상에 부처님 안 계시어
무수한 중생이 악도(惡道)에 떨어지고
하늘나라 가는 길은 끊겼나이다.
부처님 이제 오시니 삼악도는 소멸되고
인천(人天)의 길 열리리니 지상낙원 이루리다.

여자들의 맑고 깨끗한 음성이 동굴 안에 퍼지자 사람들이 두 손을 들어 미륵불을 칭송했다.

"미륵불이시여, 가피를 내려주시옵소서!"

"미륵불이시여, 제 몸을, 제 모든 재산을 당신에게 의탁하옵나이다."

울부짖는 군중 가운데는 홀로 조용히 미륵불을 바라보는 시선이 있었다. 유난히 크고 검은 눈, 사유리였다. 사유리는 미륵불 교주를 찬양하는 노래를 하며 춤을 추는 여인 중에서 기쿠를 발견하고 매섭게 눈을 빛냈다. 기쿠는 음악에 도취된 듯 온몸으로 미륵불을 찬양하고 있었다.

그 시각, 가권은 검은색 복식으로 온몸을 뒤덮고 조용히 쓰타야의 집을 빠져나오고 있었다. 쓰타야는 술에 취해 곯아떨어졌다. 가부키 공연이 망한 뒤로 그림도 잘 팔리지 않아 크게 낙담한 쓰타야가 저녁부터 가권을 붙들고 술을 마신 것이다. 쓰타야는 말술을 마시는 사람이라 웬만큼 마셔서는 취하는 법이 없었다. 가권은 하는 수 없이 함께 술을 들이켜는 척하며 쓰타야의 술잔에 잠이 쏟아지는 약을 넣었다. 어딜 그렇게 빨빨거리고 돌아다니나 했더니 그간 영재가 구해둔 것이었다.

에도 거리는 야간 순찰을 도는 시간도 끝난 뒤라 쥐죽은 듯 조용했다. 나카미세 시장에서 반 시진 정도 가면 센소지라는 거대한 사찰에 이른다. 가권은 센소지 반대 방향으로 가벼운 걸음으로 소리 없이 뛰어갔다. 곧 에도의 행정권을 맡고 있다는 하시모토 가문의 저택이 나타났다. 거대한 담장으로 둘린 저택은 무거운 침묵에 둘러싸여 있었다.

가권은 저택의 주위를 돌며 살펴보다가 적당한 곳을 발견하고 담벼락을 타고 올라갔다. 담벼락 위까지 잎이 무성한 나무 사이에 몸을 숨기고 지켜보니, 사방으로 불침번을 서는 무사들이 보였고 건물에는 아직도 불이 켜있는 곳이 있었다. 하시모토라는 자는 어지간히 잠이 없는 사람인 모양이었다. 가권은 저택의 모습과, 경비를 서고 있는 무사들의 수와 위치를 머릿속에 단단히 새겼다.

불길한 밤이 지나고, 다시 아침이 밝았다. 쓰타야는 지독한 두통을 느끼며 눈을 떴다. 옆에서는 가권이 술 냄새를 풍기며 정신없이 코를 골고 있었다.

'간밤에는 둘 다 뻗은 모양이군.'

쓰타야는 머리를 흔들며 일어나 부인이 미리 가져다 둔 물을 벌컥벌컥 들이켰다. 목구멍이 타는 듯한 갈증이 가시자 며칠 전의 끔찍했던 상황이 새록새록 떠올랐다. 오타니의 노기, 엉망이 된 공연, 의문의 살인사건……. 큰돈을 들여 제작한 그림은 몇 장 팔리지도 않았고, 빚 독촉에 시달릴 날도 머지않았다. 오카상도 큰 손해를 보았을 테니 도움을 받기는 어려울 터였다.

그런데 갑자기 장지문이 드르륵 열리더니 벌겋게 흥분한 호쿠사이가 얼굴을 들이밀었다.

"사장님, 큰일 났어요!"

"……?"

"인쇄소에 불이 났어요!"

"뭐? 불이 나?"

쓰타야는 정신이 번쩍 들었다.

"어디냐? 불이 난 데가?"

"그게 아니라 주문이 밀려든다고요."

"주문이?"

"아침부터 손님들이 몰려오고 있어요! 다들 도슈샤이 님이 그린 야쿠샤에만 찾는다니까요! 어서 재판에 들어가야 해요. 이렇게 누워 계실 때가 아니에요!"

허둥지둥 가게로 나가보니 그 말이 사실이었다. 샤라쿠라는 화가의 그림을 사려는 사람들로 판매대는 북새통이었다. 부인과 딸까지 나와서 계산을 돕고 있었다. 손님들 대부분은 사내아이들이었다. 유행과 입소문에 가장 민감한 고객들이다. 그날 밤 가부키 공연을 보러 왔던 사람들도 눈에 띄었다.

"어이쿠, 이거 큰일 났구나."

쓰타야가 신이 나서 얼른 인쇄소로 달려가는데, 고린이 큰 키를 굽히며 천천히 들어섰다.

"아니, 마치부교님을 모시는 고린 화사님 아니십니까?"

고린이 고개를 끄덕이고는 품에 든 것을 꺼냈다.

"물어볼 게 있소. 이 그림을 그린 화사가 여기에 머물고 있는 게 맞소?"

고린이 들고 있는 것은 가권이 세이카 극장에서 그린 시신 그림이었다.

6 미궁 속으로

창덕궁. 부용지의 초록빛 연잎 사이사이에 꽃봉오리가 맺혔다. 정조는 부용정에 앉아 단원이 그리는 수묵담채화를 내려다보았다. 국화 꽃잎이 떨어져 내리고, 그 옆의 앙상한 나무에 커다란 부엉이가 눈을 감고 앉아 있는 그림이었다. 나무 뒤편에서는 고양이가 큰 눈을 두리번거리고 있었다.

"국화 꽃잎은 떨어져 내리고, 부엉이는 눈을 감고 있으며, 고양이는 무언가를 찾는다?"

정조가 낮은 목소리로 읊조렸다.

정조는 그림이 나타내는 뜻을 눈치챘다. 일본 왕가를 상징하는 국화 꽃잎이 다 떨어져 내렸으며, 일왕을 상징하는 부엉이는 눈을 감고 있다. 즉 은밀히 도모하던 계획을 모른 척한다는 뜻이다. 한편으로 조선의 간자를 뜻하는 고양이들은 감춰진 무엇을 찾고 있으나 아직 찾아내지 못했다는 뜻임이 분명했다.

"단원, 그림 감상 잘하였네. 다음 그림의 주제는 무엇인가?"

"고양이들이 구슬을 가지고 노는 그림을 반드시 그려내겠나이다."

단원은 중요한 문서를 의미하는 암호를 입에 담음으로써 가권이 일왕의 교서를 찾아낼 수 있을 것임을 넌지시 알렸다.

간밤에 아무 일도 없었다는 듯, 기쿠는 사유리의 시중을 받으며 얼굴과 등에 백분을 칠하고 있었다. 머릿기름을 바르고, 비녀를 꽂고, 납빛처럼 푸르스름한 얼굴에 하얀 분을 발랐다. 손이 닿지 않는 허리와 뒷목은 사유리가 꼼꼼하게 발라주었다.

문득 사유리는 기쿠의 등에 코를 댔다. 기쿠의 몸에서 향긋한 냄새가 났다. 가만 생각해보니 오늘 새벽 그 동굴에도 꽃향기 같기도 하고, 분 냄새 같기도 한 향이 가득 차 있었다. 사람의 정신을 미혹시키는 향? 사유리의 생각이 거기까지 미쳤을 때 기쿠의 건조한 음성이 울렸다.

"뭐 하는 거니? 다 했으면 이제 옷 입는 걸 도와줘."

기쿠는 오늘 초상화를 그리러 갈 예정이다. 오카상은 기쿠 외에도 세이카 옥에서 간판급으로 내세우는 오이란들을 그려 달력을 만들 계획이라고 했다. 오이란의 아름다운 모습을 담은 초상화와 달력을 제작하면 그 자체로도 장사가 될 뿐 아니라 가게를 알리는 홍보 효과도 있기 때문이다. 초상화가로 내정된 사람은 요즘 최고의 주가를 올리고 있는 도슈샤이 샤라쿠였다.

도슈샤이 샤라쿠.

사유리는 저도 모르게 이맛살을 찌푸렸다. 왠지 신경 쓰이는 사람이다. 처음 봤을 때부터 그랬다. 자신이 기쿠의 샤미센에 맞추어 춤을 추는 것을 몰래 지켜보던 그 순간부터. 예리한 눈썰미를 들키는 게 싫어 그냥 모르는 척했지만, 그토록 뜨거운 눈빛을 가진 남자는 어떻게 생겼는지 궁금해 가부키 연습장에 몰래 찾아간 적이 있었다. 자신이 일부러 주변을 왔다 갔다 해도, 심지어 다과를 담은 쟁반을 옆에 내려놓고 와도, 샤라쿠는 배우들에게서 눈을 떼지 않았더랬다. 나카미세 시장에서 마주쳤을 때는 정말 깜짝 놀랐다. 사람들의 눈에 띄지 않도록 기운을 모두 감추고 있었기 때문이다. 본래 오이란은 허가 없이 요시와라 밖으로 나가는 것이 금지되어 있다. 그때 샤라쿠의 말에 대꾸하지 않은 것도 그것 때문이었다. 괜히 사람들의 시선을 끌었다간 시끄러워질 수 있으니까.

바보같이, 샤라쿠는 그 뒤 부쩍 세이카에 드나들며 자신의 시선을 끌려고 애를 썼다. 꼭 예전 가부키 극장에서 자신이 그랬던 것처럼. 애써 눈을 마주치지 않아도 사유리는 자신에 대한 그의 마음이 커가고 있다는 것을 알 수 있었다. 지금까지 몇 번이나 겪은 일이었다. 요시와라의 여자로서, 사유리는 자신이 충분히 매력적이라는 것을 잘 알고 있었다. 하지만 이상하게 이번만큼은 그것을 쉽게 무시할 수가 없었다. 그 남자의 마음이 부풀어 오를수록, 거기에 자신의 몸이 밀려 허공에 붕 뜨는 기분이었다. 남자에게서 함부로 선물을 받아서는 안 되는데도 가권이 준 오르골을 돌려주지 못하는 것도 그런 기분이 싫지 않았기 때문이었다.

그리고 지금, 사유리는 그림 속 여인이 되기 위해 도슈샤이 샤라쿠의 눈앞에 앉게 될 기쿠에게 까닭 모를 질투를 느끼고 있었다.

햇빛이 은은하게 비쳐 드는 쓰타야 출판사 내 작업실, 가권이 기쿠를 화폭에 담고 있었다. 기쿠 옆에서는 오카상이 손수 부채질을 해주며 살폈고, 가권 옆에서는 영재가 그림 시중을 들었다. 호쿠사이와 쓰타야도 찾아와 그림이 되어가는 과정을 지켜보았다. 영재는 먹을 가는 내내 기쿠를 힐끔힐끔 쳐다보며 입을 헤벌쭉 벌리고 있었다. 가권이 그런 영재를 보다 못해 영재 얼굴에 붓으로 점을 콕 찍었다.

"요 녀석, 온 정신을 다해 먹을 갈아도 모자랄 판에 웬 곁눈질이냐?"

기쿠가 종이로 만든 흰 국화 앞에서 야릇한 표정을 지으며 몸을 뒤틀었다. 초본을 그리던 가권이 난감하다는 듯 인상을 찡그렸다. 그러고는 뒤에서 그림을 지켜보던 쓰타야 귀에 대고 속삭였다.

"9월의 인물로 쓰기엔 좀 그렇지 않아? 이름이 기쿠라 자네 의견을 따르긴 했네만…… 아무래도 그윽한 맛이 없어."

"그래도 요시와라에서는 알아주는 오이란인걸. 벌써부터 유력한 무사 집안에서 첩실로 들이려고 난리라던데."

곁에서 지켜보던 호쿠사이가 한마디 거들었다.

"아예 상반신을 살짝 드러내게 하고 그리는 건 어때요? 치마도 슬쩍 걷어 올리고요."

"이 자식이, 기쿠 누님을 농락할 셈이야?"

듣고 있던 영재가 버럭 화를 냈다.

"아니, 난 기쿠 누님이 아니라 그냥…… 왜 탕에서 일하는 탕녀 누나들을 써서 팔아보자고 한 거야."

"안 된다, 호쿠사이. 최근에 막부에서 사치, 음란 금지령을 내려서 여자들 벗은 모습을 함부로 그려선 안 돼."

"그래도 우리만 안 찍지 다른 출판사에서는 남녀가 홀딱 벗고 그짓 하는 춘화를 몰래 찍어서 떼돈을 번다고요. 서양풍의 화끈한 그림까지 있다고 하던걸요."

호쿠사이의 말에 쓰타야가 강건한 어조로 말했다.

"난 양심 있고 법을 지키는 선량한 출판업자다. 서양식 화풍도 안 돼. 난 일본의 전통 화(和) 문화를 소중히 여기는 사람이야."

"뭐? 춘화를 가게에서 판다고? 조선에선 몰래 사서 돌려보는 정도인데……."

가권이 뒤늦게 반문했다.

"조선? 샤라쿠 자네는 조선에 다녀온 적이 있나?"

쓰타야가 놀라서 묻자 영재가 가권을 흘깃 째려봤다.

"그런 건 아닌데, 조선의 화풍에 대해 연구하다 들은 말이야."

"아, 그렇군."

쓰타야가 고개를 끄덕였다.

"좀 쉬었다 해요. 힘들어요."

기쿠가 자세를 풀면서 얼굴에 짓던 웃음도 거뒀다. 영재가 얼른 달려가 기쿠에게 매실차를 권하고 어깨를 주물러주었다. 오카상은 영재를 어린애라고 생각했는지 그저 웃기만 했다.

가권이 쓰타야에게 조그마한 목소리로 제의했다.

"거, 사유리란 아이는 어때? 달력 인물로 적당할 거 같지 않아?"

"글쎄…… 그 수습 오이란 말이지?"

"걔는 안 돼요."

호쿠사이가 단정적으로 말했다.

"자그마한 백합이란 뜻의 이름처럼 독 향을 품고 있어요."

"독 향?"

가권이 반문했다.

"예. 백합 향은 처음에는 향기롭고 은은하지만, 방 안에 두고 자면 다음 날 머리가 아프죠. 방에 백합을 가득 두고 자면 죽는다는 속설이 있을 정도로 향이 강하고 진합니다. 사유리는 어리지만 그런 독기가 있어요. 그런 얼굴을 남자들이 좋아할 리 없죠."

"쳇, 제가 좋아하다 퇴짜 맞은 거 아니야?"

영재가 비꼬듯 말하자 호쿠사이가 노려보았다. 그때 살금살금 다가와 가권이 그리다 만 그림을 슬쩍 들여다본 기쿠가 탄성을 질렀다.

"어머나, 예뻐라."

기쿠가 활짝 웃었다. 영재가 꼭 자기가 그린 것처럼 으스대며 말했다.

"마음에 들어요?"

"물론이지. 나보다 예쁜 여자가 화폭에 담긴 것 같구나."

그러면서 기쿠는 교태가 흐르는 웃음을 지으며 가권에게 아양을
떨었다.

"세이카 옥에 한번 놀러 오세요. 제가 직접 모시겠습니다."

영재가 고개를 홱 치켜들어 가권의 얼굴을 쳐다봤다. 지금, 그가
사모해 마지않는 여성이 천하의 바람둥이 가권에게 하룻밤 놀자고
청하는 것인가? 가권이 난처한 웃음을 띠며 말했다.

"이거, 너무 멋진 제안입니다만 밀린 주문이 많아서요. 그런데
초상화를 그리기로 한 여자들 중에 그…… 사유린가 하는 오이란은
안 보이는군요. 아직 수습이라서 그런가요?"

가권의 질문이 뜻밖이었는지 오카상이 놀라는 표정을 지으며 가
권에게 대답했다.

"그 아이는 자신의 초상화가 그려지는 것을 무척이나 싫어한답
니다. 작년에도 설득해보았지만 끝내 고집을 꺾지 못했지요."

오카상이 잔잔하게 웃으며 말을 이었다.

"사유리는 자신의 얼굴이 저잣거리에 내걸리는 게 싫다고 하더
군요. 전혀 모르는 사람들이 자기 얼굴을 집에다 걸어놓는다고 생
각하면 끔찍하다고요."

기쿠가 옆에서 입을 비죽거렸다. 호쿠사이는 여전히 영재에게
데면데면했다. 쓰타야가 넉살 좋게 웃으며 유쾌하게 외쳤다.

"자, 날도 덥고 하니 오늘은 이만 좀 쉬자고. 오카상, 맥주 한잔 어떻습니까? 나가사키에서 갓 들여온 게 있는데요."

쓰타야의 제안에 모두의 입가에 함박웃음이 걸렸다. 가권도 맥주라는 술은 에도에 와서 처음 맛보았는데, 처음에는 싱겁다 생각했으나 마시면 마실수록 감칠맛이 도는 게 일한 뒤 먹기에는 그만이었다.

"참, 일전에 유명한 화사 한 분이 자네 행적을 물으러 오셨네."

호쿠사이와 영재가 우물에 내려둔 맥주를 가지러 가고, 오카상은 기쿠의 옷을 갈아입히고 오겠다며 나가자 쓰타야가 말했다.

"자네가 그린 그림을 들고 오셨어. 그 왜, 가부키 공연 중에 죽은 배우의 모습을 그리지 않았나. 무척 뛰어난 그림이라고 감탄하면서, 자네에 대해 이것저것 묻고 가셨다네. 그때는 별일이 아니라 굳이 말하지 않았네만, 어제저녁에 다시 와서는 지금까지 출간된 자네 그림을 몽땅 사 갔단 말씀이야."

쓰타야는 껄껄 웃었다. 진심으로 유쾌한 기분인 듯했다.

'아아, 그래서 난데없이 맥주 선심을 쓰는 것이군.'

"이제 크게 출세할 날도 머지않았네. 에도에서도 내로라하는 권력가인 마치부교님을 모시는 고린 화사님이었으니까 말이야."

쓰타야가 가권의 어깨를 자랑스럽다는 듯 두드렸다. 가권도 따라 웃으며 살짝 어두워진 얼굴을 감추었다.

달맞이 축제를 즐기는 사람들로 강과 바닷가가 늦도록 소란한 밤이었다. 배를 댈 수 있는 곳이면 어디든 놀잇배가 떴고, 오이란이나 게이샤를 불러들인 화려한 유람선에서는 음악소리와 웃음소리가 요란하였다.

멀리서 울리는 폭죽 터지는 소리에 귀를 기울이던 다로는 푸른색 바탕에 황금색 매화가 화려하게 수놓아진 기모노를 다시 꺼내 들었다.

오늘 옷장 정리를 하다 발견한 것이다. 옷감으로 쓰인 최고급 견사하며, 최고의 장인이 수놓은 것이 분명한 문양이 보면 볼수록 탐이 났다.

오늘도 마치부교님은 고타쓰만 데리고 출타하셨다. 자신에게는 내실을 청소하고 오래된 의복을 정리하라고만 하셨다. 아직은 쉬어야 한다는 것이었다. 다른 사람들은 마치부교님이 무섭고 냉정하다고 하지만, 다로가 보기엔 이렇듯 자상하고 부드럽기만 하시다. 마치부교님을 위해 일하는 것은 언제나 즐겁다. 하지만 기다리는 일은 갈수록 괴롭기만 하다. 자신을 쳐다보며 머뭇거리기만 하는 마치부교님을 볼 때마다, 다로의 심장은 떨렸다가 아프게 조이곤 했다.

무릎 위에 펼쳐놓은 기모노를 찬찬히 쓰다듬던 다로는 돌연 걸치고 있던 옷을 모두 벗어 내렸다. 그리고 벌거벗은 몸에 다소 묵직하면서도 부드러운 기모노를 천천히 감았다. 입술에는 분홍색 꽃분을 문대어 더욱 붉고 촉촉하게 하고, 머리도 풀어서 여자처럼 늘어뜨렸다. 오늘 밤은, 기다림을 멈추든지 죽든지 하리라.

연회를 마치고 돌아온 하시모토는 의관을 벗으러 방에 들어온 순간, 딸에게 선물로 주려던 기모노를 걸친 다로를 보고 깜짝 놀랐다.

"마치부교님."

다로는 그윽하면서도 애절한 눈길로 하시모토를 바라보았다. 하시모토는 숨이 멎는 듯했다. 희고 부드러운 목덜미가 푸른 옷깃 위로 선명하게 도드라져 보였다. 다로가 우뚝 서 있는 하시모토에게 천천히 다가갔다. 검고 커다란 눈망울이 눈물을 머금어 신비롭게 반짝였다. 더 이상 참지 못한 하시모토가 다로의 몸을 끌어안았다.

"다로야, 다로야……."

하시모토는 다로의 머리를 헝클어뜨리고 몇 번이고 껴안으며 열에 들뜬 듯 그의 이름을 불렀다. 다로는 대답 없이 하시모토의 가슴팍에 얼굴을 파묻었다. 그리고 나긋한 목소리로 속삭이듯 말했다.

"하시모토 님, 절 안아주십시오. 사랑해주십시오."

그날 밤, 문밖의 어둠을 지키던 고타쓰의 두 눈은 광인처럼 빛났고, 하시모토의 내실에서는 훈기와 나직한 교성이 가시지 않았다. 더 이상 참지 못한 고타쓰가 벌떡 일어났을 때였다. 마에다가 두 손을 맞잡고 종종걸음으로 뛰어 들어오는 것이 보였다. 고타쓰가 그 앞을 막아서자 마에다가 두 눈을 사납게 치떴다.

"마치부교님께 급히 보고드릴 게 있다."

"무슨 보고입니까? 마치부교님은 방금 처소로 돌아오셨습니다. 제가 대신 전해드리겠습니다."

"도신 중 한 명이 지난번 있었던 살인사건의 용의자를 잡아왔다.

마치 부교님이 그 사건에 특별한 관심을 기울이고 계시기에 내가 직접 보고드리러 온 거야."

"잠시만 여기서 기다리십시오."

고타쓰는 마에다를 정원에 머무르게 한 후 하시모토와 다로가 한데 엉켜 있을 장지문 안쪽을 향해 목소리를 가다듬었다.

"용서하십시오. 지금 죄인이 잡혀 와 문초를 기다리고 있다고 합니다. 지난번 있었던 그림 상인 살인사건의 용의자라고 합니다."

잠시 침묵이 흘렀다. 곧 하시모토의 목소리가 흘러나왔다.

"알겠다. 밖에서 대기하라."

"예."

고타쓰가 물러 나와서 보니, 마에다가 돌아가는 상황을 대충 알겠다는 듯이 묘한 표정으로 서 있었다. 고타쓰는 눈썹을 찡그리며 얼굴을 숙였다. 잠시 후 문이 열리며 하시모토가 나왔다. 다로의 모습은 보이지 않았다. 고타쓰는 하시모토의 발에 신을 신긴 후 마에다와 함께 그 뒤를 따랐다. 그는 다로가 있는 내실을 돌아보지 않기 위해 입술을 깨물었다.

"이자가 산중에서 사람을 톱질하는 장면을 목격했다고 떠들고 다니는 것을 잡아 왔습니다."

관리 하나가 앞마당에 납작 엎드려 벌벌 떨고 있는 자그마한 사내를 가리키며 보고했다. 일을 마친 후 집으로 돌아가는 길에 들른 술집에서 직접 들었다는 것이다.

체구가 왜소한 남자는 겁에 질려 벌벌 떨면서 몸을 숙였다.

"소인은 단지 술기운에 허풍을 떤 것입니다. 아닙니다, 못 봤습니다, 아무것도 모릅니다."

하시모토는 남자를 찬찬히 살피다가 슬쩍 떠보았다.

"시신의 허리가 반으로 잘렸다는데, 어떻게 생각하느냐?"

"예에? 허리가 아니라 머리에서 가랑이까지 몽땅 잘렸는데요……?"

워낙 입이 가벼워 주체할 줄 모르던 사내는 하시모토가 친 덫에 쉽게 걸려들었다.

"저놈을 당장 고문 틀에 묶고 입을 열 때까지 주리를 틀라."

"아, 아닙니다. 말하겠습니다, 말하겠습니다. 밤이 될 무렵에 소인이 산길을 서둘러 넘어오던 참이었습니다. 그 길은 마을에 빨리 도착하는 지름길이지만 험하기도 하거니와 귀신이 나온다는 소문이 있어 평소엔 잘 다니지 않습죠. 아무튼 서둘러 걸음을 재촉하는데, 쓱싹쓱싹 톱질하는 소리가 났습니다. 처음에는 나무꾼이라도 있나 싶어 불빛이 비치는 곳으로 가보았습니다. 큰 나무가 있는 곳인데, 거기에서 끔찍한 일이 벌어지고 있었습니다."

사내는 술에 잔뜩 취해서 불빛을 향해 걸어가다 멈춰 서서 나무꾼이 하는 양을 유심히 지켜보았다. 만취한 상태라 눈앞이 가물가물했지만, 나무 앞에서 일하는 남자의 모습은 선명하게 보였다. 나무꾼은 잔뜩 힘을 주며 톱질을 하고 있었다. 그런데 톱질의 방향이 좀 이상했다. 통나무를 세로로 세워두고 써나? 사내는 입 밖으로 소리 내어 물을까 하다가, 나무꾼의 뒷모습에서 풍기는 기괴한 느낌에 입을 꾹 다물고 슬금슬금 다가섰다.

나무꾼이 톱질하고 있는 것은 살아 있는 사람의 머리였다. 몸은 거의 반 동강이 났지만 머리만은 쉽게 썰리지 않는 듯 보였다. 머리 가죽에 박힌 톱날이 두개골에 걸려 뼈를 갉는 것 같은 소리가 거세게 울렸다. 나무에 묶인 사람은 죽은 듯 보였으나, 간간이 경련하는 손발로 보아 아직 절명하지는 않은 듯했다. 정신이 번쩍 난 사내는 어금니에 힘을 주고 정신을 가다듬어 몰래 도망치려고 잰걸음을 내디뎠다.

이때 사내의 등골이 오싹해졌다. 사내는 그놈의 호기심 때문에 뒤를 돌아보았다. 그 순간 톱질을 멈추고 고개를 돌린 나무꾼과 똑바로 눈이 마주쳤다.

"그래, 어떻게 생긴 놈이더냐?"

하시모토의 호통에 사내가 겁에 질려 더듬으며 말을 내뱉었다.

"야, 야차입니다. 지옥에서 뛰쳐나온 야차였습니다. 허연 머리가 사방으로 뻗쳤고 두 눈에서 파란색 불꽃이 튀었습니다. 두 팔에는 요상한 그림이 가득했고, 두 손에서 번쩍번쩍하는 불빛이 나왔습니다. 그놈은 지옥문을 열고 나온 야차가 분명합니다. 단연코 야차란 말입니다. 오, 하느님! 주여."

하시모토는 사내를 한심하다는 듯 쳐다보고 명을 내렸다.

"저놈이 금지령을 내린 천주교를 믿는지 더 조사해보도록 하라. 끌고 가라."

"살려주세요, 살려주세요! 그놈은 야차란 말입니다. 지옥문을 열고 뛰쳐나왔단 말입니다."

　하시모토는 사내가 그악스럽게 소리 지르는 모습을 착잡한 표정으로 지켜보았다.

제4부

적색

올망졸망 마름나물을 이리저리 헤치며 따노라니,

금실 좋게 벗하고픈 아리따운 아가씨 생각.

올망졸망 마름나물을 이리저리 헤치며 고르노라니,

풍악 올리며 즐기고픈 아리따운 아가씨 생각.

– 《시경》 중에서

1 에도 기담

조선은 아직 무더운 계절인 8월, 에도에는 가을이 시작되었음을 알리는 선선한 바람이 불기 시작한다. 아침저녁 차가운 공기에 풀잎에는 이슬이 맺히고, 싸리와 패랭이꽃, 마타리, 초롱꽃이 함초롬히 피는 계절이다.

유난히 달 밝은 밤이었다. 가권은 지금까지 그려온 지도와 그림들을 살펴본 뒤 조심스레 접어 다다미 아래 비밀 장소에 집어넣었다. 구석에서 곤히 잠들어 있던 영재가 잠꼬대를 하며 몸을 뒤척인다. 푸르스름한 달빛 아래에서 보니 영재의 얼굴도 퍽 수려해 보였다. 코밑의 솜털이 조금은 짙어진 듯하고, 둥그스름하던 턱에도 각이 생겼다. 키도 훌쩍 자라 처음에 입고 왔던 옷은 더 이상 맞지 않는다. 영재는 이 낯선 땅에서 어른이 되고 마는 걸까? 벌써 몇 달째 조선에서는 아무런 연락이 없었다. 주상 전하는 안존하신지, 단원 선생은 무탈하신지, 갑자년 계획은 차질 없이 진행되고 있는 것인지, 가권으로서는 그저 잘되어 가고 있을 거라고 믿는 수밖에 없었다.

가권이 슬슬 염탐을 나가기 위해 방문을 열고 상체를 내밀 때였다. 서늘한 기운이 목덜미에 와 닿았다.

"네가 도슈샤이 샤라쿠냐?"

복면을 한 자가 가권의 목덜미에 시퍼런 칼날을 겨누고 있었다. 가권은 잔뜩 굳은 채로 고개를 까닥거렸다. 설마, 신분이 들통난 것인가?

"너를 혼내주라는 청탁을 받았다. 하지만 무기도 없는 사람을 죽이기는 싫다. 나와 결투를 하자."

온몸에 한기가 돌았다. 누군가 자신을 해치라고 암살자를 보내다니! 어쨌든 지금은 이자의 심기를 건드리지 않는 게 최선이었다. 가권은 다시 고개를 끄덕였다.

"좋소, 결투를 받아들이지요."

달빛 밝은 마당으로 나오자, 가권의 뒤에서 칼을 겨누던 사내가 쓰고 있던 복면을 벗었다. 둥근 얼굴에 펑퍼짐한 코, 소처럼 큼직한 눈을 한 사십 대 남자의 얼굴이 드러났다. 자객의 얼굴이라기엔 실망스러운 데가 있는 모습이었다. 여기저기 옷자락의 해진 구멍을 색이 비슷한 천으로 덧댄 것으로 보아 가난한 하급무사임이 분명했다. 자신의 얼굴을 굳이 밝히는 것으로 보아, 필시 이기기 전에는 돌아가지 않을 작정이다.

"나는 우도 나가유키다. 우도 가문의 검술을 이어받아 아랫마을에서 도장을 하고 있다. 너 도슈샤이 샤라쿠에게 결투를 신청한다."

"이름까지 밝힐 필요는 없는데……. 좋아요, 나 도슈샤이 샤라쿠는 결투를 받아들이는 바입니다. 그전에 물어볼 게 있습니다. 누가보낸 것입니까?"

"의뢰인의 이름을 밝힐 순 없다. 자, 내 칼을 빌려주마."

우도라는 이름의 무사는 옆에 차고 있던 긴 칼을 가권에게 던져주더니 자신은 단도를 빼들었다. 가권은 칼의 길이를 비교해보고그냥 내려놓았다.

"불공평한 싸움은 할 수 없으니 차라리 맨손으로 하지요."

가권은 단원 휘하에서 배운 권법세를 취했다. 우도가 망설이다단도를 버리며 소리쳤다.

"나 역시 맨손으로 하겠다!"

일본에서 칼이 없는 무사란 상상도 할 수 없는 일이다. 검법이 아닌 다른 무예는 익히지도 않는다. 막상 칼을 버리자 우도는 뭘 어찌해야 할지 막막하기만 했다. 가권이 몸을 낮춰 달려들면서 우도의가슴을 등으로 밀어붙여 그대로 쓰러뜨렸다. 우도가 넘어지자마자가권은 정난사평 자세로 일어나려던 그의 옆구리를 손날로 치고 무릎으로 머리를 가격했다.

"으윽! 내가 졌다!"

가권은 공격을 중단했다.

"할복하도록 도와주게."

우도는 비틀거리며 일어나더니 자신의 검을 가져와 앞에 내려놓고 단정히 앉아 웃통을 벗기 시작했다. 가권은 예상치 못한 상황에 어찌할 바를 몰랐다.

"왜 이러십니까? 정정당당하게 결투를 했으니 그냥 돌아가세요."

하지만 우도는 고개를 저었다.

"가문의 명예를 더럽혔으니 할복하겠다."

"이봐요, 미쳤어요? 그쪽이 나한테 진 건 아무도 모릅니다. 우리 둘밖에 모른다고요. 그냥 돌아가서 잊어버리고 사세요. 나도 머릿속에서 싹 지워버릴 테니까. 괜히 더 큰일 만들지 말고 돌아가라니까!"

"의뢰인 도요쿠니에게는 돈을 돌려주면 그만이지만 무사로서 내 자존심이 허락지 않는다."

"그놈입니까? 내가 오기 전까지는 한창 잘나갔다는 그놈?"

우도는 제풀에 놀라 입을 다물었다.

"의뢰인의 명예에도 먹칠을 했으니 정말 죽어야겠군."

우도는 칼집을 입에 물고 칼을 배꼽 아래에 갖다 댔다. 그는 명치 위치를 가늠해보고는 단도를 높이 쳐들었다. 가권은 눈을 감았다. 일본 무사들의 비정함, 자해까지 마다치 않는 잔인함에는 눈을 돌릴 수밖에 없었다. 달빛이 단도 날에 시퍼렇게 번쩍였다. 우도는 단도를 아래로 향해 무섭게 떨어뜨리더니 그대로 뱃가죽을 그었다.

"으으으으."

신음 소리가 났다. 가권은 감은 눈을 떴다. 혹시라도 숨이 붙어 있다면 왓슨 선생에게 데려가 치료를 받게 할 생각이었다. 그러나 우도의 복부를 유심히 살펴보던 가권은 아연실색했다. 칼날이 뱃가죽 두께의 십분의 일도 들어가지 않은 것이다. 우도의 얼굴이 괴로움으로 일그러졌다.

"할복하려고 했으나 자식 생각에 힘을 줄 수가 없었네."

우도는 천천히 흐느끼면서 무너졌다. 가권은 우도가 우는 양을 한참이나 지켜봤지만 그는 좀체 울음을 그치지 않았다. 가권은 그의 등을 두드려주고 위로의 말도 건네다가 끝내는 떨어져 앉아 꾸벅꾸벅 졸기 시작했다. 그러다 누군가 어깨를 툭툭 쳐서 눈을 떠보니 새벽 아슴푸레한 대기 속에서 두 눈이 퉁퉁 부은 우도가 가권을 바라보며 서 있었다.

"혼자서는 할 수 없으니 부채할복을 택하겠네. 내가 부채를 들고 있다가 떨어뜨리면, 장도로 내 목을 단칼에 쳐주게. 부탁하네."

가권은 고개를 절레절레 흔들며 늘어져라 하품을 한 뒤 터덜터덜 방으로 향했다.

"나중에 해드리겠습니다, 우도 무사님. 오늘은 그냥 돌아가시오."

우도는 또 스르르 무너져 흑흑, 흐느껴 울었다.

며칠 후, 가권은 이른 아침부터 우도의 도장을 찾아 나섰다. 다 허물어져 가는 도장을 찾기는 쉬웠다. 유곽 옆에 있는 가난한 동네

제4부 적색 209

조무래기 몇에게 묻자 금방 스승님의 도장이라는 답이 나왔다. '우도무가권'이라고 적힌 현판이 비스듬히 걸린 도장 문을 열고 들어서자 불그죽죽한 눈을 한 우도가 아랫도리만 입은 채 부채를 들고 있다. 가권은 어이가 없었다.

"제발 부탁이니 부채를 떨어뜨리는 순간 나를 죽여주게."

매일 밤 나타나 웃통을 벗어젖히고 저런 하소연을 해대니 가권은 그야말로 미칠 지경이었다. 밤잠을 설치는 건 둘째치고 도무지 정탐을 나갈 수가 없는 것이다. 급기야 우도의 도장을 찾아나선 것도 그 때문이었다. 그런데 그마저도 예상한 듯 부채할복을 기대하고 있는 모습이라니!

문득 가권의 눈에 도장 구석에 비스듬히 누워 우도를 쳐다보고 있는 두 아이가 들어왔다. 우도의 눈썹과 코를 쏙 빼닮았다. 큰아이는 열 살이나 먹었을까. 작은아이는 다섯 살도 채 안 돼 보였다. 둘 다 걷지 못하는 것 같았다. 가권이 두 아이에게 다가가 다정하게 말을 걸고 머리를 쓰다듬었다. 그 모습을 본 우도는 들고 있던 부채를 떨어뜨리고 다시금 어깨를 들썩이기 시작했다.

우도의 말에 의하면 큰아이는 열일곱 살, 둘째는 열 살이나 되었으나 발육이 안 되고 다리 근육에 힘이 없어 평생을 누워 지낸다 했다. 아내는 도망간 지 오래되어 두 아이의 수발은 모두 우도 혼자 감당하고 있었다. 때문에 무사로서의 명예를 실추했음에도 도저히 자결할 수가 없었다는 거였다.

가권은 우도를 위로하고 그와 함께 아이들에게 밥을 챙겨준 뒤 함께 도장 뒤편의 마당으로 들어갔다. 허름한 도장에 어울리지 않게 제법 아리따운 정원이 나왔다. 정원 중앙에는 아름드리나무가 있고, 자그마한 연못에서는 금붕어들이 헤엄쳤다. 우도는 무지개처럼 화려한 비늘을 가진 금붕어에게 정성껏 먹이를 챙겨주었다. 그리고 금방이라도 꽃을 피울 듯 하늘 높이 자란 국화 모종에 거름을 주었다.

"다 쓰러져가는 도장에 이런 호사스런 취미라니, 이게 다 뭔가 하는 생각을 하겠지?"

우도는 가권을 보며 부끄럽다는 듯 웃었다.

"잘 알아맞히셨습니다."

"우리 아이들 약값이 여기서 나오네. 남몰래 국화를 재배하고 금붕어를 키워서 시장에 내다 팔지. 축제 때는 종이로 모형 국화와 금붕어까지 만들어 팔기도 해. 게다가 얼마 전에는…… 청탁을 받고 다른 사람을 해하려 들었어……. 미안하네."

우도는 가권을 향해 무릎을 꿇었다.

"괜찮습니다."

가권은 우도의 손을 붙잡아 일으켰다. 그 손에 깨알 같은 점이 잔뜩 돋아 있는 것을 보고 가권이 놀라자 우도가 말했다.

"며칠 전 화란인들이 들여온 장미 모종 수천 개를 매만져 시장에 내보냈더니 이렇게 됐네. 연약한 꽃도 성질부릴 줄 아는 거지. 꽃물이 들면 이렇게 살갗 가득 수천 개나 되는 점이 생긴다네. 다행히 금방 없어지니까 괜찮아. 꽃은 세상에서 가장 멋진 예술품이네. 겨

우 며칠 화려하게 피었다 영영 시들어버리니, 이보다 소중한 명품
이 어디에 있단 말인가?"

　도요쿠니는 안절부절못했다. 과연 우도 무사가 일을 제대로 처
리했을까? 혼쭐을 내주라고만 했는데 죽여버렸으면 어쩌지? 그렇
다면 더 좋겠지만······.

　요 몇 개월 사이 도요쿠니는 눈에 띄게 수척해져 영 딴사람이 되
고 말았다. 쓰타야 출판사를 뛰쳐나온 이후 어떻게 된 게 줄줄이 예
약되어 있던 일들이 모두 취소되어 간신히 입에 풀칠만 하는 신세
였다. 그간 도요쿠니가 저지른 행태가 출판업자들 사이에 낱낱이
알려지면서 아무도 일을 맡기지 않게 된 것이다. 반대로 자기가 전
속으로 있을 때만 해도 파리 날리던 쓰타야 출판사는 요즘 에도에
서 최고로 잘나가는 목판화 인쇄소 중 하나가 되었다. 사람들은 샤
라쿠 같은 인재를 단숨에 발굴해낸 쓰타야 사장의 심미안을 칭찬했
고, 덕분에 전도유망한 젊은 화가들이 대거 그에게 몰리고 있었다.

　도요쿠니는 일전에 꼬마아이에게 심부름을 시켜 샤라쿠의 그림
을 몇 장 사 오게 한 적이 있었다. 그림을 받자마자 방문까지 걸어
잠그고 요리조리 꼼꼼하게 살핀 후 몇 장 따라 그려보았는데, 지금
까지 한껏 기교만 부려 그리던 그에게 붓을 척 내지르듯 획 하나하
나에 힘이 들어간 정통 기법은 흉내조차 낼 수 없는 것이었다. 샤라
쿠의 실력을 확인한 일은 그를 시기하는 마음을 더욱 강하게 만들
었다. 도요쿠니는 자신에게 닥친 시련은 모두 자기 자리를 치고 들

어온 그 샤라쿠라는 인간 때문인 것 같았다.

'그놈만 없어지면 된다. 그놈만 없어지면!'

컴컴한 방에 누워 허공을 노려보며 중얼중얼 저주를 퍼붓고 있는데, 방문 밖에서 인기척이 느껴졌다. 도요쿠니는 벌떡 일어나 귀를 쫑긋 세웠다.

"우도 무사님?"

방문을 열자 누군가 와락 덮치면서 자루를 씌웠다. 소리를 지르며 발버둥을 쳤지만 눈 깜짝할 사이 손발이 묶인 채 장정 서너 명의 어깨에 번갈아 실려 어디론가 옮겨졌다.

얼마나 지났을까, 갑자기 괴한들이 딱 멈춰 서더니 도요쿠니를 내려놓았다. 지독한 악취가 풍기는 곳이었다. 누군가 도요쿠니의 손발에 묶인 줄을 끊었다. 그러더니 여럿의 발자국 소리가 점점 멀어졌다. 한참 후 도요쿠니는 벌벌 떨리는 손으로 머리를 덮고 있는 자루를 벗어 던졌다. 그리고 주변을 둘러보고 소스라치게 놀랐다. 연고가 없는 시체들을 묻거나 내다 버리는 공동묘지였던 것이다. 도요쿠니가 엉거주춤 일어나 몇 걸음 걷자 발에 무언가가 툭 걸렸다. 죽은 지 얼마 안 되는 젊은 낭인의 시체였다. 시체의 가슴이 들썩거려 살았는가 했더니 커다란 쥐가 고개를 내밀었다. 몸속을 파먹다 도요쿠니가 건드린 바람에 나온 것이다. 도요쿠니는 비명을 지르기 시작했다. 어릴 때부터 귀신 얘기를 들으면 경기를 하고, 잠자리에서 곧잘 가위에 눌리던 그였다. 도요쿠니는 정신없이 비명을 지르며 무작정 내달렸다. 그러나 겹겹이 쌓인 시체와 썩은 관에 자꾸 발이 걸려 넘어졌다. 소리를 질러대며 시체들과 뒹굴던 도요쿠니에게 누군가 손을 내밀었다. 도요쿠니는 얼른 그 손을 붙잡았다.

"살려주세요, 살려주세요."

"나요. 당신이 그토록 죽이고 싶어하는 그 샤라쿠."

가권은 도요쿠니를 일으켜 세웠다.

"그런데 이렇게 살아서 무덤까지 구경을 왔으니 서운해서 어쩌나."

도요쿠니는 무릎을 꿇고 가권의 발치에 매달려 용서를 빌었다. 얼굴은 벌써 눈물 콧물로 범벅이었다.

"한 번만 용서해주세요, 형님. 죄송합니다. 다시는 그러지 않겠습니다…… 흐으윽!"

"그만 울어."

흐느끼는 도요쿠니의 등을 두드리는 이는 쓰타야다.

"쓰타야 형! 아, 아니 사장님!"

쓰타야는 가슴에 안기는 도요쿠니를 아이 어르듯 달랬다.

"내가 샤라쿠에게만 일을 주는 바람에, 네가 서운함을 못 이겨 그런 실수를 하는 것도 무리는 아니겠지."

우도도 도요쿠니 앞에 나타나 고개를 숙였다.

"임무를 다하지 못했습니다. 애초에 맡아서는 안 될 일이었죠. 돈은 돌려드리겠습니다."

잠시 후, 묘지 입구에 있는 낡은 이층 누각에 여섯 명의 사내가 빙 둘러앉았다. 가권과 쓰타야, 도요쿠니, 우도, 그리고 영재와 호쿠사이였다. 괴괴한 누각에는 촛불 열 개가 빙 둘러 켜진 것 외에는 불빛 한 점 없다. 시신 썩는 냄새가 역해 도요쿠니가 힘들어하자 가권이 술을 권했다. 눈을 질끈 감고 술잔을 비운 도요쿠니가 떨리는 목소리로 사과했다.

"제가 어리석었습니다. 저의 크나큰 죄를 용서해주시오."

도요쿠니가 고개를 숙이고 엎드렸다. 이번에는 막 술잔을 비운 우도가 입을 열었다.

"나 또한 도요쿠니 군에게 용서를 구합니다. 의뢰인을 보호하지 못했으니까요. 아울러 샤라쿠 화사님께서는 저를 관대하게 용서해주시고 제 명예를 더럽히지 않도록 도와주셨으니 무사로서 화사님께 제 목숨을 바칠 일이 있으면 기꺼이 바치겠습니다."

우도가 샤라쿠에게 예를 갖춰 정중히 말했다.

"우리 중에 좌장 격이신데 말씀을 편히 놓으세요."

가권이 슬그머니 말 놓을 것을 권했다. 하급무사 우도는 아주 오래전 천황이 막부에게 실권을 넘겨주는 일로 전쟁이 벌어졌을 때, 자신의 할아버지의 할아버지의 아버지는 황실이 패할 줄 알면서도 천황을 위해 출정했다고 했다. 그리고 자신을 알아준 이를 위해 목숨을 내던진다는 일본의 강직한 무사도를 실천하기 위해 전장에서 죽음을 받아들였다고 덧붙였다. 그래서 자신은 막부에서 임명하는 다이묘에 소속되기보다 가문의 유훈을 받들어 정치적 실권이 없는 천황을 마음에 두고 모신다고 했다.

가권은 일본과 조선의 정치가 판이하다는 것을 느꼈다. 그동안 틈틈이 일본의 정세를 살핀 결과, 일본의 왕은 허울만 좋을 뿐 막부의 권력가들이 내미는 서류에 강제적으로 수결하거나 옥새를 찍는 일만 하는 듯했다. 한편 에도에서는 일왕이나 마찬가지로 무기력해진 쇼군을 대신하여 다누마 오키쓰구라는 막부의 권신이 실권을 잡고 정치를 하다 아사마산의 용암이 분출된 이래 계속된 흉작으로 수십만 명이 굶어 죽은 데 책임을 지고 정치에서 물러났다. 이후 11대 쇼군인 도쿠가와 이에나리의 보좌역 마쓰다이라 사다노부가 농촌을 부흥하고 가난한 무사들의 채무를 변제해주는 등의 정책을 펴고 요시와라 같은 유곽을 엄격하게 단속했으나, 경직성을 띤 개혁은 상공업으로 축적된 자금을 발판으로 부흥하려는 에도 시민들의 호응을 얻지 못했다. 이에 도쿠가와 이에나리 쇼군이 직접 실권을 쥐고 정치에 관여하기 시작한 게 지난해부터다.

가권은 막부의 역사와 정세, 일본 곳곳에서 일어나는 농민 반란 등을 귀동냥으로 들어 틈틈이 기록해나갔다. 또 가난한 무사와 부유한 상공업자들의 전복된 계급 구조는 조선과 별다를 바 없다고 생각했다. 조선에서도 최근 부유한 계층으로 떠오른 상공업자와 중인들이 양반에게 돈을 주고 족보를 사들여 양반 계층이 급격하게 증가하고 있었다. 한편 먹을 게 없어 죽어가는 걸인과 아이들을 보면 깊은 회한이 느껴졌다. 오랫동안 굶어 젖이 말라버린 어미 때문에 어떤 젖먹이들은 물에 적신 헝겊만 빨다 죽기도 했다. 그들 모두 땅을 잃은 농부들, 부당하게 터전을 잃은 서민들이었다.

가권은 일본을 정복하기에는 지금이 최적기라고 생각했다. 최근 일본은 조선통신사의 방문도 거부하고 모든 항구를 폐쇄하는 강력한 쇄국정책을 쓰고 있었다. 한때 대외 문물을 활발하게 받아들였던 에도막부는 이제 정체 상태에 있었고, 무사들은 사치와 향락에 빠져 무사도를 잃은 지 오래였다. 여자는 한 번 들어가면 죽을 때까지 못 나온다는 쇼군의 성에서는 수천 명의 여인들을 입히고 꾸미기 위해 어마어마한 재물이 낭비되고 있다는 소문이 흘러나왔다. 빈민들은 끊임없이 죽어 나가는 한편 한쪽에서는 흥청망청 낭비하며 지내고 있으니, 작금의 일본은 보이지 않는 적대감과 원망으로 끓어 넘치는 솥과 같았다.

가권은 내부의 위기가 팽배해진 이런 시기에 조선이 일본을 정복한다면 임진년의 원수를 갚는 격이 될 뿐 아니라, 해상무역을 독점해 서양의 문물을 직접 받아들여 어느 나라 못지않은 강대국이 될 수 있으리라 예상했다. 하지만 정말로 전쟁이 벌어진다면 에도를 가득 채운 수십 만의 서민들은 어찌한단 말인가. 전쟁이 일어나면 가장 큰 피해를 입고 희생을 요구받는 계층은 당연히 최하층 빈민들과 여인들, 그리고 아이들이었다.

깊은 생각에 잠긴 가권을 쓰타야가 현실로 돌아오게 일깨워주었다.

"이봐, 자네 차례야. 샤라쿠."

오랜 전쟁 끝에 막부가 권력을 통일하고 전란이 급격하게 줄어든 일본의 무사 사회에서는 공포담과 기담을 나누는 게 유행처럼 번졌다. 전쟁을 겪는 대신 무사들의 담력을 키워줄 무서운 이야기를 돌아가면서 하나씩 하는 것이다. 하나의 이야기가 끝나면 촛불도 하나씩 끈다. 촛불이 모두 꺼진 뒤에도 어둠 속 공포를 끝까지 참아내는 자에게 무사의 자격이 주어졌다.

"에도 사람들은 한 번도 들어보지 못했을 신기한 얘기를 들려주지. 한 남자가 산에 나무를 하러 갔다가 길을 잃어 죽을 뻔했는데 깨어보니 동굴이었네. 사내는 동굴에서 흰 얼굴에 꼬리가 아홉 개 달린 구미호를 보고 기절초풍하지. 그러나 구미호는 삼십 년 동안 아무한테도 자기를 봤다는 이야기를 하지 않으면 좋은 일만 있을 거라고 하더니 털끝 하나 건드리지 않고 떠났네. 사내는 마을에 돌아와 어여쁜 처녀와 결혼하여 아이를 낳고 살았는데, 아내는 어디서 구해 왔는지 아름다운 구슬을 내다 팔아 큰돈을 만졌지. 그렇게 구미호를 만난 지 삼십 년이 다 되어가는 어느 겨울밤, 이제는 할아버지가 된 사내가 무료해하는 아내를 위해 재밌는 이야기를 해주겠다며 꼬리 아홉 개 달린 여우 이야기를 들려줬지. 그런데 그 얘기를 듣던 아내의 눈썹이 점점 새하얘지더니, 머리카락도 하얀 여우 털처럼 구불구불해지는 게 아니겠나. 그리고 얼굴에는 커다란 주름들이 늘어나면서 바로 엄청나게 커다란 구미호의 얼굴로 변해버렸다네!"

가권이 그럴듯하게 동작을 곁들이며 얘기하자 호쿠사이가 뒤로 펄쩍 물러났다. 이번엔 우도 차례였다. 우도는 촛불 하나를 입으로 후 불어 끄면서 다음 이야기를 시작했다. 한편 도요쿠니는 간이 오그라들 것만 같았다. 자신을 용서해주는 분위기 때문에 자리를 지키고는 있지만 한시라도 빨리 이곳을 떠나 마을로 돌아가고 싶었다. 하지만 혼자 멀고 험한 산길을 가기는 더더욱 싫은 일이다. 괴담이 무사히 끝나기만 바랄 뿐이었다. 도요쿠니는 은근슬쩍 샤라쿠 가까이로 몸을 옮겼다. 조금이라도 붙어 앉아야 안심이 될 것 같았다.

우도의 목소리는 평소에도 무게가 있었는데, 엄숙하고 무뚝뚝한 그의 얼굴이 촛불의 일렁이는 빛을 받자 더더욱 무시무시해 보였다.

"그 귀족 집안에는 유모가 있었는데, 글쎄 유모가 모시던 아가씨가 병이 들어 살아 있는 임산부의 간이 필요하다는 의원의 처방을 받았지 뭔가. 유모는 이 아가씨를 사랑하기도 했지만 한편으로 아가씨가 죽으면 유모 자리마저 잃을 것이 두려웠다네. 결국 유모는 휴가를 얻어 임산부의 간을 구하기 위해 여행을 떠났지. 외진 곳에 집을 구해 여관을 하고 있노라니 어느 날 임산부 여행객이 찾아왔네. 유모는 임산부가 밤에 산기를 느끼자 그녀의 남편에게 의원을 데려오라고 보낸 뒤 임산부의 배를 갈라 간을 꺼냈다. 그런데 웬걸, 나중에 알고 보니 그 임산부는 옛날에 헤어진 자기 딸이었던 거야. 유모는 죄책감에 귀신이 되어 그 여관에 머물면서 여행객들의 고기를 먹고 살았다네."

"에이, 별로네요. 그렇고 그런 얘기예요. 어디서 들어본 이야기."

호쿠사이가 단정 짓자, 우도는 고개를 끄덕였다.

"얘기는 지금부터야. 유모는 잔혹하고 무서운 귀신이 되어 누군가 걸려들기만을 바라며 폐가가 된 여관에 계속 머물렀지. 딸을 죽인 젓값을 대신 치를 사람이 오길 바라면서 말이야. 그러던 어느 날 가난한 무사가 폐가에 들어섰네. 무사는 이상한 기운을 느끼고 칼을 빼들었지만 방에는 아무도 없었지. 한밤이 되어 자려고 누웠는데 왠지 목덜미가 서늘한 것이 영 잠이 안 오는 거라. 그래 안 되겠다 싶어 밖으로 나가려고 하니까 누군가 밖에서 붙잡고 있는 것처럼 문이 안 열리더란 말일세. 무사는 무서워져서 장지문에 구멍을 내 밖을 내다보았지. 그런데 불이라도 난 것처럼 온통 시뻘건 거야. 이상했지. 컴컴한 밤인데 시뻘겋다니, 무사는 다시 구멍에 눈을 갖다 댔다네. 역시 붉은빛만 보였지. 정말 이상하다는 생각이 들어 이번에는 창문으로 몸을 날렵하게 올려서 방을 빠져나갔네. 밖에서 방문을 보니 백발의 긴 머리를 산발하고, 커다란 두 눈이 이글이글 타오르는 귀신이 뚫린 구멍으로 방 안을 보고 있는 게 아닌가. 무사가 본 붉은빛은 바로 귀신의 두 눈이었던 것이네."

"헉!"

호쿠사이가 두려움을 삼키고 고개를 돌렸다. 우도의 눈도 빨갰다. 우도는 이야기를 마치고 옷을 젖히더니 슬쩍 훈도시 안쪽으로 손을 넣어 물건이 축 늘어졌는지 긴장해서 딱딱하게 굳었는지 확인했다. 무사는 전쟁에서 긴장한 모습을 보이면 겁쟁이로 전락한다. 전쟁터에서도 고환이 이완되어 축 늘어져 있다면 진정한 무사라 할 수 있었다. 우도는 고환이 딱딱해진 것을 알고는 실망했다.

'내가 말하고도 긴장을 하다니, 무사로서 한참 멀었다.'

우도는 정신 수양이 덜 되었다고 한없이 자책했다. 한편 호쿠사이가 촛불 하나를 손가락으로 비벼 끄면서 이야기를 시작했다.

"이번에는 재밌는 이야기를 해드리죠. 오사카에는 연고가 없는 시체를 내다 버리는 라쇼몬이라는 문이 있는데, 이곳에 대대로 오니라는 귀신이 살고 있다고 합니다. 오니가 라쇼몬을 지나다니는 사람들을 자꾸 잡아먹어서 분란이 일자, 부처님을 모시는 사천왕 가운데 하나가 오니를 잡으러 옵니다. 사천왕은 오니를 잡아 큰 칼을 내리쳐 팔뚝 하나를 잘라 가지고 오죠. 사천왕이 집에 돌아와 혼자 오니 팔뚝을 가지고 앉아 있는데, 갑자기 누군가 급하게 문을 두드리는 겁니다. 쿵쾅쿵쾅! 사천왕은 모른 척하죠. 하지만 이내 집이 무너져라 문을 두들겨대니까 누구냐고 묻습니다. 그러자 사천왕의 친척 어른이라고 대답하죠. 사천왕은 갈등합니다. 아무도 들어오게 해서는 안 되는데……, 하다가 결국 문을 열어주기로 합니다. 오니 귀신의 팔뚝을 소중하게 들고 막 문을 열려는데…… 화악!"

"엄마아!"

호쿠사이가 갑자기 영재의 등짝을 치자 영재가 비명을 지르며 가권의 품으로 뛰어들었다. 사내들은 겁이 나니 사투리가 나온다며 한바탕 웃었고, 호쿠사이는 어깨를 으쓱하며 하하 웃었다. 사내들의 우정은 밤과 함께 깊어갔고, 괴담을 마치고 모든 촛불을 끄고 나서 묘지를 나설 때는 시신의 얼굴을 봐도 무서운 줄 모르고 대범하게 걸어갔다.

2 꽃의 그림자

가권은 이제 세이카 옥에서 거의 살다시피 하며 가게에 소속된 오이란들의 초상화를 그리기 시작했다. 요시와라 밖으로 출입하기 힘든 오이란이 쓰타야 출판사에 드나드느니, 가권이 요릿집에 머물며 그리는 편이 더 좋겠다는 오카상의 요청 때문이었다. 오카상은 이를 위해 별채에 전용 화실을 꾸미고 피로를 느끼면 언제든 쉴 수 있도록 침구와 개인 욕실까지 마련해주었다. 그리고 슬그머니 게이샤와 오이란들의 그림 수업도 부탁했다. 춤과 노래, 악기 연주는 물론 서예와 그림에도 능해야 기녀로서 명성을 날릴 수 있기 때문이었다.

그렇게 며칠을 보낸 어느 날 가권이 영재와 함께 막 점심을 먹고 들어오는데, 오카상이 활짝 웃으면서 쌀이 두 홉 정도 든 주머니를 가권에게 건네주었다.

"보라색 꽃잎을 비쳤습니다. 사유리가 어른이 됐어요. 곧 정식 오이란으로 등급을 올리고 머리를 올려줄 재력가를 찾을 겁니다. 벌써 사유리에게 관심을 보이는 어른들이 많답니다."

가권은 처음에 무슨 말인지 이해가 안 되었다. 하지만 곧 사유리가 월경을 시작했다는 것을 알아차렸다.

오후 내내 작업을 마친 가권은 평소와 달리 오이란의 유혹을 단박에 뿌리치고 곧장 자리를 털고 일어섰다. 그리고 사유리가 격리되어 있다는 작은 오두막을 방문했다. 오두막은 요릿집 뒤편 공터에 임시로 만든 것이었다. 에도에서는 월경을 시작한 여성을 부정한 것들과 차단하여 홀로 조그마한 오두막에 몇 주 동안 기거하게 한다. 그동안 필요한 음식을 가져다주고, 재봉 도구와 다기를 비치해 성인 여자들이 배워야 할 예법 등을 가르쳤다. 방문자는 월경을 축하하는 의미로 쌀이 든 주머니를 건네는 풍속이 있었다.

사유리는 혼자 오두막에 앉아 있었다. 탁자 위에 놓인 오르골을 만지작거리며 음악을 듣고 있다. 문 앞에서 들여다보니 눈을 감고 있었다. 작은 새처럼 가녀린 그 모습을 보자 가권은 한없이 부드러운 마음이 들었다. 널 지켜주겠다고, 말해주고 싶었다. 가권이 조그맣게 헛기침을 하자 사유리가 퍼뜩 눈을 뜨며 오르골 뚜껑을 닫았다. 몽롱하게 잠겨 있던 눈이 서서히 본래의 냉정함을 되찾는 것을, 가권은 조금은 감탄하는 마음으로 지켜보았다.

"오카상이 가져다주라던데."

가권은 쌀이 든 무명 주머니를 사유리에게 건넸다. 오두막에는 들어가지 않고 사유리가 문밖으로 내민 손에 건네주었다. 앞으로 한 달에 한 번씩 꽃잎을 비춤으로써 이 아이의 유년 시절은 막을 고하는 것이다.

"어른이 된 걸 축하한다."

가권은 가슴 한구석이 시려왔다. 이제 소녀라는 울타리에서 벗어나 수많은 남자들 앞에서 기예를 선보이고 그들의 시중을 들 생각을 하니 애처로웠다. 아아, 사유리의 머리는 누가 올려주게 될까.

"이거 도로 가져가세요."

사유리가 불쑥 오르골을 내밀었다. 가권은 당황했다.

"그냥 가지렴. 처음부터 널 주고 싶어서 산 거니까."

"왜요? 왜 저한테 이걸 주고 싶었던 거죠?"

"그야, 그건……."

가권은 말문이 턱 막혔다.

"어쩐지 네가 내 여동생처럼 느껴지기도 하고, 평생 오이란으로 살아갈 네가 애처로워 보이기도 하고……."

사유리의 표정이 일순 딱딱하게 굳었다.

"제가 불쌍해서 주셨다는 말씀이군요. 그럴 것 없습니다. 저는 오이란으로서 기예를 익히는 일이 무엇보다 즐겁고, 죽는 날까지 오이란으로 살 테니까요."

"정말 그 일이 즐겁니?"

"예."

그러더니 사유리는 입술을 꼭 다물고 다시 오르골을 내밀었다.

가권이 한 걸음 물러나며 말했다.

"그럼 이렇게 하자. 난 한 번 줬던 걸 다시 돌려받기는 싫거든. 그러니 서로 교환하는 건 어떨까? 이 오르골을 받는 대신, 네 초상화를 그리게 해다오."

"싫어요. 필요 없습니다."

"그럼 나한테 와서 그림이라도 배우거라."

"그것도 싫습니다. 다른 언니들은 몰라도 전 지금 배우는 기예 수업과 오이란 견습 수업만으로도 시간이 부족해요."

사유리는 더는 말하기도 싫다는 듯이 오르골을 문간에 그냥 내려놓았다. 그러고는 가권의 눈앞에서 문을 쾅 닫아버렸다.

'아아, 이 바보.'

한동안 멍하니 서 있던 가권은 자신의 이마를 철썩 때렸다. 여동생 같다고? 애처로워 보였다고? 사유리 같은 아이가 그런 말에 넘어올 리 만무하지 않은가. 손가락만으로도 여자를 쓰러뜨렸던 옛날의 나는 대체 어디로 간 것일까? 왜 이 조그만 계집아이 앞에만 서면 멍청해지고 마는 걸까.

가권은 문 앞에다 대고 소리쳤다.

"아무튼 난 안 가져간다. 버리든지 말든지 네 마음대로 해."

그리고 성큼성큼 큰 걸음으로 오두막을 떠나며 큰 소리로 투덜거렸다.

"호이치 이 녀석은 또 어디로 간 거야!"

그 시간 영재는 가권보다 훨씬 달콤한 시간을 보내고 있었다. 기쿠의 무릎을 베고 누워 샤미센 소리를 들으며 눈을 감고 있었다.

"누님, 감미롭습니다."

기쿠는 백분을 뒤집어쓴 얼굴로 살짝 미소를 지었다. 기쿠는 샤라쿠의 문하생 호이치가 틈날 때마다 자신의 방을 기웃거린다는 걸 알고 있었다. 호이치를 꾀어내는 건 쉬웠다. 처음부터 자기한테 푹 빠진 데다 동정도 못 뗀 소년이라 그의 마음을 완전히 사로잡는 것은 누워서 경단 먹기보다 쉬운 일이었다.

"누님은 누님의 어여쁜 이름, 국화보다 훨씬 아름다운 분입니다."

영재는 기쿠의 무릎에 얼굴을 파묻었다. 조선인 간자와 일본인 여성의 이루어질 수 없는 사랑, 이보다 애절한 사랑이 어디에 있단 말이냐? 영재의 가슴은 무너져 내렸다.

그러나 기쿠는 영재의 가슴이 무너지거나 말거나 나름대로 계획이 있었다. 지금은 자신이 요시와라 최고의 오이란이라고는 하지만, 끊임없이 치고 올라오는 경쟁자들을 생각하면 얼마나 오래 이 명성을 유지할 수 있을지 불안한 상황이었다. 가장 좋은 해결책은 권세가의 첩실로 들어가거나, 오카상처럼 요릿집을 여는 것이다. 둘 중에 무엇을 하든 기쿠에게 가장 필요한 것은 큰 재물이었고, 그를 위한 수단으로 자신의 미모를 극대화한 초상화가 필요했다. 시장에 내다 팔 흔한 그림이 아니라, 부유층과 귀족들 사이에만 은밀히 돌려질, 그리하여 그들의 욕망을 불태우고 자신의 몸을 차지하기 위해 앞다투어 달려오게 할, 그런 그림 말이다.

기쿠는 모두가 탐내는 여자가 되고 싶었다. 모두가 가지고 싶어 하는 여자가 되고 싶었다. 그러려면 먼저 전설이 되어야 한다. 꿈속의 여인이 되어야 한다. 일단 그렇게만 된다면 돈은 자연히 모이고, 최고의 조건을 내세운 첩실 자리도 줄지어서 들어오리라.

기쿠는 현재 에도를 떠들썩하게 하고 있는 미남 화가 샤라쿠야말로 자신을 위해 궁극의 초상화를 그려줄 인물이라고 생각했다. 그처럼 매력적인 사내 앞이라면 옷을 벗는 것도 즐거운 일이 될 것이다. 하지만 현재 샤라쿠는 엉뚱한 계집에게 눈이 팔려 있다. 호시탐탐 자신의 자리를 노리는 얄미운 계집에게 말이다. 기쿠가 평소라면 쳐다보지도 않을 심부름꾼 호이치를 먼저 유혹한 것은 그 때문이었다. 원래 가장 맛있는 부분은 나중에 먹는 법이니까.

기쿠는 영재가 기분 좋은 미소를 지으며 눈을 감고 있는 것을 내려다보며, 거의 식어가는 향로의 뚜껑을 열어 품속에서 꺼낸 가루를 조금 더 뿌렸다. 마음과 정신을 나른하게 하는 부드러운 향기가 다시 피어오르기 시작했다. 기쿠는 호이치의 귀에 대고 달콤한 말을 속삭이기 시작했다.

"이리 와서 한잔 받아라. 대작하자."

세이카 옥에 놀러 온 쓰타야와 진탕 술을 마시고 돌아온 가권이 남은 술병을 내려놓으며 영재를 불렀다. 평소 독주는 안 된다, 술을 그렇게 퍼마셨다간 손이 떨려 붓도 못 잡게 된다며 잔소리를 해대던 영재가 웬일인지 순순히 잔을 받았다.

"거기서 뭐 하고 있냐?"

영재는 망설이다 손수 그린 미인도를 내밀었다. 수작이라고 할 수는 없지만 정성껏 그린 그림이다.

"하하하. 드디어 우리 문하생께서 작품을 만들어냈구나. 쓰타야 에게 보여줄까? 출판하자고?"

영재는 고개를 저었다.

"아니, 기쿠 누님에게 선물할 겁니다."

"흠, 기쿠를 그린 거였어?"

가권이 한 눈을 찌푸리며 새삼 그림을 들여다보자 영재가 확 그 림을 낚아챘다. 가권이 씩 웃으며 영재의 술잔에 청주를 부었다.

"기쿠가 그렇게 좋으냐?"

가권의 눈에 입술이 하얗게 탄 영재의 파리한 얼굴이 들여왔다. 며칠째 잠을 이루지 못한 안색이다.

"네."

"그렇게 시들시들 죽어가지 말고 한번 사지 그러냐. 눈이 튀어나 올 만큼 비싸긴 하겠다만."

"난 아무리 돈이 많아도 누님을 그렇게 대하고 싶지 않습니다. 평생 기쿠 누님을 안지 못한다 해도, 마음만 받을 수 있다면 그걸로 족해요. 정신적 사랑에 비하면 육체적 사랑은 아무것도 아니니까 요."

"여자와 자보지 않았으니 그렇게 말할 수 있는 거지."

"화사님도 사유리를 깊이 아끼지 않습니까?"

"뭐?"

"사랑은 재채기처럼 남의 눈에 쉽게 들키는 겁니다. 누군가를 좋아하면 곧바로 다른 사람 눈에 보이지요. 나만 아는 게 아닙니다. 쓰타야 사장도, 호쿠사이 형도, 오카상도 다 눈치챘을걸요?"

"실없는 소리, 걘 아직 어린애야."

"열여섯입니다. 몇 달 후면 열일곱이 되고. 이제 곧 에도에서 가장 멋진 기녀가 되어 손도 대볼 수 없는 위치에 오르겠지요. 기쿠 누님보다 미모는 한 단계 아래지만, 기예에 대한 욕심은 무서울 정도니까 말입니다."

"네가 사람 보는 눈은 있구나."

"하지만 내 마음은 오로지 기쿠 누님뿐입니다. 아, 기쿠 누님……."

영재가 그림을 가슴팍에 껴안고 애절하게 기쿠를 찾자, 가권이 코웃음 치며 청주를 입에 들이부었다. 영재가 갑자기 퀭한 얼굴을 가권의 코앞으로 들이밀었다. 그 바람에 가권은 마시던 술을 코로 뿜을 뻔했다.

"화사님, 나 부탁 하나만 들어주면 안 될까요?"

"이 녀석, 뭔데 그러냐?"

"기쿠 누님의 초상화를 그려주시면 안 될까요? 사실은, 기쿠 누님이 세상에서 가장 아름다운 초상화를 구해주면……."

영재가 더 이상 말을 잇지 못하고 얼굴을 붉혔다. 가권은 어이가 없었다. 정신적 사랑이 어쩌고저쩌고하던 녀석이, 사실은 기쿠와 몸을 섞고 싶어 안달이 난 것이다. 가권은 말없이 술잔을 다시 채웠다.

"나도 세상에서 가장 아름다운 초상화를 그리고 싶다. 하지만 그 대상은 기쿠가 아니야."

그러자 영재가 얼굴을 반짝 쳐들었다. 눈이 분노로 빛나고 있었다. 가권은 비로소 뭔가 이상하다는 생각을 했다.

"왜 아닙니까? 왜 기쿠 누님이 아니야? 기쿠 누님을 그려줘. 세상에서 가장 아름답게 그려달라고!"

갑자기 가권이 탁자를 내려치며 벌떡 일어섰다. 평소의 느물느물하던 태도가 아니다. 그 위엄과 서슬에 영재가 사색이 되어 뒤로 물러나 앉았다.

"넌 그림을 무엇이라 생각하느냐? 그림이 무엇이라고 배웠지? 진정한 그림이란 대상의 참을 그리는 거다. 초상화라는 것도 그저 닮게 그리는 것으로 족하는 게 아니라 그 사람의 정신까지 그려내야 훌륭하다고 할 수 있는 거야. 식사를 많이 하는 사람인지 적게 하는 사람인지, 걸음걸이가 느린 사람인지 잰 사람인지, 그림만 봐도 기운생동이 전해지고 그 사람의 됨됨이가 느껴져야 한다. 우리 조상들은 아름다운 것보다는 참된 것이 더 중요하다고 생각해, 곰보며 검버섯, 커다란 혹까지 추한 모습을 있는 그대로 남김없이 드러냈어. 그러면서도 선비로서의 자부심과 기개, 해학과 고집을 보는 이를 압도할 만큼 선명하게 표현했다. 세상에서 가장 아름다운 초상화를 그려달라고? 그렇다면 세상에서 가장 아름다운 여인을 데려오너라! 난 붓으로는 거짓말을 못 하니까."

영재의 얼굴이 파랗게 질리더니 훌쩍훌쩍 울기 시작했다. 가권은 마음이 쓰라렸다. 생각해보면 영재는 아직 어린애다. 아무리 영민하다고 해도, 목숨 걸고 이국으로 넘어온 간자라 해도, 이제 겨우 몽정을 치르기 시작한 어린아이란 말이다. 게다가 영재는 이곳 에도에서 유일하게 진심을 나눌 수 있는 벗이 아니던가. 쓰타야라는 좋은 동지가 있고 우도라는 존경할 만한 무사가 있지만, 그들과의 관계에서는 최후의 최후까지 마지막 가면을 벗을 수 없을 것이었다. 영재는 오랫동안 흐느꼈다. 마침내 울음이 잦아들고, 축 늘어진 그를 침구에 안아 눕히자, 가권은 설명할 수 없는 격정에 휩싸여 지필묵을 준비했다. 그리고 늘 자신의 마음속에서 타오르고 있는 상, 하루에도 몇 번씩 얼렸다 녹였다 하는 상, 자신이 알고 있는 가장 아름다운 상, 사유리의 얼굴을 그리고자 했다. 하지만 믹물만 종이 위에 똑똑 떨어질 뿐 붓은 좀체 나가지 않았다. 이상할 정도로 기억이 나지 않았다. 그녀의 얼굴이, 눈이, 코가, 입술이. 가권은 절망한 채 종이를 와락 구겨 잡고 얼굴을 파묻었다.

어느 틈엔가 에도 곳곳에는 미륵불을 따라 내려온 야차가 죄지은 인간들을 붙잡아 지옥에서 주는 형벌을 내린다는 소문이 파다하게 퍼졌다. 야차는 쇠로 된 송골매나 늑대 등을 이끌고 나타나서 죄인을 찾아내 강철 디딜방아에 넣고 몸을 갈아낸다고 했다. 혹은 사람의 뼈를 자르는 톱과 후벼내는 끌, 토막 내는 도끼로 죄인을 절단내 펄펄 끓는 가마솥에 던진다고도 했다. 고통을 끊임없이 준다는 무간지옥을 현세에 보여줌으로써 죄 많은 중생을 구제하도록 미륵불을 돕는다고도 했다.

예약 장부를 훑어보는 오카상의 이마에 깊은 주름이 하나 생겼다. 야차가 나타나 사치하는 자, 향락하는 자, 음탕한 자를 죽이고 다닌다는 소문이 돌면서부터 유곽에 드나들던 단골들의 발길이 뜸해지기 시작한 것이다. 예약한 연회를 취소한다는 말을 전하러 온 심부름꾼이 줄을 설 지경이었다. 오카상은 한숨을 내쉬며 지난밤에 오이란들이 연회에 다녀와서 수결한 장부를 뒤적거렸다. 오이란들이 몰래 도망가는 것을 방지하고, 시간을 지키지 못했을 경우 화대를 깎기 위해 만들어놓은 장부였다.

모든 오이란이 돌아와서 붓으로 이름을 써놓았으나 기쿠의 이름만 없었다. 전에도 기쿠는 수결하는 것을 자주 잊어버렸지만, 점심을 먹을 때도 나오지 않았던 것이 생각나 방에 가보기로 했다.

오카상은 이층으로 오르는 층계참에서 기쿠의 방 앞으로 향하는 복도로 몸을 틀었다. 오늘따라 고질인 허리 통증이 심했다. 손님이 줄어서 생긴 심리적 위축감이 온몸으로 전달되는 듯 허리부터 뒷목까지 바늘로 콕콕 찌르는 듯했다. 오카상은 숨을 가다듬고 천천히 기쿠가 기거하는 제일 끝 방 앞에 섰다. 방문 앞에서 헛기침을 두어 번 했으나 아무 기척도 없었다. 오카상은 안 되겠다는 듯 장지문을 열었다. 삐걱삐걱 소리를 내며 문이 거칠게 열렸다. 기름칠을 해야겠다고 생각하며 방 안을 본 순간 오카상은 그 자리에 돌처럼 굳어버렸다.

기쿠가 두 눈을 부릅뜨고 뻣뻣하게 누워 있었다.

푸른 가면을 쓴 듯한 그 얼굴을 숨죽인 채 내려다보던 오카상은 조용히 문을 닫고, 세이카 옥의 막일꾼 호를 불러 은밀히 지시를 내렸다.

살인사건이 일어나면 본래는 길목마다 불침번을 서고 있는 파수꾼에게 신고를 해야 한다. 하지만 오카상은 가게의 체면을 고려해 일단은 자연사인지 아닌지 판별해보기로 했다. 병사일 경우 오카상이 알아서 시신을 처리하고 신고만 하면 되었다.

급하게 연락을 받고 달려온 왓슨이 시신의 몸을 이리저리 살피며 검시했다. 시신의 얼굴은 청색에 가까운 보라색으로 뒤덮여 있었다. 왓슨이 시신의 옷을 벗기자 짙푸르게 변색한 몸통이 드러났다. 봉긋한 가슴은 유두까지 모두 푸른색이었다.

잠시 고민하던 왓슨이 시신의 몸을 뒤집어 항문을 살펴보았다. 항문에서 선혈이 흘러나와 있었다.

"아무래도 독사한 것 같군요."

오카상은 고개를 세차게 흔들었다.

"그럴 리 없습니다. 어제저녁에는 다 같이 저녁을 먹었고, 오늘 오전에는 식사를 하지 않았습니다."

"음독은 아닙니다. 독물을 마셨다면 입천장이 상했을 겁니다."

"혹시 납중독으로 죽은 것은 아닙니까?"

오카상은 평소 하얀 분칠이 과했던 기쿠를 떠올리며 질문했다.

"금속 중독이라면 시신의 위아래에 혹같이 부어오른 데가 반드시 있기 마련이지만 그런 것도 없습니다. 어쩌면 독사나 독충 같은 거에 물렸을 수도 있겠죠. 그렇다면 어딘가 흔적이 남았을 텐데……."

왓슨이 조심스레 시신의 몸을 뒤집어가며 구석구석 살폈다. 등 부분에 일렬로 작은 상처가 나 있었다. 여러 개의 바늘에 찔린 듯한 자국이었다. 왓슨이 잠자코 시신의 몸을 바로 눕혔다.

"오카상, 기쿠는 살해당했습니다."

"예엣?"

"누군가 독을 주입했어요."

오카상이 허억, 숨을 몰아쉬며 바닥을 손으로 짚었다.

"그, 그렇다면 일단 신고를 해야겠군요……."

"정말 그러실 생각입니까? 요릿집에 손님이 끊기게 될 텐데요?"

"……."

"오카상, 시체를 본 것은 나와 오카상뿐입니다. 제가 기쿠의 사인은 혈분증(간에 지병이 있어 피가 오염된 병)이라고 증언해드리겠습니다. 대신 시신을 저에게 주십시오."

"하지만, 어떻게 그런 짓을."

"일본인은 시신도 중하게 대한다는 걸 알고 있어요. 최대한 조심스럽게 다룬다고 약속하겠습니다. 시신을 해부해보면 왜, 어떻게 죽었는지 소상히 밝혀낼 수 있습니다. 잘하면 범인을 밝혀낼 수 있을지도 모릅니다."

"범인이요?"

"네. 범인은 내부 인물일 가능성이 큽니다. 최소한 기쿠의 죽음을 자연사로 처리할 수밖에 없는 속사정을 잘 아는 자예요. 지금처럼 흉흉한 때에, 일급 오이란이 살해당했다고 하면 제아무리 훌륭한 요릿집이라 하더라도 손님들이 발길을 끊으리라는 건 충분히 예상할 수 있습니다."

그 말은 사실이었다. 기쿠는 참근교대 때문에 에도에 온 다이묘들이 가장 먼저 찾는 꽃이라 할 정도로 인기가 많았다. 그런 아이가 수상쩍은 죽음을 맞았다고 하면 가게는 물론 오카상 자신도 관리의 책임을 물어 명운을 다하게 될지 몰랐다.

"아아, 왜 우리 집에 이런 일이."

"우선 장례부터 치르십시오. 장의사는 부르지 마시고요. 화장터로 보내는 것은 빈 관이어야 합니다. 그러면 범인도 사건이 일단락됐다고 생각하고 마음을 놓을 겁니다."

"알겠습니다."

"또 하나. 믿을 만한 화가를 제게 붙여주십시오. 아마 추천해주실 만한 인물이 있겠지요."

며칠 후, 세이카 옥에서는 기쿠의 장례식이 치러졌다. 괴질로 죽은지라 뭇 남성을 설레게 한 여인의 장례식치고는 초라하고 쓸쓸한 의식이었다. 센소지에서 불려 온 스님들이 목탁을 두드리며 고인의 극락왕생을 기원하는 불경을 외는 동안 영재는 발끝만 쳐다보며 눈물을 뚝뚝 흘렸다.

기쿠와 경쟁 관계에 있던 오이란들도 무척 이른 죽음을 안타까워했고, 아직 수련 중인 어린 소녀들은 생전에 무섭기만 했던 선배의 모습을 떠올리면서도 진심으로 슬피 울었다.

　가권은 기쿠의 시중을 들며 가장 가까이에서 지낸 사유리는 얼마나 슬프고 무서울까 싶어 그녀의 모습을 눈으로 찾았다. 하지만 사유리는 다른 생각에 잠긴 듯 평소처럼 무심하고 차가운 표정이었다.

3 몸을 열다

달조차 구름에 가린 컴컴한 밤, 가권과 영재는 세이카 옥의 일꾼 호를 따라 나카미세 시장을 지나 개천가를 걷고 있었다. 고아 출신이라는 호는 체구가 가늘고 얼굴빛이 어두웠는데, 말을 못 하는 건지 입이 무거운 건지 가권은 그가 말하는 걸 한 번도 들은 적이 없었다. 아사쿠사 북쪽 변두리에 이르자 저만치 작은 양옥집이 보였다. 왓슨의 집이다. 호는 서두르라는 듯 손짓을 하며 더욱 걸음을 재게 놀렸다.

가권은 처음 보는 서양식 이층집에 깜짝 놀랐다. 벽돌로 지은 건물에 유리로 된 창문이 나 있고, 벽에는 대리석을 덩굴무늬로 깎아 만든 장식이 붙어 있었다. 호가 두꺼운 나무로 짠 문을 두드리자 왓슨이 나왔다. 왓슨은 두 사람을 안으로 들인 후 뒤따라온 자가 없는지 주변을 살피고는 재빨리 문을 닫아걸었다.

"예전에 세이카 옥에서 뵈었죠? 왓슨이라고 합니다."

왓슨이 손을 내밀었다. 가권이 멀뚱하니 그 손을 쳐다만 보고 있자 영재가 먼저 왓슨과 악수를 하며 인사를 나눴다. 왓슨이 다시 가권에게 이름을 물었다.

"도슈샤이 샤라쿠라고 합니다."

"반갑습니다. 얘기는 오카상에게 모두 들으셨겠지요? 앞으로 이곳에서 본 것은 모두 불문에 부치셔야 합니다."

두 사람은 고개를 끄덕였다. 왓슨이 지하로 내려가더니 묵직한 열쇠 꾸러미를 꺼내 문을 열었다. 컴컴한 밀실이 드러났다.

"이곳은 저의 해부실입니다."

왓슨이 들고 있던 사각 등을 벽에 걸자 어두컴컴한 밀실이 환해졌다.

가권과 영재는 조심스레 밀실의 내부를 둘러보았다. 타일로 사방을 바른 벽에는 선반이 가득했고 선반마다 유리병이 일렬로 늘어서 있었다. 유리병 안에는 보기만 해도 끔찍한 것들이 담겨 있었다. 배가 활짝 열린 개구리, 몸통을 길게 짼 뱀, 머리가 열린 쥐 등이 뿌연 액체에 담겨 진열돼 있었다. 사람의 것으로 보이는 간과 심장이 들어 있는 유리병도 보였다. 왠지 기분을 서늘하게 하는 장소였다. 가권은 역겨움을 느꼈지만 영재는 호기심을 감추지 못하고 하나씩 열심히 들여다보았다.

"포르말린이라는 액체에 넣으면 이렇게 썩지 않고 보관할 수 있습니다. 연구에 많은 도움이 되지요. 여기 있는 모든 장기들은 제가 영국에서 연구할 때 기증자의 동의를 얻어 만든 샘플입니다. 비밀리에 배에 싣고 오느라 고생 많았지요."

"대체 무슨 연구를 한단 말이오?"

가권이 이해가 안 된다는 듯 볼멘소리로 물었다.

"동서양의 시신 다루는 법을 비교하고, 동양에서 검시하는 합리적인 방법을 서양 의학에 접목해 양방 의학이 만날 수 있는 접점을 찾아보는 중입니다. 자, 이 그림들을 보시죠. 베살리우스라는 사람이 쓴 《인체 구조에 대하여》라는 책입니다."

왓슨은 서양말이 자잘하게 들어찬 두꺼운 해부학 책을 들어 가권과 영재에게 보여주었다.

인체의 장기가 세부적으로 나뉘어 자세하게 그려져 있는 것을 보고 가권은 깜짝 놀랐다.

"인간의 배를 갈라서 속속들이 살펴보고, 일일이 장기를 들어내기도 하면서 이렇게 그려냈단 말이오?"

"그렇습니다. 서양에서는 오래전부터 시신을 해부하는 일이 행해졌죠. 배를 가르거나 뇌를 열어 수술하는 일도 있습니다."

"배를 갈라서 수술을 한다?"

"이곳에서는 금지된 일이지만 화란인들이 들어온 나가사키 항에서는 많이들 하고 있어요."

"이유도 없이 죽어가는 환자를 서양인 의사들이 많이 살렸다는 이야기를 들은 적이 있습니다."

영재가 똑똑하게 말했다.

"지금부터 제가 할 것도 바로 해부입니다. 정확히 말하면 사인을 조사하는 부검이죠. 당신은 제가 조사하는 과정을 그림에 담아주시면 됩니다, 셜록."

"셜록이라뇨? 제 이름은 샤라쿠라니까."

"죄송합니다. 일본식 이름에 서툴러서."

가권과 영재가 그림 그릴 준비를 하는 동안 왓슨이 바퀴 달린 침대를 밀고 왔다. 그 위에는 죽은 기쿠가 벌거벗은 채 누워 있었다. 얼굴과 몸 전체가 검푸르게 퉁퉁 부은 모습이다. 부은 몸에서는 싱싱한 독을 내뿜기라도 하듯 윤기가 잘잘 흘렀다. 생전의 아름다웠던 얼굴은 상상도 할 수 없는 모습이었다. 영재는 기쿠를 내려다보며 두 주먹을 불끈 쥐었다. 반드시 범인을 밝혀내고야 말겠다는 듯이.

"시간이 좀 지나고 나니 곤충 독에 의해 살해된 게 확실해지더군요. 곤충의 독은 며칠 지나면 시신을 온통 검은색으로 만들거든요. 자, 이제 시작합시다."

왓슨은 가위를 들고 시신의 식도 일부를 자르더니 액체가 든 작은 유리병에 그 살점을 넣고 살짝 흔들었다.

"그게 뭡니까?"

가권이 궁금해서 물었다.

"일종의 확인 절차이지요. 독약을 먹였다면 이 액체는 색이 변할 겁니다. 독은 강한 염기성이나 산성인데, 그중 하나라면 이 액체의 색이 변합니다."

가권은 무슨 말인지 하나도 알아들을 수가 없었다. 다만 액체의 색이 변하지 않는 것으로 보아 독극물을 마시거나 먹은 것은 아니라는 것을 직감했다. 영재는 이해하겠다는 듯 고개를 주억거렸다.

왓슨은 이번에는 짧고 작으면서도 날카로운 칼을 들었다. 그것으로 시신의 가슴부터 배 아래까지 천천히 그어나갔다. 몸을 여는 순간 지독한 악취와 함께 내부를 파먹고 있던 구더기 떼가 눈에 들어왔다. 왓슨도 충격을 받은 얼굴이었다.

"무더운 날씨도 아닌데 구더기가 빨리 끓었군요. 이런 건 처음 봅니다."

하지만 구더기는 이미 모두 죽은 듯했다. 왓슨이 장갑 낀 손으로 장기를 뒤덮다시피 한 구더기를 쓸어보았다. 퍼렇게 변한 구더기들이 와스스 쓸려나갔다.

"시체를 파먹던 구더기들마저 이토록 죽게 만드니, 독 중에서도 치명적인 독이군요."

"등황 같은 게 아닐까요?"

가권은 황색 물감의 재료인 등황이 치명적인 독성을 갖고 있어 이를 뽑을 때 쓰인다는 것을 알고 있었다. 상당량을 먹으면 즉사하기도 하지만 황색 물감을 만들기에는 제격이다.

"등황 정도가 아닙니다. 혹시 고독이라고 들어봤습니까?"

"고독?"

"항아리 안에 전갈, 지네 등 온갖 독충을 넣고 밀봉한 다음 여러 날이 지나 뚜껑을 열어보면 독충들이 서로 물고 뜯어 모두 죽어 있지요. 하지만 가장 치명적인 독을 가진 곤충은 살아남는데, 바로 고독이라는 놈이 그렇습니다. 난 그런 독충이 있다는 걸 여기 일본에 와서 알았어요. 나카미세 시장에서는 그런 독충을 길러서 파는 자도 있다고 하더군요."

가권은 붓을 들어 왓슨이 검시하는 광경을 충실하게 묘사해나갔다. 왓슨은 기쿠의 장기를 차례차례 들어내 작은 그릇에 하나씩 옮겨 담고 있었다. 이것은 간, 이것은 심장, 이것은 비장…… 사람의 배 속을 이처럼 면밀하게 들여다보고 그림으로 그리기는 처음이었다. 사람의 피부 아래에 이토록 놀라운 진실이 숨겨져 있을 줄이야. 가권은 자신의 배 속도 그처럼 기묘한 모양의 장기들로 채워 있다고 생각하니 기분이 이상했다. 자신이 흠모하던 여인이 눈앞에서 해체되는 것을 지켜보는 영재도 괴롭기는 마찬가지였다. 그러나 타고난 학구열과 지칠 줄 모르는 호기심이 그를 끝까지 지켜보게 만들었다.

시신의 내부를 구석구석 살피며 면밀하게 흔적을 조사하던 왓슨이 말을 덧붙였다.

"역시, 길고 뾰족한 관 같은 것을 이용해 침을 놓아 독을 주입한 듯합니다. 시신에 별다른 저항 흔적이 없는 걸 보면, 범인은 죽은 자와 서로 잘 아는 사이예요. 혹시, 짐작 가는 사람이 있습니까?"

"대체 누가 그런 짓을."

영재가 낮게 부르짖었다. 가권의 머릿속에서도 살인을 저질렀을 법한 사람은 떠오르지 않았다. 다만 지금 이 순간 마음에 걸리는 것은 사유리의 얼음장 같은 얼굴…… 그때였다.

"이럴 수가!"

검시를 마친 장기들을 다시 시신의 몸 안에 집어넣던 왓슨이 허둥지둥 메스를 집어 들더니 시신의 아랫배를 절개했다. 곧 시신의 자궁에서 하얀 태질에 둘러싸인 것이 나왔다. 한 자가 되지 않는 태아가 웅크린 형태로 굳어 있었다.

다음 날, 가권은 우도를 찾아갔다. 마침 우도는 조무래기 아이들에게 한창 검술을 가르치는 중이었다.

"합! 합!"

아이들은 작은 목검을 들고 나무를 깎아 사람처럼 만든 조형물을 내리쳤다.

"소리를 질러 심기를 크게 하고, 소리를 질러 적의 허실을 살핀다!"

"합! 합!"

"소리를 질러 치는 힘을 크게 하고, 소리를 질러 적의 앞을 친다!"

"합! 합!"

"시합의 승부에서 제일 중요한 것은 눈을 어디에 두느냐다. 눈을 적의 눈 속에 두어라. 마음에 생각하는 것은 눈에 드러난다. 적의 눈동자가 흔들리는 순간 치는 것이다. 이것이 검술의 첫째 원칙이다! 알겠느냐?"

"예, 스승님!"

"자, 이제 스님이 입은 가사 선을 베듯이 가슴을 어깨에서 반대

갈비뼈까지 베는 가사베기를 연습해본다."

검술 수련이 끝나 제자들이 모두 돌아가자, 우도는 누운 채로 책을 읽고 있던 자식들에게 밥을 먹인 다음 뒤꼍으로 나가 국화잎을 살펴보았다. 노랗게 변한 잎은 떼어내고, 줄기마다 기다란 받침대를 심어 단단하게 받칠 수 있도록 손보았다.

"아이들을 가르치면 꽃이나 금붕어 기르는 부업을 그만둬도 되지 않습니까?"

"제자들에게서는 수업료를 받지 않아. 일 년에 몇 차례씩 선물만 받지. 돈 내라고 하면 와서 배울 형편이 안 되는 애들이 허다하거든. 그나저나 어쩐 일인가?"

"고독에 관해 물어보려고 왔습니다. 곤충 가운데 가장 강한 독충을 기르는 이가 누군지 아시나 해서요. 시장에 국화 같은 걸 내다 팔면 자연적으로 듣는 소문이 있잖습니까?"

"예전에 시장의 누군가가 길렀다는 얘기는 들었지만 이제는 없네. 막부에서 무사를 제외한 이들이 무기를 휴대하는 것도 금했는데, 그런 치명적인 독을 시장에서 함부로 사거나 팔게 내버려둘 리 있겠나."

"최근에 일어난 야차가 저질렀다는 사건들은 어떻게 보십니까? 몸에 톱질을 해 반으로 갈랐다거나, 오가는 사람이 많은 극장에서 여러 개의 작두날로 고문하다시피 몸을 찔렀다는 건 보통 완력으로는 불가능한 일 아닙니까? 검술이 경지에 올랐거나 무예에 출중한 사람이 아닐까 합니다."

"그럴 수도 있지. 하지만 일본은 무가 사회야. 무사들이 검술을 익히는 건 당연한 일이지. 검술에 능통한 이는 셀 수 없이 많네. 게다가 무사는 자네보다 계급이 높아. 그들 생각에 자네가 자신들을 살인범으로 의심해 명예를 더럽혔다고 여기면, 자네의 목숨을 거둬도 상관없다는 말일세."

가권은 자신의 실수를 깨닫고 아차 했다. 우도는 계속 말을 이었다.

"그렇다고 해서 자네가 이 사건의 범인을 밝혀낼 방법이 없는 것도 아니지. 오래전 한 떠돌이 무사가 산속 작은 마을에 들어갔는데 여우에 홀려 미쳐버린 딸을 걱정하던 어느 노부부에게서 무사님의 비술로 여우를 죽여달라는 부탁을 받았다네. 무사는 평생에 걸쳐 수행해온 비술로 여우를 죽이려 했으나, 여우에 홀린 딸이 날뛰는 바람에 실패하고 말았어. 요괴를 죽이지도, 노부부의 딸을 제정신으로 돌아오게 하지도 못한 무사는 집을 빠져나와 하루 종일 고민하다 결심했지. 이렇게 불명예를 안고 마을 사람들의 놀림감이 되느니 차라리 무도의 길을 버리겠다고. 그는 노부부와 미친 딸을 죽이고 자신도 할복하리라 결심하고 밤중에 그 집을 찾아갔네. 그런데 이상하게도 그 노부부의 집에 들어가자마자 여우가 죽고, 딸도 제정신으로 돌아오더란 거야."

가권은 묵묵히 듣기만 했다.

"마음으로 베어버린 거야. 여우와 아픈 사람과 나를 모두 베어버리겠다는 무사의 일념이 여우를 벤 거지. 그 무서운 마음만으로도 여우는 죽은 거야. 마음만으로도 범인을 밝혀낼 수 있고, 범인과 대적해서 살아날 수 있는 거네."

우도는 물 위에 떠 있던 빨간색 금붕어 한 마리를 건졌다. 그는 금붕어를 손바닥에 놓고 집게손가락으로 배 부분을 건드려보았다. 금붕어는 미동도 하지 않았다. 우도는 금붕어의 몸을 천천히 쓸었다.

"죽은 것 같은데요."

"그럴 리가."

우도는 손가락으로 금붕어를 가만히 어루만지기만 했다.

금붕어와 우도를 번갈아 보던 가권은 깜짝 놀랐다. 우도의 눈에 눈물이 맺혔다. 그는 물고기를 사람같이, 아니 가족같이 여기고 있었다. 심성이 저렇게 선하고 아름다우니 아무리 무예를 익혔다 해도 사람 하나 못 죽이는 듯싶었다.

'나의 일격에 어이없이 무너진 것도 그래서였구나. 차마 사람을, 아니 동물도 헛되이 치지 못하는 성품이로구나.'

이때 금붕어가 꿈틀거렸다. 우도는 환하게 미소를 지으며 손바닥에 있던 금붕어를 부드럽게 연못에 놓아줬다.

"마음이야, 마음으로 이 작은 물고기가 살아난 거네."

가권은 믿을 수가 없었다. 정말 마음만으로 모든 게 가능할까? 금붕어는 활기차게 연못을 가르며 헤엄치고 있었다.

다음 날부터 가권은 우도의 도장으로 찾아가 조무래기들과 어울려 검술을 배우기 시작했다.

"무사 계급만 칼을 휴대할 수 있으니 평소에는 호신용으로 집에 두고, 검술을 익힐 때만 이 검을 들고 오게."

우도는 가권에게 좋은 칼 한 자루를 선물했다. 유명한 장인에게 특별 주문해서 만든 칼로, 가문 대대로 내려오는 것이라 했다. 석 자에 가까운 검은 날카롭다기보다는 투박해 보였다. 가권은 날을 손가락으로 만져보았다.

"조심하게. 보기보다 날카롭네."

역시나, 어느 틈에 베였는지 집게손가락에서 살짝 피가 배어나 왔다. 가권은 내심 감탄하고 말았다.

"승부는 대나무 가르듯 해야 하네."

"대나무 가르듯 말입니까?"

"물이 흐르듯 끝까지 자연스럽게 밀고 나가야 이길 수 있네. 처음을 잡는 자가 끝까지 잡는 거야. 기세를 올려서 단번에 목숨을 앗아야 한다고!"

우도는 말을 마치고 목검을 들어 가권에게 겨눴다. 결투를 하자는 의미다. 가권도 다른 목검을 잡으려 했으나 우도가 만류했다.

"그냥 진검으로 하게."

가권이 날 선 칼을 들고 우도에게 다가왔다. 두 손을 모아 위로 쳐들고 단번에 우도의 가슴을 노렸다. 우도는 목검으로 공중에서 내려치는 가권의 칼을 사뿐히 막았다. 가권의 칼은 뒤로 떨어지고 우도의 목검이 순식간에 가권의 가슴을 겨눴다.

"이 검이 진짜였으면 자네는 죽었어. 차마 날 다치게 하고 싶지 않은 마음 때문에 자네의 칼이 손에서 달아나버린 거지. 칼은 피 맛을 보고 싶어 해. 주인이 마음을 약하게 먹으면 언제라도 배신하고 떠난다네. 그러면 목숨은 즉시 칼을 따라가게 마련이야. …… 한 스님이 살생하지 말라는 부처님 말씀을 평생 지키고 살았는데, 밤에 산길을 가다 물컹한 게 밟혀서 보니 그만 개구리 한 마리를 죽였지 뭔가. 스님은 산길을 내려가 여관에 머물면서 밤새 고민했네. 개구리를 살생한 일을 참회하다 결국 파계하기로 결심했지. 속세로 나가기 전에 개구리 장례를 치러주려고 산길로 들어가 보니 개구리를 밟아 죽인 게 아니라, 굵은 동아줄을 밟고 착각을 한 거였네. 마음만 있으면 부처가 될 수도, 죽은 개구리가 될 수도, 동아줄이 될 수도 있는 거지. 모든 건 마음에 달렸어."

"사람을 죽여본 적이 있습니까?"

"사람을 가사베기로 베고 나면 칼에 온통 피가 묻지. 그것이 반복되면 피가 지워지지 않고 굳어서 그 칼을 쓰지 못하게 돼. 그래서 무사들은 가사베기로 베자마자 피를 공중에 뿌려 칼날을 보존하는 기술을 익힌다네. 하지만 난 평생 피 뿌리기 기술을 습득한 일이 없네. 난 패배자야. 사람을 베지 못하는 난 무사가 아니네."

가권은 우도의 얼굴에서 깊은 그늘을 읽었다. 무사 계급으로 태어났으나 생명을 앗는 일보다, 남을 억압하고 지배하는 일보다, 새로운 생명을 가꾸고 아름다운 조형물을 만드는 데서 기쁨을 느끼고, 자연의 미를 즐겨 감상하는 그에게 무사라는 이름은 허울에 불과한지도 모른다. 차라리 버렸으면 좋을 껍질인지 모른다. 가권은 의문이 들었다. 왜 사람은 자신에게 알맞은 일, 적당한 인생을 선택할 수 없는 것일까?

　에도의 아침을 알리는 소리는 닭 우는 소리가 아니다. 에도에서
제일 먼저 일어난다는 두부 장수의 딸랑이는 종소리다. 우물에서
물을 길어 와 막 아침 세수를 하려던 영재는 두부 장수의 종소리를
듣고 고개를 갸웃하더니 밖으로 뛰쳐나갔다. 종소리를 딸랑딸랑딸
랑 빠르게 세 번씩 반복해서 내다가 조금씩 잦아들게 내는 자는 머
리카락이 햇빛에 바래기라도 한 듯 얼룩덜룩하고, 얼굴에는 약간
얽은 자국이 있었다. 두부 장수는 영재가 나오자 재빨리 그에게 두
부 한 모를 쥐여주고 지나쳐 갔다.
　영재는 세이카 옥으로 들어와 정원을 거쳐 숙소에 딸린 간이 부
엌으로 들어갔다. 두부를 칼로 썰자 그 안에서 종이가 나왔다. 종이
를 펴보자 알쏭달쏭한 문장이 적혀 있었다.

　　六ㅜ 八ㅓ 八 八ㅣ 一ㅜ 七一四 五ㅏ 十ㅣ 六ㅜ 一ㅛ
　　五ㅜ二 七ㅓ 七ㅣ四

　영재는 떨리는 눈빛으로 암호를 해독하고, 가권의 방으로 와 암
호를 풀이해줬다.
　"한글의 자음은 기역부터 시작해서 히읗으로 끝납니다. 따라서
여기에서 육은 '비읍'을 가리키고, 팔은 '이응'을 가리키지요. 이런
식으로 자음과 모음을 맞춰가다 보면 숨겨진 내용이 드러납니다.

즉 이 내용을 종이 위에 풀어보면…… 이렇게 됩니다.”

ㅂㅜ ㅇㅓ ㅇㅇㅣ ㄱㅜ ㅅㅡㄹ ㅁㅏ ㅊㅣ ㅂㅜ ㄱㅛ

ㅁㅜㄴ ㅅㅓ ㅅㅣㄹ

영재가 글자를 적어 앞으로 내밀자 가권이 소리 내어 읽었다.

“‘부엉이 구슬 마치부교 문서실’이라……. ‘부엉이’는 일왕을 의미하고 ‘구슬’은 문서를 의미하니 그의 교서가 마치부교의 문서실에 있다는 소리로군.”

영재의 얼굴이 새파래졌다.

“대체 마치부교 문서실에 어떻게 들어가란 말입니까?”

한편 그 시각 하시모토는 조식도 미루고 침실에 머물며 다로와 꿈결 같은 희롱을 즐기고 있었다. 침실의 한쪽 벽은 예전부터 비어 있었는데, 하시모토는 그 벽을 새로운 그림의 병풍으로 장식할 작정이었다. 두 사람이 처음으로 사랑을 나눈 방을 특별하게 꾸미고 싶다는 다로의 바람 때문이었다.

오후가 되자 고린이 들어와 바닥에 아교를 발라 말린 연습용 장지를 펴놓고 후지산의 사계를 그리기 시작했다. 고린 옆에서는 문하생이 앉아 먹을 갈고 석채를 개는 등의 잡일을 맡았다. 고린이 초벌을 완성하자 문하생이 그림을 받쳐 들고 와 하시모토에게 보여주었다. 하시모토는 흡족한 표정을 지었지만 그 옆에서 시중을 들고 있던 다로는 고개를 갸우뚱했다. 하시모토는 다로의 실망스러운 표정을 보고 넌지시 물었다.

"왜 그러느냐, 그림이 마음에 들지 않느냐?"

"그게 아니오라……."

"괜찮다. 말해보아라."

"소인의 짧은 식견으로는, 고린 화사님의 그림은 분명 정교하고 아름다우나, 저잣거리에서 유행하는 그림들과 별반 다를 게 없다고 생각합니다. 마치부교님의 내실을 꾸밀 만큼 우아함과 힘이 넘치는 독창적인 그림은 아닌 듯합니다."

"호오, 네게 그런 눈이 있다니 참으로 기특하구나."

하시모토는 다로를 웃는 눈으로 바라보며 고개를 끄덕였다. 가내 화사를 앞에 두고 이런 작태라니. 순간 분개한 문하생이 주먹을 불끈 쥐었지만 고린이 재빨리 눈짓으로 만류했다. 이윽고 하시모토가 고린에게 말했다.

"고린 화사, 미안하지만 이렇게 흔한 그림으로 이 방을 장식할 수는 없네. 자네가 한때 황실의 화가였다는 게 믿기지 않는군."

엄청난 모욕에도 고린은 차분하게 미소를 띠었다.

"죄송합니다, 마치부교님. 소인이 나이가 들어 눈도 어둡거니와 예술적 재기가 떨어져 신묘한 그림을 그리지 못하는 모양입니다."

"그렇다면 이 방을 아름답게 장식해줄 젊은 화가를 찾아보는 건 어떻겠나."

농담처럼 던진 말에 고린이 천천히 부복하며 말했다.

"아뢰옵기 황송하오나 에도 시내에 재주가 매우 뛰어난 화가가 하나 있어 추천할 때를 기다리고 있었습니다."

"그래?"

하시모토가 잠깐 당황했다. 다로가 그 귀에 대고 부드럽게 몇 마디 속삭였다.

"고린 화사가 추천하는 자라면 나도 만나봐야겠지. 그자를 당장 불러들여라."

4 뜻밖의 제안

"도슈샤이 화사가 마치부교님께 불려 가는 것은 영광이오나, 저희도 손실이 막대합니다만……."

고린의 용건을 듣던 쓰타야가 난색을 표하자, 고린은 지체 없이 은자 백 냥을 꺼내 내밀었다. 하지만 쓰타야는 선뜻 손을 내밀지 않았다.

"저는 우선 마치부교님이 원하시는 대로 따를 것입니다. 하지만 도슈샤이 샤라쿠는 제 개인 소유물이 아닌지라, 그의 의견을 먼저 묻는 것이 좋을 듯합니다."

"이보게, 쓰타야!"

때마침 샤라쿠의 목소리가 바깥에서 들려왔다. 무엇 때문인지 다급한 목소리였다. 쓰타야가 고린에게 절을 하고 문밖으로 나와 보니 가권이 다급한 걸음으로 들어오고 있었다. 영재도 두루마리를 잔뜩 껴안고 숨을 헐떡이며 따라 들어왔다.

"쓰타야, 이것 좀 보게."

가권은 쓰타야가 무슨 일이냐고 묻기도 전에 불쑥 싸구려 목판
화를 내밀었다. 벌거벗은 남자가 소리를 지르는지 입을 벌린 채 나
무에 묶여 있고, 커다란 톱을 든 남자가 그 앞으로 다가가는 그림이
었다. 톱을 든 남자는 뒷모습만 보였다. 쓰타야는 고린을 의식하며
조용히 말했다.

"엽기나 살인, 귀신을 그린 풍속화야 늘 떠도는 것인데 뭐가 이상
하다고 그러나? 이것 말고도 임산부 배를 갈라 태아를 꺼내는 그림
도 잔뜩 팔리고 있어. 그나저나……."

"그럼 이걸 보게."

가권은 즉시 다른 그림을 내밀었다. 이번에는 가부키 무대 뒤 사
다리 위에 한 남자가 쓰러져 있고, 몸에 커다란 작두칼이 박혀서 괴
로워하는 그림이다.

"분명 살인자가 그린 그림이야. 살인 현장을 그려서 목판화로 인
쇄해 파는 거라고."

쓰타야의 부리부리한 눈이 더욱 커졌다. 그의 얼굴에 뭔가 의심
스럽다는 표정이 스쳤다.

"이거 어느 출판사에서 낸 거라고 했지?"

"출판사가 아니라 삿갓을 쓴 떠돌이 화가가 팔러 왔다고 했네.
오늘 그림 도구를 사러 들른 가게에 떡하니 걸려 있더군. 가게 주인
은 수준도 높고 헐값에 팔기에 별생각 않고 샀다고 했네."

"그러고 보니 꽤 잘 그린 그림이군. 묘사가 세밀하고 색상도 화려해. 어쨌든 자네 말대로 수상하구먼. 이런 그림이 시장에 얼마나 깔렸는지, 어떤 사람이 팔고 다니는지 알아보겠네. 그건 그렇고……."

"지금 안에 손님이 와 있네. 내가 일전에 말했지? 마치부교님을 모시는 고린 화사님이 자네에게 관심을 보인다고. 그분이 지금 은자를 잔뜩 싸들고 자네를 데리러 왔단 말이야."

쓰타야가 가권의 소매를 잡아끌며 목소리를 낮추었다. 심각한 표정은 어디로 가고 즐거운 듯 싱글거리는 얼굴이었다.

"뭐라고?"

가권은 입을 딱 벌렸다. 마치부교라면, 교서를 가지고 있다는 장본인 아닌가.

'이거 일이 무서울 정도로 잘 풀리는군.'

영재도 같은 생각을 했는지 침을 꿀꺽 삼키며 눈을 빛냈다. 마치 보이지 않는 손이 사방에서 그들을 돕는 것 같았다. 이럴 때일수록 조심해야 한다. 가권은 정신을 가다듬고 말했다.

"어서 계신 곳으로 안내해주게나."

다음 날 이른 아침, 가권은 영재와 함께 행장을 꾸려 나귀를 탄 고린의 뒤를 따랐다.

하시모토 저택의 높다란 담장 앞에 서자 가권은 감회가 남달랐다. 밤마다 몰래 훔쳐보던 곳에 직접 들어가는 것도 그렇거니와, 이번 잠입에는 분명한 목표가 있다. 삼엄한 경비 초소를 몇 번이나 통과하며 저택을 가로지르자 안채가 나왔다. 장지문 앞에 이르러서는 몸수색까지 한 뒤에야 방에 들 수 있었다. 가권은 고린을 따라 들어서자마자 납작 엎드렸다. 막부의 관리들은 체계가 엄격하다. 함부로 고개를 들었다가는 목이 날아갈 수 있었다. 고린이 자신의 이름을 소개하는 말이 들리고 이윽고 느긋하면서도 점잖은 목소리가 날아들었다.

"그래. 자네는 저 병풍을 무슨 그림으로 채우겠는가?"

가권은 살짝 고개를 들어 네 폭으로 펼쳐진 비단 병풍을 바라보았다. 그리고 하시모토가 앉은 자리를 곁눈으로 살펴보았다. 옆에서 시중들고 있는 사동이 출중한 미색에 값비싼 비단 차림인 걸 보니 두 사람 사이가 보통이 아닌 듯했다. 사동은 손에 황금으로 만든 조화를 들고 있었다. 꽃잎 가장자리에 붉은색 금을 입힌 매우 정교한 조화였다. 가권은 사동이 지금 입고 있는 비단 기모노와 각종 장신구와 마찬가지로 그 매화가 사랑의 징표로 받은 것임을 눈치챘다.

"매화를 그려 넣으면 어떨까 합니다."

다로가 움찔 놀라는 기색을 보였다. 하시모토도 호기심을 느끼며 몸을 앞으로 내밀었다.

"이유를 말해보라."

"매화는 네 가지 고귀함을 지니고 있다고 합니다. 첫째로 함부로 번성하지 않는 희소함이 귀함이요, 둘째로 늙은 나무에서 더욱 곱게 피니 귀함이요, 셋째로 살찌지 않고 말랐음이 귀함이요, 넷째로 활짝 피지 않고 오므린 모습이 귀하다고 했습니다. 또한 일찍 핀다 하여 조매, 봄에 핀다 하여 춘매, 눈 속에서 핀다 하여 설중매, 겨울에 핀다 하여 동매라 하는 등 그 이름과 꽃의 종류가 다채로우니, 내실의 안온한 기운에 기품을 더하는 데는 그만한 소재가 없을 줄 압니다."

고린은 보이지 않게 미소를 지었고 하시모토도 크게 만족한 듯 고개를 끄덕였다. 무엇보다 다로의 눈이 기대감으로 반짝이고 있었다. 하시모토가 명을 내렸다.

"고린 화사가 자네의 실력을 보증한다고 하나, 아직 내 눈으로 확인한 바는 없으니 우선은 무사들의 거처를 꾸며보아라. 그 그림의 완성도에 따라 병풍을 맡길지 아니면 그 혀를 잘라낼지 결정하겠다."

가권은 관사 내 행랑채에 짐을 풀고 작업에 필요한 지필묵들을 하사받았다. 하급무사 와타베가 감시자 겸 보호자로 장지문 하나를 사이에 둔 옆방에서 함께 지내게 됐다. 목표하던 곳에는 손쉽게 들어왔지만 오히려 자유롭게 운신하기 힘들어진 셈이었다.

'호랑이를 잡으려면 호랑이굴로 가야 한다. 그리고 호랑이가 잠들 때까지 기다려야겠지.'

가권은 괜히 서둘러서 일을 그르치지 않기로 마음먹고, 일단은 하시모토가 주문한 그림 제작에 집중하리라 결심했다.

한편 오카상은 왓슨의 도움으로 기쿠의 죽음을 조용히 처리하려 했으나 유곽은 물론 나카미세 거리에까지 야차가 저지른 살인이 분명하다는 소문이 파다해졌다. 화장터에서 일하는 일꾼이 생전에 미인이었다는 시신의 얼굴을 보기 위해 관을 열었다가 그 안에 든 고양이와 개의 사체를 봐버린 탓이었다. 어느새 얘기는 요리키와 도신의 귀를 거쳐 마치도시요리인 마에다에게까지 흘러들어 갔다. 또한 아사쿠사 변두리에 사는 벽안의 영국인 의사가 시신을 빼돌렸다는 투서까지 입수돼 왓슨의 집을 불시 수색하여 미라의 형태로 보관되어 있던 기쿠의 시신과 태아를 압수하기에 이르렀다.

며칠 후, 하시모토는 해가 중천에 떴는데도 침실에서 나오지 않고 문 너머로 마에다의 보고를 들었다. 하시모토의 비단 침구 안에서는 다로가 상기된 얼굴로 하시모토의 몸을 만지며 장난치고 있었다. 마에다는 왓슨의 진술과 유곽에 떠도는 소문 등을 보고한 뒤 마지막으로 이렇게 고했다.

"마치부교님, 사건의 진상을 파악하려면 왓슨이 시신에서 적출한 태아의 아버지를 감별해 범인이 누구인지 알아내야 합니다. 우선 세이카 옥에 머물며 유녀들의 초상화와 기쿠의 해부도를 그린 도슈샤이 샤라쿠라는 화사와 소속 오이란이 임신하도록 방치하고 시신을 빼돌린 세이카 옥 여주인을 잡아들여야 합니다."

"다로야, 어떻게 할까?"

하시모토는 이불 속을 들여다보며 다로에게 물었다. 다로는 한 손으로 하시모토의 훈도시를 쓰다듬으며 또박또박 답했다.

"태아의 아버지는 밝혀야겠지만 그가 꼭 범인이라는 보장은 없겠지요. 오이란은 매일 밤 다른 남자를 상대하니까요. 세이카 옥 여주인 또한 기쿠가 임신했다는 것을 몰랐을 수 있지만, 사건을 은

폐하려 한 것은 가게의 체면 때문이라 해도 죄를 물어야 할 것입니다."

하시모토는 다로가 일러준 대로 명을 내렸다. 귀 밝고 눈치 빠른 고타쓰는 문밖에서도 하시모토가 다로의 말대로 지시했다는 것을 알아차렸다. 이것은 마에다도 마찬가지인 듯, 고개를 숙이고 명을 받는 내내 무섭게 굳은 얼굴을 하고 있었다.

이제 다로의 얼굴은 더 이상 아름다워 보이지 않았다. 오물이 뒤섞인 진창에 빠진 얼굴이었다. 뺨에 핀 복숭앗빛은 몸 파는 여자 중에서도 가장 하층인 탕녀들의 그것과 흡사했다. 마치부교님도 고타쓰에게 위엄을 잃었다. 고타쓰는 어느 순간부터 하시모토의 얼굴을 쳐다보지 않았고 심부름을 시켜도 간단히 대답만 할 뿐이었다.

고타쓰는 누구보다 다로를 이해할 수 없었다. 다로가 하시모토를 유혹하는 바람에 고타쓰는 존경하는 주군을 잃었고, 친구이자 연인을 잃었다. 고타쓰는 괴로웠다. 다로와 함께 보냈던 꿈결 같은 나날들이 악몽이 되어 그를 괴롭혔다. 하루의 일을 마친 뒤, 고단한 몸으로도 매일같이 한이불에서 한몸처럼 기쁨을 나누었거늘. 하지만 다로는 자신에게서 달아나버렸다. 우러러보던 주군의 곁으로 쏜살같이. 고타쓰는 마치 두 사람 모두에게 배신을 당한 것처럼, 죽는 게 차라리 나은 듯한 나날을 보냈다.

죄인을 문초하는 마당 한가운데 거적이 깔리고, 거기로 오카상과 가권이 끌려와 나란히 앉았다. 왓슨은 치외법권자에 속하므로 가내 의원 스미가와 옆에 섰고, 오카상이 끌려올 때 함께 온 듯 사유리도 한쪽에 서 있었다. 영재와 고린은 걱정스러운 얼굴로 상황을 지켜보고 있었다. 근엄한 얼굴로 앉아 있던 하시모토가 입을 열었다.

"너는 내 집에 들어오기 전에 세이카 옥에 머물며 오이란들의 초상화를 그렸다지? 그때 기쿠와 사통을 한 것이 아니냐?"

"아닙니다. 세이카 옥에 머문 것은 얼마 되지도 않거니와, 기쿠와는 개인적으로 만난 일이 전혀 없습니다."

"유곽에 떠도는 소문으로는 널 사모하는 오이란과 게이샤가 많았다고 들었다. 은밀히 만나길 청하는 여인들도 많았겠지. 그중에 기쿠 같은 타유 오이란은 없었다는 것이냐?"

가권은 하시모토의 도발에도 불구하고 차분하게 대답했다.

"송구합니다만 저는 따로 연모하는 여인이 있습니다. 그 외에는 화가로서 그림에만 집중했을 뿐입니다."

하시모토는 속으로 미소를 지었다. 첫눈에 마음에 든 인물이다. 미색도 있고 기개도 있다. 이번엔 단정하게 앉아 있는 오카상을 향해 고개를 돌렸다.

"기쿠는 세이카 옥 최고의 오이란이었지. 그런 아이가 임신을 하면 장사에 큰 지장이 생길 것이다. 그래서 그녀를 죽인 것이냐?"

오카상이 쓰러지듯 몸을 엎으며 호소했다.

"아닙니다. 소인은 기쿠가 아이를 가졌을 거라고는 상상도 못 했습니다. 기쿠는 하루빨리 오이란 생활을 청산하고 명문가의 첩실로 들어가길 소원하던 아이입니다. 만약 임신한 사실을 알았다 하더라도 약을 주어 일을 처리하게 했을 겁니다. 자식 같은 아이를 죽이다니, 꿈에도 생각한 적 없는 일입니다."

"흠. 우선 도슈샤이 샤라쿠가 태아의 아버지가 맞는지부터 감별해보라."

돌처럼 서 있던 가내 의원 스미가와가 말이 떨어지기 무섭게 보자기에 싸인 유리병을 꺼냈다. 유리병 속의 태아는 살아 있는 듯 생생해 보였다.

무사들이 술렁거렸다. 스미가와가 뚜껑을 열려고 하자 왓슨이 제지하고 나섰다.

"태아는 영원히 보존하기 위해 방부 처리했습니다. 이미 체액을 모두 빼내 꺼내봤자 소용없습니다."

왓슨은 자신의 가방에서 검붉은 고체가 든 유리병을 꺼냈다.

"혹시 몰라 태아의 피고름을 따로 빼두었으니 이걸 쓰십시오."

스미가와는 왓슨의 손에서 낚아채듯 유리병을 빼앗아 하얀 접시에 뭉글거리는 피고름을 찻숟갈 하나만큼 덜어냈다. 그리고 가권에게 다가가 단도로 팔뚝에 피를 내어 태아의 피고름과 섞은 뒤 화롯가에 접시를 대고 피고름이 녹기를 기다렸다. 잠시 후 녹은 태아의 피와 가권의 피가 시계 반대 방향으로 접시 가장자리를 휘감듯이 돌더니 바로 섰다.

접시 안을 들여다보던 스미가와가 물러나 마치도시요리 마에다에게 무언가를 속삭였다. 마에다가 하시모토에게 보고했다.

"태아의 아버지가 맞습니다."

일순 좌중이 술렁였다. 하시모토도 잠시 멈칫하더니 고개를 끄덕이며 명을 내렸다.

"도슈샤이 샤라쿠를 옥에 가두고 오늘 저녁부터 문초를 시작하라! 아이의 아버지인 만큼 실토할 게 있을 것이다."

영재가 왓슨에게 다급하게 다가가 작은 목소리로 속삭였다.

"이런 건 올바른 방식이 아닙니다. 피의 성질이 비슷하다고 하여 아이의 아버지라지만 인간의 피는 사람 수만큼이나 다양할 것이고, 그만큼 성질이 비슷한 피도 많을 것입니다. 다른 사람들의 피도 뽑아 다각도로 검증해봐야 합니다."

"나도 답답하구나. 게다가 부패한 피는 성분이 바뀌어 증거로 쓰일 수 없어. 하지만 에도에는 글을 읽을 줄 아는 자가 십분지 일도 안 된다. 각종 미신이 판을 치고 사이비 종교가 횡행하며, 요괴와 야차를 믿는 사람들로 가득하다. 일본뿐 아니라 세계 어디든 사람 사는 데는 마찬가지겠지. 지금 우리가 할 수 있는 일은 아무것도 없구나."

왓슨이 허탈한 표정으로 답했다. 그러자 영재가 앞으로 나와 부복하며 항의했다.

"마치부교님, 태아의 아버지는 저자가 아닙니다. 바로 접니다!"

돌연 침묵이 감돌았다. 왓슨까지 놀라 앞으로 튀어나올 정도였다.

"저 또한 도슈샤이 화사님을 모시고 세이카 옥에 머물렀습니다. 기쿠 누님을 사모했던 사람은 접니다. 기쿠 누님도 밤마다 저를 맞아주셨습니다. 의심스러우면 제 피도 섞어보십시오."

가권은 문득 영재의 목소리가 변성기를 지난 것을 깨달았다. 어느새 어른이 되고 만 것인가. 하시모토가 재밌다는 듯이 물었다.

"너는 몇 살이냐. 이름은 무엇이고?"

"올해 열다섯, 이름은 호이치라고 합니다. 도슈샤이 샤라쿠 님을 따르며 수행하는 문하생입니다."

"네가 따르는 스승을 구하기 위해 거짓말을 하는 것은 아니냐?"

"아닙니다. 제 목숨을 걸고 맹세하겠습니다. 저희 화사님은 기쿠 누님을 무시하여 쳐다보지도 않았습니다. 향기 없는 꽃과 같다고 하셨습니다. 마치부교님, 범인으로 의심되는 자는 따로 있습니다. 바로 이 자리에 와 있습니다."

가권의 눈이 휘둥그레졌다. 오카상도 당황한 듯 보였다. 영재는 계속해서 토해내듯 말을 이었다.

"사유리라는 견습 오이란입니다. 기쿠 누님의 시중을 들던 자로 곧 머리를 올릴 예정이지요. 기쿠 누님은 평소에도 사유리가 자신을 시기해 걱정이라고 말하고는 했습니다. 선배에 대한 시기심과 질투로 제거해버린 것입니다!"

영재가 사유리를 가리켰다. 가권이 무서운 눈으로 영재를 쳐다봤다.

하지만 영재도 쉽게 물러설 기색이 아니었다. 사유리의 옆에 서 있던 관리가 팔뚝을 잡아채 중앙으로 끌고 나왔다. 사유리는 오카상 옆에 내던져지듯 꿇어앉았다. 가권은 질끈 눈을 감아버렸다.

"정말이냐? 네가 기쿠를 시기하여 죽였느냐?"

하시모토가 물었지만 사유리는 아무 말이 없었다. 저항도 거부도 하지 않았다. 애가 탄 가권이 중인을 서겠다며 나섰다.

"마치부교님. 사유리는 저와 함께 있었습니다. 제가 따로 사모한다고 했던 여인이 바로 사유리입니다. 기쿠가 죽던 날에도 그녀가 머무는 오두막에서 아침까지 정을 나눴습니다."

오카상은 크게 한숨을 내쉬었다. 이제 세이카 옥은 문을 닫아야 했다. 간판 오이란은 임신한 채 살해됐고, 장차 일급으로 키우려던 아이는 저잣거리 화가와 사통하고 있었으니 그 누가 세이카에 와서 술을 마시려고 들겠는가. 가부키 극도 살인사건으로 엉망이 된 마당이니 불운이 몰려드는 집이라며 손님들이 발길을 끊을 게 분명했다. 게다가 처녀도 아닌 오이란을 머리 올리는 대가로 집 여러 채 값을 내걸면서 재력가들을 수소문하고 다녔으니 사기도 이만저만한 사기가 아니었다.

이제는 끝이다. 지금이라도 가게 문을 닫는 게 그나마 있는 돈이라도 건질 수 있는 유일한 방법일지 모른다. 자식처럼 정든 오이란들을 모두 내보내고 요릿집을 그만두려고 결심하자 오카상은 갑자기 몰려오는 현기증에 휘청거렸다.

하지만 에도의 전설이 될 만큼 유명하던 게이샤가 사람들 앞에서 무너져 내리는 꼴은 보이고 싶지 않았다. 오카상은 문득 사십여년 전 자신이 가장 예뻤던 시기, 티 없이 맑은 게이샤로 첫발을 내딛던 꽃 같은 시절을 떠올렸다.

벚꽃 잎이 떨어지는 길을 수줍게 걸으며 무수한 남자들의 애타는 시선을 받고 다녔다. 에도에서 가장 예능이 출중하고, 미색까지 겸비한 게이샤로 점찍어지며 수많은 손님의 환대를 받고 대형 연회에 올랐다.

일일이 손으로 수놓은 기모노 자락에는 단풍나무 아래로 하얀 두루미들이 춤을 췄다. 돈으로 환산할 수 없는, 최고 장인의 손길로 만들어진 기모노였다. 머리에는 수도 없이 많은 장식이 올려졌다. 붉은 비단으로 만든 머리띠에 서양에서 들어왔다는 다이아몬드가 장식된 핀도 꽂았다. 거북딱지로 만든 머리 장식, 홍옥으로 만든 나비 모양 머리 장식이 곳곳에 꽂혀 있고, 사랑하는 남자가 선물로 준 국화꽃 문양이 새겨진 자개 장식이 있었다.

오카상은 그 남자를 진심으로 사랑했다. 유키라는 예명을 처음으로 불러준 남자. 게이샤로 화려한 연회에 올라 신고식을 치르던 날, 아름다운 벚꽃 그림을 손수 그려 편지를 보내준 남자. 하지만 그는 먼 곳으로 떠났고, 오카상은 다시는 그 누구도 마음에 담지 않았다.

모든 손님을 공평하게 대했으며, 누구와도 잠자리를 하지 않았다. 절개 있는 게이샤로 명성은 더욱 높아졌으며, 결국 에도 최고의 게이샤로 등극해 지금은 수많은 오이란과 게이샤를 거두는 어머니이자 할머니가 됐다. 오카상은 가늘게 떨리며 우는 샤미센과 나부끼는 색색의 기모노 자락의 환영을 보았다. 자신의 연주를 듣던 수많은 사람들의 얼굴이 눈앞에 아스라이 떠올랐다.

이마에 손을 짚으며 쓰러지려는 오카상을 사유리가 부축했다.

하시모토가 흥미롭다는 듯 눈썹을 치켜올리며 말을 이었다.

"서로가 서로를 증언하고 보호하는 형세로군. 이렇게 되면 아이 아버지라고 주장하는 저 소년이 가장 의심스럽게 되지만, 아직 사카야키도 밀지 않은 어린아이가 그런 사악한 마음을 품었으리라고는 생각할 수 없다."

하시모토는 하카마 자락을 좌우로 펼치며 일어섰다. 그의 얼굴에는 공무를 집행하는 자의 피곤함과 모든 것을 꿰뚫어보는 자의 느긋함이 묘하게 혼재되어 있었다.

"이번 사건은 시중에 떠도는 대로 야차의 짓이다. 그렇게 정리하고 서류를 올려라. 세이카 옥은 이번 일로 충분히 타격을 입었을 테니 따로 형벌을 내리지는 않겠다."

"하오나 마치부교님……."

마에다가 쩔쩔매며 허리를 굽혔다. 가권은 안도의 한숨을 쉬며 영재의 얼굴을 쳐다보았다. 고개를 숙이고 있는 그의 얼굴은 딱딱하게 굳어 있었다.

하시모토가 문득 가권을 향해 가볍게 웃으며 말했다.

"이렇게 바깥에 소문을 내버렸으니, 사유리를 책임져야겠군. 둘이 혼인하게나."

하시모토가 수하들을 이끌고 자리를 떠나자, 가권은 붉게 피어오른 얼굴로 사유리를 쳐다보았다. 도자기 같기만 한 사유리의 얼굴 또한 홍옥처럼 달아올라 있었다.

5 벚꽃놀이 혼인

"마치부교님의 명을 따르십시오."

오카상의 단호한 말투에 가권은 적잖이 당황하며 볼멘소리로 대답했다.

"내가 저 어린것을 어떻게 취한단 말이오. 게다가 사유리는 머리 올리는 값을 후하게 받으려……."

"이젠 다 물 건너간 일이죠. 화사님께서 사유리를 살리기 위해 거짓말하신 것을 압니다. 그리고 정식으로 결혼하라는 뜻이 아닙니다. 여기 유곽의 여자들에게는 벚꽃놀이 기간혼이라는 게 있습니다."

"벚꽃놀이 기간혼?"

"벚꽃이 피는 기간만큼은 진정으로 사랑하는 남자와 혼인 서약을 맺는 것이지요. 벚꽃이 다 지면 다시 누구에게나 몸을 내줄 수 있는 유곽의 여자가 됩니다. 하지만 벚꽃놀이 기간혼 때는 반드시 한 남자에게만 몸과 마음을 허락하죠."

사유리는 하얀 기모노를 입었다. 일본의 결혼 복식은 조선과 달리 온통 흰색이다. 가권은 상복 같다고 생각했으나 언젠가 들은 영재의 말에 따르면 일본에서 흰색은 신부의 순수와 정절을 의미한다고 했다.

오카상은 어린 사유리를 위해 결혼식을 흉내만이라도 내도록 도와주었다. 사유리는 세이카 옥의 막일꾼 호에 의해 가권에게 등을 보인 채 방 안으로 옮겨졌다. 오카상은 사유리와 가권 사이에 술상을 놓고, 나비 한 쌍이 그려진 잔에 술을 따라 세 번 흔든 다음 가권과 사유리에게 차례로 건넸다. 술을 따라 마심으로써 간소한 벚꽃놀이 혼인식이 끝났다. 호는 사유리를 쓸쓸하게 건너다보고는 오카상을 따라 방을 나섰다.

"잘 알던 사이냐?"

가권이 침묵을 깨고 사유리에게 물었다.

"어릴 때부터 서로 키 재기를 하며 자란 동무일 뿐입니다. 세이카 옥 구석 기둥에 금을 그어놓고 누가 더 빨리 자라나 내기를 하곤 했지요. 어느 날부터 호가 저보다 훨씬 커져서 더는 따라잡을 수 없었지만요."

"말을 못 하는 것 같던데?"

"누군가 말을 시키지도 않고, 시키는 일만 할 뿐 말할 필요가 없어서 그래요. 호는 최하층 천민으로 도살업에 종사하는 부라쿠민

출신입니다. 부라쿠민은 만지는 것조차 금지된 사람들이지요."

"그럼 너는 어떻게 이곳에 들어왔느냐?"

"저도 호와 비슷합니다. 더 나을 것도 없는 하찮은 소녀입니다."

"이상하구나. 아무리 기간혼이라지만 유난히 너그럽고 부드럽게 구는구나. 혹 내가 네 목숨을 살려줘서 그러는 거냐?"

"아뇨, 제 명예를 더럽히셨으니 죽이고 싶을 정도로 화사님이 밉습니다. 하지만 아내는 남편에게 무조건 복종해야 한다고 오카상에게 배웠습니다."

"무사는 아내를 죽여도 된다면서? 그건 어떻게 생각하느냐?"

"제 생각은 없습니다. 화사님 맘대로 생각하세요."

"난 오늘 널 어찌할 마음이 추호도 없다. 그냥 이런저런 이야기를 나누며 보내자꾸나."

"무사들은 아내가 부정을 저지른 게 확실하다면 그 자리에서 칼로 아내를 죽이고, 바로 쇼군에게 보고하죠. 그러면 살인죄를 면합니다. 하지만 저는 잘못됐다고 봅니다. 그 누구도 함부로 남의 목숨을 빼앗으면 안 됩니다. 무사들은 목숨을 앗아갈 권리가 없습니다."

"기쿠를 죽인 자도 살 가치가 있느냐?"

사유리의 긴 속눈썹이 파르르 떨렸다. 가권은 사유리의 머리에 꽂힌 장식들을 눈여겨보고 다시 한번 사유리의 눈을 쳐다보았다. 백분을 바른 사유리의 얼굴은 색기가 흐른다기보다 앙증맞은 일본 인형 같았다.

"저는 잘 모르겠습니다."

아이의 얼굴을 보듯 사유리를 들여다보던 가권은 웃음을 지으며 붓과 종이를 꺼냈다.

"너를 그리고 싶구나."

그러자 고분고분 순종적으로 대답하던 사유리가 갑자기 단호해졌다.

"안 됩니다. 그리지 말아주세요."

사유리는 눈물을 머금고 사정했다. 가권은 멈칫했다. 늘 고집스러운 얼굴을 하고 있는 이 소녀가 눈물 흘리는 것은 한 번도 본 적이 없었다.

"왜 그러느냐?"

사유리는 가권의 반문에 눈물을 참으며 가까스로 말했다.

"제 초상화는 나중에 제가 원할 때 그려주세요. 지금 이 모습으로는 싫습니다. 다음번에 제가 진정으로 원할 때 그려주세요."

사유리는 말을 마치고 옷을 벗었다. 허리를 여민 오비를 풀고 기모노 앞자락을 열자 붉은색 꽃무늬가 뿌려진 속곳이 드러났다. 속곳을 여민 끈을 풀어 비단 속곳 몇 개를 더 거두자 사유리의 작은 가슴이 드러났다. 가권은 고개를 돌렸다. 하얀 조가비처럼 다문 두 가슴은 가권이 취할 수 있는 게 아니었다. 때 묻지 않은 저 가슴, 그 속에 든 마음은 그녀가 진정으로 사랑하는 사람에게 내줄 수 있는 유일한 가치였다.

가권의 눈시울이 뜨거웠다. 하지만 자신의 눈물을 작은 백합에게 들키고 싶지는 않았다.

"그만 자거라. 난 그림이나 그리겠다."

사유리는 고개를 숙였다. 슬며시 가슴을 가리고 몸을 돌려 옷을 여몄다. 가권은 말없이 종이를 펼치고 먹을 갈기 시작했다. 향긋한 먹 냄새가 사유리의 분 냄새와 뒤섞여 실내를 아련하게 떠도는 가운데, 가권의 붓끝에서는 붉디붉은 홍백합이 피어나고 있었다. 백합의 꽃잎은 매우 작았고, 그 사이에 난 하얀 꽃술에서는 금방이라도 꽃가루가 날릴 듯 은백색 가루가 맺혔다. 가권은 홍백합을 모두 완성한 뒤에도 한참 동안 붓을 들고 머뭇거렸다. 마지막으로 나비를 그릴 차례였는데 차마 더는 붓을 놀릴 수 없었던 것이다. 가권은 결국 백합을 비집고 들어와 꽃가루를 묻히고 떠날 나비는 그리지 않았다.

백합 향에 취한 듯 혼미해진 정신을 차리자 조용히 잠든 사유리의 얼굴이 눈에 들어왔다. 사유리는 고개를 끄덕이며 앉은 채로 잠이 들었다. 가권은 사유리의 어깨를 안아 조심스레 자리에 눕혔다. 편안하게 눕도록 다리를 펴주었지만 사유리는 잘 때조차 긴장을 풀지 못하는지 다시 웅크렸다. 둥그렇게 몸을 만 모습이 애처로울 만큼 작아 보였다. 가권은 사유리의 볼을 손등으로 어루만지며 자조하듯 속삭였다.

"왜 이곳을 떠나지 못하느냐. 갈 데가 없는 거냐. 네 몸을 소중하게 지키며, 너보다 더 너를 사랑하는 사람과 살아갈 데가 없는 것이냐. 어쩌다 이렇게 된 거냐. 왜 조선이나 여기 일본이나 힘없는 사람들은 죄다 선택할 수 없는 삶을 살아가는 것이냐. 나는 무엇을 하며, 여기에서 무엇을 얻으려 살아가는 것이냐."

가권은 다다미 안으로 손을 넣어 그동안 그려온 에도 전역의 지도를 만져보았다. 세이카 옥에 머물기 시작하면서 제일 먼저 비밀리에 옮겨놓은 것이다. 지금까지는 이것이야말로 에도에서 샤라쿠로 위장하여 살아가는 유일한 이유였다. 그렇지만 지금은 하나가 더 늘었다.

벚꽃놀이 기간혼 동안이라도 사유리를 지켜주고 싶었다. 뭇 남자들의 시선과 손길에서 지켜주고 싶었다. 그녀를 가슴에 품고 짝사랑하는 이들조차 그녀 지척에 오지 못하도록 막아주고 싶었다. 사유리가 한껏 즐거워할 수 있도록 해주고 싶었다.

'사유리가 웃어본 적이 있던가?'

가권은 자문했다.

사유리는 웃어본 적이 없었다, 단 한 번도.

이른 아침, 쓰타야와 호쿠사이, 우도가 장난스럽게 사유리와 가권의 눈을 가리고 어디론가 데려갔다.

"화사님, 조금만 참으시라니까요."

"이 사람들 참! 갑자기 무슨 장난입니까?"

반대로 사유리는 묵묵히 이끄는 대로 따랐다. 한바탕 떠들썩하게 끌려간 끝에 눈가리개를 푸니 세이카 옥 뒤편 정원이었다.

비어 있던 연못에는 색색의 금붕어가 헤엄쳤고, 후원 가운데 있는 큰 나무에는 연지색 벚꽃이 가득 피어 있었다.

"아니?"

가권은 깜짝 놀랐다.

"우도 무사님이 지시한 대로 우리가 밤새 벚꽃을 일일이 만들어 붙였네. 명색이 벚꽃놀이 기간혼인데 벚꽃도 없이 꿈같은 신혼을 보낼 수 있는가?"

쓰타야가 활짝 웃으며 벚꽃 몇 개를 따서 바람에 날려 보냈다. 수백 송이, 수천 송이, 수만 송이나 됨직한 벚꽃들이 나뭇가지 가득 피어나 가을바람에 나부꼈다.

솜씨 좋은 우도가 가위로 종이를 잘라 꽃잎을 만들고, 덩치가 작은 영재와 호쿠사이가 나무에 올라가 종이 벚꽃을 가지에 붙였을 것이다. 쓰타야는 이들에게 음식을 나르고 재료를 사다 주느라 분주했겠지.

가권이 활짝 웃으며 보니 후원 한쪽에 영재가 초췌한 얼굴로 서 있었다. 일부러 눈을 마주치는 일을 피하는 눈치다. 문득 영재가 사유리를 위기로 몰아넣었던 것이 생각나 가권은 마음이 불편했다. 자신을 구하기 위해 꾀를 낸 것이라지만, 왜 하필 사유리였단 말인가. 기쿠가 죽은 일이 그렇게나 감당하기 어려울 만큼 힘들었던가. 그래도 연분홍색 종이와 풀로 지저분한 손끝을 보니 분명 자신을 위해 꽃을 다느라 밤을 지새운 듯했다. 가권은 눈시울이 붉어졌다. 영재의 마음이 사무치듯 다가왔다.

가권은 사유리의 표정을 살펴보았다. 차갑기만 한 입가에 희미한 미소가 살짝 걸려 있었다.

가권의 마음에 부드러운 만족감이 차올랐다. 사유리의 미소를 본 것만으로도 세상을 다 얻은 것 같았다. 아련한 눈길로 연지색 벚꽃들을 올려다보던 사유리가 불쑥 말했다.

"나, 무등 태워주세요."

호쿠사이는 눈을 끔뻑거리고, 쓰타야와 우도는 서로의 얼굴을 마주 봤다. 가권은 말없이 사유리의 앞에 등을 대고 앉았다. 그리고 아빠가 어린 딸에게 해주듯 가뿐하게 사유리를 태워 벚꽃을 딸 수 있도록 올려주었다.

사유리는 손을 뻗어 나뭇가지에 매달린 종이 벚꽃을 따 냄새를 맡아보았다.

정말로 벚꽃 향이 나는 듯했다.

6 다가오는 위협

멀리서 소쩍새가 울고 있다. 시어머니의 계략으로 굶어 죽은 가엾은 며느리가 환생했다는 새. 굳이 그 전설을 떠올리지 않아도 소쩍새의 울음은 슬플 정도로 청아한 데가 있다. 어쩌면 우리 백성은 소쩍새 전설에 나오는 그 며느리 신세인지도 모른다. 아무리 열심히 일하고, 허리띠를 졸라도, 배를 채울 밥은 늘 모자란다. 솥의 크기를 속이는 세력이 있기 때문이다. 모두가 밥을 해먹을 수 있는 큰 솥은 뒤로 감추고, 작은 솥만 내밀며 이것이 최선이라고 순진한 마음들을 속인다. 하지만 백성은 소쩍새가 아니다. 힘없이 굶어 죽어 전설처럼 슬픈 노래나 부르는 무기력한 존재가 아니다. 솥이 작으면 그것을 녹여 곡식을 벨 낫을 만들리라. 적을 벨 검을 만들리라. 그리하여 큰 솥을 숨긴 자를 벌하리라. 주상은 그 백성의 마음까지 헤아리시고 큰 솥을 준비하시는 것이다. 만백성이 넉넉하게 밥을 나눌 수 있는 크고 튼튼한 솥을……. 그리고 나는 그 솥에 부어지는 쇳물이 되리라.

서글프도록 짧은 벚꽃놀이 기간혼이 끝나고, 다시 마치부교의 관사로 돌아온 가권은 그림을 그리다 말고 깊은 생각에 잠겼다. 가을이 무르익으면서 날씨는 더욱 스산해지고 심신은 부쩍 지치고 있었다. 약해진 마음을 추스르기 위해 가권은 이제 까마득한 옛날처럼 느껴지는 지난해 가을밤, 바람 속에서 들었던 단원의 대금 소리를 떠올리고 김하신의 시원시원한 미소를 떠올렸다. 그러다 문득 고향에서 들었던 것과 같은 소쩍새의 울음소리를 듣자 가슴이 저미면서도 새로운 결의로 심장이 뜨거워지는 기분이었다.

장지문이 드륵 열리며 영재가 들어왔다. 영재는 신분상 가권의 심부름꾼에 지나지 않았지만 어린 나이에 천하의 기쿠를 임신시킨 장본인이라며 가내 무사들 사이에서 인기가 좋았다. 덕분에 가권에 비해 비교적 자유롭게 안팎을 드나들 수 있었다. 영재는 오늘도 경비를 서는 당번병들과 야참을 들고 오는 길이었다.

"경비를 서는 당번병들의 숙직 거처를 지나 물감 재료들을 보관하는 창고 옆길로 스무 발자국 정도 북쪽으로 가다 보면 문서실이 있습니다. 송나라와 원나라의 대가들이 그린 그림을 보관하는 곳이기도 하고, 하시모토 가문의 역사를 적은 문서뿐 아니라 온갖 기밀문서가 보관돼 있다고 합니다. 세이토라는 서고지기가 항상 지키고 있긴 한데 그 사람이 잠든 틈에 열쇠를 본떠 새로 만들어뒀어요."

영재의 말투는 여전히 딱딱했다. 어쨌든 그의 꾀로 일은 생각보다 진척이 빨랐다.

"좋아, 틈나는 대로 문서실을 뒤져봐야겠군."

며칠 후 밤, 가권은 수많은 감시자들의 눈을 피해 영재가 만들어놓은 열쇠로 문서실에 몰래 들어가는 데 성공했다. 영재가 서고지기의 야참에 복통을 일으키는 약을 타 서고지기가 뒷간을 오가는 사이 잠입한 것이다. 하시모토가의 문서실은 넓고 복잡했다. 최대한 서둘러 문서실을 뒤졌으나 워낙 보관된 문서의 양이 많아 일왕의 교서를 찾을 수는 없었다. 하시모토의 오대조가 외교 관계 벼슬을 하사받은 것 외에 조선과 관계된 교서는 눈에 띄지 않았으며, 외려 대가들의 그림만 실컷 구경하고 나왔다. 당나라 화가 오도자의 산수화, 원나라 화가 안휘의 신선도, 북송대의 서화가 미불의 〈춘산서송도〉 등의 명화는 난생처음 보는 것이었다. 특히 미불의 그림은 붓 말고도 지푸라기, 빗자루, 가느다란 대나무에 먹을 묻혀 그린 파격적인 화법들이 있어 적잖이 감동을 받았다. 가권은 서고지기가 세 번째로 뒷간에 간 틈을 타 얼른 빠져나왔다.

다음 날 저녁, 초본을 완성한 가권은 영재와 함께 하급무사의 거처에 들어가 초본 금매화 그림을 장지문에 대고 가느다란 붓으로 매화나무 둥치와 가지, 꽃잎 등의 세세한 선을 그렸다. 그런 다음 물감을 개어놓고 장지문에 아교를 발라 물감이 잘 안착되도록 준비를 끝마쳤다. 역시나 옆에는 신참 무사 와타베가 앉아 그들을 감시하고 있었다. 혹여 방에서 서류나 물건을 훔치면 안 되기 때문이다.

가권은 감흥이 잘 오지 않는다며 술상을 요구했고, 허락을 받아 방 안에 조촐한 술자리가 마련되었다.

가권은 붓을 놓고 한참 동안 영재가 따라주는 술을 마셨다. 지난 밤 경비를 서느라 잠을 제대로 못 잔 와타베는 가권이 술잔을 연거푸 비우는 것을 지켜보며 연신 하품을 했다. 적당히 취기가 오르자 가권은 다시 그림을 그리기 위해 자리에서 일어났다. 하지만 무릎이 풀려 그만 비틀거리며 그림 도구를 늘어놓은 탁자 위로 엎어졌다. 고개를 드니 하얀 사발 하나가 바로 눈앞에 있었다. 영재가 개어놓은 금물이 들어 있는 사발이었다. 가권은 돌연 사발을 들더니 금물을 남김없이 들이켰다. 와타베는 눈앞에서 벌어지는 광경을 믿을 수가 없었다. 금매화를 그리라고 상부에서 특별히 하사한 금가루로 만든 물감이다. 그 귀하고 값비싼 것을 마시다니.

와타베는 가권이 상관을 모욕하는 것으로 여겨 장도를 거침없이 빼들어 가권의 뒷목을 겨눴다.

"마치부교님의 명예를 더럽히려는 거라면 여기서 죽어줘야겠다!"

그러나 가권은 눈 하나 깜짝하지 않고 입 안에 머금은 금물을 장지문에 쏟아 붓듯이 내뿜었다. 금박 물감이 장지문 여기저기로 튀었다. 와타베가 분노하며 가권의 뒷목을 막 치려는 찰나, 가권은 영재가 잽싸게 건네준 붓으로 빠르게 그림을 그리기 시작했다. 주저앉았다가 일어서며 검은 먹이 듬뿍 묻은 담비털 붓으로 매화나무의 그루터기를 도끼로 내려찍듯 부벽준 화법으로 강렬하게 완성하고,

이어서 금빛 물감이 튄 곳에 세필을 들어 섬세한 매화 꽃잎을 하나하나 그려나갔다. 천둥 번개가 내려꽂히듯, 파도가 바위를 때리듯 거침없고 파격적인 가권의 붓끝은 바람에 나부끼는 듯하면서도 이세상의 것이 아닌 듯 기기묘묘한 매화나무 한 그루를 만들어냈다. 가권은 술에 취해 불콰해진 눈으로 막 완성한 매화나무를 노려보았다. 와타베는 실물보다 진짜 같은 매화나무의 기세에 깜짝 놀라 뒤로 물러섰다가 그만 주저앉고 말았다.

그 시각 하시모토는 다로가 따르는 술을 받아 마시며 생각에 잠겨 있었다. 예전에는 언제나 냉철한 판단력으로 움직인다고 생각했다. 하지만 요즘은 머릿속에 안개가 잔뜩 낀 듯 흐릿하고 만사가 귀찮기만 했다. 그저 다로와의 사랑놀이에만 마음이 쏠렸다. 머리 위 천장 어딘가에 웅크리고 있는 자들이 매일같이 물어오는 소식도 더 이상은 듣고 싶지 않았다. 사흘이 멀다 하고 반복되는 로주(쇼군 직속의 정무 최고 책임자)들의 부름도 번거롭긴 마찬가지였다. 그런 한편으로는 불안감이 슬며시 고개를 쳐들고 있었다. 아무리 뒤늦은 사랑놀이에 빠져 있다 해도 사십 년이 넘는 세월 동안 무가의 엄격함이 몸에 밴 사내다. 요즘 하시모토가 가장 신경 쓰는 것은 부하 무사들의 묘한 반응이었다. 매일 아침 검진을 위해 들어오는 스미가와 보고를 올리는 마에다의 눈초리도 마음에 걸렸다. 고린 화사의 내리깐 눈동자는 자신을 비웃는 듯 보였다. 하시모토는 지금 자신이 무사의 길에서 너무 벗어난 것이 아닌지 고심에 빠져 두 눈을 꼭 감았다.

이때 어디선가 부하들의 합창 소리가 들려왔다.

"주군에게 충성을 맹세하고 들어온 무사들. 나에겐 부모가 없다. 하늘과 땅이 부모다. 나에겐 집이 없다. 깨어 있음이 집이니라. 나에겐 힘이 없다. 정직만이 나의 힘이다. 주군을 위해 죽는다면 기꺼이 이 한목숨 내놓고 죽으리."

하시모토는 천천히 일어섰다.

"산책하고 싶구나."

하시모토는 차가운 밤이슬을 맞으며 앞장서 나갔고, 고타쓰와 다로, 호위무사들이 조용히 뒤따랐다. 정원을 지나쳐 하급무사의 거처에 도달하자 합창 소리가 한층 우렁차게 들려왔다. 하시모토는 눈을 가늘게 뜨며 무사들의 장지문을 유심히 들여다보았다. 매화 꽃잎이 휘날리는 환영이 눈앞에 보였다.

"지금이 매화 철이던가?"

하시모토가 무사들의 거처에 다가가자 호위무사 하나가 다가와 고개를 숙였다.

"노래를 그치라 하겠습니다."

"그럴 것 없네."

하시모토는 천천히 장지문을 열었다. 문이 열리고 하시모토의 모습이 보이자 무사들은 즉시 노래를 그치고 예를 갖추었다.

하시모토는 장지문 안쪽에 그려진 금매화를 보고 눈이 휘둥그레졌다. 금빛 매화는 꽃잎이 사르르 날리듯 무사들의 방을 휘감아 돌아 장지문에 내려앉았다.

"아이, 예뻐라."

다로가 달뜬 목소리로 탄성을 질렀다. 하시모토도 환한 미소를 지으며 고개를 끄덕였다.

다음 날 가권은 하시모토의 거처로 불려가 은자 오백 냥을 하사 받았다. 그리고 고린을 통해 서둘러 사계절이 담긴 매화 병풍을 완성하라는 명령이 하달되자, 가권은 그림 그릴 흥취를 충분히 돋우기 위해 수시로 나카미세 시장과 요시와라 유곽을 드나들 수 있게 해달라고 요청했다.

누군가 세이카 옥에 마련된 가권의 작업실에 조심스럽게 들어오고 있다. 그림자는 잠시 머뭇거리다 방을 가로지르더니 가권의 책상 위에 무언가를 내려놓았다. 사유리다. 가권이 준 오르골을 돌려주기 위해 몰래 들른 것이다. 사유리는 이리저리 방을 둘러보다 책상 아래 놓인 그림을 보았다. 붓으로 대략 선만 잡아놓은 그림이었다. 여인의 뒷모습이다. 아니 여인이라기보다는 소녀다. 소녀의 다리 아래로 목말을 태워주는 남자의 뒷모습과 손이 보였다. 남자는 행여 소녀가 떨어질까 봐 힘껏 그녀의 다리를 붙들고 있다. 벚꽃놀이 기간혼 동안 가권은 사유리를 털끝 하나 건드리지 않았다. 그저 사유리가 편히 쉴 수 있도록 자리를 양보하고 밤을 새워 그림만 그렸다. 하지만 사유리는 가권에 대한 마음이 더욱 애틋해지고 말았다.

아주 오래전, 사유리는 벚꽃이 피는 계절이면 아버지의 어깨에 올라 꽃잎을 땄더랬다. 부드러운 미풍에도 벚꽃은 쉽게 가지를 떠나 바람을 따라 날아가곤 했다. 아버지는 자꾸만 날아가는 꽃잎 때문에 울먹이는 사유리를 위해 꽃이 잔뜩 매달린 가지를 잡아 가까이 끌어다 주곤 했다. 한 손으로는 떨어지지 않도록 사유리의 몸을 꼭 붙들고서. 사유리는 그 손의 느낌을 잊을 수가 없다. 크고 따뜻하고, 언제까지라도 자신을 지켜줄 것 같았던 그 손. 그날 목말을 태워줬던 가권의 손도 그런 느낌이었다.

오이란이 되기 위해 전통 무용, 노래 등의 예능 수업을 받고 나면 선배 언니들의 시중이나 심부름을 하느라 분주했으며, 몸값을 올리기 위해 남자는 만날 수가 없었다. 그리고 평생 사랑이라는 감정을 멀리해야 한다고 누누이 오카상에게 교육받았다. 사랑은 오이란을 망가뜨리는 가장 무서운 독이다. 사랑을 하는 순간 오이란의 매력은 땅에 떨어진다. 손님에게 지는 것이다. 하지만 샤라쿠라는 남자는 마음의 문을 아무리 굳게 닫아걸고 빗장을 수십 개씩 가로질러도, 어느 틈에 문 안으로 들어와 정원을 거닐고는 했다. 그가 준 오르골의 뚜껑을 열 때마다, 무거운 현실은 잠시나마 사라지고 자신을 바라보던 따뜻하고도 애절한 가권의 눈빛에 취하게 된다. 하지만 더 이상은 안 된다. 사유리는 이제 그만 그를 자신의 마음에서 단호하게 쫓아내기로 마음먹었다. 이 오르골을 돌려주는 것도 그 때문이다. 사유리는 초상화 본을 책상 아래 제자리에 두고 오르골을 손끝으로 살짝 스치며 마음에서 떠나보냈다.

사유리가 아쉬움을 뒤로한 채 방을 나오려는 순간, 문밖에 그림자가 비쳤다. 사유리는 재빨리 벽장 속에 몸을 숨겼다. 곧 조심스레

문이 열리며 도요쿠니가 들어왔다.

　도요쿠니는 바깥을 살피고 문을 닫자마자 가권의 방을 미친 듯이 뒤지기 시작했다. 문방구, 물감 재료, 종이, 미완성 작품들은 여럿 나왔으나 특별히 눈에 띄는 물건은 없었다. 도요쿠니는 두 볼을 손으로 잡았다 놓았다 어루만지고 입가에 침을 바르며 품속에 가져온 일본전도를 어디에 숨길까 고민했다. 도요쿠니는 샤라쿠에게 첩자라는 누명을 씌울 작정이었다. 겉으로는 쓰타야 출판사에서 다시 작업실을 얻어 열심히 그림을 그리고 있었지만 속으로는 호시탐탐 샤라쿠를 골탕 먹일 계획만 세우고 있었다. 그를 혼내줄 수만 있다면, 아니 죽일 수만 있다면 무슨 방법이든 상관없다는 생각이 들 정도였다. 샤라쿠의 실력은 흉내조차 낼 수 없는 만큼, 평생 그와 승산 없는 경쟁을 할 바에야 아예 없애기로 한 것이다. 더구나 최근 마치부교의 저택에까지 불려가는 샤라쿠를 보며 도요쿠니의 못된 심보는 더욱 꼬이고 병들고 말았다.

　'그래, 방을 뒤져보자.'

　도요쿠니는 만약 방에서 수상쩍은 물건이 나오지 않으면 이상한 물건을 가져다 두고라도 관청에 보고하여 그를 첩자나 살인범으로 몰 계획을 세웠다. 사실 샤라쿠는 여러 가지로 비밀이 많은 사내였다. 정확한 나이가 몇인지, 태어난 곳이 어딘지, 부모 형제는 죽었는지 살았는지, 알려진 것이 전혀 없었다. 샤라쿠와 늘 붙어 다니는 애체 쓴 꼬마 녀석도 지금 생각해보니 수상한 게 한두 가지가 아니다. 말로는 샤라쿠의 문하생이라 하면서 허구한 날 책을 읽거나 하루 종일 쏘다닐 뿐 그림 그리는 모습은 본 적이 없었다.

이때 도요쿠니의 눈에 다다미 가운데 부분이 살짝 들린 모습이 보였다. 도요쿠니는 춘화를 팔려다가 갑자기 풍기문란을 단속한다며 메아카시(도신에게 고용되어 수색이나 체포를 담당하던 사람)가 들이닥치던 때를 떠올렸다. 춘화를 그린 게 들통 나면 벌금을 내고 장형에 처해진다. 그때 도요쿠니는 남녀가 요란하게 교접하는 춘화를 얼른 다다미 아래 숨겼다. 다행히 메아카시들은 춘화를 발견하지 못했고, 다음 날 몰래 춘화를 내다 판 도요쿠니는 거금을 손에 쥐고 유곽에 들어가 오이란들과 실컷 놀 수 있었다. 도요쿠니는 얼른 불룩한 다다미를 들춰보았다.

"이럴 수가!"

다다미 아래에서 나온 양가죽 주머니를 열자 에도의 지도가 여러 장 나왔다. 쇼군이 사는 에도 성은 물론, 에도 곳곳에 있는 공공 기관까지 모두 세밀하게 그려놓았다. 일본 무사들이 쓰는 총칼을 자세히 묘사했고, 서양 의사들이 들고 다니는 수술용 도구를 그린 것도 있었다. 한편으로 무사 계급, 유곽의 여인들, 다이묘, 관리 등 여러 인물을 그려놓은 그림도 열 장 남짓 있었다. 도요쿠니의 눈이 번득였다. 이거다. 이놈은 간자가 분명하며, 사실을 고한다면 즉각 처형될 것이다. 도요쿠니는 양가죽 주머니를 가슴팍에 품었다가 갑자기 고개를 절레절레 저었다. 괜히 가지고 가다 순찰꾼을 만나서 검색이라도 당한다면 거꾸로 간자로 의심받을 터였다. 재수 없으면 뒤로 자빠져도 코가 깨진다고 하지 않는가. 도요쿠니는 지도

를 원래 있던 자리에 집어넣고 얼른 뛰쳐나가 게다를 신고 세이카
옥 정문을 향해 내달렸다. 누구라도 빨리 불러와 샤라쿠의 정체를
밝혀야 한다. 어서 관청으로 가야 한다.

도요쿠니가 달려 나가자 벽장에 숨어 있던 사유리가 나왔다. 사
유리는 들린 다다미 사이로 양가죽 주머니가 비죽 나와 있는 것을
쳐다봤다.

"아, 틀림없이 있었다니까요!"

"이놈, 관청을 우롱하면 어찌 되는 줄 아느냐!"

세이카 옥내 샤라쿠의 작업실을 이 잡듯이 뒤졌지만 증거가 될
만한 것을 찾지 못한 도신과 그 부하들은 도요쿠니에게 호통을 쳤
다. 그 소리가 어찌나 큰지 도요쿠니는 먹먹한 귀를 붙들고 끌려갔
다. 샤라쿠의 방에서는 아무것도 나오지 않았으며, 도리어 도요쿠
니의 품속에서 허섭스레기 같은 지도가 한 장 나왔다. 오카상은 평
소 도요쿠니가 샤라쿠 화사를 시기했다고 증언했다. 쓰타야도 급
히 불려와 샤라쿠는 그럴 사람이 아니며, 도요쿠니가 우도라는 무
사에게 돈을 주고 샤라쿠를 혼내달라고 부탁한 일을 증언했다. 도
요쿠니는 졸지에 시기심에 동료 화가를 허위로 신고한 소인배로 치
부되어 관청에 잡혀 들어갔다.

나중에야 얘기를 전해 들은 가권은 대체 어떻게 된 것인지 어안
이 벙벙했다. 쓰타야가 터무니없는 누명을 쓸 뻔했다며 너털웃음
을 터뜨렸을 땐 함께 따라 웃기는 하였으나 속으로는 식은땀을 흘

렸다.

'그렇다면 대체 내가 그린 수많은 지도와 에도를 염탐한 각종 정보를 담은 그림은 어디 있단 말인가?'

가권은 속이 탔다. 누가 가지고 있는지는 모르지만, 그 그림을 미끼로 협박을 받을 수도 있다. 누구 손에 있든 가권과 영재의 목숨은 경각에 달린 셈이었다. 하루 종일 고민에 고민을 거듭하던 가권은 세이카 옥으로 향했다. 자신의 목숨이 누군가의 손끝에 달려 있다. 그 사람이 누군지 알아내야 한다.

세이카 옥 대문 앞, 오카상은 최근 시끄러운 일이 많은 가게의 불운을 떨치려는 듯 말린 쑥을 잔뜩 모아 여러 다발로 만들어 하나씩 불을 붙여 태우고 있었다. 부정한 것을 내쫓고, 전처럼 손님이 많이 오게 해달라는 뜻을 담은 주술이었다. 오카상은 두 손을 모아 작은 소리로 주문을 외우며 나쁜 일들이 사라지기를 기원했다.

가권은 오카상이 주술을 행하는 모습을 보다 문득 그녀가 도운 것이 아닐까 하는 생각이 들었다. 혹시 그녀도 단원 선생과 연결된 점조직의 일원이 아닐까. 그렇다면 그녀가 미리 알고 감췄을 수도 있다.

"오카상."

가권이 두 손을 모아 간절히 비는 오카상을 불렀다.

"예, 샤라쿠 화사님."

가권은 말없이 그녀를 바라보며 무슨 말인가 해주기를 기대했다. 오카상은 대답 대신 미소를 지으며 고개 숙였다. 가권은 그녀의 속뜻을 알아차리고 고개를 끄덕였다. 가권의 정체는 드러나지 않았고, 안전은 보장된 셈이다. 가권은 한숨을 내쉬었다. 오카상은 쑥 다발을 들어 또다시 불을 붙였다. 쑥이 탄 재가 노을빛 하늘로 너울너울 날아 올라갔다. 학 한 마리가 커다란 날개를 펼친 채 남쪽을 향해 날아가고 있었다.

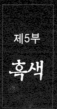

제5부

혹색

누가 없음을 머리로 삼고 삶을 등골로 알며

죽음을 꽁무니로 여길 수 있을까.

누가 죽음과 삶, 있음과 없어짐이

하나임을 알 수 있을까. 그런 자와 벗을 삼고 싶구나.

—장자, 자사와 자여, 자려, 자래의 대화 중에서

1 피로 그린 그림

겨울이 다가오고 있었다. 가권은 밤이 되면 틈틈이 문서실에 잠입해 문서를 뒤지는 한편, 낮에는 매화 병풍 그림을 그려나갔다. 아교를 바른 장지에 물을 듬뿍 묻혀서 먹 색깔이 축축하고 윤기 나 보이게 하는 윤필 화법으로 매화나무 밑동과 그루터기, 바위를 그리고, 이어서 황금색과 붉은색을 뒤섞은 물감으로 홍매화를 섬세하게 표현했다. 눈밭에 찍힌 노루 발자국처럼 산뜻하고 앙증맞은 매화 꽃잎이 한 송이씩 마법처럼 피어났다. 가권의 신묘한 손놀림이 화폭에 가득 들어찼다.

고린은 가권의 봄 매화 그림을 받고 탄복했다.

"그동안 이런저런 고초를 겪고서도 수준 있는 춘매를 그려냈군. 수고했네."

"별말씀을요."

"하급무사들의 방에 금매화를 그릴 때 지키고 섰던 와타베가 말해주더군. 금물을 머금고 내뿜는 기이한 행동을 한 끝에 대단한 그림을 그려내더라고."

"그때는 술에 취해 저도 모르게 벌인 일입니다."

"송나라의 유도순은 그림에서 보이는 좋은 점 여섯 가지를 그의 저서에 썼는데, 그중 하나가 괴기하고 이상한 그림이라도 그것이 도리에 맞는다면 장점으로 봐야 한다는 것이었네. 자네 그림은 훌륭하나 그림 그리는 방법은 기괴하기 짝이 없어."

고린의 말에 가권은 수긍했다.

"제 그리는 방식이 과격하고 괴기스럽다는 것을 저도 잘 압니다. 하나 제 속에서 주체할 수 없는 광풍이 몰아칠 때 좋은 그림이 나오기도 합니다."

"자네의 금매화 그림은 분명 힘이 넘치고 아름다웠네. 그리고 이제껏 다른 화가들이 보여주지 못한 새로운 화풍이었고. 혹 청이나 조선에서 그림 유학을 한 게 아닌가?"

"소인같이 미천한 것이 그럴 턱이 있습니까?"

고린은 가권의 그림을 다시 한번 유심히 살펴보고는 깊은 한숨을 내쉬었다.

"난 평생 어용화가로 교토 황실에서 오래도록 살았네. 때로는 귀족 가문의 집에 기거하며 그분들의 다실을 장식해주고 병풍 그림을 올려드리기도 했고."

"화사님께서 그린 그림을 마치부교님의 다실에서 보았습니다.

재기 넘치고 아름다운 그림이었습니다."

하급무사 거처의 그림을 끝낸 이후 가권은 하시모토가 친히 내린 차를 받았다. 병풍 그림에 최선을 다해달라는 부탁도 함께 들었다.

"그것도 젊은 날 그린 것이지. 난 이제 늙어서 새로운 화풍을 창출하지 못해. 안일하고 틀에 박힌 그림만 그릴 뿐. 자네에게서 돌풍처럼 휘몰아치던 젊은 날의 내 모습을 보았네. 사계절 매화 병풍을 완성하고 나면 곧장 세상 속으로 나가 부딪치게나. 그렇게 한다면 수백 년 뒤 나 같은 화가는 잊혀져도 자네 그림은 여전히 사람들의 주목을 받을 걸세."

고린은 자리에서 일어섰다. 가권은 고개를 깊이 숙였다.

"고린 화사님, 가르침 감사합니다."

가권이 출판사에 들르자 쓰타야는 그동안 시장에서 모은 그림들을 가권에게 보여주었다. 모두 살인 현장을 담은 그림이었다.

"이게 전부야. 살인 현장을 위에서 그리거나 옆에서 그린 그림 다섯 종이 수천 장씩 시장에 깔렸다네."

쓰타야의 말을 듣던 가권이 이상하다는 듯 그림을 가리켰다.

"이 톱질하는 남자 말이야, 소맷부리가 이렇게 화려한 옷도 있나?"

자세히 보니 살인자의 팔에 온갖 문양이 새겨져 있었다.

"가만있자…… 이거 옷소매가 아니라 자문 아닌가? 몸에 바늘을 찔러서 그림을 그리는 문신 말일세."

"문신이라고?"

"응."

"문신은 금지되어 있지 않나?"

"그렇기는 하지만 어떤 얼치기 낭인들은 온몸에 호랑이를 새기고 다니면서 양민들에게 겁을 주어 돈을 뺏기도 한다더군."

"문신은 어차피 옷에 가리면 보이지 않을 테고."

가권이 고개를 갸우뚱하는데 쓰타야가 갑자기 생각난 듯 큰 소리로 말했다.

"목욕탕 주인에게 물어보거나 욕탕에서 시중드는 탕녀들을 수소문하면 온몸에 문신을 한 이가 나올 법도 하겠는데?"

"한번 가보자고."

목욕탕에서 손님 시중을 막 들고 나온 듯한 탕녀들은 쓰타야와 가권이 질문을 던지자 깔깔 웃어댔다.

"온몸에 문신을 한 남자를 아냐고요? 호호호. 그나저나 두 분 너무 잘생겼다. 호호."

유난히 쫙 찢어진 눈매에 색기가 흐르는 탕녀가 웃음을 흘리며 가권의 곁에 바싹 다가섰다.

"글쎄요…… 알려드리면 나에게 무얼 해줄 건데요?"

가권은 내키지는 않았지만 은근슬쩍 미소를 띠고 탕녀의 허리에 살짝 손을 얹으며 답했다.

"글쎄? 단골손님이 되어줄까."

"어머, 호호호!"

"까르르르!"

탕녀들이 거침없이 웃어대는데, 유독 키가 작은 탕녀 하나가 말했다.

"떠돌이 무사 중에 그런 사람이 몇 있기는 한데, 모두 호랑이나 용 문신을 등에 새긴 것이 고작이에요. 팔에까지 문신을 한 사람은 못 봤는데……. 그런 사람이 있다면 여름에는 반소매도 못 입겠네요. 혹시 알아? 그 남자 거시기에는 호랑이 헛바닥이라도 새겨져 있을지?"

탕녀들은 또다시 까르르 웃어댔다. 아무 소득도 얻지 못하고 돌아서던 가권이 한숨과 함께 중얼거렸다.

"여름에도 긴 소매만 고집하는 사람이란 단서 하나는 나오는군."

"그것만으로 찾을 방법은 없지. 다시 미궁으로 빠져드는군. 가만있자…….''

쓰타야는 가지고 있던 그림 속 살인자의 팔에 새겨진 문양을 자세히 살펴봤다.

"그런데 이 그림들, 뭐 같은가? 탕녀들 말처럼 호랑이 같지는 않은데."

가권은 자세히 살펴보았다. 분명히 손목에서 팔까지 여러 문양이 새겨져 있었다.

"이거 혹시 야차 얼굴 아닌가? 여기 동글동글한 것은 사람 얼굴 같기도 하고."

"그러고 보니……. 하지만 너무 작아서 잘 안 보이는군. 혹시 모르니 왓슨 선생에게 가보세나. 그 집에는 서양의 신기한 물건이 많으니 뭔가 수가 생길지도 모르네."

쓰타야와 가권은 겨울에 접어들어 물이 줄어든 개천가를 따라 걸어갔다. 왓슨은 수레바퀴에 다리가 깔려서 심한 외상을 입은 농민을 치료하는 중이었다.

"이제 됐습니다. 다리 상처에 절대로 물을 대서는 안 됩니다. 상처가 검푸르게 변하면 빨리 이곳으로 오십시오."

가권은 왓슨의 치료가 끝나기를 기다렸다가 얼른 그림을 내밀었다.

"이것 좀 봐주십시오, 왓슨 선생님."

왓슨은 탁자 한쪽에 놓인 둥그런 나무로 된 검은색 기구로 그림을 가져갔다. 두 자 정도 되는 희한한 기계였다.

"이건 현미경이라고 하네. 유리를 두껍게 가공해 작은 것도 크게 볼 수 있지."

왓슨은 길쭉한 나무통으로 만든 몸체 위에 눈을 가져다 댔다. 그리고 입구가 호리병처럼 생긴 나무통 끝에 그림을 대고 옆에 달린 작은 나사를 조심스레 조였다. 가권은 왓슨의 눈동자가 커지며 나무통 안을 유심히 들여다보는 것을 지켜보았다.

"자, 보게나."

왓슨은 언제부터인가 가권에게 말을 놓았다.

가권은 왓슨이 가르쳐주는 대로 현미경을 들여다보았다. 그림 속 남자의 몸에 새겨진 문신이 크고 또렷하게 보였다. 그것은 분명 야차와 숱한 사람들의 얼굴을 그린 것이었다. 가권의 뒤를 이어 쓰타야도 현미경을 들여다보았다.

"정말 이상하군. 이런 문신은 본 적이 없어."

"여러 사람이 그려진 문신이라, 왠지 어디선가 본 듯도 하고……."

가권이 고개를 갸웃하며 중얼거리자 왓슨이 자신을 따라오라는 손짓을 했다. 왓슨이 안내한 이층 구석방에는 문신 시술을 받은 후 감염되어 피부가 검게 변한 이가 신음 소리를 내며 누워 있었다. 왓슨이 진통제를 먹이자 남자는 이내 잠들었다.

"한 시간 동안은 깨지 않을 거네. 잘 살펴보게."

"이 그림은!"

가권은 남자의 등에 새겨진 문신을 자세히 살펴보았다. 등의 윗부분에는 개나 소의 얼굴을 한 아귀들이 벌거벗은 인간들을 가마솥에 넣어 죽이는 장면이 새겨 있었다. 사람들은 입을 벌려 고통에 찬 비명을 질렀고, 그 옆에서는 노란 불꽃처럼 불불이 일어난 머리를 한 야차들이 수레바퀴에 죄인을 깔리게 하고, 커다란 작두칼 네 개로 간통한 남녀를 절단 내고 있었다. 등 아래 옆구리 쪽으로는 포악한 호랑이가 사람을 잡아먹고 머리만 남겨놓은 묘사도도 있었다. 그리고 등의 맨 아래, 엉덩이와 맞닿은 곳에는 사람을 나무에 묶어놓고 톱으로 반을 가르는 야차가 형형한 눈빛으로 노려보고 있었다. 야차의 눈은 죄인을 향하지 않고 문신을 쳐다보는 이들을 보는 듯 뒤돌아 정면을 응시한 상태였다.

"감로탱화의 일부분일세. 한동안 불교에 심취해 있을 때 공부하다가 보았지. 서양에서도 비슷한 그림을 그린 화란인 화가가 있네. 브뢰겔이라고, 해골 모양을 한 죽음의 사자들이 인간의 일상생활과 전쟁터를 무자비하게 뒤흔들며 죽음의 세계로 몰아가는 그림을 그렸지."

가권도 감로탱화를 안다. 영조 시대에 그려진 운홍사의 감로탱화를 비롯해 수많은 그림을 절에서 보았고, 모사해 그려본 적도 있었다. 죄를 짓는 사람들을 벌주는 지옥도 위로 사십구재를 지나 윤회의 굴레를 벗어나 극락왕생하는 중생의 모습을 담은 그림으로, 야차나 아귀에게 뜯어먹히는 인간들 위로는 꽃과 음식이 공양된 재단이 놓여 있었다. 그 위로는 아미타불, 감로왕여래, 지장보살, 관음보살들이 납시어 지옥에 있는 인간에게 구원의 손길을 내밀고 있다. 불당에서 죽은 이의 영혼을 극락으로 보내기 위한 천도재를 올릴 때 거는 그림이었다.

"그렇다면 감로탱화를 문신해주는 자가 있단 말입니까?"

"자네가 들고 온 판화 속 살인자의 팔뚝에 있던 것도 감로탱화의 일부분일세. 야차와 아귀가 사람을 죽이는 모습을 팔뚝까지 문신한 자가 살인자고, 그가 다른 사람들에게 감로탱화 문신을 해주고 있지."

뒤에서 열심히 듣고 있던 쓰타야가 고개를 번쩍 쳐들며 가권 앞으로 나섰다.

"비슷한 얘기를 들은 적이 있네. 센소지 뒤쪽 산 중턱에 있는 오래된 나무를 끼고 왼쪽으로 숲길로 한참 따라가다 보면 커다란 동굴이 하나 나오지. 어릴 때 자주 놀러 가던 곳인데, 커서는 통 갈 일이 없었네. 왜 그런 소문 있지 않나? 정신병자가 벌거벗고 살면서 동굴에 온 아이들을 하나씩 잡아먹는다는…… 담력을 시험하려고 친구들과 놀러 가던 동굴이지."

"그 동굴이 왜?"

가권이 재촉했다. 쓰타야는 목소리를 낮춰 은밀하게 말했다.

"최근 에도에는 미륵교가 횡행하고 있는데, 그치들이 거기서 집회를 연다고 하더군. 그곳에 커다란 감로탱화가 걸려 있다는 소문이야. 황금색 물감으로 세밀하게 묘사한 수준 높은 감로탱화라고 했네. 일본의 유명 사찰에 있는 감로탱화보다 화려하고 아름다워서 한번 본 자는 두 눈을 믿지 못한다고 말이야. 진짜 금물로 그린 것이라고 하더라만…… 직접 본 적이 없으니 사실인지는 모르겠군."

"쓰타야, 나를 그곳으로 안내해줄 수 있겠나?"

그 즉시 두 사람은 왓슨의 집을 떠나 센소지를 향해 걷기 시작했다. 쓰타야가 앞장서고 가권이 뒤를 따라 절 뒤쪽에 난 산길로 올라갔다. 산마루터기를 넘자 산모퉁이가 나타났고, 조금 더 가자 쓰타야 말대로 수없이 많은 가지가 하늘로 뻗어 올라간 느티나무 한 그루가 보였다. 쓰타야는 산길을 따라 내려갔고, 가권은 바싹 뒤를 쫓았다. 한 사오 리 왔을까 싶을 즈음 저만치 산자락에 검고 커다란 아가리를 벌린 동굴이 눈에 들어왔다. 무시무시한 야수의 쩍 벌린 입처럼 보이는 동굴이었다. 그 안에 어떤 끔찍한 게 있을지 짐작되지 않았다.

쓰타야는 유사시에 대비해 중간 크기의 칼을 가져왔다. 가권은 허리춤에 늘 지니고 다니는 붓과 작은 먹물 통이 있을 뿐 맨몸이나 다름없었다.

"이 뒤로 돌아가면 들키지 않고 동굴 입구를 지켜볼 수 있네."

쓰타야가 이끄는 대로 동굴 뒤로 돌아가 뒤편에 있는 커다란 나무로 올라가 앉았다. 쓰타야가 어릴 때 동굴 속에 산다는 괴상한 남자를 보려고 숨어 있던 나무라고 했다. 시간이 얼마나 흘렀을까? 해가 뉘엿뉘엿 지기 시작했다. 가권이 발이 저려 더는 참을 수 없다고 느낀 순간, 동굴 입구로 사람들이 몰려들기 시작했다. 저마다 얼굴을 감추려는 듯 복면을 썼지만 남녀노소가 두루 섞여 있다는 것을 충분히 알 수 있었다. 대부분 상공업이나 농업에 종사하는 서민으로 보였으나, 무사 계급의 아낙네나 부유한 상공업자인 듯 화려하게 치장한 사람들도 눈에 띄었다. 심지어 화란인으로 보이는 서양인도 여럿이었다.

"우리도 들어가 보세."

가권은 문방구를 싼 보자기를 펼쳐 얼굴을 감쌌다. 쓰타야도 평소 그림을 싸 들고 다니던 조각보를 꺼내 얼굴을 가렸다. 나무에서 내려와 아까와 반대 방향으로 돌아 동굴 입구에서 사람들과 섞이자 쓰타야와 가권도 미륵교 신도와 다를 것이 없었다. 가권은 동굴 입구에서 감시를 하는 자와 눈까지 마주치는 여유를 보이며 쓰타야와 함께 들어섰다.

가권은 어둠침침한 동굴 맨 앞에 자리를 잡았다. 그리고 어리둥절해하는 쓰타야를 보고 따라 하라는 듯 다른 신도처럼 찬불가를 부르기도 하고, 두 손을 높이 들어 연거푸 비는 시늉을 했다. 쓰타야도 적응했는지 금세 가권을 따라 했다. 이때 동굴 안 곳곳에 얹힌 횃불이 일제히 불타오르며 대낮같이 환해졌다. 가권의 눈앞에 커다란 괘불(걸려 있는 불화)이 타오르듯 선명하게 떠올랐다. 동굴 뒤 벽 전체에 대형 감로탱화가 걸려 있었다. 번쩍이는 금가루가 그림 전면에 도배되다시피 해 동굴을 더욱 환하게 밝혀주었다.

가권은 눈을 똑바로 뜨고 감로탱화를 꼼꼼히 살펴보았다. 그림의 아랫부분에는 온몸에 감로탱화 문신을 한 야차와 아귀들이 죄인을 나무에 묶어 톱으로 가르기도 하고, 뜨거운 물이 가득 담긴 가마솥에 넣어 죽이기도 하며, 커다란 작두칼 여러 개를 몸에 꽂아 고통을 주고 있었다. 소와 개의 머리를 뒤집어쓰고 작살이나 쇠몽둥이로 죄인을 벌주는 괴물들, 배고픈 자에게 시뻘건 쇳덩이를 삼키게 하고, 목이 마른 자에게는 벌건 쇳물을 마시게 하는 악귀들도 있었다. 쇠로 된 송골매가 죄인들의 눈을 쪼아 먹고, 쇠로 된 뱀은 죄인들의 목을 친친 감아 조이고 있었다.

"나무에 사람을 묶어 톱으로 반 가르는 거해지옥, 사람에게 작두날을 여러 개 꽂는 검수지옥……. 그동안 벌어진 살인사건은 모두 지옥에서 악귀들이 인간을 벌주는 모습을 그대로 재현한 거야."

쓰타야가 경악하며 낮게 속삭이자, 가권이 제지하고 조심스럽게 일어났다.

"어딜 가려고?"

"감로탱화 뒤쪽으로 가보려 하네. 그림을 좀 더 조사해보려고. 자네는 여기 있게."

가권은 만류하는 쓰타야를 물리치고 조용히 일어나 탑돌이를 하듯 둥글게 원을 그리며 도는 사람들 사이에 섞였다. 그리고 기회를 보아 슬며시 빠져나와 금빛 감로탱화 뒤쪽으로 들어갔다. 감로탱화의 뒤쪽은 그림을 보수하다 만 듯 사다리와 색색의 물감이 담긴 사발, 붓이 가득 담긴 붓통 등이 놓여 있었다. 한편으로는 그림 그리기 전에 종이에 물감을 달라붙도록 하는 아교와 물감의 원료가 되는 여러 가지 광석들, 광석을 쪼개고 절단하는 망치와 칼 등이 놓여 있었다. 가권은 그림 뒤편에 서서 횃불에 반사되어 비치는 감로탱화를 감상했다. 가까이에서 바라보는 감로탱화는 장엄한 감동 그 이상이었다.

지옥에서 고통받는 중생 위로는 재단이 차려져 있고, 환하게 빛나는 미륵불이 달콤한 감로를 아귀와 중생들에게 베풀고 있다. 재단 왼편으로는 법회를 주재하는 승려를 비롯하여 독경하는 승려들, 바라춤을 추는 승려들이 있다. 왕과 귀족과 백성들이 법회에 참가해 설법을 듣고, 가장 위쪽에는 일곱 여래가 있다. 가운데에는 아미타가, 관음보살과 세지보살이 일곱 여래의 양옆에 있으며, 지옥에서 고통받는 중생을 구제하기 위해 끝끝내 부처가 되지 않고 보살로 남았다는 지장보살이 나란히 있다. 부처와 보살의 온몸은 황금색이 찬연하게 감싸, 오래 쳐다보면 눈이 부셔서 인상을 찡그리며 눈을 감을 수밖에 없다. 죄를 짓고 지옥에 온 수많은 중생을 죽은 지 사십구 일째 되는 날 천도재를 통해 구제하고, 그들을 극락왕생으로 이끈다는 내용을 담은 감로탱화.

가권은 눈을 감았다.

'아, 내가 이제까지 그림을 그린 게 모두 헛일이구나.'

지옥도의 아귀와 야차, 금수들은 살아 움직이듯 생생하게 표현되어 있었다. 꿈틀거리는 야차와 아귀들은 죄인에게 분노를 느끼며 벌주는 게 아니라, 태연자약한 표정으로 각자의 죄에 합당한 벌을 내린다. 지옥도에서는 가난뱅이, 무사, 천민, 남자, 여자 모두 평등하게 지은 죄에 따른 벌을 받고 있었다.

그때 가권의 머릿속을 스치는 생각이 있었다. 그림을 그린 자는 살인자다. 그가 감로탱화를 그렸다. 감로탱화를 그리다 지옥도 부분에서 도저히 붓이 나가지 않았다. 지옥을 경험해보지 않고는 그릴 수 없다. 그래서 살인을 택했다……. 이해가 되었다.

가권도 종이를 앞에 두고 앉았는데 붓이 잡히지 않고 머릿속이 백지처럼 하얗기만 할 때가 있었다. 그럴 때면 미칠 것 같은 심정으로 통음을 일삼고, 기녀를 껴안고 몇 날 며칠을 지새웠다. 그마저도 안 되면 더 강한 자극을 찾아 도박장에서 모든 것을 걸고 패를 들었다.

사람에게 형벌을 주는 장면은 직접 재현하지 않고는 도저히 그릴 수 없는 그림이다. 하지만, 가권은 감로탱화의 윗부분으로 시선을 돌렸다. 그렇다면 저 아름다운 석가여래와 보살들은 어떻게 그린 것인가? 극락에 가서 그들을 만나보기라도 했단 말인가?

이때 가권의 뒷덜미가 서늘해지더니 누군가 가권의 뒷목을 가격했다. 가권은 맥없이 바닥으로 쓰러졌다.

가권은 가물거리는 의식 속에서 깨어났다. 장작더미가 잔뜩 쌓인 옆으로 화톳불이 밝히고 있는 흙바닥이 보였다. 동굴 뒤쪽의 어디인 듯싶었다. 고개를 들어 정면을 쳐다보니 또 다른 감로탱화가 눈앞에 걸려 있었다. 그리고 그 앞에서 한 남자가 지옥도를 그리고 있었다. 웃통을 벗은 건장한 남자의 등과 팔에는 온통 감로탱화의 지옥도 문신이 새겨져 있었다. 남자의 머리카락은 환한 태양처럼 노랗게 불타올랐으며, 온몸의 근육이 그림을 그리는 와중에도 불뚝불뚝 솟아올랐다. 자세히 보니 남자는 서양식 속옷 바지 하나만 입고 있었다. 남자의 온몸에서 땀이 흘러내려 지옥도 문신은 더욱 생생하게 다가왔다. 가권은 구토증이 치밀었지만 두 팔과 다리가 결박되어 옴짝달싹도 할 수 없었다. 뒷목이 뻐근하게 아팠다.

"이제 일어나시나?"

그림 그리던 남자가 뒤돌아보며 씩 웃었다. 악마의 웃음이다. 살인자의 웃음이다. 그는 나카미세 시장에서 오르골을 팔던, 서양인의 피가 섞였다는 바로 그 남자였다.

"어떤 놈이 내 두 손에서 불이 나왔다고 나불거렸다지? 바로 이거라네!"

남자는 금물을 보여주며 거칠게 그르렁댔다.

"죄인을 나무에 묶어놓고 톱질을 하기 바로 전에 석가여래의 광배를 그리다 나왔지. 금물은 한번 손에 배면 아무리 닦아도 며칠 동안은 지워지지 않거든. 이 황금 손으로 남자를 반 갈라보고는 고통이 끝 간 데 없는 무간지옥의 형상을 체득할 수 있었네."

가권은 고개를 세차게 흔들었다.

"그림의 완성도를 위해 다른 사람을 희생시키는 건 비겁한 짓이야."

"너도 화가지 않나? 내 심정을 모르지 않을 텐데."

금발이 산발이 되고 눈에서는 광기가 흐르는, 온몸에 문신이 새겨진 야차가 가권의 얼굴에 머리를 들이밀었다. 그의 입에서는 지옥에서나 들릴 법한 끔찍한 쇳소리가 흘러나왔다.

"남을 죽여보지 않고 예술을 한다는 건 허위야! 난 무역하는 아비지를 따라 고향 네덜란드에 가봤지. 그곳에서 렘브란트의 그림을 본 것을 시작으로 유럽 전역을 돌아다니며 벨라스케스, 티치아노, 레오나르도 다 빈치, 미켈란젤로의 그림을 모두 보았어. 그들은 모두 천재라고 칭송되었고, 최고의 그림을 그렸더군. 어릴 때부터 화가를 꿈꿔온 나에게는 불가능한 그림들이었지. 왜 그럴까, 오랫동안 고민하다 결론을 내렸지. 그들은 악마와 소통한 거야. 살인을 저지르고 온갖 악행을 하다 악마에게 혼을 판 거지!"

반미치광이가 지껄이는 말을 계속 듣고 있자니 가권은 혼란스러웠다.

이자의 말이 맞는다면 조선 최고의 화가 단원 선생은 악마와 교류하고 살인이라도 저질렀다는 것인가? 그렇게 단아하고 청수같이 맑은 단원 선생이?

"악마와 소통하면 그런 그림을 그릴 수 있다고 생각했지. 하지만 술, 여자, 아편, 이런 것은 창작의 원초적인 문제를 해결해주지 않아. 단지 창작의 괴로움에서 도피할 시간을 벌어줄 뿐. 난 어머니의 나라 일본에 와서 새롭게 눈떴네. 나의 눈을 밝혀준 것은 불화야! 고려에서 전래됐다는 〈수월관음도〉, 그렇게 찬란한 여인을 본 적이 있는가? 단연 동양의 모나리자, 아니지, 오히려 모나리자가 관세음보살의 아름다움에 무릎을 꿇어야 한다네. 그리고 야쿠센지의 감로탱화, 그 그로테스크하고 완벽하며 찬연히 빛나는 모습에도 기꺼이 무릎을 꿇었지. 하지만 난 걸작을 그릴 수가 없었어. 아무리 연습하고 고민해도, 그리고 또 그려도 그릴 수가 없었어. 그래서 결심한 거야. 역대 거장들처럼 악마와 손을 잡기로. 어차피 죽어야 할 자들이었어. 남녀의 더러운 교접을 다룬 허섭스레기 같은 그림만 파는 가게 주인이나, 연극배우라고 으스대면서 사치를 일삼는 자나, 남색을 하는 더러운 자들…… 그들에게 지옥의 형벌을 좀 더 가깝게 느끼도록 해준 거지. 으하하하하하하!"

미친 자다. 화마에 사로잡히고 극단적인 생각에 빠져 살인을 저지르는 자. 걸작을 그려낸 화가들은 살인을 하고 악마와 소통했다니, 모두 근거 없는 헛된 망상이다. 가권은 자신의 목숨 또한 경각에 달렸음을 알아차렸다. 지금 그리고 있는 탱화를 완성하려면 또 한 사람의 피가 필요할 게 분명했다.

광인은 웃음을 그치더니 뒤로 돌아 다시 그림을 그리기 시작했다. 가권은 야차가 눈치채지 못하도록 허리춤에 달린 주머니에서 붓을 꺼내 꽁지에 달린 뚜껑을 뺐다. 거기에 평소 닳아 해진 붓털을 자르고, 물감 재료인 광석들을 깎고 갈아내는 작은 칼이 있었다. 가권은 무딘 칼을 꺼내 결박된 줄을 자르기 시작했다. 그때였다. 가권의 정신이 순간 아득해졌다. 희미한 향내가 코를 간질이고 있었다. 주위를 둘러보니 커다란 금동 향로에 향이 가득 꽂혀 있는 것이 보였다. 아편이다. 아편을 피워 그 향으로 신도를 현혹하는 것이다. 가권은 숨을 참았다.

"어지럽나? 하지만 이 향은 영감을 불러일으키는 데 탁월하지."

광인이 거칠게 웃어대며 붓질을 했다. 그는 아귀들이 죄인을 벌주는 장면에서 새빨갛게 피를 칠했다.

"이 붉은색은 수은 광맥에서 채취한 주사에서 나온 물감이 아니야. 산 자의 생혈에서 빼낸 색이지. 난 죄인들에게 지옥 맛을 보여주기 전에 목욕을 하고 온몸에 향유를 바르네. 그리고 맨 먼저 그들의 성대를 제거해 입도 뻥긋하지 못하게 만들지. 중요한 순간에 잡음이 들리면 안 되니까 말이야. 산 채로 성대를 빼앗기면 죄인은 그 자체로 작품이 된다네. 그런데도 그자들은 소리를 지르려고 애를 쓰더군. 두려움과 고통을 느끼지만 소리를 낼 수 없는 절박한 심정이 파동처럼 전해진다네. 그 소리 없는 비명이 내 그림 속에 들어가는 거지. 아마 자네는 또 다른 것이 궁금할 거야. 그렇다면 관음보살과 석가여래 같은 경건한 불상들은 어떻게 그린 걸까?"

가권은 양팔에 결박된 줄을 거의 다 끊었다. 이번에는 다리에 묶인 줄을 끊기 위해 광인의 뒤통수를 주시하며 손을 아래쪽으로 뻗었다.

"난 보았네. 아름다운 천녀들과 석가여래, 미륵불, 관음보살, 지장보살 모두를. 그분들은 내가 악행을 저지른 날이면 꿈에 나타나 내 죄를 씻어주셔. 나는 하느님도 보았네. 그분은 내가 회개하였으므로 깨끗하다고 하시네."

가권은 미륵교가 불교뿐 아니라 서학의 평등사상과 기독교의 엄격한 윤리관을 합친 혼합 종교라는 것을 알 수 있었다. 동성애, 사치, 부정한 사랑의 결합을 금지한다는 서양의 종교는 불교보다 훨씬 엄격하고 계율을 중시한다고 들었다. 가권이 감로탱화를 그리는 광인의 뒷모습을 지켜보며 다리에 묶인 줄을 끊었을 때였다. 순간 광인이 무시무시한 얼굴로 돌아보았다. 광인은 붉은빛이 활활 타오르는 눈을 희번덕거리며 피범벅이라도 한 듯 양손에 벌건 물감을 묻힌 채 가권에게 다가왔다.

"네가 그린 그림은 모두 가짜야. 가부키 배우나 유곽의 더러운 여자를 그린 초상화들은 모두 쓰레기라고! 진정한 예술혼이 없는 거짓 그림일 뿐이지. 그러니 넌 죽어 마땅하다."

가권은 광인의 주위를 산만하게 하기 위해 소리를 버럭 질렀다.

"하지만 내 그림은 사람들에게 행복과 기쁨을 준다. 동전 몇 닢을 들고 오는 가게의 사환 아이부터 홀아비가 된 방물장수까지 모두 내가 그린 미인도와 야쿠샤에를 사서 방 안에 걸어두고 일 년 내내 행복해한다. 너처럼 사람들의 목숨을 앗고 광기에 사로잡혀 그리는 그림은 사람들에게 행복을 줄 수 없어!"

미륵교 본산인 동굴 내부는 구름처럼 몰려든 사람들로 가득했다. 교주 앞에는 시신이 한 구 놓여 있었고, 유족으로 보이는 이들이 시신 곁에서 훌쩍거렸다.

장례식을 치르는 중이다. 교주는 한 손에 물을 담아 시신의 몸을 닦아주었다. 선녀처럼 꾸민 여인들이 시중을 들었다.

"이 사람은 죽기 전에 농민이었습니다."

가냘프면서도 힘 있고, 여성스러우면서도 남성적인 목소리가 동굴 안에 증폭하며 울려 퍼졌다. 교주의 낭랑한 목소리는 신도의 귓가에 쏙쏙 파고들었다.

"잠방이 하나 걸치고 무더운 여름과 추운 겨울에도 죽어라 논일, 밭일, 대나무 짜기 등 아무도 알아주지 않는 하찮은 일을 했습니다. 이 사람이 일하는 동안 무사들은 양옆에 칼을 차고, 누가 자신의 명예를 훼손하지 않을까 두 눈을 부릅뜨고 죽일 사람만 찾아 헤맸습니다. 그러고도 이 죽은 사람이 생전에 벌어들인 돈의 천 배 만 배나 되는 돈을 거머쥡니다. 여러분, 여기에는 신분이 높고 돈이 많은 사람도 있습니다. 회개해야 합니다. 저 미륵불, 서양의 신 하느님도 모두 참회하고 회개하라 했습니다. 가진 돈을 없는 자들에게 베풀어야 한다고 했습니다. 여러분, 죽기 전에 이 모든 선행을 해야 합니다. 죽고 나서 후회해도 소용없습니다. 나 미륵불은 여러분의 선행을 돕습니다. 제게 자비심을 맡겨주세요. 불쌍한 고인이 좀 더 편안한 곳으로 갈 수 있도록 선행을 베푸십시오. 여러분이 극락왕생하고 천당에 가도록 돕겠습니다."

커다란 바구니를 든 선녀가 신도 사이를 헤집고 다니자 각종 귀금속과 돈, 어음, 가게 문서 등이 바구니에 쌓이기 시작했다. 죽은 자 앞에서 교주에게 감화된 사람들은 마음 깊이 교주의 음성을 되새겼다.

이때 펑, 펑 하는 총성이 들렸다. 신도들이 깜짝 놀라 주위를 둘러보았다. 연이어 총성이 빗발치듯 거세게 들렸다. 탕! 타타탕! 펑펑!

누군가 소리쳤다.

"무사들이다! 마치부교에서 군사를 보냈다!"

사람들은 불법 집회에 온 것을 들킬까 두려워 우왕좌왕하다가 동굴 입구로 몰려들었다. 입구는 순식간에 아수라장이 되었다. 교주의 곁에 있던 선녀들도 동요하다가 동굴 입구로 달려 나갔다. 당황한 교주가 비밀 통로로 몸을 피하려 할 때였다. 그의 앞을 쓰타야, 호쿠사이, 우도, 영재가 가로막았다. 그들은 서양인들이 명절 전날 터뜨리는 폭죽이 가득 담긴 자루를 들고 있었다.

"샤라쿠 화사님을 어디로 데려갔느냐?"

영재가 칼을 빼들고 교주를 위협하며 다그쳤다.

후미진 동굴 뒤편에서 가권은 달려드는 광인을 향해 발을 내뻗어 저만치 나가떨어지게 만들었다. 하지만 맷집 좋은 광인은 다시 일어나 곁에 있던 칼을 들고 가권의 가슴팍을 겨냥했다. 가권 역시 붓 끝에 달린 무딘 칼을 들고 광인의 눈을 찌르려 했다. 하지만 광인은 가권의 칼을 피해 몸을 숙인 다음, 가권의 허리를 붙잡아 꼼짝 못 하게 만들었다. 광인은 비릿한 웃음을 흘리며 가권의 옆구리에 칼을 꽂았다. 옆구리에서 번갯불에 덴 듯한 고통이 느껴졌다.

"으아아……."

"그게 바로 철산지옥의 고통이다. 맛이 어떠냐? 감로탱화 속 지옥의 고통이 느껴지느냐?"

광인은 가권의 목을 붙잡고 바닥에 등을 붙여 거세게 누르더니 한 손으로 칼을 잡아 입 속으로 집어넣었다.

"네놈의 혀부터 없애주마."

가권은 소리를 치려고 했으나 광인의 손아귀에 잡힌 목에서는 생명의 불씨를 향한 목소리만 가까스로 흘러나왔을 뿐이다.

"살려줘……."

"푸하하하! 살려달라고? 너에게 지옥의 고통을 전수하는 게 나의 자비다. 넌 죄를 지었다. 수많은 사람들을 거짓 그림으로 현혹했고, 재능을 쓸데없는 곳에 낭비했다. 넌 무간지옥에 가서 끊임없는 고통을 맛봐야 해!"

광인의 칼이 가권의 목 깊숙이 들어왔다. 차가운 통증이 전신을 관통했다. 이젠 정말 끝장이구나. 흐릿해지는 의식 속으로 누군가의 얼굴이 떠올랐다. 가권은 마음속으로 그 이름을 필사적으로 불렀다.

'사유리…… 사유리!'

이때 탕! 하는 총성과 함께 광인이 허벅지를 감아쥐고 나동그라졌다.

군복을 입은 서양인 세 명이 들이닥쳤다. 그중 한 명이 광인의 다리에 총을 쏜 것이다. 광인이 나자빠지자 서양인들은 얼른 포박하고 제압했다.

"우리는 데지마(나가사키에 건설된 인공섬) 화란 조계 지역의 민병대로, 허가를 받아 에도에 들어와 있는 군인들입니다."

일본에 사는 화란인들은 일본법 영역 밖에 있는 자들이기 때문에 범죄를 저지르면 화란인들이 거주하는 치외법권 지대, 즉 조계 지역의 화란인 민병대가 잡아갔다. 가권이 돌아오지 않자 쓰타야는 관청에 이 같은 사실을 신고했고, 우도와 영재, 호쿠사이 등과 함께 폭죽을 가지고 동굴로 돌아왔다. 그사이 마치부교는 미륵교에 서양인들이 다수 개입했다는 정보를 에도에 머무르는 조계 지역 화란인 대표에게 전달해 자신의 무사들과 함께 동굴로 가게 했다. 마침 화란인 민병대가 하시모토의 은밀한 협조 요청에 따라 며칠 전부터 데지마에서 올라와 대기하고 있었던 것이다.

혼혈인 화가는 주변에 귀화한 일본인이라고 소문을 냈으나 국적은 화란이었으며, 불법으로 에도에 기거해온 것으로 밝혀졌다. 그는 조계 민병대에 의해 간단한 응급처치를 받고 압송되던 중 시내에 이르기도 전에 죽고 말았다. 사인은 대퇴부 대동맥 파열로 인한 과다출혈. 피로 그린 그림에 미쳐 있던 자다운 최후였다.

2 보이지 않는 동맹

    관내 무사들이 미륵교 교주의 체포와 구금으로 분주한 시각, 문서실의 서고지기 세이토는 목에 칼이 겨눠진 채 떨리는 손으로 한 남자에게 비단 끈으로 묶인 두루마리를 건네고 있었다.

    "찾으시는 것이 분명하오니 제, 제발 목숨만은 살려주십시오."

    세이토는 말을 하자마자 왼손 소매 속에 감춰둔 미진(세 갈래의 쇠사슬이 붙어 있는 휴대용 공격기구)을 꺼냈다.

    "에잇!"

    세이토는 날렵한 솜씨로 검을 든 남자를 향해 미진을 뿌리듯 던졌다. 하지만 남자가 그보다 한 수 위였다. 남자는 안면을 향해 날아오는 사슬을 칼로 쳐낸 뒤 몸을 날려 달려드는 세이토의 목을 한칼에 베었다. 붉은 피가 남자의 몸에 뿌려졌다. 남자는 이맛살을 찌푸렸다. 바닥에 뒹구는 세이토의 머리에서 동공이 천천히 벌어졌다.

그 시각 하시모토는 방에 앉아 참으로 오랜만에 붓글씨를 쓰고 있었다. 무사에게는 검술을 익히는 것 외에도 정신 수양을 위해 다도나 사군자, 서예 등 기예를 익히는 일이 중시되었다. 백 년간 영주 백 명이 싸우던 전국시대를 평정한 오다 노부나가와 그의 뒤를 이어 반목하던 영주들을 확실하게 통일시킨 도요토미 히데요시 시대 이후로 강요된 덕목이다.

도요토미 히데요시는 영주들에게 나눠줄 땅이 없어지자 조선 침략을 계획했고, 아울러 조선을 넘어 중국, 인도까지 정복해 그 땅을 영주들에게 나눠주겠다고 미리 약조할 정도로 과대망상증이 심한 자였다. 그는 장인의 그림으로 꾸민 화려한 다실에 거대한 토지를 소유한 다이묘들을 즐겨 청했다. 웅장하고 정교한 그림과 조선에서 가져온 우아한 도자기로 가득한 다실의 사치스러움에 눌린 다이묘들은 엄격한 다도에 따라 차를 마시며 자신이 특별한 대우를 받는다고 착각했다. 천성적으로 꾀가 많은 도요토미는 다이묘들에게 나눠줄 땅이나 돈이 부족해지자, 다실로 그들의 환심을 사 막부 쇼군으로서의 권위를 다진 것이다. 이후 다도 또한 무사들이 반드시 익혀야 할 예법이 되었다.

도둑이 남겨두고 갔구나, 창에 걸린 달
한밤중 몰래, 벌레는 달빛 아래 밤을 갉는다

유명한 하이쿠 작가인 바쇼와 료칸의 시를 천천히 적는 하시모토의 곁에서 다로가 먹을 갈고 화로의 불을 살폈다.

하시모토는 미륵교 교주가 야차의 짓이라고 불리는 일련의 살인 사건과 관계되어 있다는 것을 알고 있었다. 하지만 확실한 물증을 얻기 전에는 잡아들일 수 없었다. 하시모토가 고용한 닌자의 첩보에 따르면 미륵교 교주 이토 젠코는 일본 동북 지방 최고의 다이묘 이토가의 장자였기 때문이었다. 막부의 요구대로 다이묘의 자녀들은 에도에 기거하며 반은 인질로, 반은 유학생 신분으로 무사 수업을 받고 있었다. 덕분에 막부는 영주들의 반란을 최소화할 수 있었지만, 워낙 쟁쟁한 가문 출신들이라 이들이 문제를 일으켰을 때 수습하기도 어려운 상황이었다. 하지만 결정적 증거가 잡힌 이상 쇼군은 이토가의 재산을 몰수하고 가문을 몰락시킬 것이다. 그리고 매년 백만 석 이상의 소출을 내는 이토가의 땅을 차지하게 된 것에 만족해 하시모토에게 더 큰 신뢰를 품게 될 것이다.

"먹을 더 갈까요?"

다로가 속삭이듯 물었다. 하시모토는 생각에 빠졌다가 글씨 쓰던 손을 거두고 말했다.

"아니다, 쉬어라."

나무 복도가 삐걱거리는 소리가 들리고, 잠시 후 장지문 밖에 대기하던 고타쓰의 목소리가 들렸다.

"마치도시요리님이 급히 뵙자고 하십니다."

아마도 미륵교 교주와 신도들을 모두 체포하고 돌아와 보고를 올리려는 것일 게다. 이토를 잡아들이는 데 큰 역할을 한 샤라쿠의 안부도 궁금하였다.

"어서 들라."

찬 바람과 함께 마에다가 어둠 속 일렁이는 촛불에 얼굴을 드러냈다. 피로해 보이면서도 두 눈은 날카롭게 빛나고 있었다.

"샤라쿠는 무사한가?"

마에다의 눈빛이 번득이더니 그의 손이 들렸다. 그리고 열에 들뜬 목소리로 소리 질렀다.

"사내가 사내를 사랑하는 것은 천주님의 뜻에 위배된다!"

마에다는 하시모토의 가슴팍을 향해 단도를 꽂았다. 순식간에 벌어진 일이었다.

"아악!"

다로가 재빨리 하시모토의 몸을 가리며 대신 어깨를 맞았다. 다로의 비명을 듣고 고타쓰가 뛰어 들어와 마에다의 다리를 붙잡았다. 그사이 하시모토가 일본도를 들어 마에다의 목을 겨눴다. 창으로 들어오는 달빛을 받은 칼날은 서늘하게 빛을 발했다.

"사내가 사내를 사랑하는 것은 대죄다!"

마에다는 다로와 하시모토를 번갈아 노려보며 처절하게 일갈했다. 하시모토의 가슴이 무너져 내렸다. 마에다는 그동안 가장 충직하게 하시모토를 대신해 공무를 수행하던 부하였다. 그런데 자신에게 칼을 꽂으려 하다니⋯⋯.

"너도 미륵교 신도냐?"

"난 미륵불과 천주님의 뜻을 동시에 받든다. 사내가 사내를 사랑하는 것은 대죄다."

다로가 신음 소리를 내며 고개를 돌렸다. 어깨에서 붉은 피가 흘러나오고 있었다. 하시모토는 칼을 든 손에 힘을 주었다. 그때 호위무사들이 들어와 마에다를 붙들었다. 마에다는 호위무사들에게 끌려 나가면서도 고래고래 소리를 질러댔다.

"사내가 사내를 사랑하는 것은 대죄다!"

다음 날, 감옥에 갇힌 미륵교 신도들은 다시는 미륵교를 신봉하지 않겠다는 각서에 수결을 하고 대부분 풀려났다. 살인죄에 가담한 증거가 없는 자들이었다. 미륵교 교주 이토 젠코만은 옥에 가두고 이토 가문과 막부에 보고를 올려 결정을 기다렸다.

심문 결과 이토는 사십여 년 전 변방에서 진료소를 개업하고 혁신적인 평등사상을 제창한 의원 안도 쇼에키를 흠모하여 그의 사상을 공부하고 이어받았으며, 거기에 불교와 서양의 천주교, 개신교의 청교도주의 등 다양한 사상을 접목해 미륵교를 만들었다. 그가 신도에게 거둬들인 헌금은 엄청난 액수였다. 게다가 선녀 역할을 하는 무사의 아낙네를 비롯한 유곽의 여자들과 문란한 관계를 맺은 듯했다. 하시모토는 고심하다가 이토에게 정신이상 증세가 있으며, 혼혈 화란인의 사주를 받아 교주 노릇을 한 모양이라고 최대한 온유한 표현으로 장계를 올렸다. 재산은 몰수당하더라도 온 가족이 참형에 처해지는 건 막아주고 싶었다.

한편 서고지기 세이토가 아침이 되어도 모습을 드러내지 않는다고 하여 사람들이 이리저리 찾아봤으나 행방이 묘연했다. 하시모토는 직접 문서실에 들어가 귀중한 서류들을 일일이 들춰보고, 도난당한 게 없음을 확인하자 열쇠를 바꾸고 새로운 서고지기를 임명할 것을 명한 뒤 그날의 공무를 보았다.

급한 일들을 서둘러 마치고 나니 어느새 오후였다. 겨울이라 해가 짧아져 벌써 서쪽 하늘이 붉게 물들어 있었다. 하시모토는 처연한 표정으로 마당에 무릎 꿇고 앉은 마에다를 내려다봤다.

"사내가 사내를 사랑하는 것은 대죄다!"

마에다는 지치지 않고 하시모토를 올려다보고 침을 뱉었다. 예전의 마에다라면 꿈에서조차 하지 못했을 행동이다. 마당을 둘러싼 가내 무사들은 내색하지 않았지만 그들의 마음속도 크게 동요하고 있음이 분명했다. 자신들이 모시는 상관이 도덕적으로 흠이 있다는 것은 무사로서의 자존심을 훼손하는 것이다. 생각 같아서는 스미가와로 하여금 마에다를 정신병자로 진단 내리게 해 멀리 쫓아 보내고 싶었다. 하지만 아무리 미쳤다고 해도 죽음을 피해가기는 힘들 것이다. 그는 자신이 죽을 때까지 따라야 할 에도의 마치부교이자 쇼군의 총애를 입는 무사, 하시모토의 명예에 먹칠을 한 것이다.

하시모토는 마에다의 얼굴을 한참이나 내려다봤다. 어깨에 붕대를 감은 다로가 하시모토의 귓가에 그를 불명예스럽게 죽여 달라고 속삭였으나, 하시모토는 마에다가 명예롭게 할복할 수 있도록 준비하라고 명을 내렸다.

"나는 천주님을 믿는다. 스스로 목숨을 끊는 것은 죄악이다!"

마에다가 소리를 질렀다. 하급무사들의 얼굴에 당황한 기색이 역력했다. 무사가 할복을 거부하다니, 이자는 정말로 미쳤다. 하시모토는 한숨을 쉬며 다시 부채할복을 명했다. 이로써 그의 명예도 아슬아슬하게나마 지켜질 수 있게 되었다.

마에다의 손에 부채가 들리고, 하급무사가 그 뒤에서 일본도를 들고 섰다.

"사내가 사내를 사랑하는 것은 대죄다!"

마에다는 외침과 함께 부채를 떨어뜨렸다. 칼이 날렵하게 마에다의 경추 사이를 가르며 피가 하늘 높이 튀었다. 하시모토는 눈을 감았다. 하지만 다로는 증오가 가득한 얼굴로 마에다의 머리가 바닥에 떨어지는 것을 끝까지 지켜보았다. 주먹을 쥔 다로의 손이 부들부들 떨렸다.

가권은 위협적으로 쫓아오는 발소리를 피해 칡덩굴이 늘어진 낡고 오래된 우물 안으로 덩굴을 타고 들어갔다. 얼마나 들어갔을까. 달려오던 소리는 사라지고 가권은 덩굴을 꼭 붙든 채 우물 벽에 매달렸다. 우물 안은 각종 생물들이 가득했다. 칡덩굴 위에서는 덩굴을 갉아먹는 쥐들이 날카롭게 울어댔고, 사방 벽에는 이무기 서너 마리가 암적색 혀를 날름거리며 이리저리 뻗친 덩굴 가지에 몸을 걸치고 있었다.

"헉!"

가권은 두려워 우물 아래를 내려다봤다. 우물 밑바닥에 커다란 뱀이 똬리를 틀고 잠들어 있는 게 보였다. 가권은 이대로 있다간 목숨이 위험하겠다는 생각이 들어 천천히 칡덩굴을 타고 올라가기 시작했다. 그러나 손으로 쥐를 쫓는 순간 발을 헛디뎌 미끄러졌다.

"으악!"

잠들어 있는 뱀의 머리 위로 떨어지려던 찰나, 가권은 간신히 몸의 균형을 유지해 칡덩굴을 끌어안았다. 이때 우물 위로 가지를 드리운 커다란 나무에서 달콤한 물이 떨어졌다. 나뭇가지에 매달린 벌집에서 꿀 한 방울이 떨어진 것이다. 가권은 고개를 들어 우연히 벌린 입으로 떨어진 꿀을 먹었다.

"아, 달구나."

죽음이 코앞에 있었지만, 이상하게도 꿀맛은 그 어떤 음식보다 달고 시원했다. 가권은 정신을 차려 덩굴을 힘껏 끌어안고, 한 발한 발 우물 안 벽돌을 딛고 빛이 보이는 위로 올라가기 시작했다. 마침내 우물 위로 고개를 내밀자……

가권은 눈을 번쩍 떴다. 꿈이다. 벌써 몇 번째 반복되는 꿈이었다. 그 사이 그의 몸은 빠르게 완쾌되고 있었다.

동굴에서 구출된 이후로 가권은 세이카 옥에서 치료를 받는 중이었다. 왓슨이 매일 아침저녁으로 왕진을 와 허리의 꿰맨 상처를 정성스럽게 살피고 진통제를 처방해주었다. 몇 번이나 가권을 간호한 경험이 있는 영재는 이제 완전히 능숙하게 가권의 몸을 보살폈다. 그뿐만 아니라 왓슨이 찾아올 때마다 그 옆에서 이런저런 질문을 하고 의학적 지식도 얻는 것 같았다. 가위와 핀셋을 들고 가권의 허리에서 실밥을 제거한 것도 영재였다.

아직 새벽이었다. 가권은 몸을 따뜻하게 감싸고 밖으로 나갔다. 첫눈이 내리고 있었다. 먹빛처럼 푸르스름한 대기 속을 조용히 내리는 눈이 솜털처럼 포근해 보였다. 가권은 천천히 산책하며 후원으로 향했다. 그리고 연못가에 앉아 있는 사유리를 발견했다.

사유리는 바위 위에 앉아 첫눈을 손으로 받고 있었다. 작고 흰 손바닥에 부드럽게 내려앉은 눈이 이내 차가움만 남기고 녹아 물이 되는 것을 천진한 눈으로 바라보고 있었다.

"첫눈이 늦었구나."

사유리는 가권의 목소리에 반짝 고개를 들어 그를 살폈다. 반가우면서도 주저하는 눈빛이었다. 가권은 사유리 옆에 조심스레 걸터앉았다. 사유리의 몸이 긴장으로 굳어지는 것을 느꼈다.

"내 방에 기어이 오르골을 두고 갔더구나. 나중에야 알았다. 혹시라도 필요해지면 언제든지 다시 가져가거라. 내 마음의 표시니."

사유리는 고개를 끄덕일 뿐 말없이 앉아 있었다.

"아직도 내게 초상화를 그려달란 말이 없구나. 마음의 준비가 안 된 게냐?"

사유리는 눈을 내리뜨고 가권과 시선을 맞추지 않았다. 또다시 가권의 마음이 싸르륵 아팠다.

"보고 싶었다."

가권이 불쑥 말했다. 허리 부상이 낫기를 기다리며 방 안에 누워 있는 동안 가권은 사유리만 생각했다. 그녀의 섬세한 얼굴선, 깨끗한 밤하늘 같은 눈빛을 머릿속에 떠올리고 또 떠올렸다. 완쾌되면 그녀부터 찾으리라 다짐했다. 세이카 옥 식구들이 차례차례 문병을 올 때도 사유리는 얼굴을 비치지 않았다. 한때는 부부였음에도. 왜일까? 사유리에게는 그 추억이 아무것도 아니었던 것일까?

"사유리, 나에게 조금만 마음을 열어줄 수는 없는 거냐?"

"저와 화사님은 이루어질 수 없습니다."

사유리는 강경한 어조로 대답했다.

"그건 안다. 나는 다만…… 너의 마음을 엿보고 싶구나. 아주 잠깐, 아주 조금이라도."

"아니요, 할 필요가 없는 일에는 마음 쓰지 않는 게 좋습니다. 저는 지금이 좋아요. 저에게 뭔가 요구하지 말아주세요. 저는 다른 사람을 신경 쓸 틈이 없습니다."

"널 후실로 들이고 싶어하는 상인이 있다고 들었다. …… 최고의 오이란이 되겠다는 꿈을 버리고 한 사내의 여인이 될 작정인 것이냐?"

여러 가지 흉사가 겹쳐 운영이 어려워진 세이카 옥은 곧 문을 닫게 될 형편이었다. 벌써 몇몇 오이란과 게이샤는 다른 가게로 옮겨버렸다. 따라서 아직 사내들의 손을 타지 않은 사유리를 후실로 들이고 싶다는 청이 들어왔을 때 오카상은 오히려 고마워해야 할 처지였다. 거액의 몸값을 제시한 상인은 본래 기쿠를 데려가기로 했던 사람이다. 즉 기쿠의 죽음으로 인해 오카상 다음으로 최대의 피해를 본 장본인이었다. 그런 사람이니 오카상 입장으로서는 더더욱 거절할 명분이 없었다. 문제는 사유리였다. 아무리 오카상이라도 싫다는 아이를 억지로 늙은 사내의 품에 던져 넣을 수는 없었다. 하지만 사유리는 오카상이 조심조심 말을 꺼내기가 무섭게 그 자리에서 승낙했다. 오카상은 사유리를 안고 울음을 터트렸다고 한다. 미안하고 고마워서, 한편으로 그토록 출중한 기예를 갖춘 아이를 더 이상 키우지 못하는 자신의 처지가 한스러워서.

사유리는 말없이 두 손바닥을 펼쳐 내리는 눈을 받았다. 그녀의 동작은 느릿하고 우아했다.

'춤을 배운 아이라 저리도 나른하고 부드러운 몸짓을 보이는 걸까?'

가슴이 뛰었다. 가권은 미륵교 사건을 겪으면서 예술혼이라는 것을 다시 한번 생각하게 되었다.

살인사건을 묘사한 판화를 나카미세 시장에서 처음 보았을 때, 가권은 반드시 범인을 잡아 그자와 만나야겠다고 생각했다. 미륵교 측에서 사람들의 공포감을 조성하기 위해 대량으로 뿌린 것임에도 그 그림들은 가권의 실력을 뛰어넘는 것이었다. 서양식 화법인 원근법을 능수능란하게 써서 괴기스러운 묘사를 정교한 필치로 표현했다. 결국 그림을 그린 자와 독대하고 싶었던 가권의 소원은 이루어졌다. 그 대가로 죽음의 문턱까지 갔다 와야 했지만⋯⋯.

불타오르는 예술혼을 위해 악마와 손을 잡은 화란인 화가. 가권은 그가 말했던 수많은 명화들을 직접 보고 싶었다. 일본의 풍속화는 충분히 보고 많이 그려봤으니 이번에는 서양의 그림을 직접 보고, 그 작법을 배우고 싶었다. 특히 광인이 말한 레오나르도 다 빈치, 렘브란트, 벨라스케스, 미켈란젤로라는 화가의 걸작들을 보고 싶었다. 그리고 그 모든 걸 사유리와 공유하고 싶었다.

가권은 사유리의 눈에서 자신의 것과 동일한 예술혼을 느꼈다. 가능성이 충분한 아이였다. 그녀의 눈에는 예인으로 대성할 수 있는 기질과 집념, 고집이 보인다. 하지만 조선이나 일본이나, 한양에서나 에도에서나, 여인이 예능으로 인정받으려면 남자들 앞에서 춤과 노래를 선보이는 기녀가 되는 수밖에 없었다. 그리고 이제 사유리는, 예인의 길마저 버리고 오카상과 세이카 옥을 위해 한 사내의 노리개가 되려 하고 있다. 가권은 절망감으로 가슴이 무너져 내리는 듯했다.

마에다가 죽은 뒤 하시모토는 사흘간 홀로 침소에 들었다. 하시모토를 위해 몸을 던져 상처를 입었음에도 하시모토가 무관심한 태도로 일관하자 다로는 우울증 증세를 보였다. 하루 종일 멍하니 앉아 있기 일쑤였으며, 맛있는 음식도 본체만체했고, 밤에는 악몽을 꾸어 소란을 피우곤 했다. 하시모토의 충직한 부하였던 마에다가 눈앞에서 칼을 들이대고 동성애를 추궁하는 모습을 본 뒤로 버림받을지도 모른다는 두려움과 죄책감이 그를 괴롭힌 것이다. 하시모토는 한동안 공무에만 전념했지만 점차 야위어가는 다로의 모습을 보자 가슴이 찢어질 듯 아팠다. 마에다가 할복하게 된 경위를 올리고 새로운 무사를 마치도시요리에 임명하는 등의 번거로운 일들이 마무리되자 다시 다로를 다정하게 대했지만, 다로는 예전의 건강한 모습을 회복하지 못했다.

생각다 못한 하시모토는 고린에게 샤라쿠 화사가 매화 병풍을 빨리 완성할 수 있게 하라고 종용했다. 멋진 그림으로라도 다로의 아픈 마음을 낫게 해주고 싶었다.

"샤라쿠가 여름 매화를 완성하고 가을 매화 그림에 착수했다고는 하나, 최근 부상을 당한 터라 더 빨리 완성하기는 무리입니다."

고린의 말에 하시모토는 고개를 저었다.

"사유리라는 오이란을 다시 한번 붙여주게. 화가에게 작품을 만들어내는 영감을 불러일으키는 가장 좋은 방법은 여색이지 않겠나."

고린은 말없이 고개를 숙였다.

하시모토의 저택으로 다시 들어온 가권은 새로운 서고지기가 오기 전에 문서실 왼편 가장자리의 책장을 뒤져보기로 결심했다. 비록 자물쇠는 바뀌었으나 영재가 나뭇가지처럼 사방에 가시 같은 쇠가 박혀 자유롭게 움직일 수 있는 만능열쇠를 개발해 문제될 것은 없었다.

"이번이 마지막이다. 맨 끝 쪽 서고만 뒤지면 모든 문서를 빠짐없이 훑어본 거다."

"그곳에도 없으면 어떻게 하죠?"

"일단 병풍을 완성하고 다시 나카미세 거리로 돌아갈 수밖에."

"화사님, 그럼 문서실만 뒤져보고 여기를 떠납시다. 교토든 한양이든 일단 도망치자고요."

"갑자기 왜 그렇게 조급증을 내는 것이냐?"

"어쩐지 예감이 좋지 않습니다. 예전 서고지기인 세이토가 갑자기 실종된 것도 이상하고요. 마치부교는 우리한테 호의를 가진 것처럼 굴지만, 와타베의 감시는 여전히 계속되고 있습니다. 세이카옥도 거의 망해가고, 쓰타야 출판사에도 그 정도면 할 만큼 했어요. 여긴 호랑이굴입니다. 언제 이빨이 우리 목에 박힐지 몰라요. 한시라도 빨리 이곳을 뜨는 게 좋을 듯합니다."

잠시 생각하던 가권이 고개를 저었다.

"아니다. 서고에 교서가 있건 없건 병풍은 완성해야만 해. 그렇지 않으면 하시모토는 온 에도를 뒤져서라도 우리를 찾아내려 할 거다."

"사유리 때문에 여기를 못 떠나시는 거죠?"

"뭐라고?"

"화사님, 섣부른 감정은 대사를 그르칩니다. 사유리는 곧 부유한 상인의 후실이 된다고요. 그만 마음에서 털어버리세요."

"이 녀석, 네가 뭘 안다고!"

가권은 화를 거두고 영재에게 당부했다.

"혹시 나한테 무슨 일이 생기거든 혼자서라도 여기를 떠나거라."

해시(오후 9~11시)가 되자 가권은 문서실에 들어갔다. 마지막 서고에는 책이 제법 많이 꽂혀 있었다. 가권은 일일이 한 권씩 펼쳐서

속에 문서가 없는지 검사해나갔다. 가권이 세 번째 칸의 책들을 검사하려던 찰나, 책 두 권이 뒤로 떨어지며 제법 큰 소리가 났다. 가권은 얼른 몸을 숙여 바깥의 동정을 살피다가 서고 뒤편을 살펴보았다.

이럴 수가, 책장 뒤에는 손가락 두 개 길이 정도의 빈 공간이 있었다. 그곳에 자그마한 상자가 끼워져 있고, 그 사이로 책들이 떨어진 것이었다. 가권은 손을 뻗어 검게 옻칠이 된 나무 상자를 꺼냈다. 가로 두 치, 세로 여섯 치 정도 되는 크기였다. 서둘러 뚜껑을 열자 비단 끈으로 묶인 문서가 나왔다. 가권이 문서를 펼쳐 드는 순간, 문서실 바깥에 환하게 횃불이 비치면서 웅성거리는 소리가 났다.

"어서 문을 열어라!"

"열쇠를 가져오너라!"

이어 당번 무사의 낮은 목소리가 울렸다.

"자물쇠가 열려 있습니다!"

곧 무사들이 문서실로 들이닥쳤다. 가권은 꼼짝없이 무사들에게 포박되었다.

문서실 앞으로 끌려 나오자 와타베와 하시모토가 서 있었다. 고린 화사도 소란을 들은 듯 성큼성큼 큰 걸음으로 다가와 옆에 섰다.

"어서 저놈의 몸을 샅샅이 뒤져라."

와타베와 다른 무사 한 명이 가권에게 다가가 윗옷 속으로 손을 넣어 뒤졌다.

"여기 뭔가가 있습니다."

와타베는 가권의 품에서 두루마리를 하나 꺼내 즉시 하시모토에게 문서를 올렸다. 하시모토는 비단 끈을 풀고 심각한 표정으로 문서를 펼쳐보았다.

"아, 아니 이것은……."

이때, 가권이 고개를 땅바닥에 처박고 큰 소리로 죄를 빌었다.

"마치부교님, 죽을죄를 지었습니다. 제가 하도 화상이 안 떠올라 고민하던 차에 문서실에 문징명의 매화 그림을 모사한 게 있다는 소리를 듣고 몰래 들어가 살펴본 것입니다. 결단코 훔치려던 것이 아닙니다. 한번 보고 다시 가져다 두려 했습니다."

하시모토는 두루마리에 그려진 매화 그림을 보고는 적잖이 안심한 표정으로 고개를 끄덕였다.

"다른 목적이 있다면 죽이는 것이 마땅하겠으나, 최선을 다해 병풍을 완성하려는 그대의 마음을 헤아려 이번만은 용서해주겠다."

"마치부교님의 은총을 받자와 더욱 매진하겠나이다. 망극하옵니다, 망극하옵니다."

무사들이 가권의 몸을 압박한 포승을 풀었고, 고린은 진지한 눈빛으로 가권의 얼굴을 뚫어져라 살폈다.

방으로 돌아온 가권이 영재에게 낮은 목소리로 지시했다.

"문서의 행방을 알아냈다. 두부 장수에게 문서를 찾았다고 알리고, 다음 지령이 내려올 때까지 기다려야 하느니라."

"예, 알겠습니다. 화사님."

다음 날 새벽, 영재는 시장에 나가 종소리를 내며 다니는 두부 장수에게 다가가 은어로 임무를 완수했음을 알렸다.

"샤라쿠 화사는 대체 어떤 자인가?"

이른 아침 오카상을 찾은 고린이 넌지시 물었다.

"쓰타야 사장의 소개로 저희 가게 아이들의 초상화를 부탁했을 뿐, 그 이상은 아는 것이 없습니다."

고린은 눈 덮인 정원으로 눈길을 돌렸다. 국화의 바싹 마른 꽃대와 매화나무 위에도 여인의 속곳 같은 눈이 얇게 내려앉아 있었다.

"눈이 내린 것을 보니 옛 시절이 떠오르는구먼. 자네와 내가 안 지도 벌써 수십 년이 흘렀어."

"정확히 사십이 년이지요."

오카상이 회한에 가득한 목소리로 정정했다.

"자네가 세이카 옥에서 정식 게이샤로 등극하던 날도 꽃눈 내리는 날이었지. 에도의 이름난 무사와 재력가들이 모두 자네에게 축하 편지와 선물을 보냈고 말이야."

"그 편지와 선물들은 유수와 같은 세월 동안 모두 흩어졌으나, 한 분이 주신 머리 장식과 편지만큼은 아직도 간직하고 있지요."

고린을 바라보는 오카상의 얼굴에 눈물이 보일 듯 말 듯 맺혔다. 고린은 오카상의 메마른 손을 살포시 잡았다.

"그날 이후 나는 황궁의 어용화사로, 자네는 세이카 옥의 후계자로 남았지. 유키, 미안하네⋯⋯."

"정말 오랜만에 들어보는 제 이름이군요. 외롭고 혹독한 게이샤의 삶을 견뎌온 건 오로지 고린 화사님과 보낸 하룻밤의 기억 덕분입니다."

고린의 굽은 코와 좁은 뺨에 살짝 붉은 기운이 돌았다.

"유키, 아직도 기억하는가?"

"여인이라면 첫날밤을 보낸 남자는 죽을 때까지 기억하는 법이죠."

"사유리가 곧 부유한 조닌의 후실로 들어간다고?"

"예."

"자네가 가장 아끼던 아이로 알고 있는데, 많이 아쉽겠군."

"사유리는, 세이카 옥의 후계자로 점찍었던 아이입니다. 하지만 이곳이 이렇게 쇠락하게 되니 그 아이를 팔아 가게를 되살리게 되었지요. 참으로 몹쓸 인연입니다."

"그 아이한테 자네가 가진 추억을 나눠주고 싶겠지."

"제 마음을 읽으셨군요. 평생 사랑하지도 않는 남자와 살게 될 그 아이를 위해 샤라쿠 화사님과 하룻밤을 보내게 하고 싶습니다."

고린은 이심전심의 미소를 띠었다.

"세월을 되돌릴 수 있다면 얼마나 좋겠는가."

고린의 말에 오카상은 고개를 저으며 대답했다.

"떨어지는 꽃잎처럼 되돌릴 수 없는 게 세월인걸요."

오카상과 고린은 약속이라도 한 듯 매화나무 가지를 올려다보았다. 도톨밤처럼 자그마한 꽃눈이 여기저기에 달려 있었다.

3 완전한 합일

한 해의 마지막이자 새해를 하루 앞둔 섣달그믐. 스미다 강(에도를 가로지르는 큰 강) 남쪽에서부터 피기 시작한 매화가 강가 양 언덕을 화려하게 장식하고, 맑게 갠 에도의 거리는 연말 시장을 보려는 사람으로 넘쳐흘렀다. 몸 전체를 은빛으로 두른 후지산은 더욱 장엄한 모습으로 사람들을 내려다보았고, 부유한 상인들의 대문에서부터 가난한 나가야 뒷골목까지, 크고 작은 등과 색색의 깃발이 내걸려 나부꼈다.

물감 재료를 구하러 나카미세 시장에 나온 가권은 이리저리 인파에 시달리다 내친김에 쓰타야 출판사에 들렀다. 출판사는 추위를 잊은 듯 분주히 돌아가고 있었다.

"이런 걸 누가 산다고?"

가권은 일곱 가지 복을 뜻한다는 칠복신을 모두 태운 배 그림을 보고 한심하다는 듯 입맛을 쩝쩝 다셨다.

"쓰타야 출판사에서 내기에는 수준이 너무 낮지 않나?"

가권의 혹평에 쓰타야는 놀랍다는 듯 되물었다.

"자네가 살던 곳에서는 연말에 이런 그림을 팔지 않는가?"

"어?"

가권의 당황한 얼굴에 부쩍 키가 자란 호쿠사이가 미소를 지으며 말했다.

"신년에 처음 꾸는 꿈은 한 해 운수를 좌우하잖아요. 정월이 되기 전에 보물선 그림을 베개 밑에 놓고 자면 길몽을 꾸거든요. 꿈에 후지산이나 송골매를 보면 일 년 내내 재수가 좋대요."

"마치부교님 댁에서는 그럭저럭 지낼 만한가?"

"병풍을 완성하고 나면 이곳으로 돌아올 거네. 난 구속은 딱 질색이거든."

"그렇다면 자네에게 걸맞은 그림 소재를 부지런히 준비해놔야겠구면."

쓰타야는 껄껄 웃으면서 고개를 끄덕였다.

"그런데 이런 그림은 몇 장이나 팔리는가? 일이백 장은 나가는가?"

"무슨 소리? 샤라쿠, 수만 장이 팔린다네. 연말의 가장 큰 장사는 풍속화가 아니라 바로 이거라고. 자네도 베개 밑에 한 장 깔고 자보게."

가권은 피식 웃었다. 한 치 앞도 모르는 간자의 앞날에 무슨 복을 바라고 이런 그림을 베개 밑에 깔고 자나 싶었다.

사유리를 멀리서나마 지켜볼 수 있고, 에도의 풍물을 마음껏 즐기며 쓰타야, 호쿠사이, 우도 같은 벗들과 사귈 수 있는 것만으로도 충분하다. 게다가 서양의 그림을 볼 수 있고 그 화풍을 배울 수도 있잖은가.

가권은 청매가 달린 여름 매화를 생동감 넘치게 그려냈고, 터질 듯한 꽃눈을 간직한 가을 매화도 며칠 전 완성했다. 하지만 매화 병풍의 절정이라 할 수 있는 한겨울의 황금매화는 아직 시작도 하지 못했다. 조선에서 지령이 내려오지 않아 불안한 까닭도 있으나, 그것보다는 사유리에 대한 그리움으로 밤새 잠 못 이루고 붓도 손에 잡히지 않는 날이 많았기 때문이었다.

최근에 영재는 밤마다 '가시혼야'라는 이동도서관을 찾아다니고 있었다. 삽화가 곁들여진 풍속소설을 빌려주고 회수해가는 가시혼야는 에도 시내에만 팔백 개가 넘었다. 영재는 가시혼야에 다니면서 일본 무사들의 사랑 이야기를 탐닉하더니, 화가나 의사보다는 소설가가 되겠다고 마음을 고쳐먹었다. 밤마다 가시혼야에 찾아가 일본의 오래된 궁중소설 《겐지 모노가타리》를 완독하는가 싶더니 어느새 소설을 쓰기 시작했다. 대본소에 드나드는 아이들과 어울려 서로 쓴 것을 바꿔 읽고 고칠 것을 충고해주기도 하는 모양이었다.

영재는 언젠가 조선으로 돌아가면 에도에서 겪은 일을 소설로 써보겠다고 했다. 그 자리에서 맞장구치진 않았지만 영재라면 충분히 그러고도 남을 아이라고 가권은 생각했다. 유별날 정도로 영특하고 호기심이 많은 아이. 그에게 남은 생은 언제나 흥미진진할 것이며, 조선을 위해 장차 큰일을 하는 사람이 될지도 모른다. 이곳 에도에서 보낸 나날은 그날을 위한 반석이 될 것이다. 가권은 열심히 인쇄 일을 돕고 있는 호쿠사이를 바라보았다. 밝은 미소, 둥그런 눈, 천진한 표정⋯⋯. 호쿠사이는 종종 가권에게 그림을 배우고자 청했다. 가권이 보기에 호쿠사이는 타고난 재능과 끊임없는 노력이 뒷받침된 완벽한 화가의 기질을 품고 있었다.

쓰타야는 낙천적이고 저돌적인 성격으로 죽을 때까지 출판업을 할 친구다. 가권은 태양을 닮은 쓰타야의 성격이 부러웠다. 언제나 밝은 면을 지향하는 쓰타야, 그의 호탕한 웃음에 싸구려 그림을 그리는 일도 즐거웠다. 도요쿠니는 타고난 질투심과 승부 근성으로 언젠가는 대작을 완성할 것이다. 그 역시 전혀 걱정할 필요 없는 사람이다. 어디서든 잘 살 테니까. 우도 형님은 아이들을 위해서라도 끝까지 인생을 이끌고 나갈 것이다.

쓰타야가 생각에 빠져든 가권의 어깨를 툭 치며 물었다.

"들었나? 내일 새해 첫날 사유리가 드디어 후실로 들어간다더군."

가권은 순순히 고개를 끄덕였다. 날이 정해졌다는 소문은 빽빽이 들어선 대나무처럼 물 샐 틈 없는 경비를 하는 하시모토의 저택에도 스며들었다. 가권의 가슴 깊은 곳에서 휑하니 허전함이 느껴졌다. 그때쯤이면, 어쩌면 가권은 이미 일본에 없을지도 모른다.

"저와 화사님은 이루어질 수 없습니다."

언젠가 사유리는 이렇게 말했다. 가슴 아플 정도로 옳은 말이다. 자신은 사유리에게 해줄 수 있는 것이 아무것도 없었다.

날이 어두워졌다. 거리 곳곳은 신년을 맞이하는 방아 찧는 소리가 요란했다. 네다섯 명의 사내들이 한 조가 되어 시끄럽게 절구를 찧으며 쌀가루를 빻았고, 한쪽에서는 반죽을 솥에 안치는 소리가 지글지글 맛있게 울렸다. 가게 주인들은 볶은 콩을 집 안 곳곳에 뿌리며 "귀신은 밖으로, 복은 집 안으로" 하고 외쳐댔다.

가권은 떠들썩한 에도 거리를 뒤로하고 부지런히 하시모토의 저택으로 향했다. 멀리서 사자춤을 뒷받침하는 피리 소리, 북소리가 요란하게 들려왔지만 모든 것이 비현실적으로만 들렸다. 거처에 도착하자마자 가권은 불도 켜지 않고 바닥에 드러누웠다. 장지문 너머로 와타베의 기척이 조용히 들렸다. 어느새 자정을 알리는 범종 소리가 댕댕 울려 퍼지고 있었다.

하시모토는 범종 소리를 들으며 다로와 함께 잠자리에 들었다. 다로는 마음의 병을 어느 정도 극복하고 조금씩 웃음을 되찾는 중이었다. 다로의 손이 곁에 누운 하시모토의 유카타를 헤집고 들어왔다. 그는 하시모토의 가슴에 얼굴을 묻고 넌지시 속삭였다.

"마치부교님, 사랑합니다."

하시모토는 다로의 입술에 입맞춤을 하고 그의 옷을 벗겼다. 다로의 몸은 부드러우면서도 뜨겁게 달아올라 있었다. 하시모토가 교태를 부리는 다로의 몸을 막 내리눌렀을 때였다.

달빛을 받아 창백한 장지문이 스르륵 열렸다. 차가운 냉기가 훈 훈한 내실의 공기를 헤치며 밀려들었다. 하시모토는 옆에 있던 일 본도를 얼른 들었다. 암살자가 아닌 이상 누구도 하시모토의 방에 보고 없이 들어서지 못한다. 하지만 상대에서는 아무런 살기도 느 껴지지 않았으며, 옷도 입고 있지 않았다. 흰 알몸이 달빛에 반사돼 검푸르게 빛났다. 장지문 앞에 무릎 꿇고 대기하고 있어야 할 고타 쓰다. 하시모토가 의아해하는 목소리로 물었다.

"무슨 일이냐?"

고타쓰는 대답 없이 여전히 주춤거리며 다가오려 했다. 다로가 가늘게 떨며 이불로 몸을 가렸다.

"썩 물러가지 못하겠느냐?"

고타쓰는 손으로 자신의 음부를 가리고 움츠리면서 간신히 쥐어 짜듯 목소리를 냈다.

"마치부교님, 제게도 사랑을 베풀어주십시오."

하시모토의 눈이 노기로 치켜 올라갔다. 그 뒤에 숨어 있던 다로 는 비웃는 얼굴로 벌거벗은 고타쓰를 쏘아보았다.

하시모토는 분노했다. 아직 마에다의 피가 채 식기도 전이다. 상 급관리에 속하는 마치도시요리의 난동으로 하시모토는 에도 성에 불려가 쇼군과 로주들의 질책을 받았다. 만약 미륵교 교주 이토를 잡아들이지 못했다면 그의 자리도 위태로웠을 것이다. 그런데 겨 우 수행 심부름꾼이 심기를 건드리다니.

"나가라! 나가서 입 다물고 조용히 지낸다면 절대 문제 삼지 않겠다."

"마치부교님, 저를 거둬주십시오. 흐흑⋯⋯."

고타쓰는 울먹였다. 다로에 대한 미움을 아무리 불태워보아도, 다로와 지내던 방 한구석, 다로가 자던 빈 공간은 그의 마음을 여전히 너무나 시리게 했다. 매일 밤 몸을 쥐어짜듯 외로움에 떨던 그는 결심했다. 주군과 다로의 사랑을 방해하지 않으면서 자신도 그 열락 속에 함께 들어가겠다고.

"마치부교님, 다로와 함께 모시고 싶습니다. 부디 절⋯⋯."

하시모토는 칼을 들어 고타쓰의 목을 겨눴다. 분노가 엄습했다. 물색 모르고 덤벼드는 고타쓰의 우매함이 아니라 자신에 대한 분노였다.

'나는 왜 남자를 사랑하는가. 왜 여인에게서 한 번도 느껴보지 못한 감정을 다로 따위 천한 것에게 느꼈는가. 그리고 왜 다로를 떠나보내지 못하는가.'

그 순간 하시모토는 자신의 인생이 실패했다고 느꼈다. 명문가에서 태어나 최고의 교육을 받고 마치부교 자리에 오를 만큼 입신양명에도 성공했지만, 지금까지 다로와 나눈 밀애만큼 그를 행복하게 해준 것은 없다. 하지만 무한한 기쁨을 누리는 만큼 괴롭고 또 괴로웠다. 마에다의 대갈일성이 귀를 찢으며 고막을 터뜨릴 것 같았다.

"사내가 사내를 사랑하는 것은 대죄다!"

하시모토는 칼을 던지고 두 손으로 얼굴을 감싸 쥐었다. 심장이 갈래갈래 찢기는 듯했다.

"나가라! 당장 내 눈앞에서 사라져!"

고타쓰는 하시모토의 절규를 들으며 맨몸으로 방을 뛰쳐나갔다. 급하게 문을 타고 넘는 바람에 장지문 아랫부분이 찢어졌다.

"으흑……."

허물어지듯 주저앉아 얼굴을 감싼 채 흐느끼는 하시모토를 다로가 뒤에서 부드럽게 끌어안았다. 다로는 찢어진 장지문을 바라보았다. 찢어진 장지와 문살이 고타쓰와 하시모토를 동시에 안타까워하듯 처져 있었다. 다로는 하시모토의 머리를 가슴에 품고 다독이며 한참 동안 눈물을 받아주었다. 하시모토의 눈물이 다로의 부드러운 허벅지 위로 똑똑 떨어졌다.

같은 시각, 저택의 서쪽으로 난 작은 문을 지키는 무사는 문고리로 똑똑 두드리는 자그마한 소리에 문을 열어주었다. 무사는 두건을 쓴 오카상과 사유리의 얼굴과 그들이 건넨 고린의 문서를 확인하고는 사유리만 저택 안으로 들여보냈다. 작은 등롱을 든 당번 무사의 뒤를 사유리가 조심스레 따라갔다.

가권은 한밤중까지 붓을 놓지 않고 있었다. 부지런히 손을 놀려 먹을 덜어내고 담묵을 묻혀 밑그림을 그렸다. 하지만 곧 붓을 팽개치고 말았다. 자꾸만 사유리의 얼굴이, 목소리가, 단 한 번 보여준 희미한 미소가 머릿속을 비집고 들어왔다. 가권은 얼굴을 손으로 감싼 채 신음하듯 내뱉었다.

"사유리……."

가권이 신음 소리와 함께 쥐어짜듯 사유리의 이름을 입 밖에 낸 순간이었다.

"화사님, 사유리입니다."

가권의 눈이 번쩍 뜨였다. 순간 환청을 들었나 했다. 하지만 장지문에 비치는 그림자는 분명 사유리의 것이었다. 가권은 떨리는 목소리를 억누르고 침착하게 대답했다.

"들어오너라."

사유리가 문을 열고 조용히 들어섰다. 처음 보는 붉은색 기모노를 입고 있다. 사유리는 눈을 내리깔고 가권 앞에 서더니 스스럼없이 오비를 풀어 기모노를 벗어 내렸다. 상아처럼 흰 사유리의 알몸이 눈부시게 드러났다. 가권은 차마 볼 수 없어 눈을 돌렸다.

"옷을 입어라."

"저를 취해주십시오."

가권은 고개를 돌린 채 등잔의 심지를 만져 불을 껐다. 사유리의 몸을 보는 것은 슬픔을 불러일으켰다. 취할 수도 만질 수도 없는 아름다움은 영혼을 상사의 늪에 빠트려 병들게 할 뿐이다. 사유리는 조심스럽게 다리를 모으며 천천히 앉았다.

"어린 시절의 즐거움을 잠시나마 맛보게 해주신 분께 제 몸을 드리고 싶습니다."

얼마 안 있으면 사유리는 에도에서 가장 돈이 많다는 거상의 소유물이 된다. 폐점 위기에 있던 세이카 옥은 그 덕택에 다시금 명맥을 이어갈 것이다. 어찌 보면 사유리로서도 잘된 것이라 할 수 있었다. 뭇 사내들을 상대하는 일보다, 한 사내의 사랑을 받으며 사치스러운 생활을 즐기고, 그러다 아들이라도 낳아 노후를 보장받는 편이 여자로서는 훨씬 유익할 것이다. 에도에는 사유리 말고도 오이란으로 이름을 날리다 세도가의 후실이 돼 풍족한 생활을 누리는 여인들이 많았다. 사유리는 그저 그 시기가 앞당겨진 것뿐이었다.

"샤라쿠 님, 저에게 사랑을 베풀어주세요."

사유리는 몸을 살포시 떨었다. 하얀 속살은 희다 못해 청백색으로 보였다. 그래도 가권이 고개를 돌리고 있자 사유리는 조심스럽게 흔들리는 목소리로 말했다.

"저는, 조선에서 왔습니다."

가권은 놀란 표정을 감추며 가만히 얘기를 들었다. 어둠 속에서 사유리의 목소리가 나직하게 울렸다.

"조선에서 부모를 잃고 손위 언니와 함께 관가의 기녀가 되었습니다. 언니는 열세 살, 저는 일곱 살이었지요. 저는 언니가 관아의 아전에게 못된 짓을 당하는 것을 매일 밤 지켜보았습니다. 언니의 울음소리를, 속으로 삼키는 비명 소리를 매일 밤 들었습니다. 결국 우리 자매는 그곳을 도망쳐 나왔습니다. 두 손을 꼭 붙잡고, 방향도 갈 곳도 모른 채 죽을힘으로 걷고 또 걸었지요. 밤에는 아무 처마 밑에서나 잠을 자고 낮에는 먹을 것을 구걸하며 계속해서 걸었습니다. 아아, 사내들은 음식을 주는 대신 언니를 원했어요. 겨우 열세 살, 가여울 정도로 작은 몸에서 그들은 마지막 한 방울까지 기름을 짜냈습니다. 우리는 무서웠어요. 사람이 무서웠고 사는 게 무서웠습니다. 천지 분간 못 하는 어린애였지만, 전 언니가 필사적으로 절 보호하고 있다는 걸 알 수 있었어요. 얼마 안 가 우리는 바다에 이르렀습니다. 그때는 그저 거대한 강이라고만 생각했지요. 우리는 잠깐 해변에 앉아 있었습니다. 하늘은 너무나도 맑았고, 모래는 피곤한 발을 따뜻하게 데워주었어요. 그리고…… 누가 먼저랄 것도 없이 물속에 뛰어들었습니다. 언니는 죽어서도 헤어지지 말자며 치마끈으로 우리의 손목을 단단히 묶었지요. 그땐 정말 하나도 무섭지 않았는데……. 정신을 차렸을 땐 일본인 어부의 눈에 띄어 건져진 뒤였습니다. 절 살려준 사람은 처음엔 누군가 버린 옷이 떠다니는 줄 알았다고 했어요. 다른 소녀는 보지 못했다고 했지요. 그 말이 어찌나 무섭던지, 저는 어부의 집에 도착해 그의 아내가 안아줄 때까지 목이 쉬도록 울었습니다. 전 그렇게 대마도에 흘러들었고, 어부의 양녀가 되었다가 그 집안 사정으로 이곳 요시와라에 들어섰지요. 그리고 오랫동안 마음 문을 닫고 살았습니다."

사유리의 목소리가 젖어 있었다. 가권은 할 말을 잊은 채 그저 사유리의 등을 어루만졌다. 그녀의 지나온 얘기를 듣자니 가엾고 안타까워 어찌할 바를 몰랐다. 열여섯 살 먹은 소녀의 인생으로는 도무지 어울리지 않는 것들이다. 가권은 아버지의 사랑이 부족하다며 투정을 부리고, 그림을 그린답시고 치기 어린 감상에 젖어 방탕한 생활을 했던 시절이 부끄러웠다. 어쩌면 사유리는 자신이 외면하며 지나쳤던 숱한 떠돌이 소녀 중 한 명이었을지도 모르리라.

"지금은 제 이름이 무엇이었는지도 기억나지 않지만, 저는 틀림

없는 조선인입니다. 오이란의 모습으로 그림에 담길 순 없었어요. 그것이 제가 초상화를 거부한 까닭입니다."

가권의 눈이 어느덧 어둠에 익숙해져서 사유리의 앉은 태가 보였다.

그녀는 두 무릎을 단정하게 모으고 앉아 있었다. 둥그런 은백색 무릎이 시리도록 가슴에 와 닿았다. 영락없는 소녀의 무릎이다. 화로의 숯불이 식어 있었다. 가권은 방 한쪽에 그림을 그리려고 쌓아둔 비단으로 사유리의 몸을 덮어주었다.

"저는 내일이면 열일곱 살이 되고 다른 남자에게 첫날밤을 내주어야 해요. 저를 먼저 가져주세요."

사유리는 깊숙이 고개를 숙였다.

"나 같은 사람이 어떻게 함부로 너를 범할 수가 있겠느냐. 너는 진실로 너를 사랑해주고, 또한 네가 진실로 사랑하는 사람만이 얻을 수 있는 거다."

"화사님은 제 마음을 처음으로 어루만져준 사내입니다. 화사님이 처음부터 저를 어여쁘게 생각했다는 것을, 마음 깊은 데서 항상 저만 생각하신다는 것을 잘 알고 있습니다."

사유리는 어깨에 드리워진 비단을 치우고 가권에게 다가와 안겼다.

"벚꽃놀이 혼인을 했을 때부터, 화사님에게 안기고 싶었습니다."

가권은 가슴 한구석에서 뜨거운 무언가가 울컥 터져 나오는 것을 느꼈다. 한 번도 느껴보지 못한 감정이었다.

'진짜 사랑이란 바로 이런 것이구나. 내 몸을 바쳐서라도, 내 몸이 부서지더라도 누군가를 아낀다는 게 바로 이런 것이구나. 이런 것을 느껴보지 못하고 붓을 잡았으니 그동안 내가 그린 그림은 모두 가짜로구나.'

가권은 조심스레 사유리의 몸을 바닥에 눕혔다. 두 손으로 가슴을 가리고 누운 사유리는 가권의 얼굴을 조용히 바라보았다.

"화사님 몸에서 그리운 냄새가 나요."

어린아이처럼 수줍게 말을 건네는 사유리의 어깨에 가권이 입을 맞췄다. 그 어떤 예술품보다, 그 어떤 자연보다 뛰어난 것을 경애하듯 입맞춤을 했다.

가권은 독기를 품은 백합 향은 사유리가 아니라 자신에게 있다고 느꼈다. 진심에서 우러나오는 애타는 감정이 아니라 거짓된 마음으로 남을 속이려고만 했다. 그들을 사랑하는 척 기만하기만 했다.

지금까지 그린 그림도 그랬다. 기교와 격정, 남에게 돋보이고자 하는 마음으로 그린 그림들이다. 가권은 자신의 인생에서 결정적인 무언가가 빠져 있었다는 것을 비로소 깨달았다. 그것은 바로 누군가를 사랑하고, 사랑받고 있음을 절실하게 느끼는 일이었다.

가권은 사유리의 가슴에 얼굴을 묻고 냄새를 맡았다. 향기로운 분내와 섞인 달콤한 살내가 은은하게 풍겼다. 가권은 평생 이 향을 잊지 않겠다고 다짐했다. 이 향기만 기억해낼 수 있다면 살구씨 같은 커다란 눈매와 끝이 살짝 올라간 도톰한 입술, 어린아이처럼 귀여운 콧방울, 손 안 가득 담기는 유방, 작고 오목한 배꼽이 떠오를 것이다. 이제는 보지 않고 그릴 수 있다. 그녀의 얼굴이 온몸에, 머릿속에 뜨겁게 새겨졌다. 사유리의 다리가 천천히 가권의 허리를 감싸 안았다. 가권은 부드러우면서도 뜨겁게 사유리의 은밀한 문을 열었다. 사유리는 입을 꾹 다물고 신음을 참으며, 고통은 전혀 없는 듯 태연하게 가권을 받아들였다. 가권은 미세한 움직임으로 그녀를 조금씩 열었다. 아픔은 주고 싶지 않았다. 아마도 평생 동안 기억하게 될 초야는, 아련하고 애틋하면서도 다시 겪을 수 없는 행복한 감정을, 잠깐 떠올리는 것만으로도 충만하게 느끼게 해줄 경험이어야 했다. 가권은 사유리의 바스러질 듯 작은 몸을 조금씩 흔들기 시작했다. 사유리의 얼굴이 점차 발그레하게 물들었다. 기쁨과 고통, 황홀함과 두려움이 뒤섞인 미묘한 표정이었다. 항상 당차고, 사납고, 차갑던 소녀에게 이런 표정이 있었다니. 가권은 사유리의 입술과 얼굴에 끊임없이 입을 맞추며 점점 절정으로 치달아갔다.

가권의 머릿속은 산등성이를 타고 올라갔다. 어린 시절 어머니가 가권의 손을 잡고 언덕에 올라 쑥떡을 해준다며 갓 자라난 쑥을 솜씨 좋게 캐놓으면, 가권은 허리를 굽혀 향긋한 쑥 향을 하나씩 맡아보고는 했다. 가권의 움직임이 점점 격렬해졌다. 사유리가 짧은 신음 소리와 함께 가권을 꽉 붙들고 몸을 웅크렸다. 이 순간을 영원히 놓치지 않으려는 듯, 가까스로 따놓은 꽃잎을 바람에 빼앗기지 않으려는 듯 가권에게 매달렸다.

가권의 몸이 마지막 절정을 향해 정지했다. 황홀한 합일의 순간이 지나자 눈물이 왈칵 솟구쳤다. 가권은 사유리의 작은 몸을 안은 채 조용히 눈물을 흘렸다. 사유리가 눈물로 젖은 가권의 뺨에 연신 입을 맞추었다.

격정의 시간이 지난 후, 옷을 갖춰 입은 가권은 사유리에게도 비단으로 몸을 가리게 한 뒤 촛불을 켰다. 그는 작은 붓으로 먹을 찍어 사유리의 등에 그림을 그리기 시작했다. 불빛을 받은 사유리의 등은 황금빛으로 환하게 빛났다. 가권의 손은 금빛 등허리에 작은 호랑이를 만들어냈다. 사유리가 얼굴에 미소를 띠며 자꾸 뒤를 돌아보았다.

"무엇을 그리시는지 궁금합니다."

"말할 수 없다."

가권은 흐뭇한 표정을 짓고 이내 세세하게 호랑이의 털을 그려나갔다. 가늘면서도 힘찬 터럭이 솟구쳐 호랑이는 지금이라도 사유리의 등에서 튀어오를 것처럼 보였다. 가권은 행복한 마음에 즐거이 호랑이의 도발을 그려나갔다.

"간지러워요, 아저씨."

"어떤 때는 화사님이라 하고, 어떤 때는 아저씨라 하고 장난기가 많구나."

"간지럽다니까요."

호랑이 머리에 수염을 그리자 사유리가 못 참겠다는 듯 웃음을 터뜨리며 몸을 뒤틀었다.

"질병에 걸리면 몸에 호랑이를 그린단다. 질병이 호랑이를 무서워하여 스스로 물러나기를 바라면서 말이다. 네 몸에 나쁜 게 범접

하지 않았으면 좋겠구나. 이 그림이 지워질 때까지만이라도."

가권은 안다. 거상에게 몸을 바치기 전에 수차례 목욕을 해 온
몸의 티끌 하나까지 씻어 내리라는 것을. 그리하여 이 그림의 생명
이 하루살이보다 짧으리라는 것을. 하지만 가권은 호랑이의 기운
이 그녀에게 나쁜 일이 생기지 않도록 보호해주기를 바라는 심정으
로 정성껏 호랑이를 그려나갔다. 마침내 호랑이의 두 눈에 눈동자
를 찍음으로써 그림은 완성되었다. 사유리는 거울을 들고 등의 그
림을 비춰보았다.

"마음에 드느냐?"

"네, 너무나."

사유리의 눈에 눈물이 맺혔다. 하지만 이내 눈을 깜박이면서 행
복하다는 듯 활짝 웃는다. 처음 보는 환한 웃음이었다. 사유리는 그
림이 지워질세라 조심하며 기모노를 걸치고 오비를 맸다. 이제 곧
새해의 시작을 알리는 먼동이 터올 것이다. 가권은 사유리가 나가
는 뒷모습을 보며 고개를 떨어뜨렸다. 하룻밤, 한 번의 꽃잠, 한 폭
의 그림으로 무수한 깨달음이 밀려왔다.

불현듯 화려한 겨울 매화를 그리고 싶은 욕구가 솟구쳐 올랐다.

가권은 휘몰아치는 눈바람 속에 꽃봉오리를 터뜨린 매화의 겨울
풍광을 그려나갔다. 거센 눈발 속에 꼿꼿이 고개를 들고 꽃을 피운
매화의 모습이었다. 실제로 눈이 쌓인 듯 장지가 온통 하얗게 채색
되었다. 하얀 눈이 화폭 구석구석까지 채울 듯이 내리고, 그 사이마
다 활짝 핀 금매화가 그려졌다. 가권은 다시 하얀 눈보라를 일으키

듯, 매화 꽃잎 위로 날리는 자잘한 눈송이들을 빠른 손놀림으로 묘사했다. 그리고 그보다 작은 눈과 매화 꽃송이들을 점을 찍듯 표현했다.

폭설 속에 화려하게 피어난 금매화가 완성되었다. 가권이 만족스러운 신음 소리를 내며 그제야 고개를 끄덕였다.

금매화 그림을 한쪽에 고이 놔둔 가권은 쓰타야에게서 받은 보물선 판화를 베개 밑에 두고 자리에 누웠다. 새벽녘에야 잠을 청하는 것이지만 신년에 처음 꾸는 꿈은 반드시 길몽이어야 한다. 그래서 일 년 운세가 지금만 같았으면 했다.

'일 년 중 단 하루만이라도 사유리를 품은 오늘 밤만 같다면……'

일 년 내내 운이 따를 수는 없으니 단 하루라도 오늘과 같다면 지옥 같은 고통이라도 너끈히 이겨낼 수 있을 것 같았다. 이렇게 영영 조선에서 잊힌 간자가 되어 에도의 화가로서 평생 살고 싶기도 했다. 저잣거리를 벗어나지 못하고 수천 장씩 찍어내는 판화의 밑그림만 그리는 삼류 화가가 되더라도 사유리만 곁에 있다면 그 삶을 겸허히 받아들일 자신이 있었다. 가권은 베개에 남아 있는 사유리의 머리카락 냄새를 맡으며 보물선 그림을 만지작거렸다.

나에게 좋은 운세를, 사유리에게도 좋은 일 년을, 친구들과 조선에도 좋은 일만 가득하기를 비는 사이 스르르 눈이 감겼다.

4 꿈이여 깨지 말기를

푸른 파도가 넘실거린다. 하늘색보다 청아한 물결 너머로 배가 보였다. 커다란 관옥선에는 복덕을 가져다 준다는 에비스, 다이코쿠텐, 비샤몬텐을 비롯한 칠복신이 모두 타고 있다. 성업과 번창을 의미하는 복의 신 에비스는 두건을 쓰고 낚싯대를 쥔 채 뱃머리에 앉아 있다. 잠시 후 낚싯대에 무언가 걸렸는지 에비스가 줄을 팽팽하게 당기자 큼직한 도미 한 마리가 펄떡이며 낚싯바늘을 물고 올라왔다. 그 옆에 있던 부엌의 신 다이코쿠텐은 양손에 돈 자루를 쥐고 있다가 가권에게 손을 내밀었다. 부처를 모시는 사천왕에서 비롯됐다는 비샤몬텐은 무서운 얼굴로 발을 탕탕 굴러 배를 흔들었다. 아름다운 인도 여신 벤자이텐은 비파를 켜며 가락을 실어 보내다 가권에게 손을 내밀었다.

가권은 저마다 손잡아달라는 신들을 외면하고 벤자이텐의 손을 잡아끌었다. 배에서 내린 벤자이텐의 얼굴이 사유리로 바뀌었다. 가권은 사유리와 함께 하늘로 날아올랐다. 멀리 동쪽을 치고 올라오는 해와 그 너머로 지는 해가 보였다.

'하늘에는 태양이 열 개 있다더니……'

가권은 지는 해와 떠오르는 해를 보며 감탄했다. 사유리는 웃는 눈으로 가권을 쳐다보았다. 행복해하는 사유리의 얼굴을 보니 이상하게 불안해졌다. 저렇게 활짝 웃다니, 사유리가 아닌 것 같다. 기쁘면서도 겁이 났다.

돌연 가권은 사유리와 함께 바다를 향해 추락하기 시작했다. 바다에 풍덩 빠져서 끝도 없는 깊고 깊은 바닷속 저 아래로 가라앉았다. 가권은 이제 죽는구나 싶었지만 사유리의 손을 잡고 있기에 안도했다. 그녀와 함께라면 지옥이라도 무섭지 않다. 가권은 사유리를 쳐다보았다. 그녀의 웃는 모습을 다시 보고 싶었다.

가권은 사유리의 얼굴을 보는 순간 비명을 내질렀다. 사유리의 얼굴은 이미 죽은 사람의 것이었다. 핏기 하나 없이 파리한 얼굴……. 가권은 사유리의 볼을 감싸려 했지만 아무것도 만져지지 않았다. 몸을 움직여보려 했으나 바닷물의 무게에 눌려 꿈쩍도 할 수 없었다.

"으악!"

가권은 온몸을 뒤척이다 간신히 잠에서 깼다. 가위에 눌린 모양이었다. 온몸에서 땀이 흘러내렸다.

새해엔 길몽을 꾸고 싶었는데. 꿈자리가 이렇게 사납다니 기분이 좋지 않았다.

사유리가 첩실로 들어가는 날. 가권의 마음속에 커다란 바위 하나가 덜컥 하고 떨어졌다.

에도에서는 새벽녘부터 가게 곳곳에 휘황찬란한 등불이 걸리며 새해맞이 행사가 벌어졌다. 일각에서는 첫 해가 뜨는 것을 보고자 사람들이 산 정상에 올라가 진을 쳤다. 해가 뜨자 웅성거리던 사람들이 일시에 조용해지더니 같은 방향을 향해 합장하고 소원을 빌었다. 에도 거리 곳곳에서는 피리와 장구, 북소리가 요란하게 울려 퍼지면서 화려하게 차려입은 예능인들이 노래하고 춤추며 가두행진을 벌였다. 원숭이를 재롱부리게 하는 약장수, 사자춤을 추는 이들, 잉어 모양 연을 들고 노래 부르며 행렬을 따라다니는 어린아이들로 거리는 북적거렸다. 이날만큼은 걸인들도 배불리 얻어먹을 수 있었으며, 상인들은 올해 사업이 번창하기를 기원했다.

하시모토 가문의 저택에서도 새해맞이를 위한 준비가 한창이었다. 와타베를 비롯한 가내 무사들은 성 곳곳을 치우고 창고를 청소하는 등 한 해 동안 묵은 살림살이들을 정리하고 정리정돈에 힘썼다. 마지막으로 군기고를 청소하기 위해 문을 열었을 때였다. 문 앞에 서 있던 사람들이 동시에 코를 틀어막았다. 군기고 안에서 원인을 알 수 없는 악취가 진동하고 있었다.

"허 참, 아무리 태평성대라지만 군기고에서 쥐새끼 썩는 냄새가 이리도 진동하다니. 어서 무기를 들어내고 먼지를 털게."

상급무사의 지휘에 따라 무사들이 구역을 나눠 청소하기 시작했다. 와타베는 열 자가 넘는 거대한 깃발들을 보관해놓은 안쪽의 나무 상자를 향해 걸어 들어갔다. 상자를 열자 썩은 내가 코를 찔렀다. 와타베는 한 손으로 코를 잡고, 다른 한 손으로 총채를 들어 하시모토 가문의 문양이 그려진 깃발의 먼지를 털어내려고 했다. 그 순간, 상자 속의 무언가와 눈이 마주쳤다.

"으악!"

비명 소리와 함께 와타베는 뒤로 주저앉았고, 무사들이 무슨 일인가 싶어 달려왔다.

상자 안에는 코와 귀에서 누런 고름이 흘러나와 굳은 서고지기 세이토의 머리가 들어 있었다. 그 옆에 따로 떨어진 몸뚱어리는 반으로 접힌 채였다.

새로 부임한 마치도시요리가 예전 서고지기의 시신이 발견되었다고 보고하던 시각, 고린은 가권이 간밤에 그린 겨울 매화 그림을 하시모토에게 내보이고 있었다. 하시모토는 표구장이에게 매화 그림 넉 장을 내주고 즉각 병풍을 제작하라고 지시했다.

"세이토의 시신은 장례를 치러주고, 일단 지난번 미륵교 사건과 관련해 목숨을 잃은 것으로 서류를 꾸미도록 하라."

하시모토는 가뜩이나 머리가 복잡한데 정월 초하루부터 세이토의 일까지 신경 쓰고 싶지 않았다. 그의 죽음이야 애석한 일이나, 되도록이면 법석 떠는 일 없이 조용히 마무리하고 싶었다. 문서실의 문서도 모두 그대로 있지 않았는가. 하지만 그러면서도 하시모토는 보고를 마친 관리에게 문서실을 한 번 더 살펴본 뒤 새로 임명된 서고지기를 시켜 특정 문서를 은밀히 가져오게 하라고 명령했다.

하시모토의 관심은 새로 제작된 매화 병풍에 쏠렸다. 다로와 소원해진 관계를 단숨에 만회할 만큼 눈이 아찔할 정도로 아름다운 병풍이었다.

"내 눈이 의심스럽군. 이것이 정녕 사람이 그린 그림이란 말인가?"

표구장이가 병풍틀에 임시로 사계절 매화 그림을 끼우고 병풍을 세우자, 봄 여름 가을 겨울의 생동감 넘치는 매화가 모습을 드러냈다. 실로 세상에 다시없을 명품이었다.

"고린, 고맙네. 자네가 뛰어난 화사를 찾아준 덕에 좋은 기운이 담긴 병풍을 갖게 됐군."

"과찬의 말씀이십니다, 마치부교님. 저는 이만 신년 잔치를 준비하러 물러가겠습니다."

하시모토는 작은 한숨과 함께 고린이 나가는 모습을 보며 고개를 끄덕였다.

"새해에는 좋은 일이 가득해야 한다. 가득해야 한다……"

하시모토는 나지막이 읊조렸다.

성내의 신단에 제사를 드리고 나면 무사들이 검술 시합을 벌일 차례였다. 좀처럼 승부가 나지 않던 시합이 끝나자, 두 소년이 중간 크기의 일본도를 들고 나와 무릎을 꿇고 마주 앉았다.

조선통신사를 수발들던 사내아이들이 마주 보고 춤을 추던 것에서 유래했다는 가라코오도리는 색동옷을 곱게 차려입고 여자아이처럼 단정하게 머리를 묶은 두 소년이 추는 것이 일반적이었다. 에도에서는 주인을 모시는 두 사동이 추는 게 관례라, 고타쓰와 다로가 스무 날 남짓 따로 시간을 내어 가라코오도리를 연습한 터였다.

무릎 위에 칼을 올려놓고 마주 보던 고타쓰와 다로는 악사들이 느린 곡을 연주하기 시작하자 곡에 맞춰 천천히 인사를 했다. 무사들이 박수를 쳤다. 간밤에 한숨도 자지 못한 고타쓰는 실핏줄이 터진 눈으로 다로를 노려보았다. 다로는 이글거리는 눈으로 자신을 쳐다보는 고타쓰를 외면했다. 그의 질투심이 무섭다기보다는 처연하게 느껴졌다. 간밤에 그가 겪은 불명예는 죽음으로도 씻을 수 없는 것이다. 더구나 첫사랑이나 마찬가지인 자신의 앞에서 그 수모를 당했으니. 다로는 속으로 이번 검무가 빨리 끝나기만을 바랐다. 머리에 피가 오른 듯한 고타쓰와 마주하는 시간이 견딜 수 없을 만큼 괴로웠다.

고타쓰의 칼이 허공으로 날아올라 부드럽게 회전하면서 아래로 내려왔다. 시차를 두고 다로의 칼이 고타쓰의 것처럼 공중으로 날아올라 좌중을 훑듯 소리 없는 정적을 휘감고 내려왔다. 고타쓰와 다로는 무릎을 꿇고 서로를 바라보며 자신의 어깨에 칼을 한 번 대었다가 상대방 반대편 어깨에 칼을 얹는 춤사위를 선보였다.

돌연 고타쓰가 정적을 깨고 말했다.

"말해라, 다로. 나를 사랑하느냐, 마치부교님을 사랑하느냐."

고타쓰의 목소리가 느릿한 가락 사이로 무사들이 앉은 자리까지 전달되었다. 무사들이 일순 동요하는 기색을 보였다. 하시모토는 눈을 부릅뜨고 춤을 추는 고타쓰와 다로를 지켜볼 따름이었다.

다로는 고타쓰의 목소리에 실린 살기를 느끼고 겁을 먹었다. 자신들이 든 칼은 날이 무디긴 해도 진검이었다.

"어서 말해라! 나냐, 마치부교님이냐!"

고타쓰는 더 이상 못 이기겠는지 몸을 일으켜 칼을 쳐들고 외쳤다.

"나냐, 그냐?"

다로가 덜덜 떨면서 대답했다.

"……너다. 너다, 고타쓰."

고타쓰의 눈에 눈물이 어렸다. 햇빛이 눈부시게 쏟아지고 있었다. 고타쓰가 눈을 질끈 감았을 때였다.

푸욱. 다로의 칼이 고타쓰의 가슴을 파고들었다.

예상치 못한 사고에 지켜보고 있던 무사들이 벌떡 일어섰다. 하시모토도 놀란 얼굴로 의자에서 일어났다.

선혈이 칼날을 타고 내려와 바닥으로 툭 툭 떨어졌다. 다로의 손이 부들부들 떨리고 있었다. 고타쓰가 천천히 눈을 떴다. 다로는 겁에 질린 얼굴로 입을 벌렸다. 비명을 지르려는 건지, 미안하다고 말하려는 건지, 고타쓰는 알 수 없었다. 그는 마지막 힘을 끌어모아 다로의 심장에 자신의 검을 박아 넣었다.

"다로!"

다로와 함께 바닥으로 쓰러지는 고타쓰의 눈에 옷자락을 휘날리며 달려오는 하시모토의 모습이 보였다. 하시모토는 다로의 가슴에서 쉼 없이 뿜어져 나오는 피를 두 손으로 정신없이 막고 있었다. 호위무사들이 피투성이가 된 채 울부짖는 하시모토를 일으켜 세웠다. 고타쓰는 그 모습이 자신과 너무나 닮았다고 생각하며, 마지막 숨을 몰아쉬었다.

같은 시각, 가권은 영재가 이끄는 대로 세이카 옥으로 향하고 있었다.

"대체 어디를 가는 게냐?"

"가보시면 압니다."

세이카 후문으로 들어가 기다랗게 난 나무 복도를 빙 둘러 가면 중앙에 있는 가부키 대기실에 이른다. 가부키 상연이 오랫동안 중지된 극장 안은 을씨년스러웠다. 이른 봄부터는 다시 새로운 극을 공연할 예정이라고 했다. 모두가 사유리의 몸값으로 흘러들어온 돈 덕분이다. 한 자그마한 소녀로 인해 쇠락해가던 요릿집이 부활을 준비하고 있는 것이다. 영재가 밖에서 망을 보는 사이 가권 혼자 극장 대기실로 들어갔다. 대기실 문을 닫자마자 누군가 그의 앞을 가로막았다. 허름한 옷차림의 걸인. 가장자리가 다 닳은 삿갓을 쓴 남자는 단원이었다.

가권은 무릎을 꿇었다.

"선생님!"

단원이 웃으며 넌지시 말했다.

"수고가 많구나."

단원은 몹시 피로하고 지쳐 보였다. 헤어지고 나서 열 달 가까이 흐르는 동안 그의 청수하던 얼굴빛은 구릿빛으로 변해 있었다.

"부엉이의 구슬을 찾았다는 전갈을 받았다. 그것이 네게 있느냐?"

"아닙니다. 하지만 있는 곳을 알고 있으며, 당장이라도 가져올 수 있습니다."

"그렇다면 그것을 가지고 당장 이곳을 떠나 교토의 요시노에게 교서를 전해주어라."

'요시노?'

가권은 선배 화가 김명국의 달마도를 그려준 교토의 요릿집 주인을 떠올렸다.

"김명국의 달마도가 걸린 곳은 우리 쪽 사람들이 머무르는 곳이다. 우연이든 아니든 너는 그곳을 거쳤고, 나는 나중에 밀정을 통해 보고받으며 홀로 웃었구나."

가권은 의미심장한 질문을 던졌다.

"교서를 요시노에게 전달하면 그 뒷일은 어떻게 되는 것입니까?"

단원은 무거운 눈빛으로 가권을 보았다. 더 이상 묻지 말라는 경고 비슷한 눈빛이다.

"꼭 알고 싶습니다. 일왕이 일본 전국의 번주(지방의 번을 다스리는 수장), 다이묘들에게 조선의 군대를 들일 수 있도록 협조를 요청하는 교서였습니다. 치쿠젠, 분고, 기이, 아와지, 야마시로, 이즈모 등 여러 지방의 번주들이 수결했으며, 일왕의 수결과 인장이 찍혀 있었습니다. 이 문서가 조선의 국왕에게 전달되면 앞으로 조선과 일본의 운명은 어떻게 되는 것입니까? 다시 전쟁의 참화를 겪는 것입니까?"

가권의 목소리가 격앙되었다. 그의 거센 목소리는 대기실을 넘어 가부키 극장을 울릴 정도였다. 단원 또한 지지 않고 기세를 실어 답했다.

"자네는 주상 전하의 갑자년 구상의 첫 발자국을 보필한 것이네. 곧 주상 전하의 군대가 일본에 들어올 것이며, 막부의 권력을 쳐부수는 대가로 일왕에게는 일본 내 통치권을, 수결한 번주들에게는 좀 더 큰 번을 내리실 게야. 우리는 임진란 때 왜구가 저지른 잔인한 짓을 앙갚음하려는 것이 아닐세. 주상 전하의 지혜와 통치력으로 조선과 일본 양국에 태평성대를 이루려는 것이야. 아울러 힘을 합쳐 청나라를 견제하고 발달된 양이의 문화를……."

가권이 단원의 말을 잘랐다.

"그렇다면 지금도 못 먹어 거리에서 죽어가는 빈민들은 어찌하란 말입니까? 조선과 일본의 시장 바닥에서 헐벗고 병들어 처참하게 살아가는 자들은 전쟁의 구렁텅이 속에서 어찌하란 말입니까?"

가권의 서슬 퍼런 기세에 단원은 할 말을 잊은 듯 가권을 물끄러미 응시했다. 잠시 후 단원이 입을 열었다.

"자네의 마음을 모르는 것은 아니나 어쩔 수 없는 일이라는 게 있네. 큰 격동과 변혁 속에 희생되는 백성들이 고난을 인내하고 참아

내면 장차 후손에게 좀 더 나은 세상을 보상해주게 될 걸세."

가권은 고개를 숙이고 잠시 생각하다 입을 열었다.

"주상 전하께 백성들이 고초를 겪는 일이 없도록 최대한 성은을 베풀어주시라 말씀 올려주십시오."

"알겠네. 다행히 썩을 대로 썩은 조선의 노론 벽파들도 일본을 정복하는 계획에는 모두 찬성했다네. 곪은 종기는 칼로 째고 뿌리까지 고름을 짜내야 하지. 노론 벽파를 아우르고 차후에라도 있을 일본의 조선 침략을 막을 방법은 갑자년에 일본을 정복하는 길밖에 없어. 간자는 그 과정에서 가장 기초적인 일만 할 뿐, 아무런 의견을 제시할 수 없고 심지어 목적조차 알아선 안 되네. 그러나 자네의 부탁은 긴히 말씀 올리겠네."

"요시노에게 전달하면 저의 임무는 끝나는 것입니까?"

단원은 말없이 고개를 끄덕였다.

"마지막으로 한 가지만 더 묻겠습니다. 제가 그린 정탐 지도를 들킬 뻔했으나 누군가 숨겨주어 목숨을 부지했습니다. 혹 오카상이나 쓰타야 사장도 우리 측 사람입니까?"

"그건 아니네. 오카상과 쓰타야는 자네를 화사로 고용한 것일 뿐, 우리 측 첩자가 아니야."

"그렇다면……."

가권의 머릿속이 혼란스러웠다. 도요쿠니가 밀고해서 관리들이 들이닥치기 전에 지도를 꺼내 감춘 것은 대체 누구며, 지금까지 드러나지 않는 이유는 무엇인가? 이때 가권의 머릿속에 암흑이던 부분이 빛을 받아 훤하게 드러났다. 책상 위에 놓여 있던 사유리의 오르골…… 그리고 조선의 여자라고 했던 그녀의 고백…….

"난 지금 다른 길로 이곳을 빠져나갈 것이네. 자네는 일왕의 교서를 얻는 즉시 영재와 함께 이곳을 빠져나가게. 조금이라도 머뭇거리면 정체가 탄로 날 게야. 난 이만 가봐야겠네. 오래 머물렀다간 자네도 위험해질 테니."

단원은 삿갓을 푹 눌러쓰고 극장 대기실 안으로 깊숙이 들어갔다. 단원이 대기실 끝의 숨겨진 문을 통해 바깥으로 나가는 모습이 보였다. 전에도 이곳에 와본 적이 있는 듯했다. 하지만 지금은 그런 것을 따질 계제가 아니다. 임무를 완수할 때가 코앞에 닥쳐 있었다.

스미가와가 하시모토의 방에 들어와 다로가 죽었다고 보고했다. 하시모토는 미동도 없이 정좌하고 앉았다가 고개를 끄덕이고는 물러가라고 손짓했다. 탁자에는 서고지기가 명령대로 가져다 둔 두루마리 문서가 있었다. 멍하니 문서를 펼쳐 들어 살펴보던 하시모토의 얼굴이 점점 새파랗게 질려갔다. 하시모토는 눈썹을 치켜올리며 즉시 명을 내렸다.

"고린과 샤라쿠를 들라 이르라!"

그 시각 고린은 조용히 행장을 꾸려 하시모토 저택의 서쪽 문을 빠져나오고 있었다. 보통 때는 짐꾼이나 심부름꾼이 드나드는 문으로, 대나무 숲으로 연결된 길을 따라 올라가면 나카미세 시장 뒷골목과 이어져 있었다. 고린의 행장에는 그림이나 편지 같은 두루

마리 문서를 둘둘 말아 집어넣는 대나무 통이 꽂혀 있었다. 고린이 엷은 담묵으로 그린 듯한 대나무 숲을 지나치려는데 숲속에서 나온 가권이 앞을 가로막았다.

"고린 화사님."

고린은 예기치 않은 등장에 깜짝 놀랐으나, 이내 어쩔 수 없다는 듯 고개를 흔들며 가권을 쳐다보았다.

"알고 있었는가?"

"네. 저 또한 문서실에서 일왕의 교서를 찾았거든요. 하지만 가짜 문서였습니다. 일왕의 인장을 교묘하게 위장했고, 글자는 원래 서류 위에 투명한 종이를 놓고 가느다란 붓에 담묵을 묻혀 그대로 따라 쓴 것 같더군요. 번주들의 수결도 세세하게 베꼈죠. 아주 교묘하게 위조한 교서였습니다. 하지만 결정적인 부분에서 실수를 하셨습니다. 각 번을 돌아다니면서 수결을 받으려면 한두 달간 여유를 두고 이름이 쓰이기 때문에 번주의 이름마다 묵 색깔이 조금씩 달라야 하는데, 먹 농도가 거의 일정해 동일한 시기에 쓰인 것으로 보이더군요. 어쨌든 이 정도로 모사 능력이 뛰어난 사람은 이 저택에 고린 화사님밖에 없다고 생각했습니다."

"번주들이 한자리에 모여 앉아 수결했을 가능성은 염두에 두지 않았나?"

고린은 입가에 은은한 미소를 띠고 되물었다.

"만약 그런 자리가 있었다면 쇼군이 관련된 번을 모두 초토화했 겠죠. 쇼군의 밀정들은 사방에 퍼져 있으니까요."

고린은 고개를 끄덕였다.

"감식안이 뛰어나군. 훌륭해. 천황 폐하는 후회하셨네. 이에나리 쇼군의 권세에 어느 순간 내쳐질까 두려워 조선과 손잡고 쇼군을 치려 하셨고, 막부에 대항하던 몇몇 번주들의 수결까지 받아내셨으나 이 모든 게 중앙정부의 귀에 들어갈까 고심하셨지. 천황 폐하는 잃어버린 교서의 행방을 은밀히 알아보고, 그 문서를 찾아오라는 임무를 주어 나를 마치부교의 저택에 내려 보내신 것이야. 오늘 오전에 문서를 가지고 오라는 천황 폐하의 비밀 지령이 도착했네."

"마치부교인 하시모토의 손에는 어떻게 들어가게 된 겁니까?"

"사실 그 교서에 수결한 마지막 인물은…… 바로 하시모토였네."

"예? 그자는 막부 사람이 아닙니까."

"하시모토가 조닌의 문화를 즐기고 서양의 문물을 선호한다는 것은 자네도 잘 알 거야. 한편으로는 무사로서 천황에 대한 충성심도 절대적이지. 즉 쇄국정책을 펴고 천황의 수족을 자른 막부와는 물과 기름처럼 맞지 않았던 걸세. 하나 그는 막부에 충성을 맹세한 인물. 마지막 순간에 마음이 바뀌어 닌자를 보내 교서를 빼돌린 걸세. 누구보다도 그 결과를 잘 알고 있었으니까. 그러는 자네는 대체 누구인가? 조선의 간자인가?"

"저는 신가권이라 합니다. 단원 선생 밑에서 그림을 배웠습니다."

"역시. 자네의 그림에는 일본에서는 찾아보기 힘든 대륙적 남아의 기개가 배어 있더군. 개성 강한 색채감과 묘사력, 대담한 붓선이 보통 스승에게서 배운 것이 아니라 짐작은 했네만 역시……."

"서고지기는 어찌 된 것입니까? 나오는 길에 우연히 관리들이 하는 이야기를 들었습니다."

"난 젊어서부터 천황 폐하를 뫼셨네. 천황 폐하는 내 그림을 사랑해주셨고, 나에게 검술 수업 베푸는 것을 즐기셨지. 세이토는 보통 사람이 아니었어. 그가 살기만 드러내지 않았어도 죽이진 않았을 걸세."

"왜 저를 굳이 하시모토 저택에 들여놓은 것인지 여쭤봐도 되겠습니까?"

고린은 엷은 미소를 지으며 가권을 응시했다.

"내가 가진 실력을 다 보이지 않는다면 조만간 하시모토가 불만을 느끼고 다른 화사를 찾으리라 짐작했네. 젊은 화가를 이용해 시선을 다른 데로 돌린 뒤 교서를 찾을까 했던 것이지. 하지만 도리어 내가 자네에게서 큰 가르침을 얻었어. 자네가 간자만 아니라면 좋은 지기가 될 수 있을 터인데……."

"전 당신에게 받아야 할 것이 있습니다, 고린 화사님."

가권의 시선이 고린이 메고 있는 행장 속 대나무 통에 꽂혔다. 이때 무사들이 서문을 통해 시끌벅적 달려 나오는 소리가 들렸다. 고린의 눈빛이 떨렸다. 결단이 필요한 순간이었다. 그의 손이 등짐 속으로 들어갔다. 행낭을 뒤지는 모습이 칼을 찾는 듯 보여 가권은 긴장했다. 하지만 고린은 주저 없이 대나무 통을 꺼내 가권에게 건넸다.

"가게나."

"화사님……."

고린은 입가에 살포시 미소를 지었다.

"자네 그림은 수백 년이 지나도 남을 것이네. 어서 가게나. 이런 곳에서 죽을 수는 없지 않은가."

가권은 눈시울을 붉히며 고린에게 큰절을 올렸다.

"가르쳐주신 은혜 평생 잊지 않겠나이다."

가권은 대나무 통을 들고 좁은 숲길을 익숙하게 헤치며 쏜살같이 달려나갔다. 고린은 뒤에 남아 한탄 섞인 혼잣말을 했다.

"왜 저런 자가 일본에 나지 않고 조선에 났단 말인고?"

고린의 말이 끝남과 동시에 대나무 숲을 수색하며 달려온 무사들이 고린의 양팔을 붙잡았다.

하시모토는 하급무사 와타베를 불러 샤라쿠가 그린 매화나무 병풍을 정성 들여 포장해놓으라고 일렀다. 차라리 쇼군에게 공물로 바칠 작정이었다. 주인 잃은 병풍은 두 번 다시 보고 싶지 않았다.

하시모토의 방문 밖에 앉아 있던 새로운 시종이 조용히 아뢰었다.

"고린 화사 들었사옵니다."

"들라."

고린은 말없이 하시모토의 앞에 앉아 고개 숙였다.

"왜 샤라쿠를 놓아주었는가?"

"그자의 그림은 후대까지 길이 남을 것입니다."

하시모토는 고개를 저었다.

"오늘 밤 죽을 운명이네. 그럴 리 없어."

하시모토는 단호한 표정으로 말을 이었다.

"난 자네가 천황 폐하의 첩자로 이곳에 들어왔다는 것을 전부터 눈치채고 있었네. 하나 그대의 교묘한 솜씨로 문서가 위조되었다는 것은 오늘에야 깨달았지."

"마치부교님의 은혜를 배반하고 큰 죄를 졌사옵니다."

"다시는 그림을 그리지 못하도록 오른팔을 잘라내고 싶은 심정이나, 샤라쿠라는 간자에게 교서가 넘어갔으니 고린 화사가 죄를 지었다는 증거는 없네."

하시모토는 절망적인 눈빛으로 고린을 바라보았다.

"난 이제 바라는 것도 없고, 천황과 쇼군 사이에서 중립을 지키는 것에도 관심 없어. 황궁으로 돌아갈 것인가?"

고린은 떨리는 목소리로 아뢰었다.

"아닙니다. 세상으로 나가려 합니다."

고린은 조용히 읍한 뒤 나직이 말했다.

"소인, 오늘을 마지막으로 떠나겠습니다."

하시모토는 말없이 두 눈을 감았다.

고린은 잡혀 온 차림 그대로 다시 서문으로 나갔다. 대나무 숲을 지나 나카미세 시장을 거치자 요시와라 유곽 옆으로 뻗은 길에 이르렀다. 고린은 그 길 위에서 한동안 머뭇거렸다. 이렇게 떠나면 다시는 세이카 옥의 유키를 볼 수 없을 터였다. 하지만 가야 한다. 산속에 들어가 초심으로 붓을 잡고 자연을 그리든, 무작정 길을 따라 내려가 최남단 해안 지방의 어느 이름 없는 화가가 되어 강태공을 그려보든, 이제는 모든 허물을 벗어던질 차례였다. 그래야 속세에서 묻은 사치스러움, 허영심, 허상에 대한 충성심, 그릇된 욕망을 모두 털어낼 수 있으리라. 고린은 가벼운 걸음으로 갈 길을 재촉하기 시작했다.

잠시 침묵을 지키던 하시모토는 무사를 불러 닌자들의 수장을 불러오라고 지시를 내렸다.

부모 없는 어린아이를 거두어 엄격한 훈련을 통해 암살자로 만드는 닌자 조직의 수장은 조닌, 부관은 주닌, 야전에서 활동하는 암살자들은 게닌이라 부른다. 조닌은 의뢰인에게 돈을 받고 게닌을 시켜 목적물을 제거하게 했으며, 그가 내린 명령을 어긴 닌자는 또 다른 닌자에게 암살되었다. 닌자들은 오로지 계약 관계에 따라 철저한 상명하복으로 움직였다. 만약 조직의 비밀을 발설하면 고문을 가한 뒤 죽였는데, 그 시신은 흔적도 없이 처리되었다. 조직원들을 발탁해 키우고 관리해 작전에 내보내고 뒤처리를 하는 모든 일은 조닌이 직접 관장했다. 그들은 대대로 닌자 가문에서 배출되었다.

부름을 받은 조닌이 소리 없이 하시모토의 방에 들어와 부복했다. 널빤지가 오밀조밀하게 배치된 긴 복도는 암살자의 침입에 대비해 누가 오든 삐걱거리도록 설계되었음에도, 숨소리조차 내지 않고 방에 들어선 것이다. 암홍색 복면을 쓴 조닌은 같은 색의 간편한 복장으로 명을 받들었다. 양 손목에는 무기를 숨기거나 막는 두터운 천이 대어져 있었다.

"명을 내려주십시오."

하시모토는 조곤조곤 작은 목소리로 말하면서 한 번도 억양을 높이지 않고 차분하게 지시했다.

"조선에서 온 간자들을 모조리 죽여서라도 교서를 찾아내라. 특히 유곽과 시장을 샅샅이 뒤져야 한다. 그들의 몸을 일일이 뒤져본 뒤에는 관계없는 자라 할지라도 처리해라. 한 명이라도 남겨두었을 때는 너희가 대가를 치를 것이다. 그동안 추세를 지켜보느라 남겨둔 간자도 모두 잡아 죽여야 한다."

하시모토는 막부의 명을 받아 에도에 침투한 조선인 간자를 찾아내고 고변하며, 때로는 그들을 이용해 조선의 정보를 캐고 거짓 정보를 흘리는 일을 닌자를 통해 진행하고 있었다.

조닌은 고개를 깊이 숙이고 명을 받들었다. 그 앞에 금덩어리가 든 비단 주머니가 털썩 소리를 내며 떨어졌다. 비단 주머니를 조심스럽게 챙긴 조닌은 발을 바닥에 붙여 끌면서 뒷모습을 보이지 않고 조용히 사라졌다. 이제 처리해야 할 일은 모두 마쳤다. 하시모토는 늦은 점심상을 들이겠다는 시종의 말을 거절하고, 벽에 스르르 기댔다가 그대로 바닥에 드러누웠다.

낮 시간에는 다다미에 등을 대지 않았지만 눕지 않고는 감정을 수습할 도리가 없었다. 정신 나간 사람처럼 발광을 하며 에도 전역을 돌아다녀도 분이 풀리지 않을 것 같았다. 하시모토는 모로 누워 몸을 구부렸다. 자궁 속에 있는 태아처럼 구부러진 그의 등이, 더 이상 다로의 팔이 감싸줄 수 없는 그 등이 쓸쓸하고 허전해 보였다.

하시모토는 두 눈을 부릅뜬 채 허공처럼 텅 빈 눈빛으로 벽만 쳐다보았다. 소나무와 학이 그려진 병풍도 눈에 들어오지 않았다. 약간 벌어진 입에서 침이 흘러나왔지만 닦을 생각도 들지 않았다. 하시모토는 자신의 몸이 더 이상 존재하지 않는 것처럼 느껴졌다. 아무도 볼 수 없는 피안의 세계에 몸과 마음이 놓인 듯한 생각이 들었다. 하시모토의 시간은 그렇게, 모래처럼 부서지며 흐르고 있었다.

세이카 옥은 하루 종일 바빴다. 늦은 오후에 사유리를 데려가기로 한 집에서 가마와 시종들을 보내올 예정이었다. 시종들을 맞이하고 사유리를 떠나보내는 행사를 위해 부엌에서는 연회 준비가 한창이었고, 오카상은 가게 곳곳을 쓸고 닦도록 명하며 사유리가 가져갈 짐을 일일이 살펴보고 다녔다. 목욕을 마친 뒤 얼굴과 몸에 식물성 기름을 바른 사유리는 실오라기 하나 걸치지 않은 몸으로 무릎을 꿇고 앉았다. 오이란들의 목욕 시중을 드는 할멈이 와서 사유리에게 차례대로 속옷을 입히기 시작했다. 면을 잘 접어 만든 속옷은 하나는 엉덩이 주변에 팽팽하게 두르고, 하나는 가슴에 동여맸다. 눈이 나쁜 할멈은 사유리의 어깨 아래에 호랑이의 꼬리털이 남아 있는 것을 눈치채지 못했다. 사유리는 가권이 그려준 그림이 지워지는 게 못내 아쉬워 등에 물이 닿지 않도록 신경 썼던 것이다. 속옷 위로 하얀색 비단 치마를 입고, 그 안에 작은 비단 바지를 입었을 때 오카상이 들어섰다.

"나머지는 내가 직접 하겠네."

오카상의 말에 할멈은 고개를 숙이고 나갔다. 오카상은 화장 도구를 앞에 놓고 사유리의 얼굴과 가슴에 백분을 발랐다. 식물성 기름을 바른 것은 이 같은 분칠을 고정시키기 위한 것이다.

사유리의 등에도 백분을 바르려던 오카상이 어깨 아래에서 호랑이 그림의 흔적을 발견했다.

"샤라쿠 화사님이 그려준 것이냐?"

"제가 정성껏 감추겠습니다."

오카상은 고개를 끄덕이고 손바닥에 분을 묻혀 사유리의 등을 꼼꼼하게 화장해나갔다. 목 뒷부분에는 정식 오이란을 상징하는 세로줄 세 개를 남겨놓고 온통 하얀색으로 덧입혔다. 사유리의 얼굴에도 백분을 발랐다. 그녀의 강렬한 눈빛은 내내 아래쪽을 향하고 있었다.

어젯밤 샤라쿠와 사랑을 나눌 때는 맨얼굴에 맨몸이었다. 지금은 몸과 마음을 하얀 분칠과 화려한 비단으로 가리고 사랑하지도 않는 남자에게 팔려가는 신세다.

"무슨 생각을 하는 게냐?"

오카상이 사유리의 턱과 볼에 복숭앗빛이 나는 분을 꼼꼼히 발라주면서 물었다. 사유리는 말없이 입 끝을 살짝 올렸다.

오카상은 알았다는 듯 고개를 끄덕였다.

"마음속에 그 남자만 품고 있다면 오늘 밤이 두렵지 않을 것이다. 그에게 네 모든 것을 주었다면 너를 사는 남자에게 줄 것은 아무엇도 없을 테니까."

사유리는 살며시 고개를 끄덕였다.

"또 부부란 이상한 것이다. 널 데려가시는 분은 심성이 온화한 분이라 아버지처럼 따를 수 있을 것이야. 남자로서 사랑하긴 힘들어도 존경심을 갖고 대할 수는 있을 것이다. 그러니 너무 걱정하지는 말거라."

사유리의 입술에 연지분이 발라졌고, 눈썹에는 가느다란 숯으로 검은색 초승달이 그려졌다. 얼굴 곳곳에 다시 하얀 백분을 빠짐없이 바르고 나서 오카상은 옷을 입히기 시작했다.

먼저 흰 속곳 위로 얇은 웃옷을 입었다. 오카상은 딸에게 옷을 입히는 어머니처럼 사유리가 옷 입는 것을 자상하게 도와주었다. 얇고 긴 나가지반을 입으면 기모노 안에 입는 옷은 어느 정도 갖춰 입은 셈이다. 사유리가 입을 기모노는 연한 황색 바탕에 금빛 매화로 수놓고 그 사이사이를 작은 눈송이들로 장식한 옷이었다. 사유리의 남편 될 사람이 보낸 옷이다. 그러나 최고의 장인이 만들었다는 집 한 채 값의 기모노는 아름답지 않았다. 어딘지 모르게 승려들이 불화 그릴 때 쓰는 밀타승이 연상되었고, 화려하고 사치스럽기는커녕 우중충하고 경건해 보였다. 오카상은 고개를 갸우뚱하며 기모노를 꼼꼼하게 살폈다.

"왜 그러세요?"

"아니다, 오비를 매자꾸나."

오카상은 사유리의 뒤로 돌아가 허리에 오비를 대었다. 하얀 다

마스크로 만든 오비에는 빨간색과 파란색의 조개 모양이 그려져 있다. 푸른색 옥으로 만든 오비도메로 오비를 묶어 고정하니 우중충해 보이던 기모노가 조금은 생기를 띠어 화려해 보였다. 오카상은 한숨을 돌렸다. 기모노를 입히고 머리를 꾸며주는 것은 보통 힘든 일이 아니다. 게다가 좀 전의 우중충한 기모노 색을 생각하면 심란하기도 했다.

오카상이 사유리에게 넌지시 말했다.

"원치 않는다면 지금이라도 그만두자. 이대로 가게 문을 닫아도 괜찮다."

진심이다. 사유리가 원한다면 샤라쿠와 멀리 떠나게 해줄 마음도 있었다.

"아닙니다, 전 지금 만족해요."

사유리는 입가에 미소를 띠더니 눈초리가 내려가면서 활짝 웃었다. 사유리는 샤라쿠와는 어떻게든 연결될 수 없다는 것을 잘 알고 있었다. 그들은 처음부터 만나서는 안 될 운명이었다. 하지만 또 다른 운명은 그들을 서로 사랑하게 했고, 단 한 번의 합일을 허락했다. 마치 잔인한 운명이 던져주는 마지막 선물이라는 듯이. 그것만으로도 충분했다. 행복은 자신에게 어울리는 것이 아니다. 사유리는 고개를 살짝 흔들고 나서 사근사근하게 말했다.

"앞으로 그분을 잘 모실게요."

오카상은 눈물을 얼른 닦아내고 마지막으로 사유리의 머리 장식을 봐주었다.

"이것들은 버려야겠다."

오카상은 검푸르게 변한 은비녀 장식 몇 개를 빼 소매 속에 집어넣었다. 그리고 산호와 진주로 장식된 금비녀 두 개를 사유리의 머리에 꽂아주었다. 세공이 정교하고 아름다운 머리 장식이다. 예뻤다.

"이건 내가 주는 선물이다."

"고맙습니다."

모든 준비를 마친 오카상이 사유리에게 잠깐 쉬라고 이른 뒤 밖으로 나갔다. 바깥이 부쩍 소란스러워지고 있었다. 가마꾼들이 도착한 모양이었다. 사람들의 눈이 새로 도착한 손님들에게 쏠린 사이, 막일꾼 호가 재빠르게 사유리가 대기하고 있는 방으로 숨어들었다. 잠시 후, 세이카 옥 별채에서 불이 번지기 시작했다.

5 타오르는 도시

새해가 시작됐지만 아직 에도의 저녁은 어스름이 깔리는가 싶으면 어느새 한밤중이다. 상점들도 문을 닫고 나면 그야말로 캄캄한 암흑천지다. 하지만 오늘 밤의 에도는 달랐다. 지상에서 커다란 모닥불을 피운 듯 요시와라의 중앙이 환했다.

"불이다! 불이다!"

불은 순식간에 요시와라 전체로 번지고 있었다. 관리들과 소방원들 모두 불을 끄기 위한 도구를 들고 요시와라 쪽으로 몰려들었다. 그들은 아우성을 치며 빠져나가려는 기녀들과 취객들을 구조하는 한편 큰불이 번지기 전에 불길을 잡기 위해 이리 뛰고 저리 뛰고 하였다. 에도는 '화재와 싸움의 꽃'이라고 할 만큼 화재가 빈번했다. 상가와 주택이 밀집돼 있어 작은 불이라고 무시했다가는 에도 전체가 막심한 피해를 보기 때문에 모든 사람들이 화재 진압에 총력을 기울였다. 이처럼 에도 전체가 화재에 정신이 팔린 덕분에 가권은 추격대의 눈을 피해 영재와 만나기로 약속한 산 어귀에 무사히 도착할 수 있었다. 이곳에서 곧장 작은 산으로 연결되는 좁은 길을 타고 넘으면 또 다른 마을이 나와 몸을 숨기기 적당해진다. 가권은 산길에서 조금 떨어진 곳에 몸을 숨기고 영재가 나타나기를 기다렸다.

교토로 가서 요시노에게 밀서를 전해야 한다니. 가권은 숨이 막혔다. 조선과 일본의 전쟁이 바야흐로 코앞이었다. 이 교서가 조선에 전달되면 그동안 수차례 간자들을 통해 문서가 오감으로써 조선과 일본의 앞날을 두고 고심하며 의논해온 결과가 문서상 계약과 조인, 협정으로 마무리된다. 가권은 가슴에 품은 대나무 통에 든 종이 한 장에 수십만 명의 목숨이 달렸다는 것을 생각했다. 아울러 발각되면 자신의 목숨부터 내놓아야 할 것이다.

이때 어두운 숲속에서 뭔가가 퍽 하고 튀어나왔다.

'산짐승?'

그것은 살펴볼 겨를도 없을 만큼 나무 사이를 빠르게 이동하며 가권을 향해 접근해왔다. 가권은 칼집에 손을 얹은 채 온몸을 팽팽하게 긴장시켰다. 그 순간 검은 물체가 갑자기 몸을 반으로 말며 나무 뒤로 숨었다. 가권은 의아했다.

'정체가 뭐지? 설마 말로만 듣던 닌자?'

이때 나무 뒤에서 불쑥 튀어나온 그림자가 가권에게 달려들었다. 가권은 번개같이 검을 빼들었다. 우도가 늘상 하던 말처럼 생명의 빛을 사수코자 하는 마음으로 허공을 갈랐다.

"아윽……!"

작은 몸집에 검은색 복색을 한 닌자가 희미한 신음과 함께 가권 앞에 나동그라졌다. 어깨를 베인 것 같았다.

그 순간, 다른 곳에서 공기를 가르는 소리와 함께 수리검 하나가 날아와 가권의 손목을 스쳤다.

"윽!"

손목에서 피가 솟았지만 다행히 검은 놓치지 않았다. 그와 동시에 뭔가가 털썩 떨어져 내렸다. 가권은 피가 흐르는 손목을 높이 들어 주저 없이 앞을 가로막은 것을 베었다. 지푸라기가 날리며 반 동강 난 자루가 뒹굴었다. 자루에는 지푸라기와 마른 풀만 잔뜩 들어 있었다.

속았다. 가권은 뒤를 돌아보았다. 어깨를 베인 닌자는 어느새 사라졌다. 동료를 구하려고 속임수를 쓴 것이다.

문득 뒤통수로 살기가 몰려왔다. 위험하다. 나를 해치려는 마음을 담은 자다.

눈동자! 어둠 속에서 형형하게 빛나는 눈동자를 발견한 가권이 몸을 돌려 마주 보았을 때다. 눈이 마주친 순간 놈이 대나무 대롱을 불었다.

"안 돼!"

어디선가 새된 목소리가 울렸다. 가권은 재빨리 몸을 낮춰 날아오는 독침을 피하며 대롱을 분 닌자의 발목을 베었다. 키가 크고 날

럽한 닌자가 비명을 지르며 휘청거렸다. 가권은 느꼈다. 닌자 중 하나는 아는 사람이며, 나의 죽음을 원치 않는다. 그 마음을 읽었다. 가권이 계속해서 일격을 가하려는 순간 허우적대며 엎어졌던 키 큰 닌자가 벌떡 일어나 품에서 쇠사슬을 꺼내 가권의 발목을 향해 날렸다. 가권은 발목에 사슬이 감긴 채 바닥으로 넘어졌다. 닌자는 사슬을 집어던지고 단도로 가권의 심장을 겨누며 달려들었다.

'아뿔싸! 늦었구나.'

단도를 막기엔 거리가 너무 짧았다. 지척에서는 큰 칼보다 작은 칼이 훨씬 유리한 법이다.

'이렇게 끝나는 것인가.'

이때 작고 민첩한 그림자가 가권의 심장을 노리는 닌자를 향해 달려들었다. 닌자들끼리 엎치락뒤치락하더니 어깨를 다친 작은 닌자가 발목을 베인 큰 닌자를 단도로 찔렀다. 하지만 큰 닌자가 작은 닌자보다 힘이 셌다. 그는 부상을 입었음에도 작은 닌자를 넘어뜨리고 다시 가권을 향해 똑바로 다가왔다. 그때였다. '챙!' 하는 소리와 함께 장도를 든 우도가 가권의 앞을 가로막았다.

"호이치가 도와달라고 부탁하더군."

뒤쪽으로 피한 닌자는 즉시 우도를 향해 독이 묻은 수리검을 연속적으로 날렸다. 우도는 가권을 보호하며 장도로 수리검을 쳐냈으나 마지막 하나가 목덜미에 맞고 말았다. 우도는 목에서 피가 흐르는 것도 괘념치 않고 가권의 앞을 떡 버티고 섰다.

"자네는 어서 피하게."

우도는 품에서 중간 크기의 칼을 꺼내 하늘로 솟아오르는 닌자를 향해 무념무상의 눈길을 주었다. 가권은 주춤거리며 일어나 어두컴컴한 주변을 샅샅이 살펴봤으나, 닌자들이 어디로 갔는지 보이지가 않았다. 이때 가권의 뺨에 찝찌름한 액체가 몇 방울 떨어지더니 "으다아아아!" 기합 소리가 났다. 우도는 소리가 나는 쪽을 향해 몸을 틀며 칼을 휘둘렀다. 우도 바로 뒤에 있던 가권의 얼굴에 소낙비라도 온 듯 따뜻한 피가 쏟아졌다. 가권은 정신을 차리고 손을 더듬어 검을 집어 올렸다. 우도가 천천히 가권을 돌아보며 미소 짓고 있었다. 한 손으로는 바지춤 안을 더듬으며.

고환은 축 늘어져 있었다.

'마지막 가는 길은 무사의 마음으로 떠나는구나.'

우도는 후들거리는 몸을 간신히 지탱하며 가권에게 웃어 보였다.

"무사는 천황과 쇼군을 위해 목숨을 내놓아야 하지만……."

가슴팍에서 피를 울컥 쏟으며 우도가 무릎을 꿇었다.

"한 명쯤……은, 친구를 위해 죽는 무사……도 있겠지. 애들을…… 부탁……."

우도는 눈을 부릅뜬 채 무너지듯 쓰러졌다.

"우도 형님!"

가권이 우도를 일으키려 하는데 서릿발 같은 칼날이 스윽 눈앞에 드리워졌다. 우도를 붙잡은 손에 힘이 풀렸다. 어둠 속이지만 피를 흘리는 닌자의 발목이 설핏 보였다. 가권은 갑자기 큰 소리로 웃고 싶어졌다. 품속에 있는 이 종이 쪼가리 하나가 사람의 목숨보다 더 귀한 것인가. 서로의 목숨을 뺏고 빼앗기며 지켜야 할 만큼 절대적인 것인가. 친우를 잃고 사랑마저 버릴 만큼……. 모든 것이 허탈해진 가권은 목숨을 내려놓듯 몸에서 힘을 뺐다. 작별 인사도 못 나누고 온 사유리의 얼굴이 떠올랐다. 하지만 그마저도 내려놓았다. 가권은 죽음을 기다리며 눈을 감았다.

닌자의 손이 단검을 허공으로 치켜드는 게 느껴졌다. 하지만 가권의 목에 칼날을 꽂으려는 순간, 닌자는 등을 찌르고 들어오는 칼날에 앞으로 고꾸라졌다. 가권은 눈을 떴다. 어깨를 베인 닌자가 동료를 찌른 칼을 꼭 붙잡고 버티고 있었다. 어깨 부분의 베인 사이로 호랑이 터럭이 보였다.

순간 가권은 호흡을 멈췄다.

그녀다.

가권이 그려준 게 분명한 호랑이의 털이 거의 지워져 희미함에도 여전히 곧추서 있었다.

칼에 찔린 닌자가 땅바닥으로 엎어졌다. 가권은 떨리는 손을 내밀어 죽어가는 닌자의 복면을 벗겼다. 세이카 옥에서 막일을 하던 호다. 사유리와 어릴 때부터 같이 자랐다는 호. 평소 단 한 마디의 말도 하지 않던 호.

호는 몸을 부르르 떨며 한없이 애절한 눈길로 사유리를 쳐다보았고, 이내 호흡이 끊어지며 눈의 초점이 흐려졌다. 가권은 닌자가 되어 나타난 사유리의 모습에 눈시울이 붉어졌으나, 사유리는 단호하고 비정한 눈길로 가권을 쳐다볼 뿐이었다. 하지만 이내 그녀의 눈에 복잡한 감정이 비쳤다. 설움과 안타까움, 동료의 손에서 정인을 구해냈다는 죄책감과 안도감, 그리고 그 정인을 이제 죽여야 한다는 비장한 결심이 모두 담긴 눈빛이었다.

사유리는 호를 찌른 칼을 뽑아 가권을 향해 겨눴다. 비록 첫 번째 위기에서는 그를 구했으나, 닌자들은 가권이 죽을 때까지 절대 포기하지 않을 것이다. 그럴 바에야 자신의 손으로 그의 목숨을 끊어주는 게 나았다. 가권을 남의 손에 비참하게 죽게 하고 싶지는 않았다.

"이렇게밖에 할 수 없는 걸 용서하세요."

하지만 사유리는 선뜻 찌르지는 못하고 서 있기만 했다. 그동안은 복면만 하면 철저한 냉혈한으로 변해 '얼음귀신'이라고까지 불리던 그녀였다. 하지만 그녀를 한없이 강하게 해주는 닌자의 복면도 사랑하는 이에 대한 마음까지는 가려주지 못했다. 사유리의 손이 조금씩 떨리기 시작했다. 뜨거운 눈물이 두 눈에 차오르고 있었다. 가권이 말없이 칼을 쥔 사유리의 손을 두 손으로 감쌌다. 그리고 천천히 자신의 가슴 쪽으로 끌어당겼다.

"심장을 찔러라."

사유리는 가권의 손을 사납게 뿌리쳤다. 하지만 가권은 앞섶을 풀어 가슴을 드러냈다.

"처음 본 순간부터 내 심장을 송두리째 앗아간 것처럼…… 그렇게 나를 죽여다오."

그 순간 사유리는 깨달았다. 자신은 그를 죽일 수 없다는 것을. 사유리는 입술을 깨물며 칼을 거두었다. 그리고 칼날을 잡아 가권을 향해 손잡이를 내밀었다. 가권이 두 눈을 크게 뜨고 쳐다보았다.

"날 죽이지 않고 가면 당신 목숨도, 나도 위험합니다. 둘 중 하나는 반드시 죽어야 해요."

자신을 데려가기 위한 가마가 세이카 옥에 막 도착했을 때, 사유리는 호를 통해 하시모토의 밀명을 전달받았다. 사유리는 성장을 한 차림 그대로 가권의 방으로 달려갔다. 하지만 방에는 오르골만 남아 있을 뿐이었다. 사유리는 오르골을 벽에 짓찧어 깨뜨렸다. 부품들이 터져나가면서 사유리의 손 안에 작은 톱니 하나가 남았다. 사유리는 손바닥에 피가 맺힐 정도로 그 조각을 꽉 쥐었다.

마치부교에서 내려진 명은 조선 간자를 모두 잡아 죽이라는 것이었다. 닌자 조직에 떨어진 명령은 닌자들이 모두 죽을 때까지 수행된다. 가권도 살아남지 못할 것이었다. 이왕 죽을 바에는 사유리 자신의 손에 가권의 피를 묻히고 싶었다. 그게 스스로는 아무것도 선택할 수 없는 현실에서 취할 수 있는 가장 합당한 방법이라고 생각했다. 가권을 살리거나 죽이는 일을 사유리가 관장하는 것. 동료의 손에 죽은 가권의 얼굴을 접하면 그대로 가슴이 터져나갈 것 같았기에, 그가 죽어야 한다면 차라리 자기 손으로 끝내고 싶었다.

사유리는 망연자실한 표정으로 앉아 있는 가권 앞에 무릎을 꿇었다. 그리고 자신의 얼굴을 감싼 복면을 천천히 풀었다. 가권이 얼굴을 들었다. 달빛 아래에, 처음 보았을 때와 같은 사유리의 얼굴이 드러나 있었다. 가권의 가슴에 뜨거운 불덩이가 치밀었다. 가자, 이대로 우리 둘이서 손을 잡고 가자. 하지만 사유리는 가권의 마음속

외침을 들은 것처럼, 미소를 지으며 고개를 저었다. 그리고 그 입술에 입을 맞추었다. 뜨겁고도 애절한 입맞춤이었다. 가권과 이렇게 입을 맞출 때면, 사유리는 자신도 여자라는 것을 뼛속까지 느낄 수 있었다.

순식간에 일어난 일이었다. 사유리는 날카로운 살기를 발하며 작은 칼로 가권의 어깨를 재빠르게 찔렀다. 가권은 본능적으로 그녀를 밀어내고 검을 휘둘렀다.

"사유리!"

살기를 거둔 사유리는 다시 미소를 짓고 있었다. 가슴에서 피가 분수처럼 솟구쳐 나왔다. 사유리는 여전히 미소를 지으며 수풀 위로 쓰러졌다. 어떤 선택도 허락되지 않은 인생이었다. 다만 죽을 때는 사랑하는 이의 손에, 그의 품속에서 죽고 싶었다. 그 소원을 이룬 것이다.

사유리의 의식이 열 달 전으로 돌아갔다. 기쿠의 가르침을 받아 고양이 춤을 추고 있을 때, 한 사내와 눈이 마주쳤다. 대단한 집념과 고집이 있는 얼굴, 성취욕과 과시욕에 사로잡혔지만 마음의 문은 차갑게 닫혀 있던 사람…… 사유리는 그 눈을 보자마자 알았다.

'나와 똑같은 사람이구나.'

사유리는 그에게 호기심을 느꼈다. 그리고 그가 자신을 사랑한다는 것을 알게 된 후 마음을 주지 않았다. 줄 수가 없었다. 도요쿠니가 샤라쿠의 방을 뒤져 찾아낸 지도를 감추었을 때, 그가 조선의 간자라는 것을 확신했지만 여전히 그의 정체를 밀고할 수는 없었다. 그가 죽는다는 건 상상만 해도 괴로웠다. 그가 없이는 도저히 살아갈 수 없을 것 같았다. 차라리 거상의 후실로 들어가서, 그를 감시하는 입장에서 풀려나고 싶었는데……. 흐릿해진 시야로 눈물 범벅이 된 가권의 얼굴이 들어왔다.

"미안해요…… 속여서……. 저는 닌자 가문에 양녀로…… 들어와 닌자로 컸습……니다."

어부가 대마도주를 통해 사유리를 보낸 곳은 유곽이 아니라 닌자 가문이었다. 그곳에서 그녀는 여성 암살자로 길러졌다. 아홉 살 때부터 숲속에 파놓은 참호에서 혼자 일주일을 보냈다. 낮에는 산짐승을 잡아먹고, 밤에는 나뭇가지로 구덩이를 위장해 홀로 잠들어야 했다. 그렇게 일주일을 보내다 죽여야 할 자가 나타나면 독이 묻은 수리검을 던져 독살했으며, 그래도 죽지 않고 도망치면 뒤따라가다 또 다른 선배 닌자에게 그의 암살을 부탁하곤 했다. 그렇게 몇 년을 활동하다 낮에는 세이카 옥에 소속된 오이란 노릇을 하며 조선인 간자를 색출해 밀고하는 일을 맡았다. 동료 닌자 호는 같이 도망치자고 종용했다. 사유리와 같이 훈련을 받았던 호는 그녀와 함께라면 화전민이 되어 평생 산에 묻혀 살아도 좋다고 했다. 하지만 사유리는 사랑하지도 않는 사람과 평생을 살 수는 없었다. 게다가 닌자 조직은 한번 배신한 자는 세상 끝까지 뒤져서라도 반드시 찾아내 보복한다. 무엇보다 사유리는 오이란으로서 예능 교육을 받고 아름다움을 추구하는 일이 위장이라 해도 즐거웠다. 예술이라는 게 뭔지, 미학이라는 게 뭔지 조금씩 가슴에 와 닿았다. 고아한 춤사위를 익히며 행복을 느꼈다.

그리고 샤라쿠를 만났다. 호는 그런 그녀를, 가권을 사모하는 것을 지켜보기만 했다. 사유리는 그렇게 평생을 살고 싶었다. 서로의 정체를 숨긴 채, 그저 춤을 추고 그림을 그리며.

기쿠가 가권의 정체를 눈치채고 밀고하려고만 하지 않았어도 그녀는 목숨을 보존했을 것이다. 기쿠는 미향으로 영재의 정신을 혼란시켰고, 그 바람에 뜻하지 않았던 진실을 알게 된 것이다. 기쿠의 아침 화장을 돕던 사유리는 기쿠가 관청으로 갈 작정이라는 것을 알고 곧장 그녀의 몸에 독침을 놓았다. 본인도 놀랄 만큼 즉각적이고, 신속하게 이루어진 일이었다. 충격을 받은 오카상과 선후배 오이란들을 보면서 사유리는 잠깐 죄책감을 느끼기도 했으나, 가권을 지켜냈다는 것만으로 충분했다.

희미해지는 사유리의 머릿속에 이런저런 기억들이 폭죽 터지듯이 펑펑 빛을 발하며 터져나갔다. 슬펐던 기억, 즐거웠던 기억들이 혼재하며 무수한 사람들의 얼굴이 흘러갔다. 먼저 간 언니의 환영이 보였다. 사유리를 향해 활짝 웃으며 손짓하고 있었다. 사유리는 손을 내밀었다. 이번엔…… 풀어지지 않게 단단히 묶어줘, 언니. 사유리의 눈동자가 흐릿해졌다. 또렷하던 검은자위가 회색으로 바뀌었다.

가권은 죽어가는 사유리를 붙들고 눈물을 삼키며 외쳤다.

"난 알았다. 기쿠가 죽은 뒤 네 은빛 머리 장식들이 온통 검푸르게 변한 걸 보고, 네가 기쿠를 죽였다는 걸 알았다. 머리 장식에 독을 묻혀 기쿠의 척수까지 찔렀다는 것을 말이야! 하지만 명령을 받고 그랬다는 걸 알아! 네 뜻은 아니야!"

가권은 사유리가 죽기 전에 죄책감을 덜어주려 애썼다. 사유리는 희미하게 미소를 지었다.

"내가 죽거든 당신이…… 나를…… 조선의 여인으로 그려줘요……. 화, 화사 아저씨……."

사유리가 혼신의 힘을 다해 신음 섞인 유언을 했다.

"사유리!"

처절한 외침도 사유리를 돌아오게 할 수는 없었다.

사유리의 심장에서 흘러나온 피가 가권의 손과 옷을 흠뻑 적시고 있었다. 갓 흘러나온 선홍색 피가 아니다. 오래된 암적색 피도 아니다. 노을색이다. 가권의 눈물방울을 통과해서 보이는 피는 선명한 노을색이다. 후지산 뒤로 숨어버리는 화려한 해와 붉게 물든 주변의 하늘, 바로 그 색이다. 불길이 에도 전체를 집어삼키며 타오르고 있었다. 바람을 타고 매캐한 연기가 날아들었다. 희미하지만 사람들의 비명 소리가 여기까지 들렸다. 일렁이는 붉은 불빛이 사유리의 창백한 얼굴을 비추었다. 마치 살아 있는 사람의 얼굴처럼, 발그레하게 물들이고 있었다. 축 늘어진 사유리의 손에서 자그마한 게 떨어졌다. 금박이 칠해진 오르골의 작은 톱니. 가권은 절규했다.

"사유리……!"

방금 도착한 듯 연기 냄새를 뒤집어쓴 영재가 가권의 팔을 붙들고 흔들었다.

"서둘러야 해요. 길거리에서 두부 장수가 정체불명의 이들에게 살해되는 것을 보고 얼른 우도 무사님께 달려가 도움을 요청했어요. 그리고 다시 세이카 옥에 몰래 숨어들어 사유리의 방에서 화사님이 그린 지도를 찾았는데, 근데 이미 불길이 크게 번져서…… 흐흑…… 우도 무사님도 목숨을 잃으셨을 줄이야……. 어서 교토로 가요. 요시노에게 전해주기만 하면 우리는 자유입니다. 어디든 우리가 가고 싶은 곳으로 갈 수 있어요!"

영재가 울먹이며 앙칼지게 외쳤다. 하지만 가권의 귀에는 아무 소리도 들리지 않았다.

'사유리는 이 지긋지긋한 삶에서 놓여 행복할까? 왜 삶은 이렇게 비정하게만 흐르는 걸까?'

가권은 죽음에 이르도록 해준다는 환약을 찾기 위해 품속을 뒤졌으나, 손이 떨리고 정신이 흐릿해 찾아낼 도리가 없었다. 가권은 온몸을 후들거리며 사유리의 시체 위로 비스듬히 쓰러졌다. 영재는 그런 가권의 몸을 흔들며 어찌할 바를 몰랐다.

그때, 복면을 쓴 또 다른 닌자 하나가 뛰어내렸다. 나무 위에 숨어서 돌아가는 추세를 지켜보다 가권이 정신을 잃자 내려온 것이다. 덩치가 자그마한 닌자는 손에서 수리검을 꺼냈다. 정신을 잃은 사내와 애체 쓴 소년이라 혼자서도 일각에 해치울 수 있을 터였다.

영재는 절체절명의 순간에 기억해냈다. 그것만 있으면 살 수 있다. 닌자들은 돈과 계약에 따라 움직인다고 했다. 단원 선생이 건넨 어필, 그것만 있다면…….

영재는 가권의 붓통을 뒤져 붓을 찾았다. 오래전, 영재는 단원의 방에서 붓을 훔쳐다 해체해본 적이 있었다. 속이 빈 다른 붓보다 묵직해 무엇이 들었는지 궁금했던 것이다. 영재는 다시 붓을 조립해 가져다 두었고, 그 붓은 부산포에서 가권의 손에 전달되었다.

닌자가 수리검을 던지려는 순간, 영재가 붓을 꺼내들고 외쳤다.

"두 배를 줄게요. 해치지 마세요!"

순간 수리검은 다른 방향으로 날아가 옆에 있는 엉뚱한 나무둥치에 꽂혔다. 아무리 하시모토 밑에서 일하는 닌자라 해도 그들은 조직이 따로 있으며, 하시모토의 무사들과는 분리되어 철저한 계약 관계에 따라 돈을 받아 일했다. 사유리도, 호도, 그들을 관리하는 조닌이 돈을 받고 하시모토의 밀정 일을 맡은 것이다. 닌자들은 의뢰를 받아 죽여야 할 자들에게 두 배의 돈을 제시받으면 도리어 의뢰인을 해치기도 했다. 그들은 무사의 충성이나 의리보다 돈과 계약 관계를 중시했다.

영재가 붓에서 꺼낸 황금 봉 다섯 개를 건네자, 닌자는 그중 한 개만 받아들고 나머지는 돌려주더니 다른 방향으로 걸음을 옮겼다. 그대로 자취를 감추려던 닌자가 물었다.

"황금 봉 네 개를 주면 하시모토를 없애줄 수 있소, 그렇게 하겠소?"

영재는 울먹였다. 꺽꺽대는 목소리로 간신히 대답했다.

"아뇨, 필요 없어요. 우릴 내버려두세요. 흐흑……."

닌자는 천천히 걸어가 몸을 나무 뒤로 숨기더니 금세 사라졌다.

영재는 가권을 부축했다. 흐리멍덩해진 가권을 일으키고, 우도의 눈을 감기고 나서 사유리의 시신을 넘어 숲속으로 들어갔다. 더 안전한 곳을 찾아서. 밝은 달이 그들의 뒷모습을 쓸쓸히 비추고 있었다.

6 파도에 씻겨 간 사람들

노을이 진 뒤 하늘은 무슨 색인가. 검은색인가? 아니다. 온갖 빛이 사라진 하늘은 아무 색도 띠지 않는다. 색은 물체가 빛을 받아 그 빛을 사방으로 반사하기 때문에 보일 뿐이다. 하늘은 해가 지면 무색이 된다. 지구상의 물체에게 색을 발하게 할 수 있을 만한 빛을 내뿜지 못하는 별과 달을 제외하면 아무 빛도 존재하지 않는 무색의 공간이다.

무색의 하늘이 지배하는 밤이었다. 가권과 영재는 나루터에서 배를 기다렸다. 에도를 무사히 벗어나 교토에 이르러 요시노에게 가슴속 깊이 숨겨둔 대나무 통을 전달했다. 그리고 요시노의 도움으로 처음 일본 본토에 발을 들였던 아카마세키 항 근처 작은 나루터에 도착했다. 가권은 사유리를 잃은 슬픔과 채 낫지 않은 상처 때문에 숱하게 정신을 놓았으나, 영재의 도움과 요시노의 간호로 간신히 몸을 추스를 수 있었다. 요시노는 나루터까지 이들을 보필하며 따라왔다.

"그건 가짜 밀서였습니다."

가권은 나루터에 선 요시노를 의아한 눈길로 쳐다보았다. 영재가 깜짝 놀라 되물었다.

"그 대나무 통에 든 것이 일왕이 번주들에게 돌린 국서가 아니란 말입니까?"

"네. 가짜였어요. 어쩌면 고린 화사라는 자가 농간을 부린 것일 수도 있고, 단원 선생이 가지고 계실지도 모르겠습니다. 하시모토가 진작 다른 곳에 숨겼다는 설도 있고, 애당초 진짜는 없었다는 설도 있습니다만……."

가권은 깊은 회의를 느꼈다. 제 몸처럼 사랑한 사유리를 잃고, 친구의 죽음을 맞이하면서까지 운반한 서류가 기껏 종이 쪼가리에 불과한 가짜 문서였다니. 대체 우리는 무엇을 위해 희생한 것일까. 그들의 죽음으로 남은 게 무엇이란 말인가?

"타십시오."

배가 도착하자 요시노가 가권과 영재에게 말했다. 자그마한 배에는 행랑아범이 타고 있었다. 영재는 기쁨에 겨워 행랑아범에게 달려갔고, 행랑아범은 말없이 고개를 끄덕이며 영재의 몸을 꽉 안아 주었다.

가권이 요시노에게 부탁했다.

"우도라고, 나를 위해 죽은 무사가 있소. 그자의 아들들을 누군가 거둬야 할 텐데, 부탁드리오. 에도 요시와라 유곽에서 멀지 않은 곳에 그의 집이 있소."

"압니다. 뒤늦게 소식을 들었습니다. 저도 사정을 듣고 안타까워 손쓰려 했으나 쓰타야라는 출판업자가 거뒀다고 하더군요."

가권은 사유리가 죽고 나서 처음으로 입가에 희미한 웃음을 띠었다. 인간에 대한 실망감과 덧없는 회의만 가득한 마음에 작은 희망이 비친 것이다.

"조선은 어찌 되는 것이오?"

가권이 배에 타기 전 요시노에게 물었으나, 그녀는 고개를 저었다.

"저도 중차대한 일은 전혀 모릅니다. 그게 바로 아직까지 제가 살아 있는 이유이기도 하지요. 안녕히 가십시오. 가다가 섬에 들러 좀 더 큰 배로 바꿔 타면 조선에 돌아가실 수 있을 겁니다. 사요나라."

가권은 이제 아무것도 궁금하지 않았다. 일본 여인 요시노가 왜 조선을 돕는지도 궁금하지 않다. 알 필요도 없다. 간자는 나라를 위한 일에 쓰이다 버려지는 도구에 불과하다. 이유를, 결과를, 과정은 몰라도 된다. 아니 모르는 게 의무다. 알려고 드는 것조차 하극상이다. 가권은 인생의 무상함을 뼈저리게 느꼈다. 한양이나 에도나 교토나 사람 사는 데는 다 똑같다. 어디가 더 낫고 말고가 없다. 가난하고 힘없는 하층민들은 불행하게 하루하루 살았고, 상류층은 지배계급으로서 기득권을 유지하기 위해 서민이나 빈민들이 지식을 얻고 서양학, 종교를 받아들이는 일을 금했다. 그들이 문맹일수록, 미

제5부 흑색 389

신을 신봉할수록 다스리기 편하니까. 그래서 미륵교도 전격적으로 타도하지 않고 연쇄 살인사건이 자행될 때까지 내버려둔 것이다.

인생은 그저 흘러갈 뿐, 남는 것은 아무것도 없다. 사랑도, 그리움도, 기쁨도, 행복도, 우정도, 회한마저도 아무 흔적 없이 끝난다는 것이 절실하게 느껴졌다. 영재는 파도에 이리저리 몸이 흔들리면서도 작은 붓을 들고 뭔가 끊임없이 적어나갔다.

가권은 눈물마저 말라버린 눈으로 검은 바닷물을 바라보았다. 끊임없이 흘러가고 흘러오는 파도에 몸을 내맡긴 작은 돛단배는 별들이 가득한 밤하늘 아래를 그렇게 나아가고 있었다.

창덕궁의 인정전, 정조는 늦은 밤까지 수많은 문서들을 검토하고 있었다. 그러다 피로해진 두 눈을 누르고 있는데 지밀상궁의 목소리가 들렸다.

"전하, 단원 입시이옵니다."

"들라 이르라."

도승지와 단원이 함께 들었다. 단원을 뒤따르는 도승지는 손에 작은 소반을 들고 있고, 그 위에는 둘둘 말린 문서들이 있었다.

정조는 환한 표정을 지으며 단원을 자애로운 눈빛으로 응시했다.

"어서 들라."

"전하, 이제야 어명을 받들었사옵니다."

정조는 소반 위의 문서를 펼쳐보았다. 가권이 그린 에도의 지도와 정탐 문서들이 있었다.

"망극하오나 일왕의 교서는 끝내 찾을 수가 없었사옵니다."

정조는 고개를 끄덕이고는 굳은 입매로 물었다.

"신가권은 무사히 돌아왔는가?"

"전하의 성은인 줄로 아옵니다."

"천운이로고. 그래, 가권은 어디에 있는가?"

"화실에만 머무르며 밖으로 나오지 않는다 들었습니다."

정조가 적잖이 놀란 표정으로 되묻는다.

"화실에서 나오지 않는다?"

단원은 고개를 깊이 숙이는 것으로 답을 대신했다. 정조는 알겠다는 듯 단원을 바라보았다. 그의 눈에 안타까움이 비쳤다.

"말씀드리기 황공하오나 가권이 주상 전하께 올려달란 말씀이 있었사옵니다."

"말해보라."

"일본을 정복하시려는 갑자년 계획을 실행했을 시에 혹여나 있을지도 모르는 선량한 백성들의 피해를 하해와도 같은 성은으로 막아달라고 하였사옵니다."

정조는 잠시 생각해보다 알았다는 듯 고개를 끄덕였다. 단원은 조용히 머리를 숙였다.

가권은 회한이 가득 찬 눈으로 가느다란 그 달을 바라보았다. 해마다 정월이면 그녀가 떠올랐다. 하늘에는 '귀신이 탄 가마'라는 뜻이 있는 여귀 별이 밝게 빛났으며, 그 주변으로 뿌연 기운을 간직한 적시기 별들이 자잘하게 뿌려졌다. 가권은 술병을 입으로 가져가 들이부었다. 도저히 맨정신으로 있을 수가 없었다. 댓돌 위 툇마루에 주저앉은 가권은 추운 줄도 모르고 허망한 눈으로 한참이나 밤하늘을 올려다보았다.

사유리를 잃은 아픔으로 폐인이 되다시피 한 가권에게 단원이 다시 찾아와 말없이 화법을 연습시켰다. 수백 번 난초를 치고, 수천 번 꽃과 새를 그리고, 수십 번 산수를 그리고 난 뒤 가권의 마음은 차차 회복되었다. 이후 가권은 상처를 극복하고 화성에 내려가 도성을 건설하는 과정을 그리기 시작했다. 이 년 남짓 동안 거대한 성을 완공해야 하는 일이라 가권의 손발은 바빴으며, 잠시도 짬을 낼 수 없었다. 덕분에 가권은 몸이 지치는 대신 정신적 괴로움을 잠시나마 잊을 수 있었고, 화성을 짓는 과정을 그려 동료들과 왕실 문서 《화성성역의궤》를 하나씩 완성해갔다.

하지만 갑자년을 사 년 앞둔 경신년(1800) 유월 임금이 알 수 없는 병으로 급서했다. 조정은 다시 노론 벽파의 차지가 됐고, 단원은 다른 개혁파 인물들과 함께 철저하게 버림받아 낙향했다. 가권 또한 평생 궁중화원에 오를 수 없도록 배척당했다. 가권은 할 일이 없어지자 저잣거리를 떠돌며 기녀들과 왈패들을 화폭에 담은 풍속화를 그려 하루하루 먹고살았으며, 그조차 싫증 나자 산속에 움막집을 지어놓고 직접 밥을 해 먹으며 살았다. 약조차 변변히 쓸 수 없는 처지에 먹는 것조차 시원찮던 가권은 차츰 눈에 띄게 수척해졌다. 일시적으로나마 낫는 듯했던 마음의 병 또한 다시 도졌다. 단원이 가끔 들여다보았으나 그 또한 숙환이 깊었다.

　잠시 지난날을 돌이켜보며 상념에 빠졌던 가권의 눈에 별똥별이 떨어지는 것이 보였다. 흐르는 별은 천천히 하늘을 가로질러 깊은 산골짜기로 사라졌다. 가권은 지그시 눈을 감았다. 감은 눈꺼풀 뒤로 꺼지지 않는 상이 하얗게 타오르고 있었다.

　단원은 아침부터 길을 서둘렀다. 사동을 통해 가권이 어떻게 지내는지 알아보니, 요즘은 움막집에 틀어박혀 두문불출하며 통 음식을 입에 대지 않는다 하여 걱정이 되었던 것이다. 단원은 나귀 한 마리를 잡아타고 험한 산길로 들어갔다. 꼬불꼬불한 산길인 데다 새벽에 내린 눈까지 얼어붙어 있었다.

　　북으로 올라가는 자 어느 고을 향한 것이며
　　남으로 내려가는 자 무엇을 하고자 함인가.
　　무릇 인생이란 백 년을 채우지 못하건만
　　그 반을 갈림길 위서 서성이며 보낸다네.

　단원은 지인 유한준이 자신이 그린 풍속화에 지어준 시를 입으로 따라 외며 나귀의 등을 발로 차 재촉했다.

　새벽 동트기 전부터 부지런히 장작을 패고 물을 데워 목욕재계를 한 가권은 비단을 편편하게 바닥에 펴고 정성스러운 마음으로 화구를 정리했다. 가권은 일심으로 먹을 갈았다. 가권은 간밤, 살날이 얼마 남지 않았다는 것을 깨닫고 죽기 직전에 반드시 남겨야 할 미완성 그림을 마저 그리고자 마음먹은 터였다.

가권의 손이 떨렸다. 과연 그녀를 그려낼 수 있을까.

미세한 붓은 그의 손에서 먹물을 머금고 그가 움직이기만 기다리는 듯했다.

다소곳한 자세, 귀 뒤로 흘러내린 머리 위로 두툼한 가체를 얹은 여인네. 그녀는 영락없이 조선의 아리따운 기녀다. 열여섯 살이나 되었을까. 남자를 겪어보기나 했을까. 왼손으로 옷고름을 풀고 있는 그녀는 남색 끝동을 단 삼회장저고리의 노란 바탕색, 옆구리의 붉은색 속고름에 흰 얼굴이 더욱 돋보였다. 저고리 위로 달린 노리개는 그녀의 오른손을 독차지하며 누군가를 애타게 기다리는 그녀의 마음을 나타낸다. 그 밑으로 호박처럼 부풀어 오른 치마는 그녀의 여린 몸체를 사뿐히 가려주었고, 치마 아래 살짝 드러난 버선은 설레는 그녀의 마음을 보여주는 듯했다. 하지만 작은 얼굴에 앙다문 입술 위 오종종하고 앙증맞은 코 위로 눈은 있되, 눈동자가 없다.

가권은 마지막 붓질을 하려는 것이다. 그녀의 눈, 도발적인 예술혼을 담아 가권을 쏘아보던 눈, 수많은 정한과 경험이 담긴, 스치고 지나갈 수 없는 그 눈동자……. 그 눈동자를 그려내지 못하면 이 그림은 헛수고에 불과하다.

가권의 숨이 멈췄다. 손은 더 이상 떨리지 않았다. 붓을 들어 그녀의 빈 눈자위에 댔다. 죽기 직전 가권에게 미안함과 사랑과 애타는 심정, 희망과 예술을 갈망하는 마음을 담아 보내던 눈동자를 그렸다. 아련한 눈빛, 가없는 눈빛, 사랑하는 이를 바라볼 때의 눈빛, 예술혼을 담은 눈빛이다. 사유리의 모습이 완성되었다. 가권은 붓을 들어 그림 옆에 시를 적었다.

가슴에 그득 서린 일만 가지 봄기운을 담아(盤薄胸中萬化春)

붓끝으로 능히 인물의 참모습을 나타내었다(筆端能與物傳神).

시 옆에 새로 지은 호 '혜원(蕙園)'을 적고 신가권을 그 옆에 적었다.

"여보게, 가권이. 게 있는가?"

단원은 가권의 기척이 없자 움막집 문을 벌컥 열어젖혔다.

"이 사람 가권, 날세! 그 몸을 하고 두문불출한다기에 걱정되어 왔……, 아니 이럴 수가!"

단원은 심혈을 기울인 사유리의 초상을 마치고 탈진해 쓰러진 가권을 붙들고 눈물을 글썽였다.

"자네가 조선에서 제일가는 화원일세. 나를 뛰어넘었네그려. 어찌 이 그림을 사람이 그린 것이라 말하겠나."

가권은 단원의 찬사를 들으며 희미하게 미소 지었다.

에필로그

　고서의 내용은 여기까지다. 다만 뒷장에 책 속에 나온 인물들의 후기가 있으므로 소개한다.

　하시모토는 막부의 부름을 받고 농민 반란을 진압하러 나갔는데, 무기도 없이 혈혈단신으로 전장에 뛰어들었다가 총탄을 맞고 즉사했다. 그는 영웅으로 칭송되었으나 일각에는 자살을 택했다는 설도 있다.
　쓰타야는 평생 일본 에도 시대를 대표하는 풍속화를 판화로 찍어 내다 팔면서 젊은 신진 화가들을 후원했고, 그들이 수많은 걸작을 남길 수 있도록 도왔다. 호쿠사이는 불타는 듯한 붉은 후지산을 연작으로 그리는 등 왕성한 창작 활동으로 일본 회화사에 길이 남을 화가로 인생을 마감했다. 영재는 에도에서 돌아오자마자 청국으로 가 자기 경험을 소설로 남겼는데, 이 고서의 기록은 영재의 소설에 바탕을 둔 것으로 추정된다.

　고문서의 기록만 의지할 수는 없어서 한국과 일본의 수많은 회화사 자료와 역사책을 뒤져보았다. 그러나 일본의 풍속화가 샤라쿠가 한국의 혜원 신윤복─회화사가들에 의해 신가권이 본명이고 신윤복은 예명으로 파악되고 있다─과 동일 인물인지는 결국 알아낼 수 없었다. 반면 호쿠사이나 쓰타야 같은 인물은 일본 회화사에 등장하는 인물이 확실하지만, 고문서의 기록 같은 활동을 했다는 자료 또한 찾을 수는 없었다. 게다가 요시와라를 비롯한 에도 전체가 잦은 화재로 소실되었으므로 세이카 옥이나 하시모토 저택에 관한 자료도 전무한 상태였다. 다만 샤라쿠가 그린 수많은 풍속 판화들이 서양에 전해져 고흐, 로트레크와 같은 위대한 화가들의 그림에 영향을 미친 것은 분명한 사실이다.

　결국 이 소설은 고문서의 기록에만 의지한 셈이 되었다. 사랑하는 이를 죽인 한 남자의 행복하고 긴박하며 처절했던 열 달을 그렸으나, 이 이야기들은 모두 파묻히고 오로지 신윤복의 미인도 한 점만 남아 있으니, 이 그림 하나가 소설보다 더 많은 것을 설명해준단 말인가.

추천사

김봉석_문화평론가

일본의 우키요에, 우리 식으로는 풍속화다. 양반들이 그리던 서화에는 자연과 식물, 동물 등이 주로 등장했지만 풍속화에는 저잣거리의 속된 풍경들이 담겨 있다. 우키요에의 한자는 '浮世畵'다. '이래도 한세상, 저래도 한세상'이라는 말이 떠오르는 단어다. 일본의 우키요에는 거리 풍경과 가부키 배우와 유녀들의 초상 그리고 다양한 사람들의 성교 장면을 묘사한 춘화까지 있었다. 춘화가 은밀하게 유통되던 조선과 달리 18세기의 에도에서는 성과 폭력의 표현이 꽤나 자유로웠다.

요즘으로 비유하자면 우키요에와 풍속화는 잡지나 소설의 삽화, 일러스트레이션이다. 우키요에는 당대에 서민들에게 큰 인기를 누렸고, 지금도 중요한 의미를 지니고 있다. 일본의 상징을 외국인들이 생각한다면 보통 붉은 태양, 후지산, 거대한 파도 등을 떠올린다. 호쿠사이의 우키요에에 등장한 거대한 파도는 이후 광고와 디

398 색, 샤라쿠

자인 등에 온갖 이미지로 변주되어 사용되고 있다.

우키요에는 유럽에 소개되어 고흐 등 인상파 화가들에게 큰 영향을 끼쳤다. 유럽에 수출되는 도자기를 보호하기 위해 싼 종이에 우키요에가 그려져 있었고, 대담하고 도발적인 화풍에 놀란 유럽인들이 우키요에를 수집하기 시작했다. 원래 샤라쿠는 일본에서 그리 인기가 높지 않았다. 활동한 기간도 짧았다. 하지만 1910년 동양미술 연구자인 리우스 쿠르트가 유럽에서 《샤라쿠》라는 책을 내며 절찬했고, 다이쇼 시대의 일본에서 샤라쿠의 인기도 함께 높아졌다.

샤라쿠는 정말 수수께끼 같은 인물이었다. 도슈샤이 샤라쿠(일본어: 東洲斎写楽)는 간세이 6년(1794년) 5월부터 이듬해 간세이 7년(1795년) 3월까지 약 10개월 동안 약 145여 점의 우키요에 작품을 출판하고 사라졌다. 본명, 출생지, 이력 등 모든 것이 불명이다. 샤라쿠는 예명이고, 자신의 정체를 드러내지 않고 그림을 그렸을 것으로 추정하고 있다. 에도시대의 고증학자인 사이토 겟신의 《증보 우키요에 유고》에 핫초보리에 살고 있는 노 연기자 사이토 주로베가 샤라쿠라는 언급이 있다. 사이토가 실존 인물인 것은 밝혀졌다. 하지만 그가 왜 단 10개월 동안만 활동하다가 사라졌는지는 전혀 알 수가 없다. '사이토=샤라쿠' 설은 여전히 다수 의견이지만 그 외에 다른 인물이 샤라쿠라는 주장은 수십 명에 이른다.

단 10개월 동안 엄청난 그림을 남기고 사라진 화가. 미스터리 작가의 호기심을 자극하는 소재다. 사실 사이토가 샤라쿠라는 설은 미심쩍다. 연기자가 그림을 병행한다는 사실을 굳이 숨겨야 할 이유가 무엇일까. 왜 10개월 이외의 기간에는 그림을 그리지 않은 것일까. 근거들이 미약하다. 살해당하거나, 중대한 이유로 그림을 그릴 수 없는 상황이 되었다거나 등 무엇인가 그럴듯한 이유가 필요하다. 차라리 쇼군가의 일원이라거나 여성이거나 하여 신원을 밝힐 수 없었고 이후 신변의 변화로 더 이상 우키요에에 손댈 수 없었다는 설이라도 나오면 동의하고 싶다.

샤라쿠가 누구인가. 흥미로운 주장 하나는 한일비교문화연구소의 이영희 교수의 저서 《또 한 사람의 샤라쿠》에 나온다. 1792년 충청도 영풍 현감으로 부임했던 김홍도가 1794년 정조의 밀명으로 일본에 갔다는 것이다. 마침 김홍도의 활동 기록이 없는 시기와도 일치하고, 김홍도는 정조의 명으로 대마도의 지도를 그려온 적도 있었다. 당시 혼란스러웠던 일본의 정세를 파악하고, 지도를 만들기 위해 김홍도가 스파이가 되었다는 것이다. 꽤 흥미롭다. 논리적으로는 샤라쿠가 단 10개월 동안 활동하고 사라진 이유가 되니까.

《색, 샤라쿠》는 김홍도가 샤라쿠로 나오는 소설은 아니다. 하지만 김홍도가 주요한 인물로 등장한다. 정조의 명을 받은 김홍도가 지령을 내려 신가권이 일본으로 향한다. '샤라쿠=김홍도' 설을 그대로 끌어오는 대신 정조와 김홍도 그리고 신윤복을 함께 엮어서 새로운 설정을 만들어낸다. 조선의 풍속화가 신윤복에 대한 정보는 많지 않다. 정보가 적으면 오히려 상상력을 발휘하기 좋다. 이정명의 《바람의 화원》은 신윤복이 남장 화가라는 설정으로 전개된다.

미인의 얼굴과 자태를 너무나도 아름답고 유려하게 그려낸 풍속화가 신윤복. 그가 바로 여인이었다면 어땠을까. 픽션은 무엇이건 가능하다. 무엇이건 가능하기에, 얼마든지 논리적인 이유를 만들어내며 새로운 인물을 창조할 수 있다.

미남자이지만 질투심 많고 방탕했던 신가권은 김홍도의 가르침을 받아 새로운 인생을 맞이한다. 인생만이 아니다. 김홍도의 가르침에는 삶의 자세만이 아니라 그림에도 있었다. 그렇다면 김홍도의 스타일과 비슷하다고도 평가되는 샤라쿠가 스승의 스타일을 익힌 신윤복일 수도 있다. 에도에서 가부키 배우와 유녀들의 초상을 그려주기 위해 유곽에 드나들고, 최고의 그림을 선사하기 위해 고위 관료들의 집을 드나드는 당대 최고의 풍속화가가 된 샤라쿠는 신윤복이었다는 흥미로운 주장. 《색, 샤라쿠》는 신가권 즉 신윤복이 향락적인 에도의 품 안에서 어떻게 살아가는지를 그려낸다. 사랑하는 여인의 마음을 얻으려는 한 남자로서, 목숨을 건 조선의 스파이로서.

《색, 샤라쿠》는 우타가와 쿠니요시, 가츠시카 호쿠사이, 기타가와 우타마로 그리고 샤라쿠까지 에도 중기에 꽃핀 우키요에 호황기의 모습을 담아내며 조선인 화가 신윤복의 인생을 적절하게 결합한, 사랑과 액션까지 함께 담아낸 역사소설이다. 그 설정만으로도 흥미진진하다. 그리고 슬픈 사랑 이야기다. 소설에는 샤라쿠로 위장한 신윤복과 조선 혈통의 오이란 사유리의 가슴 저린 사랑이 담겨 있다.

슬픔의 이유가 존재 자체일 때는 특별하게 할 일이 없다. 혼자, 조용히, 시간이 흐르도록 내버려 둘 뿐. 신도 세계도 자연도 무심하게 할퀴고 갈 뿐이니까. 사람은 존재한다는 것 자체만으로도 위대하지만, 한편으로 기쁨과 슬픔을 교대로 맞이한다. 그게 이 소설에는 오롯이 담겨 있다. 그게 바로 인생이니까.

개정판을 내면서

《색, 샤라쿠》는 저에게 아주 특별한 작품입니다. 추계예대 문화예술경영대학원 영상시나리오학과 석사학위의 논문 시나리오로, 그리고 동시에 소설로 만든 작품입니다.

한국의 김홍도, 신윤복 등 풍속화가들과 일본의 호쿠사이, 샤라쿠 등의 풍속화가들의 역사와 그림을 공부하기 위해 인사동 고서점을 뒤지면서 수십 권에 이르는 책들을 사들여 공부를 미친 듯이 했습니다. 처음으로 접하는 화가들의 세계에 빠져들면서 그들의 삶과 인생관 그리고 화풍을 무척 사랑하게 되었죠.

게다가 논문 지도 교수님은 2016년 작고하신 신봉승 선생님으로 그분은 제게 역사 속 철학과 지혜를 일깨워 주셨습니다.

이 작품은 제가 작가로서 한 발자국 크게 도약하게 만든 작품입니다.

《색, 샤라쿠》는 1794년 정조 시대를 배경으로 합니다. 약 10개월 동안 140여 점에 이르는 우키요에를 그린 샤라쿠는 일본에서 최고의 미스터리한 화가로 꼽힙니다. 이보다 더 추리소설에 걸맞은 소재는 없을 정도입니다.

저는 정조의 밀명을 받고 간자를 육성하는 김홍도가 제자 신윤복을 샤라쿠로 위장해 에도에 보내 간자로 활약하는 줄거리를 잡았습니다. 그리고 그 모티프로 소설과 시나리오를 동시에 집필했습니다. 그 안에 일본 오이란들의 생활상과 예술, 우키요에 산업의 태동과 발전과정, 정조의 개혁사상과 풍속화가들의 움직임을 넣으려고 애쓰며 한편으로 신윤복과 조선인 오이란의 사랑을 그려냈습니다. 마지막은 신윤복이 조선에 돌아와 그녀를 담은 미인도를 그리며 작품을 끝맺습니다.

아름다운 고어들, 단아한 묘사, 그리고 고아한 풍광을 묘사하기 위해 노력했고, 아울러 남녀 간의 사랑을 아슬아슬하게 끝까지 이어나가 그렸습니다.

제 작품 중에 대표작으로 꼽을 만한 작품이고 아울러 2017년 영화화 판권이 계약되어 영화화 중입니다. 영화화와 더불어 소설도 새 옷을 입고 개정판을 내게 됐습니다.

신봉승 선생님은 논문 지도 당시에 나이 든 게이샤와 궁중 노화원의 사랑을 이 작품에서 무척 아름다운 부분이라며 좋아하셨습니다. 청춘남녀 주인공들의 사랑이 아니라 예술의 경지를 이루지 못한 노화사와 은퇴한 게이샤가 추억을 더듬는 장면이 고풍스럽다고 극찬하셨습니다.

그때나 지금이나, 그들이 조곤조곤 대화하면서 인생을 회한하는 장면을 어떻게 묘사할 수 있었는지 신기합니다.

어쩌면 저는 10여 년 전 2008년 서른여섯에 더 성숙한 인생을 알았는지도 모르겠습니다. 지금은 어떻게 이 작품을 써냈는지 볼수록 신기하기만 합니다.

아마도 한국과 일본의 대가들 그림이 주는 느낌과 감상이 작품 집필에 힘을 발휘했는지도 모르겠습니다.

이 작품을 개정판으로 내주신 북스코리아 식구들에게 감사드리며, 영화화 작업 중이신 김주섭 대표님께 고마움을 표합니다. 가족들, 추리작가협회 선후배들, 그리고 독자분들에게 진심으로 감사드립니다. 이 소설이 나왔을 당시에 스토리가 좋고 캐릭터에 감정이입 된다면서 속 깊은 이야기를 서평으로 올려주신 분들이 안 계셨다면 어쩌면 이 이야기는 묻혔을지 모릅니다. 거의 모든 서평을 읽는데 저도 읽으면서 눈물을 흘리기도 합니다. 저와 같은 마음을 가진 분들이 계시구나 하는 생각이 들어서입니다. 이야기로 독자분들과 소통하며 같은 감정을 느끼는 게 무척 행복합니다. 작가로서 글 쓸 때가 가장 즐거운 시간이지만 제 작품을 누군가 알아줄 때는 더욱더 즐겁습니다.

서평을 보면 독자분들은 책 속 주인공들의 서사와 자신들의 인생과 현재 느끼는 감정을 비교합니다. 소설의 허구가 진실로 승화되는 아름다운 순간이라고 생각합니다. 이는 소설 속 인물이 지닌 인생의 희로애락이 그대로 읽는 분들에게 입혀 나왔기에 가능합니다. 아마 그게 소설의 가장 큰 매력이면서 장점일지 모릅니다.

신윤복의 인생은 사실 샤라쿠만큼이나 알려진 게 없습니다. 《색, 샤라쿠》는 허구지만 어쩌면 이런 일이 하나도 없었으리라고는 장담 못 하는 게 역사 속 행간이고 인생입니다.

모쪼록 즐겁게 읽어주시고, 저의 또 다른 추리소설을 기다려 주시기 바라며 이만 마칩니다.

2019년 7월 김재희

김재회 장편소설 색, 샤라쿠

펴낸날 2022년 3월 8일
지은이 김재회
펴낸이 김은정
펴낸곳 봄이아트북스
출판등록 제406-251002019000142호
주소 경기도 파주시 재두루미길 70 페레그린빌딩 308호
전화 070-8800-0156
팩스 031-935-0156
ISBN 979-11-6615-722-6 (03810)